Las madres

Carmen Mola

Las madres

NEGRA
ALFAGUARA

Papel certificado por el Forest Stewardship Council®

Primera parte

He cometido el peor de los pecados
que un hombre puede cometer.
No he sido feliz.

JORGE LUIS BORGES

Ella tuvo suerte, nada más que eso. El día en que desaparecieron sus tres amigas, habían quedado para ir a las rebajas en Las Misiones Mall, pero Violeta les puso un mensaje excusándose: tenía algo de fiebre, no se veía con fuerzas para salir de casa. Encogida bajo una manta en su sofá, las imaginó eufóricas por los pasillos del mall, *cacareando de alegría. Nunca más las volvió a ver. Lloró su ausencia, pero no con sorpresa, tan habituada estaba a las desapariciones de mujeres en Ciudad Juárez. Pensaba en la suerte, en ese factor caprichoso que marca las vidas de todas y cada una por encima de cualquier afán humano, cuando, semanas más tarde, una compañera le susurró algo al oído en la cadena de la maquiladora.*

—*Las encontraron...*

No se planteó preguntar si estaban vivas.

—*En el cerro del Cristo Negro. Muertas y vacías por dentro...*

Las Lomas de Poleo, en Lote Bravo, el cerro del Cristo Negro, terrenos baldíos convertidos en cementerios.

Hace solo tres años, Violeta se mudó a un departamento en la colonia Parajes del Sur y, con su maleta, trajo a Ciudad Juárez el sueño de cruzar la frontera. Dejaba atrás un pasado de sobresaltos y un novio delincuente que la introdujo en las mañas del hurto al descuido en terrazas y mercados, del allanamiento de las casitas desvencijadas de Ecatepec y del robo de coches con cualquier alambre que sirviera de ganzúa. No era vida para ella. Con veintiún años, flaca y rubia, güerita, ojos color miel que tantas veces han sido objeto de los piropos de los hombres, se sentía llamada a un futuro mejor. Pero su aspecto cumple a la perfección con las características habituales de las víctimas. Hay decenas como ella en la manifestación que organiza el grupo Voces sin Eco para exigir que la policía federal ponga freno a los asesinatos, aunque ella confía más en el azar que la alejó de ir al mall con sus amigas que en los agentes.

—No sé qué demonio pudo hacerles eso —escucha a unos pasos—. Hasta el corazón les faltaba.

—Mi flaco leyó que a una le abrieron la cabeza y se llevaron el cerebro.

Violeta prefiere ahorrarse los detalles. No quiere recordar a sus amigas como aparecen descritas en algunas notas de prensa. Después de la manifestación, se disculpa con las compañeras de la maquila que se habían reunido a tomar algo en la avenida Vicente Guerrero. Descansa en un banco del parque frente a la catedral de Nuestra Señora de Guadalupe e intenta dirigir sus pensamientos al curso de la academia de computación, a la vida que le espera en Estados Unidos en algún momento propicio. Él se sienta a su lado y le sonríe.

—Traes mala cara.

El hombre bromea con que una cara tan bonita nunca debería estar triste y, sin apenas darse cuenta, Violeta se siente a gusto en la conversación. A él sí le habla de sus amigas aparecidas muertas en el cerro del Cristo Negro, de la pena que la infecta como un virus cuando imagina cuánto debieron sufrir.

—No puedo evitar lo que ya ha pasado, pero sí conseguir que, durante unas horas, no pienses en eso.

Se llama Néstor. Ronda los treinta años, guapo, educado, con una sonrisa cálida. Pasean por la avenida, entran a cenar algo rápido en un restaurante, él la invita, luego la acompaña a casa y se despide en la puerta, pero volverán a verse otros días, y entonces Violeta se dará cuenta de que Néstor tiene plata. Se le nota en la forma de vestir, siempre de marca, con dinero en apariencia sin fin en el bolsillo, una pick up Ford Ranger Roush, que no es de las más grandes que existen, pero que llena de envidia a todas las que ven a Violeta subirse con él.

10

Algunas compañeras de la maquila la avisan de que puede ser un padrote, que es como llaman a los hombres que enamoran a las mujeres jóvenes y bellas —su cuerpo y esos ojos vuelven a ser más una desgracia que una dádiva— para después entregarlas a los capos de los cárteles de drogas. No es el caso de Néstor, se dice ella, no es cierto que sea un padrote; es solo que otra vez ha tenido la estrella que les faltó a sus amigas y ha interesado a un hombre bueno y guapo. Se porta bien, le ha hablado de ayudarla a dejar la maquiladora y dedicarse nomás que a estudiar computación y así cambiar de vida, incluso le ha propuesto ir unos días a Acapulco... Al pensar en alojarse en un hotel junto al mar, comer en buenos restaurantes y pasear abrazada a él, Violeta desprecia todas las advertencias de terceras voces. La suerte está de su lado.

—¿Voy guapa?

—Tú siempre vas guapa, flaca.

Néstor conduce la Ford Ranger por la carretera Panamericana y Violeta está nerviosa. Van a cenar y dormir en el rancho de Santa Casilda, propiedad de Albertito Céspedes, el «padrino» de Néstor, como él lo llama. Su jefe. Habrá gente importante, quizá algún actor, grupos de música para acompañar la fiesta. Una de esas reuniones que Violeta solo ha visto en las revistas.

—Nunca me has dicho en qué trabajan.

—El padrino ayuda a la gente a alcanzar lo que le falta. Hasta los más poderosos de este país necesitan que don Albertito intervenga para conseguir algunas cosas, que en esta vida no todo te lo dan a cambio de plata. Él me tiene afecto, me hizo su ahijado, y quiere conocerte. Tú solo sonríe y confía en mí.

El rancho de Santa Casilda es enorme. Algunos invitados han llegado en helicóptero y en avionetas privadas. Violeta ha oído a unas mujeres en el baño comentar que a lo mejor asiste a la fiesta Ismael «el Mayo» Zambada, el líder del cártel de Sinaloa tras la detención del Chapo Guzmán, también que habrá miembros de la familia Treviño, la de los Zetas...

Violeta no sabe mucho del narco, le da miedo que Néstor esté relacionado con ese mundo, pero también ha creído reconocer entre los corrillos al secretario de Seguridad Pública, así que probablemente las mujeres del baño solo fantaseaban.

Don Albertito se mezcla con sus invitados, cercano y sonriente. Apenas alcanza el metro sesenta, pero la estatura no es impedimento para que su figura imponga un extraño respeto. Los grandes hombres parecen tímidos escolares que rodean con admiración al maestro mientras cruza la fiesta. Don Albertito es un cubano afincado en México hace unos diez años, según le contó Néstor. Viste un traje blanco que acentúa el contraste con su tez morena, varios collares de cuentas rojas y blancas cuelgan de su cuello. Violeta observa cómo esos collares embelesan a los invitados cual diamantes.

Cuando se reencuentra con Néstor, quiere preguntarle por los collares de don Albertito, pero atruena el grupo musical que ha empezado a tocar rancheras y, para cuando se deja llevar por su enamorado hasta el lienzo charro —ese cercado parecido a una plaza de toros—, la pregunta de Violeta ya ha muerto en sus labios. Dan una vuelta por el lienzo, Néstor es un buen jinete y la lleva detrás, sentada a la grupa de una yegua negra preciosa. Se siente admirada por todas, hasta envidiada cuando don Albertito se acerca a saludar a su ahijado.

—Qué linda güerita, Néstor... Ya tenía ganas de conocerte. Le tengo un eleke, no se crea que me olvido de usted.

La mirada de don Albertito parece hundirse en Violeta, ver cosas que nadie más puede ver. Néstor y su padrino se alejan de ella charlando mientras cae la noche y la mayoría de invitados comienza a dejar la fiesta. Solo unos pocos escogidos pueden dormir en Santa Casilda.

—¿Qué es un eleke? —pregunta ella cuando el más joven regresa.

La multitud que antes bullía en el rancho ha quedado reducida a una veintena de personas, los ahijados, como le explica Néstor. Allí siguen el secretario de Seguridad Pública y un grupo en el que está el Mayo Zambada.

12

—*Pronto lo sabrás. Don Albertito ha dicho que esta noche te rayará.*

Extiende él la mano derecha y muestra el espacio entre el pulgar y el índice; unas tenues cicatrices dibujan algo parecido a dos flechas y una cruz. Violeta se había fijado otras veces en ellas, pero nunca se había atrevido a preguntarle cuál era su significado.

—*¿Estás reglando?* —*Una mujer morena, de casi metro ochenta, se ha aproximado a ellos y Violeta se extraña ante la pregunta*—. *No puedes entrar en la casita si estás en los días.*

Violeta niega con la cabeza y camina del brazo de Néstor hasta una pequeña construcción apartada de la casa principal donde ya se adentra el resto de invitados.

—*¿Qué va a pasar ahí dentro, Néstor?*

—*Don Albertito es un babalawo. Te dije que él puede conseguir lo que la plata no consigue. Habla con Orunmila y ve el pasado, el presente y el futuro. Nadie te puede dar más protección que él, por eso todos vienen a buscarlo. Para que los protejan los orishas. Y a ti también te protegerán cuando te raye.*

Violeta cruza el umbral de la casita. Eleke, babalawo, rayado, Orunmila, orishas... Son palabras desconocidas para ella, no alcanza a descifrar su significado, pero todas parecen formar parte de la parafernalia que envuelve la santería. Venida de Cuba, de Haití o de Brasil, sabe que la religión yoruba ha acabado mezclándose con las creencias cristianas o la devoción a la Santa Muerte mexicana. Ha oído hablar del poder de los santeros, de los ritos que predisponen a tu favor a las entidades de ese panteón de origen africano, los orishas. Ahora entiende la veneración que todo el mundo rinde a don Albertito: el destino de quienes se han encerrado en esa casita iluminada solo por velas está en sus manos.

Unos tambores resuenan con ritmo acelerado, tribal. En el centro, un caldero de cobre herrumbroso borbotea como un volcán en erupción. Debe de contener hierbas aromáticas que impregnan el aire, aunque por debajo Violeta intuye algún otro aroma; dulzón y pútrido, le recuerda a los días de matanza en su hogar, cuando su padre degollaba a un cerdo.

La entrada de don Albertito, desvaído entre el humo y el vapor de la olla, tiene algo de aparición mágica. Ahora solo viste el pantalón blanco del traje, sobre su pecho desnudo destacan los collares, y chupa con fruición un puro cuyo humo exhala. Lo acompaña la mujer que antes le preguntó a Violeta si tenía la regla. Es una yubona, le explica Néstor, la madrina de los elegidos que van a recibir la protección de los orishas.

—Moyugba Olodumare Logué Ikú embelece…

La oración que profiere don Albertito con voz ronca se mezcla con la síncopa de los tambores. El humo de las velas y el vapor del caldero espesan el ambiente, y Violeta se siente cada vez más incómoda, casi enferma. Néstor ha debido de notar su debilidad porque la sujeta con fuerza del brazo.

—Cierra los ojos y trata de respirar hondo. —El consejo de su pareja no está vestido con el cariño, al contrario; por primera vez Violeta adivina un temblor de miedo en su voz, que es casi una amenaza—. Dentro de la olla están los elekes. Son collares de protección, llevan una semana hirviendo con veintiuna yerbas.

La yubona va sacando los collares con un palo y los dispone con cuidado en una estera. Don Albertito continúa su rezo en ese idioma que Violeta no puede entender, pero cuya sonoridad, unida al ritmo infinito de los tambores, la hace pensar en algo primigenio, ancestral, algo que ha cruzado el tiempo desde los orígenes del mundo. Iyami Oshoronga es el nombre que ahora invoca don Albertito. Habla de la sangre, del equilibrio que la deidad mantiene entre la noche y el día, la vida y la muerte.

Un hombre de unos sesenta años se arrodilla ante la estera y extiende la mano derecha. Con la punta de un machete, don Albertito dibuja algo entre sus dedos. La sangre mana y gotea sobre uno de los collares que, acto seguido, el santero pone alrededor del cuello del iniciado. Es el rayado; Violeta sabe que también se lo hará a ella para convertirla en una de sus ahijadas, para que, como don Albertito dice mientras sigue adelante con el rito, Iyami Oshoronga le entregue su poder.

Los tambores no cesan y Violeta tiene la sensación de que flota en el interior de la casita. ¿Han podido administrarle algún tipo de alucinógeno durante la fiesta? Las sombras que la luz de las velas dibuja en las paredes se transforman en criaturas gigantescas. Ha creído ver a una enorme mujer con alas de pájaro en la pared que hay al otro lado del caldero.

La yubona que ayuda a oficiar el rito ha traído una segunda olla. Con un palo, ha sacado algo de ella. Es una masa gelatinosa, blanquecina, que don Albertito toma entre las manos y acerca al hombre que sigue arrodillado ante él.

—La siguiente serás tú —le murmura Néstor.

El hombre coge la ofrenda y, sin dudarlo, la muerde. Le cuesta desgajar un trozo de esa extraña masa que, ahora, Violeta puede ver mejor. Los surcos caracoleados, las protuberancias, la semejanza a una nuez aunque de mayor tamaño, le revelan que se trata de un cerebro.

Retrocede un paso, mareada. La yubona está sacando otras ofrendas de la segunda olla: dos corazones, un órgano rosáceo que podría ser un hígado. El hombre que ha mordido el cerebro mastica con dificultad el trozo hasta que logra tragarlo.

—No te muevas.

La voz de Néstor se pierde entre los tambores y las oraciones de don Albertito.

—Ana ibá, ibá mi ibá eyé, ibá mi cachecho...

Como si descendieran a toda velocidad por una pendiente, le vienen las imágenes de sus amigas correteando por los pasillos de Las Misiones Mall. Sus cuerpos vaciados en el cerro del Cristo Negro. «Le abrieron la cabeza; se llevaron el cerebro». La yubona está mirando a Violeta. También lo hace don Albertito. Va a ser rayada. Los órganos de sus amigas le darán la bendición de Iyami Oshoronga. El poder de la madre. Pero siente una arcada y, al contenerla, trastabilla y cae al suelo. Quiere salir de esa casita. Quiere desaparecer, mas los tambores no cesan.

La mano de Néstor se clava en su muñeca como una garra y, de un tirón, la pone en pie. Violeta está congelada y está sudando.

—¿Son ellas?

—Son una ofrenda. ¿No quieres tener a Iyami Oshoronga de tu parte?

Violeta rompe a llorar. Todos los asistentes se han transformado en sombras que la rodean como animales hambrientos. Los tambores repiquetean sin tregua. Antes de desvanecerse, cree ver de nuevo a la mujer con alas de pájaro levantándose por encima de todos los asistentes.

—Te buscaré —piensa que le dice la sombra de Iyami Oshoronga.

El Ford Ranger recorre a toda velocidad una carretera que ella no reconoce al entreabrir los ojos y mirar por la ventanilla. Todavía es de noche.

—¿Ya estás despierta?

Violeta se incorpora; tiene el vestido sucio, seguramente se manchó al vomitar. Quiere saber qué ha pasado, cómo salió del rancho de Santa Casilda, refugiarse en el pecho de Néstor, pero pronto se da cuenta de que su novio ya no es la persona que conocía.

—Pendeja hijaeputa. Te abro la casa de don Albertito, te doy la chance de ser su ahijada y ¿qué se te ocurre hacer?

Las lágrimas le queman al salir.

—Eran ellas. Las que encontraron en el cerro del Cristo Negro...

Néstor no le da la oportunidad de completar la frase. De un guantazo, le parte un labio.

—Déjame ir. ¡Para el coche! ¡Me quiero bajar!

No volverá a la colonia de Parajes del Sur, tampoco cruzará la frontera con Estados Unidos, no acabará su curso de computación... Néstor conduce hacia el aeropuerto.

—«A la flaca la quiero muerta. Ha estado en la ofrenda a Iyami Oshoronga y... va a hablar, Néstor. La güerita va a ir a los *federales o los periodistas y no quiero que eso pase». Eso es lo que me ha dicho don Albertito, pero yo te quiero, ¿sabes? Y pensaba que nos iba a ir bien, que tú darías la talla, pero... Te he conseguido una manera para desaparecer, me lo vas a tener que agradecer lo que vivas, porque otro te habría llevado al Cristo Negro...*

Tres horas después, sin equipaje, con el vestido manchado de vómito y los cien dólares que Néstor le ha dado en el bolsillo, Violeta está subida en un avión rumbo a Madrid. Allí, en el aeropuerto Adolfo Suárez, la estarán esperando unos socios de Néstor que le darán un empleo de camarera y un pasaporte falso para poder quedarse a vivir en España. No debe preocuparse de nada, ellos mismos la reconocerán y la abordarán en el vestíbulo.

—Te estoy salvando la vida, flaca.

Néstor la ha besado antes de partir, con amor, como antes. No le cuenta que rechazar un eleke es una condena. Que la sombra vengativa de Iyami Oshoronga la perseguirá toda su vida. Que ahora la está salvando de una ejecución, pero que, tal vez si le diera la oportunidad de elegir, preferiría un disparo certero entre los ojos.

«¿Dónde está mi suerte?», se pregunta Violeta mientras el avión sobrevuela el Atlántico.

Capítulo 1

Ahí está la Nena. Ha cogido el lápiz amarillo y sujeta el folio arrugando una punta con la mano izquierda. Surca la hoja con trazos muy bastos, diagonales nerviosas que vuelven sobre sí mismas, un poco en trance, como la médium guiada por un fantasma. Elena Blanco sabe que no debe interrumpirla. Desde que comenzó a visitar a la niña en el centro de acogida, hace ya más de seis meses, la ha visto muy pocas veces enfrascada en un pasatiempo. Casi siempre la encuentra dormida en la cama, o tumbada en el suelo de la sala común, en posición fetal, o sentada en una silla con la vista perdida en algún punto de la pared, incapaz de reaccionar a la presencia de los demás.

Esta estampa es inusual y revela una mejoría, que, en realidad, poco a poco, se está produciendo. Los pájaros se posan en los árboles del jardín y ella no intenta atraerlos para comérselos como el felino salvaje que era cuando ingresó, ha empezado a digerir alimentos cocinados y no se revuelve con violencia cuando las cuidadoras tienen que tocarla; no les muerde, ni a ellas ni a los otros menores del centro. A Elena le gustaría enseñarle a dar besos para mostrar cariño, pero todavía es reacia al contacto físico, ni siquiera acepta las caricias; una excepción que solo hace con Gata, siempre enroscada en su regazo. Una mirada cálida, una sonrisa extraviada, es todo lo que la inspectora ha conseguido hasta el momento como signo de empatía. Aun así, la Nena, Mihaela —prefiere llamarla por su verdadero nombre, no con ese apelativo con el que la conocían en la granja—, pasa la mayor parte del tiempo encerrada en su mundo, algo que asusta a Elena, porque su mundo conocido era un infierno.

La Casa de los Horrores de Santa Leonor, como la bautizó la prensa. Antón, aquellos habitantes enfermos que la trataron como a un animal... La barbarie que fue su paisaje cotidiano.

La luz de una mañana de octubre le baña el rostro y revela sus impurezas: la pelusilla en el filo de la mandíbula, algún grano, alguna herida mal curada de los golpes que al principio se daba contra la cama. Pero es un rostro hermoso. Elena la observa con dulzura. El folio está arañado de rayas amarillas. Pronto va a necesitar otro, pero no va a dárselo hasta que ella lo pida. Le da la impresión de que coge el lápiz como lo hacía su hijo, de la misma forma desmañada. Aunque roza los nueve años, la niña parece más pequeña, se le podrían calcular los cinco que tenía Lucas cuando desapareció.

Cada vez que el nombre de su hijo ronda sus pensamientos es como si se abriera un pozo a sus pies, un enorme vacío negro que amenaza con absorberla. Ha cumplido cincuenta y un años, y tal vez sea eso, la edad, el hartazgo de la lucha por mantenerse a flote, pero siente que las fuerzas ya no son las de antes, que le gustaría dejar de oponer resistencia y caer en ese pozo.

Mihaela levanta la mirada hacia Elena. ¿Es su modo de pedir otra hoja de papel para seguir dibujando? Le tiende un folio con suavidad, como le han dicho que hay que hacer las cosas con ella para que no se asuste. Y entonces la niña reacciona de forma inesperada: apoya la mejilla sobre la mano que ya deslizaba el folio, y la deja allí como si quisiera usarla de almohada. La inspectora reprime el deseo de acariciarle el pelo. Que la niña salvaje duerma sobre su mano es una novedad. El vacío y la abulia, que a menudo atenazan a Elena, se dispersan como una nube rota por el viento siempre que percibe uno de esos mínimos avances de Mihaela.

Si vivieran juntas, los progresos de la niña podrían ser más rápidos, le ha dicho a la psicóloga del centro. «¿Te das cuenta de la responsabilidad que estás adquiriendo?», la misma advertencia cada vez que cumplimenta alguno de los impresos necesarios para acoger a Mihaela y, si todo va bien, iniciar un proceso de adopción. ¿Cómo explicarle que ella puede darle tanto a la niña como la niña a ella? Son dos porcelanas rotas que podrían complementarse. Las secuelas de Mihaela son más evidentes, tanto que la consideran un caso perdido. La pesadilla que ha vivido impide el desarrollo social y afectivo de ese ser humano. Un diagnóstico terrible, sin fisuras, que habría ahuyentado a cualquier candidato a acoger a la niña. Pero no a Elena. Ella entiende mejor que nadie el sufrimiento de Mihaela. Tal vez fue ese convencimiento, esa intuición anudada en el estómago, lo que, con el paso de los meses, se convirtió primero en un proyecto posible y después en algo así como un mandato. Esa promesa de un futuro juntas es lo que, como un puente de plata, las mantiene unidas desde el día que tomó la decisión, de una forma misteriosa y dulce.

Pero el proceso de acogida es lento. Además de los avisos de los especialistas, debe luchar contra la burocracia. Sería más fácil si Zárate la acompañara en esa aventura, pero él no quiere saber nada de Mihaela. Nunca ha venido a visitarla. Una ausencia que al principio excusaba de manera torpe y, más tarde, ni siquiera eso. Si Elena habla de ella, Zárate se refugia en un silencio denso, hosco. Sabe que la Nena le recuerda todo lo que no pudo hacer por Chesca y entiende que es algo doloroso. También lo es para ella, pero ¿qué derecho tienen a culpar a Mihaela de lo que pasó? ¿No fue otra víctima? Hay algo más, Elena está segura. Una herida más profunda en Zárate que él se resiste a mostrar y que no solo lo aleja de la niña, sino también de ella.

Tres o cuatro noches por semana, Zárate duerme en su casa de la plaza Mayor. Cenan, escuchan música, se acuestan juntos. Y, cada día, el silencio va ocupando un espacio más grande entre los dos. Demasiados temas prohibidos, demasiados terrenos resbaladizos en los que no deben adentrarse. No hay entre ellos escenas teatrales con objetos volando por el salón ni palabras fuera de lugar. Sus desencuentros suelen tomar la forma del disimulo, de las miradas esquivas.

No le ha contado nada de Grigore Nicolescu, el padre biológico de Mihaela. Pudieron localizarlo y estuvo en Madrid semanas después de que internaran a la niña en el centro. Su disposición inicial a hacerse cargo de su hija se desvaneció cuando pasó unas horas con esa criatura que todavía era más un animal que una persona. Los informes psicológicos lo advirtieron de lo difícil que sería vivir con ella y de que era obligado un tiempo en el centro para monitorizar su evolución. Grigore aprovechó la excusa que le brindaban, se montó en un autobús de regreso a Rumanía y prometió que se mantendría al tanto de la situación. Elena supuso que el padre no volvería a aparecer en la vida de Mihaela, que nunca se producirían esas llamadas prometidas, pero meses después, Alicia, la trabajadora social, le contó que se había puesto en contacto con el centro para saber cómo se encontraba su hija.

—¿De verdad crees que va a venir a recogerla?

Alicia compartió la incredulidad con Elena; ¿quién quiere hipotecar su vida al cuidado de una niña marcada?

Ahí está la Nena, frotándose la mejilla en el dorso de la mano de Elena. Solo ella puede rescatarla.

Al salir del centro, hace frío. Octubre ha llegado con un viento helado y tiene que arrebujarse en su abrigo antes de subir al Lada. Enciende la calefacción para entrar en calor y pone la radio. Las noticias le suenan siempre iguales y, como el ratón en la rueda, ella también siente que está moviéndose en círculos, posponiendo lo que parece inevitable para avanzar al fin. El trabajo en la Brigada de Análisis de Casos, su relación con Zárate, el piso de la plaza Mayor plagado de fantasmas.

El móvil suena con insistencia. En la pantalla, el nombre de Buendía y la foto del forense de la BAC, sonriente y con la cara sonrosada, una fotografía que le hizo una noche que celebraron la resolución de un caso en un bar de la calle Barquillo.

Mientras Buendía desgrana los primeros datos, Elena siente que algo la empuja, algo está sacándola por fin de la rueda.

Capítulo 2

Antes de que el mercado de la droga se trasladara a la Cañada Real, el mayor centro de menudeo de Madrid estaba en el poblado de Las Barranquillas, en la Villa de Vallecas, al lado de la base de la Grúa Municipal Mediodía II. En los tiempos de Las Barranquillas, el acceso al depósito de la grúa se conocía como la carretera del miedo, trescientos metros que atravesaban el poblado en los que los conductores rezaban para que el coche no se les calara y dejar atrás a los más de cinco mil yonquis que rondaban la zona. Ya no es así, el antiguo poblado de infraviviendas fue desmantelado y han empezado las obras para urbanizar la zona en un nuevo barrio que se llamará Valdecarros. Se levantarán más de cincuenta mil viviendas con garajes, pistas de pádel y piscinas para alojar a los vecinos que ya no caben dentro de Madrid. Algún día se llevarán también de allí la Base de Mediodía II, donde se agolpan más de siete mil vehículos, algunos desde hace más de dos décadas —dicen que dentro de uno de los coches ha crecido un árbol—, para seguir haciendo casas, piscinas y pistas de pádel.

Zárate ve cómo un mastín blanco hunde la lengua en un táper lleno de agua que Romeo, el guardia que hacía turno en Mediodía II, le ha puesto en la puerta de la oficina del depósito. Salpica al beber con escándalo, como si viniera de atravesar un desierto.

—Fue el primero en darse cuenta. Se echó a la parte de atrás de la furgoneta a ladrar como un loco. Cásper no es de los que ladran por nada, me asustó.

—¿Y el dueño? ¿Qué dijo al abrir la caja de la Citroën?

Desde donde se encuentra, Zárate puede ver la ambulancia donde atienden a Silverio Tenazas, pálido como ceniza. Los primeros agentes que llegaron al depósito le dijeron que no dejaba de vomitar, hasta que se desmayó, por eso avisaron al SAMUR.

—Si dijo algo, la verdad, no lo escuché. —El guardia jurado echa repetidas miradas a la enorme extensión del depósito por la que ahora circulan coches de la policía y furgonetas de la Científica, como si unos extraños hubieran invadido su casa.

—¿Cuánto tiempo llevaba la furgoneta aquí?

—Doce días; le he entregado a un compañero suyo el registro. La trajeron de un descampado cerca de la Cañada Real. No es la primera vez que recogemos una furgoneta abandonada por esos andurriales. Esta, por lo menos, no la habían quemado. Es lo que suelen hacer con los vehículos robados, si los han usado para algún golpe. Pero le juro que cuando la trajeron no olía así. Me habría dado cuenta. O Cásper.

El Lada rojo de Elena cruza el control que han levantado en la puerta del depósito.

—No te bajes.

Zárate se sienta junto a ella y le indica el camino que debe seguir. A los lados, van dejando atrás hileras de utilitarios, caravanas desvencijadas, camiones y autobuses que todavía tienen serigrafiada en el lateral alguna frase publicitaria: MADRID BUSVISIÓN reza uno con una segunda planta descubierta que debió de usarse como autobús turístico.

—Silverio Tenazas, natural de Sauquillo de Cabezas, Segovia. Dio parte de que le habían robado su furgoneta hace diecisiete días. Una C15 blanca que ya no se fabrica, a otro le habrían hecho un favor robándosela. La grúa la recogió cinco días después en un descampado cerca de la Cañada Real y la trajeron aquí. Esta mañana, Silverio se ha pegado el viaje desde su pueblo para recuperarla, pero...

bueno... Buendía te ha puesto al día, ¿verdad? No contaba con lo que hay en la caja.

Una furgoneta de los Tédax se cruza en el camino con el Lada de Elena, que los ve alejarse por el retrovisor.

—Al principio, pensaron que podía haber explosivos, pero, después de una primera inspección, lo descartaron. El jefe del grupo conoce a Buendía y... se le ocurrió llamarlo.

Elena detiene el coche junto al vehículo de la Científica. La protección del muro alambrado del depósito ha hecho innecesario desplegar una carpa alrededor de la Citroën. La furgoneta tiene las puertas traseras abiertas de par en par, como si fuera una enorme boca. Los técnicos y el fotógrafo se arremolinan en la entrada como abejas en el panal. Una chica de apenas treinta años camina con prisa hacia Elena.

—No se puede aparcar aquí. ¿De dónde vienes? ¿Del juzgado? Venga, te ayudo a maniobrar y sacas ese cochecito, que tenemos que dejar vía libre. ¿Me estás oyendo? Vamos, que va a subir el pan.

Habla tan rápido que Elena no ha tenido tiempo de deslizar una sola palabra. Solo ha sacado su identificación. El rubor tiñe los pómulos de la chica, que, tras ajustarse unas gafas de alambre redondas al puente, ha leído el nombre y cargo de Elena. Despliega una inmensa sonrisa. La melena ensortijada y castaña le da un aspecto de niña traviesa.

—Inspectora, encantada. Soy Manuela Conte. El doctor Buendía me ha... bueno, trabajo con él, creo que lo sabe. Soy algo así como la viceforense. Ahora ¿le importa subirse al coche y quitarlo del camino? Está molestando.

De nuevo, la sonrisa abierta, de oreja a oreja. Zárate también se ha bajado del coche y ya las deja atrás camino de la furgoneta.

—De verdad, Buendía, ¿qué tipo de prueba ha pasado esta chica para trabajar contigo?

—Manuela, que mueva el coche otro. Necesito a Elena aquí.

Elena le deja las llaves a la chica, no sin antes murmurarle al oído con una ternura que parece una amenaza.

—Le tengo mucho cariño a ese coche.

—Tiene el reglamento grabado a fuego en la cabeza. —Buendía coge del brazo a Elena y la guía hasta la caja mientras se disculpa por su ayudante.

—Me cae bien, parece lista. ¿Es la que me dijiste que te va a retirar?

—Si no me mudo pronto a la playa, me va a tocar encargarme de mis nietos, y te juro que es lo último que quiero en el mundo. Prefiero Benidorm y comer cada día *fish and chips* que aguantar a esos mocosos.

Una vaharada de aire fétido detiene a Elena en seco. Buendía le da una mascarilla para protegerse del olor mientras el equipo de la Científica se aparta para que la inspectora pueda acercarse a la caja de la furgoneta.

—La jueza debe de estar al llegar para hacer el levantamiento del cadáver, pero he pensado que te gustaría verlo.

¿Quién eres?, es la primera pregunta que la asalta a ella. Su rostro, pese a la muerte, está como congelado en un último instante de vida y de dolor. La barba descuidada, sucia de sangre como barro, la boca entreabierta en ese rictus que trae a la memoria de Elena el cuadro de Bacon, como si su última exhalación hubiera sido un grito. Los ojos tienen el velo grisáceo de la muerte, pero siguen abiertos, mirando ¿qué? Quizá a quien le hizo esto. Debe de rondar los treinta años, puede que alguno más, está desnudo y atado a una silla. Una metálica, como la de cualquier terraza de bar, ríos de sangre seca ensucian las patas. Su sexo cuelga débil entre las piernas abiertas. Justo encima de él, empieza la cicatriz que asciende hasta el esternón. Mal cosida, la rigidez del cadáver ha destensado los puntos y, por debajo de la carne inflamada, se atisba su interior. Esta fue la razón por la que se avisó a los expertos en explosivos. ¿Qué hay dentro de ese cuerpo?

El forense adivina la pregunta en su mirada:

—Por lo visto, lo han vaciado. Quizá mientras aún vivía y...

Buendía se ajusta los guantes. Sube a la caja de la furgoneta para palpar la cicatriz que atraviesa de arriba abajo el abdomen. Con cuidado, la abre ligeramente e ilumina el interior con una linterna. Elena apenas distingue un amasijo informe de carne. Quizá órganos amontonados. Pero, entonces, el haz de luz enfoca una forma que le resulta identificable. Como si en mitad de un cuadro abstracto uno encontrara un elemento realista que ayuda a dar sentido al resto del conjunto.

—¿Lo ves?

Elena no se atreve a responder, pero sí. Lo ve. Ahí dentro hay un pequeño ojo, entrecerrado. Puede reconocer los párpados hinchados y, bajo ellos, la blancura del globo ocular.

—Creo que lo que tiene dentro es un feto.

Capítulo 3

Se arrepiente de la elección que hizo esta mañana. Un vestido verde estampado con pequeñas calaveras, una chaqueta vaquera y las botas Dr. Martens. Todo el día se ha sentido incómoda, como si estuviera encerrada en un disfraz; le habría gustado ir a su casa y cambiarse, pero no ha habido ocasión. Reyes llegó con Orduño al depósito de vehículos cuando ya habían levantado el cadáver. Elena les pidió que acompañaran a Silverio Tenazas, el dueño de la Citroën, hasta su pueblo. Necesitaba descartar cualquier implicación de este en lo sucedido.

—Si lo sé, no vengo a recogerla. Yo denuncié el robo, lo hice todo como se debe hacer...

Reyes decidió sentarse en el asiento trasero del coche, junto a Silverio: poco a poco había ido recuperando un color natural en la piel, pero seguía inquieto. El hombre muerto en la caja de su furgoneta habitaría durante mucho tiempo en sus sueños. Le dio conversación durante gran parte del trayecto, quería ganarse su complicidad, que se sintiera seguro.

—Sé que no es agradable, pero debe mirar la foto. ¿Reconoce a este hombre?

Silverio dedicó un vistazo fugaz a una instantánea del muerto; un retrato de su cara, los ojos abiertos, como la boca, la piel macilenta iluminada por un flash que endurecía sus facciones. Se ajustó de nuevo el cinturón e intentó fijar la mirada en el horizonte.

—Si va a vomitar, avise. Podemos parar.

Orduño los vigilaba a través del retrovisor.

—No había visto a ese hombre en mi vida —negó tajante Silverio.

—¿Dónde le robaron la furgoneta? Necesitamos saber el lugar exacto.

—¿Se lo van a decir a mi mujer?

Veinte minutos más tarde, Orduño detenía el coche en la puerta de un club de carretera. Sobre la puerta del local, que parecía un chalet ruinoso, colgaba un viejo neón rojo en el que se leía PARADÍS. La noche en la que perdió su querida furgoneta, Silverio había ido de putas.

—No hay ninguna cámara de seguridad. Hemos preguntado a las prostitutas y al personal del club, pero lo que era de esperar: nadie vio a nadie extraño ni merodeando por los coches. He pedido que una unidad de la Científica vaya a procesar el sitio.

Elena encaja en silencio el informe de Orduño. La pared de cristal de la sala de reuniones está plagada de fotografías, tanto de la furgoneta como retratos parciales del muerto: la cicatriz que lo atraviesa de arriba abajo, detalles de sus dedos crispados, agarrados a la silla metálica, y, en el centro, su rostro. Elena ha pegado un pósit en blanco junto a él. Un pósit que es la pregunta a la que deben dar respuesta: ¿quién es ese hombre?

—La Científica tomó huellas en el volante y en las paredes de la caja. Las de la puerta estaban contaminadas. También han recogido muestras de sangre, pelos y fibras. Están procesando todo, pero de momento, los primeros cotejos han sido negativos. Ni la víctima ni su asesino estaban fichados.

Zárate desgrana con desidia el informe preliminar de la Científica. Las miradas del equipo, reunido en la sala, convergen en Manuela, la nueva ayudante de Buendía. Esta da un leve respingo al sentirse observada y, en un gesto que Reyes le ha visto repetir varias veces a lo largo de esta tarde en la BAC, se ajusta las gafas al puente de la nariz.

—¿Me toca?

Mariajo deja escapar un leve bufido. Lleva tratando con cierto desdén a Manuela desde que la joven empezó a deambular por la sede de Barquillo. Reyes cree conocer a la hacker y no es habitual en ella esta tensión. Tal vez, más que tener algo en contra de la forense, a lo que se esté resistiendo es a que Buendía se jubile. Es su manera de mostrar cuánto lo echará de menos.

—Te toca si tienes algo que añadir, cariño. Si no, podemos irnos a casa y darnos una ducha, que esto promete ser largo.

—El doctor Buendía está terminando la autopsia, pero hemos podido adelantar algunos análisis. —Como la colegiala que se dispone a exponer un tema, Manuela se pone en pie y ocupa el espacio delante de las fotografías—. Varón. Treinta y cinco años aproximadamente. La exploración inicial indica que estaba vivo cuando se le hizo la incisión y la extracción de órganos. Ya sabéis, fue eviscerado. En concreto, le quitaron el hígado, la vesícula y casi todo el intestino grueso, también partes del delgado. Es curioso, porque la limpieza del corte hace pensar en un instrumento quirúrgico; de hecho, el hilo con el que se cosió la cicatriz también era hilo quirúrgico. Sin embargo, es una escabechina: el corte no tiene ningún sentido, le arrancaron los órganos tal vez a tirones, y la sutura, bueno, ya lo pudisteis ver: un desastre. Se abría. Desde luego, no fue obra de un cirujano.

Manuela levanta la mirada de los papeles que agarraba con tensión y enseña su sonrisa, orgullosa de haber cumplido con la tarea.

—¿Ha confirmado Buendía que lo que tenía dentro era un feto?

La joven deja caer sus papeles sobre la mesa, nerviosa por la pregunta de Elena. Registrando entre las hojas, en un aparente desorden, encuentra al fin lo que busca. Unas fotografías de la sala de autopsia después de que Buendía extrajera lo que había dentro de la tripa. Las pega en el cristal, junto al resto de fotos.

—Un feto de veintiocho semanas. Femenino. Estuvo un tiempo congelado antes de que se lo metieran dentro a la víctima. No sabemos cuánto, pero seguro que el doctor Buendía logra estimar una horquilla de tiempo. El cordón umbilical está desgajado, fue arrancado de la tripa de su madre, probablemente de un tirón.

El cansancio de los miembros de la BAC se ha transformado en pesar. Se abre un silencio espeso; no hace falta que nadie diga en voz alta qué significan los últimos datos que ha dado Manuela.

—¿Por qué no está aquí Buendía?

La queja de Mariajo no es tanto un ataque a la nueva como una petición de auxilio. La magnitud de lo que han descubierto en esa furgoneta se multiplica. Necesitan que Buendía los ayude a desenredar esta madeja.

—Me ha pedido que sea yo quien os adelante estos datos, él quería terminar unos últimos análisis.

—Sabemos que seguramente haya una segunda víctima. —La voz de Elena se impone en la sala, serena y segura—. La madre de ese feto. Por cómo has descrito que se le practicó el aborto, lo más probable es que muriera. Mariajo, ¿puedes centrarte en eso? Llama a todos los hospitales para obtener un registro de interrupciones de embarazo recientes, aunque no creo que se lo practicaran en ningún hospital.

—Y tampoco es tan reciente. —Zárate, de pie frente a las fotografías del cristal, tiene los ojos clavados en el retrato de ese chico de mirada grisácea—. Manuela ha dicho que el feto estuvo congelado.

—Pongamos un año. Habla también con las comisarías de distrito. Y quiero un registro de cadáveres no reclamados.

—Además de hablar con los hospitales, puedo hacer un barrido de consultas ginecológicas interrumpidas a los siete meses. Era la edad del feto cuando lo arrancaron del vientre de la madre.

Zárate despega la foto del chico del cristal y la deja caer sobre la mesa.

—¿Qué sabemos de él? Además de varón y treinta y cinco años, Manuela. Algo que nos ayude a ponerle nombre y apellidos. Es lo primero; tal vez, cuando tengamos eso, también podamos conseguir el nombre de la madre.

—El análisis toxicológico de la víctima muestra, por un lado, trazas de escopolamina; seguro que estáis familiarizados. Causa confusión, y lo más seguro es que se la dieran a la víctima para manipularla a su antojo. Por otro lado, hay una cantidad apreciable de hidrocloruro de metadona en sangre.

—¿Metadona? ¿Era yonqui? —De manera instintiva, Orduño desvía la mirada a las fotos del chico; la barba descuidada, rala en algunas partes, el pelo moreno ensortijado, le habría ido bien un corte. Sin embargo, esa dejadez no le encaja con los rasgos de un yonqui.

—O un enfermo. La metadona también se prescribe para el dolor crónico —apunta Mariajo.

Manuela carraspea como la profesora que se dispone a iniciar la clase.

—Es poco probable, Mariajo. Para el dolor crónico en pacientes oncológicos o necesitados de analgesia se prefieren la morfina o el fentanilo. Si aparecen restos de metadona en sangre, lo más normal es pensar en un drogadicto. Sin embargo, no hay marcas recientes de pinchazos en el cuerpo ni dilatación de las fosas nasales, que sería lo normal en el caso de que la esnifara. Todo esto nos hace pensar, al doctor Buendía y a mí también, que era un drogadicto en proceso de rehabilitación.

Manuela es consciente de que, quizá, acaba de ganarse la animadversión de Mariajo para el resto de su vida, pero no lo ha podido evitar: la tentación de dejar a cualquiera sin argumentos gracias a todo lo que revela un cadáver es demasiado grande como para aparcarla por el bien de un ambiente armónico en el trabajo.

—¿Has pensado que tal vez se la fumaba? Te has quedado en las películas de los noventa, corazón. Hoy en día, la mayoría de yonquis prefieren fumar antes que metérsela en vena. Se murieron demasiados por culpa de las agujas. —Mariajo no espera la respuesta de Manuela, saca el móvil, busca en la agenda un número—. Sería más útil si fueras al Anatómico Forense y trajeras de los pocos pelos que le quedan a tu doctor Buendía. No es un caso para dejar en manos de una novata.

Elena encuentra la mirada indecisa de Manuela: ¿debe hacer caso de la orden de Mariajo? Es posible que fuera de las mejores en la universidad, pero la BAC es otra cosa. Ya lo irá aprendiendo. Con un gesto amable, la inspectora le indica que vuelva a su silla. En el otro extremo de la sala, Mariajo se queja porque Buendía tiene el teléfono apagado.

—Por ahora no nos queda otra que considerar a la víctima un yonqui en rehabilitación. Todos sabemos que la teoría tiene lagunas: además de lo que apuntaba Mariajo, el cotejo de sus huellas ha sido negativo en el sistema. Lo normal, en un adicto, es que la necrorreseña sea positiva. Que en algún momento cometiera un delito y lo ficharan. Sin embargo, este chico no tiene antecedentes penales. Orduño, Reyes: id a los centros de metadona de la Consejería de Sanidad, preguntad a los trabajadores por si alguno lo identifica.

Elena se fija en cómo Zárate mira más allá del cristal que separa la sala del resto de la oficina de la BAC. Al girarse, ve a Buendía arrastrar sus pasos entre las mesas. No responde al saludo de una de las funcionarias y a la inspectora la asalta la certeza de que no trae buenas noticias. Su gesto hundido y cansado disuade a Mariajo de hacer ningún comentario cáustico sobre su nueva ayudante. La mirada empañada del forense recorre a sus compañeros de la

BAC hasta fijarse en Elena, a la que entrega un exiguo informe.

—No he venido hasta ahora porque me parecía importante hacer una prueba de ADN urgente. —Buendía se sienta en la mesa y roba el café a Reyes, le da un sorbo a pesar de que está helado mientras la inspectora hojea el informe.

—¿Qué fiabilidad tiene el test?

—Un 99 por ciento. Ese chico... —Buendía ha encontrado sobre la mesa la foto que antes dejó Zárate—. Ese chico es el padre biológico del feto.

Capítulo 4

—Un ajuste de cuentas. La víctima podría tener relación con el narcotráfico, era un drogadicto. De alguna manera, la puesta en escena, el hombre con su propio hijo dentro, es un mensaje.

Zárate aventura una respuesta a la duda que planea sobre los dos: ¿por qué?, ¿qué razones hay para llegar a cometer un crimen así? Sus pasos se unen a los de Elena y retumban en el garaje de Barquillo mientras caminan hacia el Lada. Hay que viajar a la mente enferma del asesino para entender sus motivos: cada criminal construye su relato y encuentra lógica a sus actos. Son muchos los casos a los que se han enfrentado desde la BAC y sabe que esa racionalización de la violencia extrema, ese discurso alucinado del homicida, es lo que les permite dar sentido a pesadillas como la tortura o el canibalismo. Sin embargo, todavía están lejos de poder hacer eso; ni siquiera conocen la identidad del chico de mirada grisácea. Mucho menos, quién es la madre ausente a la que se le arrancó el feto. Cualquier hipótesis es inútil en estos momentos y la ansiedad de Zárate por dar una resolución al problema solo consigue subrayar la urgencia, la ansiedad que, desde que dejaron atrás el caso de Santa Leonor, lo ha estado atenazando.

—¿Dónde están las llaves?

—Creo que las metí en el bolsillo pequeño.

Zárate rebusca en la mochila de Elena mientras ella habla por teléfono con Rentero. Quiere reunirse con él para mantener todo el secreto posible alrededor del cadáver hallado en el depósito Mediodía II. Los detalles escabrosos de esa muerte serían gasolina para la crónica de sucesos, los programas matinales de televisión, y eso entorpecería el trabajo policial. Cuanto más discretos sean, más fácil será ir cercando al asesino.

—Me da igual que tengas una reunión con el director general de la Policía... Dile a Gálvez que te ha surgido algo importante. Tenemos que hablar.

Mientras Elena batalla con Rentero y sus mil compromisos políticos, Zárate apoya la mochila en el capó del Lada. Le llama la atención la cantidad de cosas inútiles que Elena carga cada día; además del arma, unas esposas y una selección de medicamentos, desde digestivos a relajantes musculares, hay tabaco, cosméticos que nunca usa... Zárate saca un folio doblado; está rayado con un lápiz amarillo. No hay ningún dibujo reconocible, solo líneas sin sentido, amontonadas unas sobre otras. No necesita preguntar para saber quién lo ha hecho y por qué está en la mochila de Elena. Ella regresa quejándose de la actitud de Rentero cuando ve a Zárate con el dibujo en una mano. En la otra, las llaves del coche.

—Ha costado encontrarlas.

Zárate le lanza las llaves, que Elena coge al vuelo.

—Has ido a verla, ¿verdad? Has estado con la Nena. —Zárate blande en el aire el folio pintarrajeado—. Es precioso.

—Se llama Mihaela, nunca la llamas por su nombre. Y, aunque a ti te parezca ridículo, para ella es un gran avance. Si fueras a...

—No, Elena, por favor: no vas a reprocharme que no te acompañe a visitarla. Esa niña no es asunto nuestro.

Ella hunde la mirada en el suelo: ¿cómo contarle que ha empezado los trámites para la acogida? Ese momento se dibuja en el futuro como una espada de Damocles.

—Su padre ha vuelto a llamar al centro. Grigore Nicolescu, ¿te acuerdas? Un camionero rumano... Ha dicho que, si su hija está mejor, vendrá a buscarla. Para hacerse cargo.

—Eso es una buena noticia. Es su padre. Esa niña debe estar con él.

—¿De verdad crees que se la va a llevar? Mihaela está mejorando, pero sigue siendo una niña destrozada. No se deja atrás en unos meses todo lo que vivió en esa granja. Y, no sé... La genética será muy poderosa, pero no tanto como para cargar con un problema como ella. Si un día viene, pondrá cualquier excusa para no llevársela.

—¿Es eso lo que piensas que va a pasar, Elena, o lo que quieres que pase?

—Quiero que Mihaela tenga un poco de suerte. Después de lo que pasó, es lo mínimo que se merece.

Zárate deja escapar un bufido. Le resulta hasta ridícula la manera en que Elena está manejando este asunto, pero prefiere no enfrentarse a ella. Le devuelve la mochila y se aleja del Lada.

—¿Adónde vas? Tenemos que hablar con Rentero.

—Tú tienes que hablar con Rentero, eres la jefa. Yo prefiero darme una vuelta por la Cañada Real. Encontraron allí la furgoneta. No está de más preguntar si alguien vio al conductor...

Ni siquiera se ha girado para mirarla. Ella duda que vaya a hacer lo que ha dicho. Saben de sobra que es inútil buscar colaboración entre los vecinos de la Cañada. Todo será una monserga inútil de «no lo sé», «no vi a nadie», «yo no estaba aquí»... Simplemente, Zárate no quiere estar con ella. En eso se están convirtiendo; en una pareja a la que cada vez le tensa más la intimidad, hablar de lo que realmente sienten.

Elena pone la radio cuando atraviesa la calle Fernando VI, deja a un lado el pomposo palacio de la SGAE. Suena una canción de Mina Mazzini, «Il cielo in una stanza», hacía mucho tiempo que no la escuchaba. Pronto, la voz de Mina, la melodía, la lleva a aquella Elena que se perdía cada noche en el karaoke del Cheer's. En los encuentros fugaces en el parking de Didí. El retrovisor le devuelve ahora el reflejo de una Elena diferente; con más arrugas en los párpados, pero sin esa oscuridad en las pupilas. Sabe que parte del milagro de la transformación es responsabilidad de Mihaela. Recuerda la mejilla de la niña sobre su mano, el calor que irradiaba su piel. La mirada final de despedida, una mirada vacilante, temerosa, en la que Elena ve, desde hace semanas, una señal de auxilio. Sin apenas darse cuenta, la niña se ha convertido en el centro de su vida. Y le gusta que así sea. No quiere reencontrarse en el espejo con la Elena que una vez fue.

En el salón de la casa de la Colonia de los Carteros, Nino Bravo canta «Noelia» y su voz invade cada esquina. Con una Mahou en la mano, Zárate observa en silencio a Salvador Santos. Ascensión, su esposa, no ha dejado de ponerle canciones; esa de Nino fue la primera que bailaron juntos, le ha dicho. Mantiene la esperanza de que la melodía aún signifique algo para su marido. Es una esperanza absurda, pero Zárate no va a decírselo. En la silla de ruedas queda el cuerpo de un hombre consumido por el alzhéimer. Hace tiempo que no camina, tampoco habla y pronto dejará de digerir alimentos. A pesar de todo, a Zárate le infunde cierta paz visitar al que fuera su mentor en la policía, un segundo padre. En la pared cuelgan fotografías de un pasado en el que Salvador Santos fue un flotador al que agarrarse cada vez que tenía problemas. En esas instantáneas de un color desvaído posa robusto y feliz, en algunas al lado de su compañero Eugenio Zárate. Resulta descorazonador pasear la mirada desde esas fotos al Salvador que ahora existe.

Zárate no ha ido a la Cañada Real. Sabe tan bien como Elena que sería inútil. Solo necesitaba encerrarse junto a Santos, guardar silencio. Beber un poco. Calmar el fuego que arde dentro de él y que amenaza con rebosarle en tantos momentos. La rabia, la ira, la violencia con la que en estos últimos meses tanto ha fantaseado. No quiere golpear, sino todo lo contrario, ser golpeado. En una pelea de bar, en una redada, en una discusión que al fin estalle de verdad con Elena. Una pulsión que va ganando espacio en sus pensamientos. Sabe que es peligroso, sabe que debe detenerla. Por eso visita a Salvador Santos.

A él sí le ha contado cómo terminó con Antón y Julio, los asesinos de Chesca. Le ha descrito de qué manera atropelló al padre de esa familia enferma y, después, tras el accidente, se hizo con un trozo de cristal para segar la vida de Julio. Salvador Santos no puede ofrecerle más que silencio por respuesta; ni una felicitación por matar a dos hombres que no se merecían vivir ni una recriminación por haberse saltado todas las fronteras.

Desvía la mirada a la pared, a la fotografía en la que posan Salvador y Eugenio, su padre. ¿Qué le diría él? Tal vez se avergonzaría de su hijo. Tal vez le cruzaría la cara de un guantazo y lo entregaría a la policía para que cumpliera condena por lo que hizo.

Zárate se despide con un beso de Ascensión. No va a ir a la Cañada ni va a volver a la BAC. Conduce de manera automática hasta Carabanchel, el barrio donde se formó. Entra en el bar La Reja, enfrente de la comisaría, y pide otra cerveza. Saluda a algunos antiguos compañeros. Costa sigue allí, algo más gordo y con un poco menos de pelo. Ha terminado su turno y, en una esquina de la barra, dan cuenta de varios tercios entre risas, recordando aquellos primeros casos que compartieron.

Ojalá pudiera volver atrás en el tiempo. Ojalá pudiera volver a ser ese policía idealista y ambicioso. Tras las botellas de la barra de La Reja, un cristal sucio y moteado le devuelve una imagen deformada de su rostro. Quizá esa sea su verdadera cara ahora. Quizá, al acabar con esos monstruos, se convirtió en uno de ellos. Quizá lo más honesto sería dejar la policía, dejar a Elena. Dejar de hacer daño.

Capítulo 5

—Qué aburrido eres, Orduño.

Él la llama frívola y ella a él aburrido. Se han pasado por la casa de Reyes —uno de los chalets más pequeños y antiguos de El Viso, pero aun así fuera del alcance de ningún poli— para que ella se cambiara de ropa antes de empezar la ronda por los Centros de Atención a las Adicciones. Mientras él curioseaba por el salón —¿por qué cojones una chica con tanto dinero se mete en la policía?—, ella se ha quitado el vestido verde de las calaveras y baja las escaleras abotonándose una camisa de seda que ha combinado con una falda larga.

—Pensé que te ibas a poner unos vaqueros y una camiseta.

—Muy, muy aburrido, cada día más.

Al pasar por su lado, le ha cogido la cara con la mano y, durante un segundo, él ha tenido la impresión de que iba a besarlo. En su estela, ha dejado un olor a un perfume dulce. Orduño ha aprendido a reconocerlo; dan igual las mutaciones que haya en Reyes, si se ha levantado más hombre o mujer, su aroma es siempre el mismo.

De los diez Centros de Atención a las Adicciones que hay en Madrid, comienzan por el de Puente de Vallecas, el más cercano al depósito de vehículos donde apareció el cadáver. Ambos son conscientes de que ese criterio geográfico es una línea poco fiable; el asesino pudo alejarse del lugar en el que secuestró a su víctima, pero por alguna parte hay que empezar.

En la recepción del centro, Orduño todavía no ha conseguido sacarse de la cabeza el perfume de Reyes. Es ella quien muestra la fotografía de la víctima, su rostro en la sala de autopsias. No es fácil identificarlo en esa imagen. La muerte deforma inevitablemente los rasgos y cuesta reconocer al chico que habitaba esa piel. Sus gestos, su manera de mirar o sonreír, han desaparecido. No tienen suerte en el primer centro, tampoco en el de Canillejas, ni en el de Arganzuela. Ya se han acostumbrado al respingo de los trabajadores sociales cuando muestran la fotografía. El rostro desencajado de dolor del hombre, esos ojos abiertos y grises después de atravesar un sufrimiento inimaginable.

El mismo protocolo en cada visita: preguntar quién recibe a los usuarios, quién rellena la ficha. En Villaverde los conducen hasta el despacho de Silvia; apenas lleva cinco meses trabajando allí. Es difícil creer que sea mayor de edad, aparenta poco más de quince o dieciséis años. Le enseñan la foto.

—Joder...

Han dado con lo que buscaban. Silvia se disculpa con un gesto, se le ha hecho un nudo en la garganta y necesita unos segundos para liberar la voz.

—¿Cómo se llamaba? —pregunta Orduño.

—Gerardo... ¿Qué le ha pasado? ¿Una sobredosis?

—¿Por qué sospechas de una sobredosis? Si venía a este centro es porque estaba saliendo de las drogas.

Silvia se muerde el labio, como dudando si revelar o no lo que sabe.

—Salir de las drogas no es fácil para nadie. Gerardo iba mucho a ver a Byram.

—¿Quién es Byram?

—¿No sois policías? Todo el mundo sabe quién es Byram en Villaverde. Hasta el más nuevo. Es un senegalés enorme, el que mueve la droga por aquí. Tiene una barbería que es una tapadera. Es su oficina y ahí nadie se acerca. ¿Qué le ha pasado a Gerardo?

Reyes se adelanta a Orduño; no ve necesario desvelarle todavía las circunstancias de su muerte y es parca en detalles.

Apareció sin vida y desnudo en una furgoneta, no llevaba ninguna identificación. Sospechan que se trata de un homicidio.

—Tengo su ficha... —Silvia rebusca en un cajón mientras se enreda en la negación—. ¿Quién iba a matarlo? Gerardo estaba encarrilando su vida.

—¿Hablabas mucho con él?

—Era de los pocos con los que se podía tener una conversación. No se parecía a los demás. Bandas de jazz de Nueva Orleans, ¿te lo puedes creer? Era un experto en eso. Te juro que no es habitual entre los que vienen por aquí... Se notaba que Gerardo... no sé. Había tenido una buena formación, por cómo hablaba, era educado... Aquí está.

Silvia entrega la ficha a Reyes. Incluye una fotocopia de su DNI.

—¿Qué más nos puedes decir de él?

—Era muy reservado. A algunos les encanta hablar de la familia que tenían o de lo bien que les iban las cosas hasta que se metieron en la heroína, pero Gerardo... no es que fuera callado, pero nunca decía nada de su vida. Las veces que coincidimos hablamos de jazz y de novela negra. Le encantaba Patricia Highsmith. Un día me trajo un libro... No me acuerdo del título. A mí no me gusta mucho leer.

—No lo parece.

Silvia sonríe tímida ante el comentario de Reyes. Orduño no sabe si está presenciando un flirteo entre las dos, pero se decide a intervenir.

—¿Siempre venía solo? ¿O había otros usuarios del centro que lo conocieran? Alguien que nos pueda dar algún dato más sobre él, aparte de que era un lector de primera.

Silvia se recoge en su asiento, incómoda por el tono sarcástico que adivina en el policía. Les cuenta que Gerardo no tenía relación con nadie más. Tomaba sus dosis de metadona, charlaban un poco y se marchaba. No quería asistir a las sesiones con el psicólogo.

—«Yo estoy bien. Por fin estoy bien, mejor que nunca, Silvia», eso me dijo. A lo mejor son imaginaciones mías, pero a mí me da la impresión de que tenía a alguien. Una pareja. Al principio, venía mucho más sucio y, las últimas veces, se veía que llevaba ropa más limpia, que había intentado arreglarse un poco, a su manera, claro...

—Pero nunca te habló de ninguna chica. —Reyes quiere recuperar la cordialidad que había entre ellas antes de que Orduño interviniera.

—Nunca. Son cosas que una ve... Tengo buen ojo para eso.

—¿Te comentó alguna vez que tuviera un hijo? ¿O que estuviera esperándolo?

—¿Gerardo, un hijo? —La chica frunce el ceño—. No, pero... Un día le vi hojeando un libro en la biblioteca. *Nueve meses en el paraíso*. ¿Lo conocéis? Es un clásico sobre el embarazo.

Los dos policías cruzan una mirada. Algunas piezas van encajando, pero lo urgente ahora es meter en el sistema el DNI de Gerardo Valero Planas. Orduño se queda mirando la foto, en la que se dibuja una tenue sonrisa, una mirada joven. Es la primera imagen que ven de la víctima cuando aún estaba viva. Cuando, seguramente, todavía no se había convertido en un drogadicto.

Capítulo 6

—¿Cómo vas con la búsqueda de la madre?

Elena cierra la puerta de su despacho cuando entra Mariajo.

—Estoy peinando hospitales y consultas de ginecología, pero es un trabajo lento. Tampoco hay ninguna denuncia de personas desaparecidas que encaje con el perfil de Gerardo o el de la madre... es decir, embarazada de siete meses.

Elena se deja caer en su silla. La hastían estas horas de espera, hasta que los caminos de la investigación empiezan a perfilarse. Zárate se ha presentado en las oficinas de Barquillo un par de horas antes; la ha informado con desgana de que no ha conseguido nada de la Cañada Real, no han hablado más. Es obvio que no ha estado en el lugar donde apareció la furgoneta, Elena no necesita pruebas que lo confirmen. Pero ¿dónde ha estado? ¿Y adónde fue anoche? ¿Adónde va cuando se aleja de ella, cuando siente la necesidad de poner distancia entre los dos? Le ha encargado un perfil exhaustivo de Gerardo Valero Planas, partiendo de los datos suministrados por Reyes y Orduño.

—¿Has ido a ver a la Nena?

Elena levanta la mirada hacia Mariajo; la hacker está de pie ante el dibujo de rayas amarillas, lo ha pegado en la pared de su despacho. Al ponerlo, se decía que lo hacía como reconocimiento al esfuerzo de la niña, a los avances que estaba logrando. Se mentía. Sabe que exponer así el dibujo de la pequeña es una provocación para Zárate.

—Se llama Mihaela... Me lo ha regalado. Yo siempre le pido que me dibuje un sol, y esto es lo que le sale.

—No se va a ganar la vida como pintora, eso lo tengo claro.

—Hace un año vivía entre cerdos y creía que las personas de fuera de su familia se comían. —Elena se encoge de hombros—. Creo que no va mal.

—Eso es verdad. Se merece estar colgado en tu despacho. Se echaba de menos ese toque de decoración...

No sabe si Mariajo está bromeando o, a su manera, está recordando los dibujos de Lucas que hace años decoraban las paredes. Torpes representaciones de Elena, de su marido Abel o del propio Lucas. Sonrientes, en campos de césped, bajo soles radiantes. Una felicidad que se esfumó y que ahora Elena parece querer recuperar a través de ese sol irreconocible que Mihaela ha dibujado.

Mariajo se sienta frente a ella. La conoce desde hace años, sabe que, a pesar de que protege su intimidad con un muro casi infranqueable, la inspectora necesita un poco de comprensión.

—¿Cómo la has visto?

—Bien, las educadoras están haciendo un buen trabajo. Les da miedo que su padre se la lleve a Rumanía, un país del que desconoce hasta el idioma.

—Tampoco se expresa muy bien en español.

—Habla muy poco, sí, pero eso no significa que no lo hable.

—La niña no va a estar en ningún sitio mejor que en Rumanía, Elena: allí tendrá abuelas, tías, primos y hermanos. Mejor que ningún centro de ninguna comunidad.

—Me gustaría tener la misma confianza en la familia que tienes tú.

—Eso es gracias a que no tengo familia —ríe la hacker—, no he tenido oportunidad de perder la confianza en ellos. Solo en los compañeros de trabajo. ¿Ha ido Ángel contigo a verla?

Elena guarda silencio. Tiene la sensación de estar abriendo demasiadas puertas a Mariajo. No es fácil expresar su confusión de sentimientos respecto a Zárate; está al mando de la BAC por él, por quedarse a su lado y protegerlo. Rentero tampoco le dejó muchas más opciones. Sin embargo, ahora la balanza de sus sentimientos se ha alterado: en ella también pesa Mihaela.

—A mí me parece muy bonito lo que estás intentando hacer por esa niña —dice Mariajo adivinando sus pensamientos—. Y al mismo tiempo, puede que Zárate tenga parte de razón. No creo que le traiga los mejores recuerdos.

Unos golpes en la puerta de su despacho interrumpen la charla de las dos amigas. Elena agradece la irrupción de Zárate.

—Esto no tiene ningún sentido —dice él sin más preámbulos.

Por un momento, ella piensa que se refiere a su obsesión por la Nena, que ha pegado la oreja a la puerta y lo ha escuchado todo. Pero no es así. El desconcierto de Zárate obedece a las novedades sobre la identidad del muerto.

—La copia del DNI que han traído Reyes y Orduño. El rastreo no deja lugar a la duda. Gerardo Valero Planas murió hace seis años.

Capítulo 7

—Gerardo Valero Planas. Murió hace seis años en un accidente de tráfico durante una persecución policial tras un alunizaje.

En la fotografía que Zárate ha pegado en el cristal se ve a un varón de piel cetrina bien rasurada, pelo cortado a tazón, ojos diminutos y ligeramente bizcos como dos tildes. Un tatuaje de serpiente asoma por el lado izquierdo del cuello.

—Tenía decenas de antecedentes por robos, algunos con violencia —sigue explicando Zárate—. Sus huellas están registradas en los archivos y tampoco se corresponden con las de nuestro Gerardo. Lo he comprobado por si a alguno se le ocurría decir que se había hecho una operación de estética.

—¿Estás segura de que murió? —Buendía lo ha preguntado más por inercia que por convicción.

—Está bien muerto e incinerado. Los bomberos lo sacaron del coche, hay informes de un montón de departamentos diferentes. Estaba algo desfigurado por el accidente, pero le tomaron las huellas. Era él.

—Entonces nuestra víctima funcionaba con una identidad falsa, ni siquiera se llamaba Gerardo. Debió de costarle un dinero, la falsificación del DNI es muy buena...

Elena se levanta y se acerca al cristal donde han ido colocando todas las fotografías mientras el resto del equipo intenta buscar una respuesta a su pregunta muda: ¿quién era la víctima? Gerardo, aunque ya saben que no se llama así, está en el centro de ese panóptico de evidencias. Apenas tiene treinta y cinco años. Estuvo enganchado a la heroína, intentaba superar su adicción, pero el tratamiento de metadona le funcionaba solo a medias. Aun así, había encontrado algo por lo que luchar. Un objetivo que le estaba sacando del pozo; ese en el que no se entiende cómo cayó. Era un tipo culto —lector, aficionado al jazz, seguramente con buena formación—, pero algo en su vida lo hizo resbalar y perderse hasta acabar en las garras de Byram, el rey de la heroína en Villaverde. Esa ilusión de la que les habló la trabajadora social a Orduño y Reyes lo había hecho recomponerse. Una mujer. Un futuro hijo que él sabía que vendría, por eso hojeaba ese libro sobre el embarazo. Pero algo se cruzó en su camino y lo mató; algo que quizá también mató a su mayor ilusión, su hijo.

—Es evidente que estaba huyendo. —Orduño ha roto el silencio de la sala—. Debió de cometer alguna cagada muy grande hace tiempo, con tipos con los que sabía que se jugaba la vida. Por eso cambió de identidad. Hasta que tuvo un desliz, se fue volviendo descuidado. Lo descubrieron y se lo hicieron pagar. A él, a su chica y al hijo que esperaban.

—¿Por qué de esa forma? Con pegarles un tiro en la nuca habría bastado. —Reyes no acaba de comprar la teoría de Orduño.

—Los narcos hacen esto y cosas peores. Es como si no tuvieran límite a su violencia. La manera de matar también es una manera de enviar un mensaje a todos los que se enfrentan a ellos.

—¿Cuál debería ser nuestro siguiente paso?

La pregunta de Elena sorprende a Zárate; ella no suele ceder el mando de una investigación a ninguno de sus agentes. Tal vez lo esté haciendo para suavizar la aspereza con la que se han tratado últimamente. En realidad, sabe que ella no necesita que él marque el próximo movimiento.

La barbería africana de Villaverde está en la calle de San Jenaro. Consta de seis butacas de barbero y está decorada con grandes fotografías en las que se exponen modelos de peinado. Cortes afro, audaces, enrevesados: formas geométricas, diseños, palabras como «África» o «Love»...

Solo dos de las butacas están ocupadas cuando llegan Elena y Zárate. Hay dos peluqueros. Uno de ellos levanta la mirada al verlos entrar y, de inmediato, su expresión se ensombrece, como si hubiera olfateado el aroma de los policías. El otro continúa con su tarea como si nada, pasándole a un cliente una maquinilla. Elena intenta adoptar un tono intrascendente:

—Queríamos hablar con Byram.

Han consultado los archivos, donde aparece descrito como el presunto líder de una banda senegalesa de tráfico de heroína. Sin embargo, no hay nada firme contra él. Nunca ha tenido juicios. No saben qué podría unir a un yonqui con alguien así, uno de esos «elegidos» que operan ajenos a la presión policial contra la droga.

—¿Quién lo busca?

Elena muestra su placa. El hombre, el que los ha mirado con gesto sombrío, contesta con un chasquido de las tijeras y se pone a recortar el cabello de su cliente. Está muy pasado de peso, es sorprendente que sus dedos rollizos quepan en las tijeras que maneja. Zárate se ha sentado en una de las butacas, quiere dejar claro que no van a marcharse hasta que consigan lo que han ido a buscar.

—El chaval ya está muy guapo con ese corte, no hace falta que sigas.

El peluquero se da cuenta de que un policía como Zárate les puede traer problemas, así que prefiere cambiar de actitud. Es el único que interviene en la conversación; el otro empleado, más joven, finge que no le incumbe la situación mientras continúa con su trabajo.

—Byram no está.

—¿Y dónde podemos encontrarlo?

—Yo sé dónde está.

Elena y Zárate se vuelven hacia un niño de unos diez años que está sentado en una silla, jugando con un móvil.

—¿Tú sabes dónde está Byram?

Elena se acerca al niño, se sienta a su lado.

—Mamadou. Vete a dar una vuelta, anda. Que llevas todo el día ahí sentado.

Zárate se levanta para detener al peluquero antes de que se lleve al niño. Los clientes de la barbería empiezan a estar incómodos; el ambiente se ha tensado y puede explotar en cualquier momento. El cliente al que atendía el peluquero gordo se disculpa, deja un billete junto a la caja y se marcha.

—El niño nos iba a decir dónde está Byram, ya que usted no lo sabe.

—Su padre está de vacaciones fuera de Madrid. Si quieren, déjenme sus teléfonos y, cuando vuelva, le diré que les llame.

—Está en el Ndut.

El niño, Mamadou, no se ha conformado con el silencio. Le da igual que el peluquero lo amenace con que su padre le arrancará la lengua por hablar demasiado. Les cuenta que el Ndut es un rito tradicional, un rito del que lo han apartado. Les asegura que les dirá dónde está si lo llevan.

—El niño no sale de la barbería. Se lo prometí a su padre.

—Entonces, alguien nos va a tener que decir qué es el Ndut y dónde está Byram. Entiéndalo, nuestro deber como policías es llevar al niño al lado de su padre, ¿o es que es usted su tutor legal?

Zárate sonríe al peluquero, que todavía tiene las tijeras en la mano. Las deja caer en un carro de utensilios con un estruendo metálico.

—¿Nos dejáis solos? —pregunta al cliente y al ayudante que aún seguían en la barbería.

Capítulo 8

Pueden ver una fina columna de humo en el cielo. Han dejado atrás Campo Real, como les ha indicado el peluquero, y han tomado un camino a mano derecha. En el horizonte se empieza a dibujar la finca de Byram: un edificio de una sola planta de aire rústico. Un vallado les corta el paso. No saben cómo continuar hasta que un todoterreno llega desde las tierras de la finca levantando polvo. Dos senegaleses se bajan del vehículo; visten ropa blanca y un gorro rojo con forma de macetita. Huelen a leña quemada. Altos y corpulentos, se acercan a preguntarles qué están haciendo allí. Elena cree adivinar que el humo que se dispersa en el cielo proviene de una pequeña edificación situada a unos cien metros de la casa principal, aunque a tanta distancia es imposible asegurarlo.

—Byram nos está esperando.

Zárate ha sonado firme, pero, a su alrededor, todo es un páramo despoblado. Mal sitio para pedir refuerzos si la cosa se pone fea. Uno de los guardianes, pues eso es lo que parecen los recién llegados en el todoterreno, se aleja unos pasos para hablar por teléfono. En un gesto descuidado, Zárate deja ver la culata de su pistola bajo la chaqueta. Un aviso de lo que están dispuestos a hacer. El senegalés que sigue al otro lado de la valla ha visto el arma, pero no lo impresiona. Cuando el que se alejó cuelga el móvil, hace un gesto a su compañero para que abra la cerca. Elena y Zárate regresan al Lada y siguen al todoterreno hacia el interior de la finca.

—Avisa a Orduño de dónde estamos. —Elena no puede evitar cierta desazón mientras sigue a los senegaleses por el sendero de tierra.

—No van a hacernos nada. Byram ha sabido mantenerse a salvo de problemas con la policía y, si lo ha hecho, es porque no se enfrenta a ellos.

La seguridad de Zárate no termina de convencerla. Le da la sensación de que a él no le importaría que todo se saliera de control y tuvieran que usar las armas. A la derecha del camino, la inspectora confirma que lo que está siendo pasto de las llamas es una exigua choza levantada con maderas y paja. Una construcción circular que parece traída de África. Arde lentamente y el fuego se transforma en un hilo negro que se disuelve en el cielo. Ante el fuego, una silueta, de espaldas a ellos.

El todoterreno se detiene y Elena lo imita, pero deja el motor encendido. No sabe si bajarse del Lada. Zárate se adelanta a ella y, tan pronto como sale del coche, le señala un punto más adelante.

—Hijo de puta.

Junto a la casa principal hay una mesa de madera. Encima, una mujer tumbada, parece una adolescente, vestida con una túnica roja. Tiene las piernas abiertas y, a su lado, una anciana de trenzas blanquísimas le está haciendo algo. La adolescente se resiste, pero la anciana le sujeta los brazos para que no se mueva. Zárate no espera a que Elena le siga para lanzarse a por esa chica, pero uno de los guardianes lo detiene en seco.

—Esperad aquí.

—¿Qué le estáis haciendo a esa niña?

Elena se baja del coche cuando Zárate empieza a forcejear con el guardián. Mira a su alrededor, midiendo sus posibilidades. Están los dos solos; además de los del todoterreno, se adivina más personal en la casa. Está convencida de que tienen las de perder si optan por usar la fuerza.

—Podéis elegir —se decide a amenazarlos—. O nos dejáis comprobar que esa chica está bien o en cinco minutos tenéis montada una redada aquí.

A su derecha sigue ardiendo la choza, pero ya no hay rastro de esa silueta que antes había delante.

—Es mi hija. ¿De verdad piensan que podría hacerle algún daño? Solo les pido unos minutos. La ceremonia njam no se puede interrumpir.

Byram lleva una túnica de vivos colores, no han advertido cuándo se ha acercado a ellos. Su mirada amarillenta los escruta con parsimonia. Elena se da cuenta de que Zárate tenía razón: no quiere problemas con policías. Con un gesto, les pide que lo acompañen y, lentamente, se van aproximando a la mesa desbastada que, de alguna forma, con esa chica tumbada encima con las piernas abiertas, recuerda a un paritorio.

Cuando están más cerca comprueban que nada es lo que pensaban, que nadie hace nada en sus genitales, que solo se trata de una anciana tatuando las encías de la joven. Al notar su presencia, los mira y sonríe. También ella tiene las encías tatuadas. Levanta los brazos como hacia un dios invisible y pronuncia una letanía en un dialecto desconocido. La joven se incorpora entonces, feliz.

—El Ndut es una tradición serer, mi pueblo. —Byram habla con voz pausada—. El rito del paso de la infancia a la edad madura de una mujer. Mi hija ha estado viviendo en esa choza durante los últimos tres meses y ha recibido toda la educación que necesitaba... Ha dejado atrás la niñez, por eso arde el Ndut. No pido que lo entiendan, pero sí que respeten nuestras costumbres. Les parecerán raras, pero les prometo que, cuando llegué a este país, también me pareció raro lo que hacen con las vírgenes y los santos...

La casa principal de la finca de Byram es amplia, bien decorada, nada que ver con la choza envuelta en llamas. Un proyector de televisión y una pantalla ocupan toda una pared, frente a la que hay un sofá. Se sientan en él. El senegalés se confiesa un fan absoluto del Real Madrid.

En esa pantalla gigante ve cada uno de sus partidos. Un criado se asoma y Byram le da instrucciones en su dialecto serer.

—¿Podemos ser rápidos? La ceremonia continúa ahora con un baile y no me gustaría hacerlos esperar...

Elena saca el móvil y le muestra la foto de Gerardo en la sala de autopsias.

—¿Conoce a este hombre?

Byram observa la imagen unos instantes y su mirada adopta una expresión de tristeza.

—¿Está muerto?

—¿Lo conoce o no?

—Una persona simpática.

—Una persona simpática a la que usted vendía drogas.
—Tenso, Zárate se levanta del sofá, le molesta la cordialidad de Byram.

El senegalés lo mira unos segundos. El criado regresa con tres tazas humeantes en una bandeja, pero su jefe pronuncia una frase y el criado se va por donde ha venido. Es como si la intervención de Zárate lo hubiera ofendido y las deferencias estuvieran por tanto fuera de lugar.

—¿Ustedes quieren buscarme problemas o quieren que los ayude?

—Queremos saber quién era este hombre. Eso es todo. —Elena prefiere mediar: su primer objetivo es identificar al fin a Gerardo.

—Mejor así. Yo los ayudo, ustedes me dejan en paz y se marchan. ¿Sí?

Elena asiente. Zárate vuelve a sentarse en el sofá.

—Me ofreció un negocio. No me pregunten de qué era y yo los ayudo. Era un negocio muy grande, demasiado, y un yonqui que no tiene donde vivir no ofrece negocios tan suculentos.

—Si no nos dice en qué consistía el negocio, no nos podemos entender —dice Zárate, que nota al instante la mirada recriminatoria de Elena.

—Sin embargo, el negocio me interesaba. —Byram prefiere obviar el comentario de Zárate—. Uno aprende a andarse con cuidado, así que antes quería asegurarme de quién era Gerardo en realidad, además de un hombre simpático. Le pedí a uno de mis amigos que lo siguiera. Gerardo tenía un coche viejo, un Seat Panda. Y ahora hacemos un trato. Yo les digo adónde nos llevó y ustedes se van y no me vuelven a molestar nunca más.

Elena cruza una mirada con Zárate. Sabe que él no está de acuerdo, que no soporta que alguien como Byram se salga con la suya, pero la inspectora prefiere sellar el trato que el senegalés le ofrece.

—Le seguimos hasta Zaragoza —les dice Byram cuando Elena le asegura que se marcharán en cuanto les dé esa información—. Aparcó en la puerta de un chalet, en las afueras. Abdou puede darles la dirección exacta. Salió a recibirlo una mujer muy guapa. Se dieron un beso y pasaron dentro. ¿Se dan cuenta de lo que les digo? ¿Quién vive en la calle teniendo a una mujer como esa en un chalet? Gerardo era un mentiroso.

Elena intenta cuadrar sin éxito las piezas del puzle que es la víctima. Mira al tal Abdou, que sigue de pie en la entrada.

—Esa mujer con la que se vio... ¿estaba embarazada?

Capítulo 9

La urbanización de Torres de San Lamberto, en la carretera de Logroño, la zona que en tiempos se llamó «el poblado americano», es una de las mejores de los alrededores de Zaragoza. Hubo un tiempo en que alguien que cayera en esas calles sin previo aviso habría pensado que estaba en Texas, no en un barrio español de los años cincuenta: coches enormes, hamburgueserías, boleras, cine, tiendas, supermercados con exquisiteces inimaginables en un país al que todavía le costaba despegar. Los norteamericanos se marcharon a finales del siglo pasado y la base aérea pasó a depender del ejército español. Los negocios de los estadounidenses cerraron y nuevos vecinos llegaron al barrio. Ya no es Texas, pero sigue siendo un lugar especial en el que el nivel de vida es alto.

El chalet que buscan no es distinto a los demás de la zona. La paz de la urbanización, los setos perfectamente podados, les induce a preguntarse qué se cruzó en la vida de Gerardo para pasar de ese entorno ideal a la vida del yonqui y, después, a la furgoneta abandonada en la Cañada Real. A la carnicería que fue su muerte.

Elena, Reyes, Orduño y Zárate observan la casa con atención. El jardín está bien cuidado, las ventanas cerradas, no se observan luces desde fuera. El chalet pertenece a una mujer, Cecilia Preciado, de treinta y tres años, odontóloga, casada, natural de Huesca y vecina de Zaragoza desde hace siete. Elena no ha logrado confirmar el dato fundamental. ¿Estaba embarazada? ¿Alguna consulta ginecológica reciente? Abdou tampoco pudo darle una respuesta: estaban demasiado lejos y la mujer llevaba una bata que ocultaba sus formas. Mariajo sigue hurgando en las redes sociales, por si logra encontrar alguna fotografía reciente de Cecilia que les permita averiguar cuál era su estado, pero el equipo de la BAC decidió no esperar más y, con el amanecer, se trasladaron a Zaragoza, a esa urbanización.

Llaman al timbre y aguardan con inquietud creciente. No hay respuesta. El jardín lo defiende un muro bajo y unos setos de boj fácilmente franqueables. No parece que haya un perro guardián al otro lado, ya se habría hecho notar con sus ladridos.

—¿Entramos?

Zárate no tiene paciencia. Elena considera los impedimentos legales. Es evidente que no se puede allanar una propiedad privada sin una orden judicial, pero la ley contempla una excepción que en este caso podría aplicarse. Si se sospecha de la comisión de un delito o de que alguien corre peligro dentro del lugar en cuestión, la policía puede actuar sin miramientos. Gerardo era quizá un estafador, pero nadie asegura que su mujer fuera partícipe de sus negocios. Elena recuerda las fotografías de la autopsia de Buendía; el cordón umbilical desgarrado, el feto encogido, con un ojo entreabierto, muerto. Tal vez encuentren a la madre muerta allí dentro.

—Vamos a entrar. Salta la tapia y nos abres.

De dos saltos ágiles, Zárate pasa al otro lado y enseguida da acceso al chalet a Elena, Reyes y Orduño. Un sendero de piedras llega hasta la puerta de la casa, una piscina bien cuidada y un garaje en el que está aparcado un Volkswagen Golf rojo. Zárate se acerca y pone la mano en el capó. Aguanta así un rato, como un padre tomándole la temperatura a un niño.

—Está frío, nadie lo ha usado en las últimas horas.

Elena se planta ante la puerta principal y llama de nuevo. Reyes y Orduño bordean la edificación; por el plano que les ha enviado Mariajo saben que la cocina tiene una puerta a un patio trasero.

Sigue sin haber respuesta. La inspectora busca una vía de acceso y encuentra una ventana sin cerrar, la del salón. Le hace un gesto a Zárate y él asiente. Entran los dos en la vivienda.

El silencio lo envuelve todo, hay un desorden estático, como de tiempo detenido. Un cojín en el suelo, polvo en los muebles; una lámpara de mesa de gran diámetro, con la campana torcida, a punto de caerse. Junto a ella, una fotografía enmarcada en la que aparece un hombre con una mujer joven, atractiva, sonrientes los dos, posando como una pareja feliz. Le cuesta reconocer en ese hombre a Gerardo; la fotografía debió de tomarse antes de que la víctima iniciara su descenso en el mundo de las drogas. No lleva barba, el pelo corto y viste una camiseta negra con un lema: GREETINGS FROM NEW ORLEANS. Están en una calle de una ciudad americana; edificios de dos plantas de vivos colores, multitud de carteles de neón, una bandera estadounidense colgando de un balcón de madera que parece el decorado de una película del Oeste.

Reyes y Orduño han accedido por la parte de atrás. En la cocina hay una cafetera en la vitrocerámica, una taza en el fregadero. En la nevera, sujetas con imanes, más fotografías de Gerardo y Cecilia en lo que parece el viaje de su vida por Nueva Orleans.

Salvo un aseo de cortesía, no hay más habitaciones en la planta baja. Reyes y Orduño registran en silencio el salón —una consola donde, metódicamente ordenados junto a un tocadiscos, hay una gran colección de vinilos—, mientras Elena y Zárate suben las escaleras, tapizadas por una alfombra que se arruga en algunos tramos. No crujen los peldaños, es un ascenso sigiloso que los sitúa en la segunda planta. Allí, un pequeño distribuidor a tres habitaciones.

En la primera, una mesa de trabajo, un sillón orejero, una estantería repleta de libros. En la segunda, una tabla de planchar, una bicicleta estática, una cama individual.

Empujan la tercera puerta y ven un brazo colgando de una cama de matrimonio. Una mujer tumbada. La habitación en penumbra. La melena rubia de la mujer se derrama sobre la almohada. Elena y Zárate miran el cuerpo desde el umbral, sin moverse, sin pestañear, como el que se queda paralizado ante una aparición. Y, de pronto, la mujer se gira y pueden ver el rostro tapado por un antifaz. En la mesilla, un frasco de somníferos y una cajita de tapones para los oídos. La mujer ronronea y se quita el antifaz. Y entonces los ve. Ve las dos figuras recortadas en el umbral.

Da un grito y se incorpora de un salto, torpe. Se esconde detrás de la cama, con el corazón a cien.

—Tranquila. Soy Elena Blanco, inspectora de policía. —Enarbola su placa como si fuera una bandera blanca—. Hemos estado llamando a la puerta, pero no contestaba. ¿Es usted Cecilia Preciado? Teníamos razones para pensar que estaba en peligro.

—¿Yo, en peligro? ¿Por qué?

—Se trata de su marido.

—¿Qué le ha pasado a Guille?

Unos minutos después, Cecilia enreda sus manos nerviosa en el sofá del salón; no ha dejado de llorar desde que le han dicho que su marido apareció muerto dos días atrás. La máscara de Gerardo ha caído; ahora saben que en realidad se llama Guillermo Escartín. Es lo único que, entre sollozos, han logrado arrancarle a Cecilia. Reyes y Orduño están fuera, han avisado a la Científica y pretenden procesar la casa por si en ella pudieran localizar alguna pista.

—¿Por qué no había denunciado su desaparición, Cecilia? Guille... ¿estaba metido en algún problema?

La mirada acuosa de la mujer encuentra los ojos de la inspectora y una sonrisa triste se dibuja en su rostro. Cabecea, como si toda la situación empezara a parecerle surrealista.

—¿Cómo murió?

—Se trata de un homicidio.

No parece que la respuesta de Zárate haya sorprendido a Cecilia. Poco a poco, ha ido conteniendo las lágrimas y, con una respiración profunda, levanta la barbilla. Mira a su alrededor; ese salón en el que pasaron tantas noches juntos Guille y ella, la colección de vinilos que él cuidaba con una dedicación casi enfermiza.

—Cecilia, creemos que Guillermo se había metido en algún negocio de drogas. Es importante que nos diga si sabía algo.

—Vosotros sois los que deberíais saber algo... Conmigo nunca hablaba de su trabajo. Decía que, si lo hacía, me pondría en peligro. Que no le agobiara con preguntas.

—¿A qué se dedicaba su marido?

—Guillermo es... era... policía.

Capítulo 10

Desde las puertas de sus jardines, los vecinos otean curiosos el despliegue policial que rodea la casa de Cecilia. Cruzan miradas nerviosas, preguntas calladas a las que ninguno puede dar respuesta. Orduño ha hecho una ronda para averiguar qué sabían de Guillermo —aún le cuesta usar ese nombre y no Gerardo, como lo han conocido hasta ahora—. Los vecinos tenían poca relación con el matrimonio y hacía mucho tiempo que no veían al marido por la urbanización. Una anciana recuerda haberlo visto salir de la casa en un coche viejo hará un mes. Debía de ser ese Seat Panda del que habló Byram a Zárate y Elena. A la mujer le extrañó, porque creía que estaban divorciados. Reyes apenas presta atención a Orduño cuando le cuenta lo que le ha dicho la anciana, está enfrascada en el móvil.

—¿Sabes si Cecilia le ha contado a Elena que estaban separados? Reyes, ¿me estás escuchando?

Ella contesta sin despegar los ojos de la pantalla:

—La pobre ha tenido que tomarse unos ansiolíticos. Creo que todavía no ha hablado con la inspectora.

—¿No puedes dejar el móvil un momento?

—Hablas como un vejestorio, Orduño, ¿te lo han dicho alguna vez? —Reyes guarda el móvil en el bolsillo, como si quisiera olvidarse de una mala noticia, pero al advertir la mirada inquisitorial de su compañero no le queda más remedio que explicarse—: La cena de jubilación del comisario Asensio. Es esta noche y le prometí a mi tío que iría. La mitad de mi familia va a estar allí. Es como una boda; bueno, más bien como un entierro.

—Dile a Rentero que estamos ocupados.

—Nosotros casi hemos terminado aquí. Volveremos a Madrid en unas horas. Me pillaría. —La mirada de Reyes se ilumina con una idea; sonriente, se acerca a Orduño—. Vamos a estar en tu ambiente, rodeados de dinosaurios, ¿por qué no me acompañas?

—No me gustan los entierros.

—Es una jubilación, y en el hotel Wellington. Te prometo que la compañía va a merecer la pena. Y los canapés.

Reyes juguetea con la chaqueta de Orduño, lo mira rogándole un sí. De nuevo, el perfume de su compañera se clava dentro de él. Sabe que, por mucho que proteste, terminará yendo a esa fiesta aburrida.

Cecilia tiene un disco de Jelly Roll Morton entre las manos. La cubierta es una fotografía en tonos sepia de un grupo de hombres trajeados que rodean a otro sentado en una silla. Elena no quiere presionarla. Con paciencia, la historia de Cecilia y Guillermo irá saliendo a la superficie.

—Lo compró en una tienda que hay en Bywater. Una casa de madera pintada de rosa y con las ventanas amarillas. Se llamaba Euclid, creo. —Una sonrisa triste se dibuja en su rostro, la histeria tras la noticia ha dado paso a una profunda melancolía—. Pasamos la luna de miel en Nueva Orleans. Hace tanto tiempo que parece otra vida.

—¿Cuánto tiempo llevaban casados?

—Siete años, pero... los últimos tres apenas nos veíamos.

Zárate baja las escaleras; ha estado registrando el despacho. No ha encontrado prácticamente nada que pudiera asociar a Guillermo, como si fuera un viejo fantasma de esa casa cuya presencia solo permanece en las fotografías antiguas.

—Cecilia, el ordenador del despacho, ¿lo usaba usted? El disco duro está vacío.

—Yo tengo un portátil. Ese era el ordenador de Guille.

—¿Qué pasó en estos últimos tres años? ¿Se estaban separando? —Elena quiere que Cecilia regrese al relato de su relación con la víctima.

—No lo sé. —La mirada de la viuda adquiere un velo acuoso—. En realidad, creo que tampoco sé muy bien quién era Guille, o en qué se había convertido por culpa del trabajo. A veces venía a verme y... era como si fuéramos dos desconocidos. No sabíamos de qué hablar. Él se sentaba aquí a escuchar sus discos, a leer... y al día siguiente se marchaba, ni siquiera esperaba a que me levantara.

—¿Cuál era su trabajo en la policía?

—Nunca me lo contó, pero supongo que ahora sí lo sabré, ¿no? Le pidieron que hiciera una investigación de infiltrado. Solo sé que vivía en Madrid y que era peligroso. Que la gente con la que estaba podía tomar represalias si descubrían su identidad. Al principio sí le preguntaba, intentaba sacarle algo, pero después... con el paso de los años, dejé de intentarlo.

Las miradas de Elena y Zárate se cruzan en silencio. Por fin, las piezas del rompecabezas que es Guillermo Escartín empiezan a encajar: un compañero, un policía como ellos, que renunció a su vida por uno de los trabajos más difíciles: infiltrarse en un ambiente delictivo para conseguir pruebas contra alguien.

—Haga un esfuerzo —presiona Elena, con voz suave—. Seguro que Guille dijo alguna vez algo sobre el trabajo que hacía.

—Le juro que no. Era una cosa que iba a durar poco. Seis meses, me dijo, pero esos meses se convirtieron en un año y, después, en dos. El tercer año dejó de pasarse una vez al mes, como hacía al principio. Me dijo que la situación era complicada y no era seguro venir a Zaragoza, pero no era solo eso. Yo lo sé. Él había cambiado, era otra persona. Lo que pasaba era que ya no quería verme.

—¿Cree que podía estar tomando drogas?

—Adelgazó mucho y... estaba descuidado, pero... me contó que era para pasar desapercibido.

No sería la primera vez que el entorno de un policía encubierto acaba devorando a la persona. Se ven obligados a consumir para ser uno más, creen poder controlarlo, como lo cree cualquier adicto, y sin ser conscientes de cómo se ha producido, terminan convertidos en yonquis.

—Yo también me alejé de él —confiesa de repente Cecilia—. No todo fue culpa suya. No podía esperar eternamente a que volviera y retomáramos la vida que teníamos. Yo necesitaba vivir. Tuve un par de aventuras, nada serio... A veces creo que los dos queríamos lo mismo, el divorcio, pero ninguno se atrevía a decirlo en voz alta.

—¿Cuándo fue la última vez que estuvo aquí?

—A finales de julio. Solo pasó una noche en casa.

—Una vecina ha dicho que lo vio hará cosa de un mes —dice Elena consultando las notas que le ha hecho llegar Orduño.

—¿Hace un mes? Como no viniera el fin de semana que estuve en Huesca... Fui a ver a mi familia, era el cumpleaños de mi padre. ¿Cómo murió?

Elena preferiría evitar esa explicación, pero sabe que es imposible. Intenta retrasar el momento, consciente de que cuando le describa las circunstancias de la muerte de Guillermo, su viuda ya no será capaz de seguir pensando con claridad.

—¿Ha estado embarazada hace poco? Sé que es una pregunta extraña...

Cecilia niega en silencio. Luego les confiesa que se estaban planteando tener un hijo cuando Guillermo se convirtió en un infiltrado.

—... pero no tenía sentido que él no estuviera aquí para verlo crecer, así que decidimos esperar. —Cecilia vuelve a perder la mirada por los objetos de la casa, por aquellas cosas compartidas con Guille—. Hace poco más de un año, estuvo dos días aquí. Fue especial... como al principio, cuando nos conocimos... Y él sacó el tema, lo de tener un hijo. No sé, a lo mejor pensaba que su misión estaba a punto de terminar... Le dije que no. Que si realmente quería ese hijo, que renunciara al trabajo... La policía no podía obligarle a perder toda su vida de esa forma. Fue la última vez que estuvimos bien. A lo mejor, si le hubiera dicho que sí...

Los remordimientos serán inevitables, Elena lo sabe. Una larga lista de «y si hubiera hecho esto y no lo otro» se desplegará convirtiendo los próximos días de Cecilia en un infierno. Intenta ser tan aséptica como es posible cuando pasa a describirle la muerte de Guillermo Escartín: la sospecha de que lo drogaron para secuestrarlo y, después, practicarle una incisión en el vientre, extraerle parte de los órganos con el objetivo de dejar hueco a un feto y, como remate, coser la cicatriz torpemente. Un feto del que Guillermo era el padre biológico.

Tras escuchar en silencio el relato frío y monstruoso, Cecilia se queda paralizada. Como si se hubiera despegado de repente de la realidad y fuera una espectadora neutral de esa escabechina. Cualquier rencor que pudiera guardarle a Guillermo por anteponer el trabajo policial a su vida familiar se desvanece. Ni siquiera el hecho de que su marido fuera a tener un hijo con otra mujer enturbia el sentimiento de pena por el final que ha sufrido.

Elena trata de recuperar su atención, con voz suave:

—¿En algún momento le dio la sensación de que Guillermo podía tener otra relación sentimental? ¿Le habló de alguna otra mujer?

Cecilia, sin fuerzas para hablar, se limita a negar con un movimiento ausente de cabeza. ¿Quién era Guillermo? ¿Quién era el chico del que se había enamorado una noche de copas en el Tubo de Zaragoza, con el que había sido tan feliz en Nueva Orleans que casi dolía recordar? ¿En qué había convertido el trabajo a Guille? ¿Por qué lo habían matado de esa manera tan cruel?

Cuando cae la tarde, Elena conduce de regreso a Madrid. Zárate viaja a su lado. Ha enviado todos los datos de Guillermo Escartín a Rentero para que averigüe cuál era la misión encubierta que estaba llevando a cabo el policía. Está segura de que el comisario pondrá todo su empeño: han asesinado a un compañero.

Al llegar a Madrid, Zárate le pide que le deje en Barquillo. Quiere pasarse por las oficinas para ver qué avances han logrado Mariajo y Buendía. Está convencido de que el trabajo de Guillermo Escartín en Madrid guarda relación con Byram, ese senegalés con el que Elena ha sido tan amable como para prometerle que lo dejarían en paz. Elena sabe que quizá tenga razón, pero la prudencia aconseja esperar noticias de Rentero para no dar palos de ciego. Zárate, hosco, prefiere no discutir.

Se despiden con un beso frío. Tras dejar el coche en el garaje de Didí, Elena entra en el Refra, donde Juanito está contando una historia que desata la risa de unos clientes. Habla de su hijo, de que si España juega contra Rumanía, el niño va a ir con España.

—Ha sido una puñalada en el corazón, por mucho que haya nacido en Madrid.

Los clientes vuelven a reír ante la exagerada indignación de Juanito. Elena espera que termine para pedir algo de cena, no tiene ganas de cocinar. Se sorprende cuando descubre que, entre las botellas del bar, sigue estando su grappa.

—¿No quiere una copa? Invitación de la casa. —Juanito ha adivinado sus pensamientos—. Se va a estropear y voy a tener que hacer carajillos con ella, que aquí no la pide nadie más que usted.

—La pedía, sabes que ya no bebo. Pero no hagas carajillos, que no se estropea. Guárdala, quizá un día alguien la necesite. Tú mismo, el día que tu hijo te pida que le compres la camiseta de España.

Elena trata de sonreír a Juanito, pero le sale una mueca. No es capaz de ocultar la tristeza que se ha instalado bajo su piel.

Capítulo 11

Orduño y Reyes se encuentran en la puerta del hotel Wellington, en la calle Velázquez. Solo se han separado una hora al volver de Zaragoza, el tiempo de darse una ducha y cambiarse para la fiesta de jubilación del comisario Asensio. Mientras sacaba el traje —no lo usaba desde la boda de un compañero de la Academia y temía que se le hubiera quedado estrecho— Orduño se preguntaba cómo lo ha embaucado Reyes para ir a ese evento que tan poco le apetece. Ella se ha puesto un esmoquin ajustado, no parece llevar nada bajo la chaqueta, su escote desnudo brilla con unas motas de purpurina.

A él no le da tiempo a disfrutar del suntuoso salón cuando Reyes coge dos copas de vino blanco de la bandeja de uno de los camareros que serpentean entre los corrillos de hombres mayores, trajeados con cansada dignidad, algunos, como el propio Asensio, con uniforme de gala.

—Ven, que te presento a mi tía Verónica.

La mujer, de unos setenta años, lleva con orgullo una combinación negra adornada con pedrería de los años veinte que podría haber formado parte de la guardarropía del musical *Chicago*. Se está despidiendo de un anciano locuaz que la abrumaba con mil batallitas.

—Es mi tía Verónica. Prima segunda del comisario Rentero —Reyes hace las presentaciones—. Él es Rodrigo, pero en la brigada todos le llamamos Orduño. Ha echado tripilla, pero antes estaba en los Geos.

—Todavía está para hacerle un favor. —Verónica pellizca el moflete de Orduño, pícara, y le arrebata la copa de

77

vino de las manos—. No te importa, ¿no? Es que los camareros parece que evitan a las ancianas. Me habéis rescatado de un plomo. Miguélez ya era un coñazo a los treinta años, no te cuento a los setenta. ¿Conocíais a Asensio?

—Yo solo de oídas —reconoce Orduño.

—Vieja escuela; fue mi jefe unos años, a finales de los ochenta. Anda que no tuve que escucharle veces eso de «le estás quitando el puesto a un hombre». Pero aun así le cogí cariño. Era de los pocos que no se saltaba ni una regla... que ya sabéis de dónde veníamos.

—Verónica es de las primeras mujeres que entraron en la policía. ¿Dónde coincidiste con Asensio, tía?

—Me mandaron a lo que hoy es delitos informáticos. Yo creo que no sabían dónde meterme. No había internet, pero sí chorizos que hacían estafas con tarjetas de crédito. Allí conocí a Mariajo; era una jovencita. Ahora, trabaja contigo. En la BAC...

—Verónica, que se supone que nadie sabe quiénes son los miembros de la BAC —Reyes la reconviene cariñosa en un susurro.

—¡Qué más da! En esta fiesta todos son policías y viejos. Con tanto vino, lo más seguro es que mañana no se acuerden ni de dónde han estado.

«Tampoco tú», piensa Reyes. Su tía, que tanto ha rezado por ella para que abandone el género fluido, se transforma en una mujer desenvuelta cuando bebe unos tragos. Pero su energía se apaga como se encendió, de repente. En cuanto deja la copa vacía en una mesa, se sienta derrengada en una silla y, si no fuera porque sigue con los ojos abiertos, Orduño pensaría que se ha dormido. Reyes levanta su copa de vino.

—Por Guillermo Escartín. Porque vamos a conseguir coger al cabrón que le hizo eso.

Orduño brinda con Reyes cuando Rentero, tan atildado como siempre, se acerca a ellos. La persona que lo acompaña no necesita presentación, es el director general de la Policía, pero como si ellos no lo hubieran visto un millón de veces en televisión, el comisario lo introduce:

—Os presento a mi amigo Aurelio Gálvez.

Es un hombre alto, cargado de espaldas, de nariz ganchuda y ojos pequeños. Estrecha la mano de Orduño y sonríe con afecto a Reyes.

—Así que tú eres la famosa sobrina policía.

—Sí, no sabía qué hacer para darle un disgusto a la familia.

—Ser policía es un honor, niña. Hacen falta mujeres, todavía los hombres somos una mayoría aplastante y eso tiene que cambiar.

—La realidad es que la estadística de casos resueltos está mejorando —apunta Orduño—. A lo mejor es porque hay más mujeres inspectoras.

—Eso es una teoría interesante, sí señor. ¿Cómo ha dicho que se llamaba? ¿Orduño? Interesante —repite Gálvez—, ¿no te parece, Rentero?

Orduño no sabe si lo está elogiando o si está burlándose de él, no tiene tiempo de resolver la duda.

—Encantado de conocerte, Reyes. —El director general asiente hacia ella en un gesto afectuoso—. Y cualquier cosa que necesites, pídemela. Te la solucionaré mucho mejor que tu tío.

Le da una palmada a Orduño en la espalda y se ríe de su propia broma. Acto seguido, atrapa una copa de vino blanco y, junto a Rentero, se pierde entre la gente.

—¿Tú crees que se reía de lo que he dicho?

—Lo has impresionado; tu profundidad de análisis de la evolución de casos resueltos es para enmarcar. —Arquea una ceja y, ahora sí, Orduño toma conciencia de que ha dicho una tontería—. Grábate esto en la cabeza: las mujeres no necesitamos que los hombres nos digan lo buenas que somos, porque, como vosotros, a lo mejor no somos tan buenas. Tenemos derecho a ser igual de inútiles que los hombres que estáis trabajando.

Llega la hora de los discursos y los brindis, Gálvez y Rentero suben a un escenario para decir unas palabras sobre el homenajeado. Mientras sueltan chistes sobre el peligro que corren los peces que Asensio va a pescar a partir de ahora —«Dicen que de jubilado comienzan a picar», asegura Gálvez entre risas—, Orduño mira de soslayo a Reyes. Parece que nunca acierta con ella, que siempre va no solo unos pasos por detrás, sino kilómetros. Desde el principio, cuando ella llegó a la BAC y se vio inmersa en uno de los peores casos que han llevado, la desaparición de Chesca, Reyes mostró una fuerza y una manera de entender el mundo que a él todavía le cuesta procesar. No puede negarse que por un lado lo atrae, pero por otro le da miedo. Cree que nunca sería capaz de estar a su altura.

—¿Os acordáis de cuando empezamos en la comisaría de Centro? —Asensio ha subido a dar su discurso y con esa frase de introducción deja claro que no va a ser breve—. Os voy a decir el año: fue en el 81 del siglo pasado. El año del golpe de Estado, un año antes del Mundial de Fútbol... Qué buena promoción la nuestra. Acordaos: Manolo Gaspar, Benito Lorente, Eugenio Zárate...

Reyes se gira de inmediato a Orduño y lo descubre mirándola: ¿Eugenio Zárate? ¿Puede ser el padre de Ángel?

—Ya se había muerto Franco, pero la policía aún no había cambiado mucho. Lo único, que ya no nos dedicábamos a perseguir opositores al régimen, como los veteranos, entonces teníamos otros problemas: ETA, la heroína, los atracos a bancos, los furgones blindados... ¿Os acordáis de lo del Dioni? Fue años después y me lo comí yo, que estaba aquel día de servicio. ¿Cuántas veces hablábamos de hacer algo así? Un furgón blindado con trescientos kilos y a Brasil, a vivir la vida... No lo hicimos, me arrepiento a diario.

Las anécdotas de Asensio se van encadenando en una retahíla sin fin. Bromas privadas con viejos compañeros que algunos ríen. Reyes acerca la boca al oído de Orduño.

—¿Te apetece follar?

Un aliento cálido y, de nuevo, el perfume clavándose dentro de Orduño. Un nudo en la garganta. No sabe qué responder a la pregunta de Reyes. Las risas explotan entre el público por algún chiste de Asensio que él no ha oído.

—Ven.

Reyes lo coge de la mano y lo guía hasta los baños. Entran en el de hombres. Todos están escuchando a Asensio y está vacío. Ella abre la puerta de uno de los reservados. Como un zombi, Orduño se ha dejado llevar. Reyes lo sienta sobre la taza del váter y, acto seguido, se quita la chaqueta del esmoquin. Orduño estaba en lo cierto, no lleva nada debajo.

—¿Qué haces?

—Si sigo ahí fuera escuchando a ese carcamal, me muero. No me digas que no te da morbo.

Empieza a desabrocharle el pantalón. Orduño la coge de las manos, la detiene.

—Yo estoy con Marina.

—Tampoco te estoy pidiendo matrimonio, Orduño.

—No quiero serle infiel.

—Pero si está en la cárcel, ¿cómo se va a enterar? —La mirada de ella desciende con una sonrisa—. Además, creo que no todo tu cuerpo está de acuerdo con lo que dices.

La erección de Orduño es evidente. El deseo se mezcla con la vergüenza, con la sensación de que no sabe cómo defenderse de Reyes.

—Me gustas y yo te gusto. Ha sido un día muy largo, ¿qué tiene de malo acabarlo así?

Ella ha acercado sus labios a los de él. Orduño ya no es capaz de contenerse; la coge de la nuca y la besa con fuerza mientras Reyes se quita los pantalones. Rápida, se deshace también de las bragas y se sienta sobre él. Es ella quien lleva el control, se mueve primero despacio y, luego, con furia. Ninguno de los dos es capaz de contener los gemidos cuando alcanzan el orgasmo.

Una gota de sudor resbala por la frente de Reyes cuando se deshace del abrazo en el que han terminado y le mira con una sonrisa.

—¿Tú crees que Asensio habrá acabado o seguirá hablando?

Orduño ríe. Se visten rápido y Reyes es la primera en salir. Orduño se arregla el traje y la sigue un instante después. Cuando va a lavarse las manos, ve a través del espejo que hay alguien usando un urinario. Se sube la cremallera y se coloca en el lavamanos junto a él. Es Gálvez. Orduño no sabe qué cara poner.

—Joder... —se murmura a sí mismo cuando regresa al salón en busca de Reyes.

Está dispuesto a echarle la bronca por no avisarle de que el director general de la Policía estaba en el baño, cuando ella, al verlo llegar, levanta una mano en señal de alto.

—¿Qué pasa? —pregunta él.

—¿Ves a Elena? No tengo ni idea de qué ocurre, pero no es bueno.

En una esquina de la fiesta, la inspectora Blanco está discutiendo con vehemencia con Rentero. Este la coge del brazo, intentando calmarla, pero ella se suelta, molesta. Después de echar una mirada a su alrededor por si la discusión ha llamado la atención de los invitados, Rentero la guía a la salida del hotel.

—Me da igual que sea la puta jubilación de Asensio. ¡Te estoy hablando de un compañero! ¡¿Te crees que me voy a conformar con ese mensaje que me has puesto?! —La inspectora Blanco está dando gritos en mitad de la calle Velázquez.

—Es la verdad, joder, Elena. ¿No puedes contenerte un poco? Pareces una colegiala.

—Vete a la mierda.

Elena pasea de un lado a otro bajo la mirada de circunstancias del comisario. Él trata de rebajar la tensión entre los dos.

—Intentaré averiguar algo, pero de momento eso es todo lo que te puedo decir de Guillermo Escartín.

—No me has dicho nada, Rentero. Que se graduó en el 2007 con honores. Que tenía la carrera de Criminología. ¿Te crees que te llamé para eso?

—La investigación en la que estaba metido es materia reservada. Ni siquiera yo tengo acceso a esos informes.

—¿Te recuerdo cómo lo mataron? Lo rajaron de arriba abajo, le metieron a su propio hijo dentro. ¿Eso no basta para levantar la clasificación de cualquier informe? Necesito saber qué estaba investigando.

—Lo siento, Elena, de verdad.

—Es increíble... —La inspectora se detiene en seco, lo mira y deja escapar un bufido de impotencia—. Era un policía como tú y como yo. Un hombre que sacrificó su vida por el trabajo. ¿No vamos a hacer nada por encontrar a su asesino?

—Yo no te he dicho que detengas la investigación.

—Solo que me dejas a ciegas.

El silencio de Rentero indica a Elena que de nada le servirá seguir insistiendo. Las cartas de esta partida son las que son, y tendrá que jugar con ellas.

Capítulo 12

—Estuvo vigilando hasta que encontró el momento oportuno para llevárselo.

La meticulosidad incansable de Mariajo ha dado sus frutos mientras el resto del grupo estaba en Zaragoza. En las imágenes de la cámara de una tienda de electrónica, se ve una Citroën C15 blanca, la misma en la que se encontró a Escartín, aparcada al final de la calle San Jenaro, donde está la barbería de Byram.

—¿No hay imágenes del conductor? —pregunta Zárate.

—No, es lo único que tenemos. Pero nos permite acotar la fecha del asesinato. Aquí lo estaba cercando. Pero no lo atacó. El asesino es paciente.

También Buendía ha desperdigado sobre la mesa las conclusiones de sus informes. Se confirman los datos avanzados que les dio Manuela. Los restos de escopolamina para aturdir a Escartín, el material quirúrgico y su uso burdo en el homicidio. El resultado negativo de las huellas tomadas en el interior de la furgoneta.

—¿Has podido calcular el tiempo que llevaba congelado el feto?

—Es imposible precisarlo.

¿Sabía Guillermo Escartín que la chica con la que iba a tener un hijo ya había muerto? A Zárate no le queda ninguna duda de que esa futura madre no pudo sobrevivir al aborto salvaje que le provocaron.

—Estamos perdiendo el tiempo. Deberíamos estar tirando abajo la puerta de Byram. Guillermo estaba investigándolo; es uno de los mayores capos del narcotráfico de Madrid. El puto senegalés lo descubrió, ¡si hasta él mismo tuvo la desfachatez de decírnoslo a la cara! Lo siguió hasta Zaragoza y lo mató.

—¿Hacía falta tanta parafernalia para eliminar a un policía? —Desde una esquina, tímida, Manuela ha aventurado esa duda—. Lo más lógico habría sido hacerlo desaparecer sin llamar la atención.

—Tú no estuviste en la finca de Byram. Quién sabe si esa manera de matar no es otro de los ritos de su pueblo...

A Zárate le da igual que Buendía le haga ver que está siendo prejuicioso. Lo que Elena y él mismo presenciaron no era más que una tradición. No había ablación de la adolescente ni ningún tipo de daño. En el fondo, es bastante parecido a las puestas de largo de las mozas que no hace tanto eran frecuentes en Madrid.

—Voy a tomarme algo al Cisne Azul mientras Elena da señales de vida. ¿Os apuntáis?

Buendía rechaza la invitación, está cansado y prefiere irse a dormir un poco. Por su parte, Mariajo niega con un gesto.

—La Científica me ha enviado el ordenador de Guillermo. Ya sé que tenía el disco duro vacío, pero por fisgar un poco ahí dentro, tampoco se pierde nada. A lo mejor puedo rescatar algunos archivos.

Zárate no insiste. Al pisar la calle, la noche lo recibe con un viento frío. Camina hasta la calle Gravina y se acomoda en una esquina de la taberna del Cisne Azul, famosa por sus setas, uno de los pocos locales de toda la vida que sobreviven en un barrio en el que cada día hay más restaurantes y tiendas de diseño. Cuando va por el segundo tercio, Manuela entra en el bar.

—El doctor Buendía me ha dicho que pida la trompeta de los muertos. ¿Te importa si te acompaño? Me muero de hambre.

Zárate coge el tercio y la invita a sentarse en una mesa bajo la televisión. Un programa de jóvenes talentos que se desgañitan es el único sonido de un bar en el que, además de ellos, solo hay una pareja de jóvenes en otra mesa.

—¿Tú quieres comer algo? —pregunta Manuela mientras echa un vistazo a la carta.

—No tengo hambre.

En apenas unos tragos, ha vaciado el segundo tercio. Ella pide la variedad que le ha recomendado Buendía, y además unos boletus con foie y un Aquarius.

—Sé que la combinación es un crimen —confiesa con una sonrisa abierta. Tiene unos dientes pequeños, perfectamente alineados. Sus ojos, oscuros y grandes como de Betty Boop, desprenden también ese aroma melancólico del dibujo animado. Se inclina sobre su plato con los ademanes de una niña que prefiere pasar desapercibida, los brazos bien pegados al cuerpo mientras se disculpa de nuevo por la bebida que ha pedido. Su melena, cortada a la altura de la mandíbula, rizada y castaña, se enreda sobre su cara, tapándola. A veces tiene que dejar el tenedor a un lado para retirarse el pelo y colocarse bien las gafas. Nunca se había fijado mucho en ella, pero ahora que Zárate observa sus rasgos, la boca y los ojos tan grandes, la piel nacarada, le parece guapa y se sorprende como si hubiera descubierto una joya en un cajón abandonado.

No necesita darle conversación, Zárate lo agradece, no tiene ganas de hablar y tampoco sabría de qué hacerlo. Es Manuela quien habla por los codos mientras él deja de pedir cervezas para pasarse a los gin-tonics. Le cuenta que su madre es italiana, nacida en Patú, un pueblo en el tacón de la bota de Italia. Se enamoró de su padre cuando este fue unas vacaciones allí y vino a España persiguiéndolo. Por amor y porque la había dejado embarazada, pero sobre todo por amor. Sin embargo, nunca lo encontró. «¿No es triste?», durante un segundo Manuela deja de comer y la melancolía de sus grandes ojos se hace más evidente. Su madre nunca volvió a enamorarse, pero tampoco logró dar con su padre. Todo lo que tenía era un nombre, Juan, y una vaga descripción de un pueblo de interior español en el que había una iglesia derruida.

—Todos los pueblos españoles tienen una iglesia derruida, ¿no?

Su madre y la propia Manuela, de bebé, de niña y de adolescente, pasaban cada fin de semana que podían en uno de estos pueblos, con la esperanza de que, en alguno de esos viajes, su madre pudiera encontrarse con Juan. Le daba igual suponer que ese hombre ya debía de estar casado, con hijos.

—Sé que sigue haciéndolo. Tiene un mapa de España con todos los pueblos con iglesia en ruinas a los que ha ido. Algunos, hasta dos y tres veces. El fin de semana pasado estaba en Trigueros, en Valladolid. «¿Has visto a Juan, mamá?». «No he visto a tu padre» (ella siempre me habla de él así: tu padre). «Y si lo vieras, no lo vas a reconocer, le digo, han pasado treinta y cuatro años. Debe de ser un señor barrigón y calvo que no se parece en nada al españolito que conociste». «Si lo veo, sabré que es él, me dice ella».

Pasa la medianoche. Zárate consulta su móvil, no ha recibido ningún mensaje de Elena. Pide otro gin-tonic y la cuenta. Él invita. Después, recalan en un bar de Chueca. Manuela pide un Aquarius y él una copa más. Es miércoles y la mayoría de locales están cerrados cuando lo abandonan a las dos y media.

—Yo no vivo lejos y creo que mi compañera de piso tiene algo para beber. Ginebra, seguro.

Un taxi los lleva hasta la calle Dos Hermanas, por debajo de la plaza de Tirso de Molina. Entran de puntillas en el piso, la compañera de Manuela trabaja en un hospital y se levanta muy temprano. No quieren despertarla. Zárate la espera en el dormitorio, sentado en un futón con una colcha estampada de mariposas mientras oye a Manuela trastear en la cocina. Aparece enseguida con la botella y un vaso con hielo.

—No encuentro la tónica.

Hablan un poco más, aunque a Zárate le cuesta seguir la conversación. La habitación es amplia, tiene una ventana a un patio de vecinos, un baño propio. Sobre una mesa de trabajo, una estantería donde, perfectamente ordenados, se acumulan libros de medicina. Manuela está sentada en una silla frente a él cuando Zárate la coge de la mano y, suavemente, hace que se siente a su lado. La besa sin pensarlo. Es lo que lleva haciendo toda la noche, no pensar. Beber y entumecer el cerebro. Manuela no esconde un escalofrío cuando él da el primer paso, un instante de duda, pero luego se deja llevar. Zárate se sumerge en su piel, en su aliento y en su sexo. Hacen el amor y, en silencio, se quedan dormidos.

Se despierta antes del alba. Sigiloso, se viste, sale de la habitación y de la casa. Si Manuela ha sido consciente de su huida, ha preferido fingir que dormía. Al salir a la calle, Zárate mira su móvil; son las siete de la mañana y tiene un mensaje de Elena. «He hablado con Rentero. No puede ayudarnos con Guillermo Escartín. Nos vemos a las nueve en la oficina. Te quiero». La culpa le hace sentirse enfermo. Está a menos de un kilómetro de la plaza Mayor y tiene la tentación de ir a buscar a Elena y contarle lo que ha pasado esta noche. Vomita todas las copas hasta sentir el estómago vacío y una cierta sensación de liviandad, como si hubiera soltado un lastre, se apodera de él.

Para un taxi en la calle Magdalena y se dirige a Villaverde. Quince minutos después, paga al conductor y se baja en la puerta de la barbería de Byram, todavía con la persiana echada. Se dice que está allí para hacer justicia por un compañero muerto, Guillermo Escartín. Mientras pasa el tiempo, se lo repite, pero no llega a creérselo.

La persiana se levanta con estruendo metálico. Zárate, apostado en una bocacalle, espera unos minutos antes de entrar en la peluquería. Lo recibe la mirada suspicaz del peluquero de los dedos gordos, que está barriendo.

—Todavía no hemos abierto.

—Ni loco dejaba mi cabeza en tus manos. Tengo que hablar con Byram. Ahórrate las mentiras. Lo he visto pasar.

Zárate se ve reflejado en los espejos de la peluquería; ojeroso, amarillento, parece un enfermo hepático. Aprieta los puños en los bolsillos de su chaqueta.

—Creo que no me ha entendido. El negocio está cerrado. No abrimos hasta las nueve.

En dos zancadas, Zárate se planta ante el peluquero y le sacude un puñetazo en la mandíbula. El gordo retrocede un par de pasos, mareado como una peonza, pero no se vence. Se arma con el palo de la escoba y, sin dudarlo, lo rompe en el brazo con el que Zárate se protege. Más rápido de lo que cabría imaginar por su peso, acto seguido le descarga un gancho en el estómago. Zárate siente una arcada, pero ya no queda nada que vomitar. Sin aire, nota cómo dos manos lo aferran por los hombros y una cabeza lo golpea en la frente. No es capaz de mantener el equilibrio y cae al suelo. Con la cara pegada al linóleo, borrosa, ve la puerta de una habitación abrirse y escucha la voz de Byram.

—Déjalo, Léopold...

La trastienda es un pequeño almacén abarrotado. Entre cajas de champús, muebles archivadores y una butaca de barbero desvencijada, además de otros cachivaches, han logrado encajar una mesita de despacho con un viejo ordenador encima. Byram lo observa desde allí con una sonrisa traviesa. Le resulta divertido ver cómo ha dejado Léopold al policía, que exhibe una brecha de un par de centímetros en la frente.

—¿Prefiere que le acerquemos al centro de salud?

—El hombre al que seguisteis se llamaba en realidad Guillermo Escartín. Quiero saber qué relación teníais y en qué consistía el negocio que te ofreció.

—Pensaba que habíamos llegado a un acuerdo. En eso quedé con su jefa. Les decía lo que sabía y no volvían a molestarme.

—Tu amigo puede partirme la crisma, los dos lo sabemos. Pero lo que tú no sabes es que no estás jugando con un policía de barrio. Si me pasa algo, puedes estar seguro de que mañana habrá una redada. Aquí, en tu finca, en las casas de tus empleados. Y, pasado, haremos otra. Quizá no encontremos más que champús y tijeras, pero, además de no cumplir con nuestra palabra, somos muy pesados. Seguiremos hasta que te hartes. Todos los días. Todo el año, si hace falta.

Byram chasquea los labios y niega con un gesto.

—¿De verdad crees que soy tan importante? —lo tutea también.

—Te lo voy a preguntar una vez más; ¿qué relación tenías con Guillermo?

—Gerardo... bueno, *Guillermo*... vino a cortarse el pelo hará un año. Lo atendió Léopold. Parecía lo que era, un yonqui, pero enseñó su dinero antes de sentarse y se fue con el pelo más corto de lo que entró.

—¿Crees que estás en posición de hacerte el gracioso?

—La segunda vez que vino entró con una pistola y atracó el local. Le dio igual hacerlo a cara descubierta y que ya lo conociéramos. Nos vació la caja.

—¿Y no hiciste nada? No te creo, Byram; este barrio es tuyo, nadie se atrevería a venir a atracar tu peluquería, por muy puesto de caballo que estuviera.

Byram cabecea sonriendo para sí. Rebusca en su escritorio y saca una caja de puros. Le ofrece uno a Zárate que él rechaza. Cuando se lo ha encendido y una nube de humo flota delante de su cara, retoma la conversación.

—Te has equivocado en una cosa conmigo. Este barrio no es mío. Este barrio es de la Sección. Una semana antes del atraco de nuestro yonqui, me había negado a pagar una mordida. Los mandé al infierno, y eso, en Villaverde, pasa factura. Si *Guillermo*... entró a cara descubierta y se fue tan tranquilo calle abajo era porque tenía su protección.

—¿Qué es la Sección?

—Los policías importantes. —Byram no disimula su sarcasmo—. No tenéis ni idea de lo que pasa en los barrios.

—¿Por qué no me lo cuentas?

—Una brigada de la comisaría de Villaverde. Ellos son la Sección; cobran una comisión por cada negocio. Lo que les da la gana y, si te niegas, empiezan con un aviso, como me hicieron a mí: ese atraco. Hay vecinos a los que les han quemado el local, otros... bueno, otros, simplemente, han desaparecido... Nadie los ha vuelto a ver por Villaverde.

—¿Pretendes que me crea que un grupo de polis actúa como si fuera una mafia? —El desprecio asoma a la voz de Zárate; quema como la herida abierta en la frente.

—Se pide que «creas» en lo que no se puede ver. Date una vuelta por el barrio. Pregunta a la gente, si es que se atreve a hablar. Quizá algunos lo hagan, aunque, al final, todos hacen como yo: pagar y callar.

—¿Qué tenía que ver Guillermo con esa «Sección»?

—Hace unos seis meses, volvió a la peluquería. Se sentó en un sillón como si no pasara nada y pidió que le arregláramos el pelo. Me acerqué para echarlo y, entonces, me dijo que al día siguiente habría una redada en toda la calle San Jenaro, en busca de droga. No se equivocaba, pusieron patas arriba todos los locales. Yo me libré porque cerré. Y porque había pagado, claro. Ese Guillermo era un mensajero de la Sección...

Zárate trata de encajar las piezas: si Escartín era un policía infiltrado, ¿qué hacía actuando de recadero de esos policías corruptos? ¿Qué quería conseguir de Byram?

—Nos dijiste que lo que te hizo seguirle hasta Zaragoza fue un negocio. ¿Qué negocio?

—Uno muy grande —repitió el senegalés—. Demasiado para un yonqui, ya os lo dije. Había que estar ciego para no ver lo que estaba pasando; querían cogerme en mitad de algo ilegal. No para llevarme a la cárcel, no es su estilo, sino para seguir exprimiéndome. Cuando descubrimos la vida que tenía en Zaragoza, nos dimos cuenta de que, en realidad, Guillermo era otro más de la Sección, pero disfrazado de yonqui.

Zárate se lleva los dedos a las sienes; le duele la cabeza. Le molesta asumir que Byram está siendo honesto.

—Escartín no estaba investigando a Byram. Se hizo pasar por yonqui estos tres años para acercarse a un grupo de policías que hay en Villaverde. Se hacen llamar la Sección y, según parece, son algo así como la puta camorra.

Zárate ha irrumpido en la sala de reuniones de Barquillo donde está el resto de sus compañeros. No ha dado oportunidad a Elena ni a nadie de que le pregunten por la brecha que adorna su frente. Se ha lanzado a contar todo lo que ha sacado de Byram. Guillermo estaba investigando a otros policías, quizá por eso sus informes son tan reservados que ni Rentero tiene acceso a ellos.

Elena ha escuchado en silencio y le hace un gesto para que la siga a su despacho.

Zárate cierra la puerta y la encara directamente.

—No tenemos acceso a los informes de Guillermo Escartín. Sabes que solo hay una manera de averiguar si Byram tiene o no tiene razón. Hay que meter a alguien en esa brigada.

—Ya me he dado cuenta.

—Quiero hacerlo, Elena. Quiero entrar en esa comisaría. Puedes organizarlo con Rentero para enviarme como si fuera un poli más. Hace poco estaba en una comisaría como la de Villaverde.

Ella le mira a los ojos por primera vez. Hay una bruma de tristeza en su mirada que disipa de inmediato. Su autoridad se abre espacio.

—Tú no eres la persona adecuada.

Elena no ha dejado espacio para la réplica.

Capítulo 13

El uniforme impide que Reyes escoja qué vestir esta mañana. La única decisión que tiene que tomar es si se recoge el pelo en una coleta alta o en una baja, el resto será tal y como mandan las ordenanzas. Opta por la cola alta.

Está nerviosa, su experiencia en la policía ha sido muy corta, menos de un año en la BAC, un cuerpo de élite cuyo funcionamiento poco tiene que ver con el del resto de brigadas. Nunca ha estado en una comisaría y sabe que la que le espera hoy es de las más duras que le podían tocar, la de Villaverde. Pero no quiere pensarlo demasiado, así que toma aire, se da ánimos frente al espejo y sale de casa con tiempo suficiente para no llegar tarde en su primer día. En el camino, recuerda su llegada a la BAC, el recibimiento de Orduño —no han podido hablar después de lo que sucedió dos días atrás en la jubilación de Asensio, quizá sea lo mejor, dejar pasar ese encuentro en el baño como si fuera una anécdota que no merece ser ni comentada—, la amabilidad de Buendía y Mariajo —ojalá en su ausencia deje de estar tan arisca con Manuela—, y el pánico que circuló entre todos cuando se confirmó la desaparición de Chesca. Se baja del taxi a un par de manzanas de la comisaría. Tendrá que acostumbrarse a usar el transporte público para no llamar la atención. Mientras camina hacia la comisaría, cruza los dedos para que su llegada a Villaverde no sea tan agitada.

—¡Fabián! Ya está aquí la enchufada —brama un agente de unos sesenta años, canoso, cuando se presenta.

Villaverde, con casi ciento cincuenta mil habitantes, es uno de esos pueblos que se fueron añadiendo al municipio de Madrid para convertirse en un barrio. Está en la zona sur de la ciudad y es uno de los que menor renta por habitante tiene, un lugar donde pocos viven por elección propia, y muchos porque no les queda más remedio. Pero como le dijo ayer Elena cuando le comunicó que debería incorporarse al destino, eso quiere decir que en el barrio viven los pobres, no los malos; los malos están repartidos por toda la ciudad.

Reyes ha estado buscando datos sobre el barrio para no sentirse muy perdida, pero nada le vale para hacerse una idea. Su mundo, el que ha conocido desde que nació, no tiene nada que ver con lo que va a encontrarse: más del treinta por ciento de inmigración, rentas bajas, zonas con el metro cuadrado más barato de Madrid, polígonos que se han convertido en centros de prostitución, abundantes pisos ocupados, bandas... También ha leído que hay una zona nueva, de urbanizaciones con buen nivel de vida, pero mucho se teme que es la que menos va a pisar mientras esté ahí.

—Reyes Rentero. Un honor tener a la sobrina del director adjunto operativo, don Manuel Rentero.

Fabián no disimula la sorna, una mirada de ojos azules, casi transparentes, que le hacen pensar en un husky. Mide más de uno noventa, tiene un cuerpo musculado que destacaría en un gimnasio y el pelo rapado casi al cero, pero lo que más le llama la atención es que le falta media oreja derecha. Reyes tiene la tentación de preguntarle qué le pasó, pero prefiere ser discreta. Ya se enterará más tarde.

—Dentro de un par de semanas es el aniversario de bodas de mi tío y va a hacer una fiesta. Si quieres, te invito. Te lo digo porque parece que tienes mucho interés en conocer a mi familia.

Reyes sabe que, si se deja pisotear el primer día, el siguiente será aún peor. Cualquier sombra de sonrisa ha desaparecido del rostro de Fabián.

—Me da por culo que nos hagan cargar con una enchufada.

—¿Te crees que para conseguir un destino en un barrio como este hace falta enchufe? Vamos, no me jodas, esto es un castigo.

El gesto de hielo que se había instalado en Fabián se deshace en una sonrisa honesta, casi infantil. Reyes sabe que ha superado la primera prueba. Sigue a Fabián hacia el interior de la comisaría.

—¿Y qué has hecho para que Rentero te quiera tan mal?

—Mi tío es de esos que se creen que la policía es la legión, que no hay que esperar favores del superior y una tiene que curtirse desde abajo.

—Aquí te vas a curtir, de eso me encargo yo. Esta es tu mesa. —Le señala un pupitre situado junto a la puerta del baño de la comisaría, el peor lugar posible—. No pongas esa cara. Tampoco vas a estar mucho aquí. Venga, vamos al Curro a tomar un café.

—¿No debería presentarme al jefe?

—Cristo no está, tiene a la madre en el hospital y no se mueve de su lado. Es un buen hijo.

Reyes sigue a Fabián hasta un bar que está a unos cien metros de la comisaría. Es un local bastante cutre, con una barra metálica llena de tapas cubiertas con film transparente, pósteres del Atlético de Madrid en las paredes, dos máquinas tragaperras y cajas de botellas vacías de cerveza y refrescos adosadas a la pared.

—Curro, un par de sol y sombra.

El tabernero, un hombre calvo como un huevo, pone sobre la mesa dos copas no muy grandes y descascarilladas. Las rellena con anís y brandy a partes iguales. Son las ocho y diez de la mañana, Reyes no está muy segura de cómo le va a sentar la mezcla.

—De un trago, nos vamos a beber uno cada mañana. ¿Sabes por qué?

—¿Por qué?

—Porque el día que no nos lo bebamos, nos pegan un tiro. ¡Salud!

Fabián cumple con lo que propone y se lo bebe de un trago. Reyes lo imita, está bastante más rico de lo que pensaba. Después de golpear con los nudillos en la barra, Fabián avisa a Curro.

—Vamos dentro, díselo a los demás cuando lleguen.

Enfilan el pasillo que da a los baños. Al lado de la puerta de los urinarios hay otra de la que cuelga un cartel grasiento en el que se lee SOLO PERSONAL. Fabián entra. Es una pequeña sala sin ventanas que huele a lejía. En el centro, bajo un tubo fluorescente, hay una mesa con cuatro sillas alrededor. En un lateral, un sofá que parece rescatado de un contenedor y, en una esquina, una nevera que emite un zumbido constante.

—Siéntate.

En la mesa hay una baraja de cartas y un montón de piezas de metal, amarracos para jugar al mus. Fabián levanta una carta.

—Sota, te va a costar ganarme. Si no sacas una carta más alta, no vuelves a entrar en este cuarto.

Reyes alza la suya.

—Caballo. Te he ganado.

De nuevo, ve cómo la expresión de Fabián viaja de una seriedad glacial a la sonrisa juguetona.

—Bienvenida a la Sección.

Capítulo 14

Cuando Elena entra en la sala de reuniones de Barquillo, siente el silencio cargado de ecos que sigue a una discusión agitada. Zárate recupera la compostura en su silla, también Orduño debe hacer un esfuerzo para fingir que anota algo en su libreta. Ni Mariajo ni Buendía se atreven a mirarla a los ojos.

—¿Has podido sacar algo del ordenador de Guillermo Escartín?

Mariajo solo asiente mientras teclea en su ordenador para presentar el hallazgo. Elena decide enfrentar la situación antes de que el ambiente en la BAC se enturbie:

—Reyes es la persona perfecta para integrarse en la brigada de Villaverde. Si tenéis alguna queja, es el momento.

La mirada huidiza de Zárate le adelanta que él no dirá nada. Ya se enfrentó a ella cuando le dijo que no sería el escogido. Esgrimió su experiencia en Carabanchel, su habilidad para relacionarse con policías de barrio, el hecho de que había sido él quien le había sacado a Byram cuál era el objeto de la investigación de Escartín. Elena respondió con un escueto «la decisión está tomada».

—La has metido en la boca del lobo. —Orduño es el único que se atreve a romper el silencio—. No tiene experiencia y la mandas a ese grupo... Parece que soy el único que se acuerda de cómo mataron a Escartín.

—No tenemos indicios de que el asesino esté en esa brigada.

—¿Por qué no le has dado otra identidad? Es la sobrina de Rentero, ¿cómo van a confiar en ella?

—Orduño, lo hemos valorado. En esa brigada son muy suspicaces, la van a investigar por el mero hecho de ser nueva. Y si descubren que es la sobrina del comisario no dura ni dos minutos. Creemos que es más prudente ir de cara, que cuente su destino como un castigo de su tío, o como una forma de que se curta en una comisaría de barrio.

—Jamás van a confiar en ella —dice Zárate.

—Puede que no. Pero está dentro, ya tendrá la oportunidad de averiguar algo. ¿Alguna protesta más? —La contundencia de Elena vuelve a instalar el silencio en la sala, todos saben que no volverán a discutir este tema—. Mariajo, ¿qué has sacado del ordenador?

—No esperéis nada glorioso, algunos datos del historial de navegación y poco más. Pasó un programa para borrar todos los archivos, y son irrecuperables. En septiembre, como dijo aquella vecina, debió de estar en la casa. Entró en el ordenador y buscó información sobre el Puregon, un medicamento usado para inducir la ovulación.

—Suele emplearse en embarazos con reproducción asistida —matiza Buendía.

—También investigó sobre la progesterona, la hormona del embarazo, que ayuda a la implantación del embrión.

—Sabemos que dejó embarazada a una mujer —razona Elena—. Y si se interesó por el Puregon y la progesterona, probablemente el embarazo fuera con reproducción asistida. ¿Has buscado su nombre en clínicas de reproducción asistida?

—No he encontrado en ninguna el nombre de Gerardo Valero ni el de Guillermo Escartín. ¿Os cuento otra búsqueda curiosa?

—No te guardes nada, Mariajo —la anima Buendía.

—Buscó a Santa Serena.

—¿Quién es esa? —Zárate no disimula su impaciencia. Tiene la sensación de que todo lo que están haciendo es inútil.

—Santa Serena fue la esposa del emperador Dioclecia-no. Se enfrentó con él en el siglo III, por las persecuciones a los cristianos, y a raíz de esa lucha su nombre se hizo popular en nuestra cultura.

Mariajo no disimula una leve sonrisa cuando escucha a Buendía desplegar esos conocimientos que lo hacen prácticamente un experto en cualquier tema. Orduño se está contagiando de la impotencia de Zárate.

—Perfecto —se burla—. Además de las novelas y el jazz, Escartín se pirraba por la historia romana.

—Y la mexicana —añade la informática—. También hay varias búsquedas sobre México. Son búsquedas de lo más tontas; mi impresión es que quería informarse sobre ese país, como cuando uno va a hacer un viaje. Hasta entró en una página de letras de rancheras populares.

El desaliento es general en la sala. El ordenador de Escartín no arroja ninguna luz sobre su trabajo. Si alguna vez redactó un informe de su investigación en ese terminal, había sabido borrar las huellas.

—Me podéis llamar sentimental o decir que chocheo —arranca Buendía—. Pero para mí que Escartín se había enamorado de una mexicana y quería sorprenderla con una ranchera, y averiguar cosas de su cultura y de su país. Y si me tiráis de la lengua, me apuesto una cena en el Cisne Azul a que a nuestro policía infiltrado le daba bastante igual la historia romana. Simplemente quería investigar el origen del nombre de su chica.

—¿Serena? —pregunta Elena.

—Exacto. Para mí, Guillermo Escartín estaba enamorado de una mexicana llamada Serena.

—Pero ¿cómo te vas a jubilar? —protesta realmente enfadada Mariajo—. ¿De verdad crees que la ratita que nos quieres dejar tiene tu cabeza?

—Manuela es una excelente forense. —Buendía se gira hacia la inspectora—: A partir de ahora, si no te parece mal, me gustaría que estuviera presente en estas reuniones.

Zárate registra cómo Elena asiente. Su móvil está vibrando y, con un gesto, se disculpa y sale de la sala. Regresa solo un minuto después.

—Era Cecilia. Acaba de recibir un vídeo de Guillermo Escartín en su correo.

Todos esperan a que Mariajo conecte su portátil, entre en el correo de Cecilia con las contraseñas que les ha dado y localice la grabación que, mediante una página para programar envíos, le ha llegado hoy a su destinataria. Lo reproduce.

En el vídeo solo hay un primer plano de Guillermo, es imposible adivinar dónde se encuentra, solo que es un lugar exterior, tal vez una calle. Se oye el ruido del tráfico. Es la primera vez que pueden observarle con vida y es extraño descubrir en la víctima, cuya foto cuelga de los cristales de la sala, los gestos de un hombre ligeramente tímido, suave en sus inflexiones de voz, también cansado, tal vez consecuencia del proceso de rehabilitación que llevaba. Organiza bien su discurso, con un vocabulario rico, a pesar de que las palabras de esta confesión parecen dolerle. Como si surgiera de una niebla espesa, emerge la personalidad del Guillermo amante del jazz, lector voraz, el policía que, en esta grabación, no tiene la necesidad de fingir su identidad.

«Cecilia..., si estás viendo este vídeo, yo... Bueno..., no intentes localizarme, es lo mejor para los dos, de verdad. Lo que te tengo que contar no es fácil y lo más seguro es que me odies. Cuando empecé con este trabajo, jamás pensé que podría terminar así. No te mentía cuando te decía que serían seis o siete meses, que cuando regresara tal vez podríamos volver a Nueva Orleans. Estaba deseando hacer realidad todos esos planes que teníamos. Ya sabes de qué te hablo: tener hijos, dos o tres. No lo sé. Establecerme en un puesto tranquilo en Zaragoza... Pero nada ha sido como habíamos pensado. Los meses se fueron convirtiendo en años y... ha sido duro sentir cómo, según pasaba el tiempo, nos íbamos alejando. De alguna manera, nos estábamos transformando en personas distintas. No pienses que te cargo con alguna responsabilidad. Tú siempre has sido la Cecilia de la que me enamoré, pero... he sido yo el que ha cambiado. En este trabajo, uno tiene la sensación de perder el rumbo, de que ya no se reconoce en el espejo... Llega un momento en el que te olvidas de quién eras.... Cuando volvía a casa, tú lo sabes, estaba deseando marcharme... porque, no sé cómo sucedió, mi vida real comenzó a ser esta y no la que tenía en Zaragoza, contigo. Es algo que ha pasado así y ya no hay marcha atrás. En la investigación... he... he conocido a una chica. Estoy enamorado de ella, Cecilia. Es difícil explicar cómo empezó todo, y lo más seguro es que no quieras escucharlo. Está embarazada y... quiero estar con ella. Quiero tener esa hija a su lado. Falta muy poco, solo unas semanas. Podría haber desaparecido sin más, pero sentía que, al menos, te debía esta explicación. Darte la oportunidad de odiarme y ponerte las cosas más sencillas para pasar página. Siento que la vida haya sido así. Te he querido mucho, Cecilia. Ojalá seas muy feliz».

El vídeo se queda congelado en un fotograma en el que Escartín se acerca a la cámara para detener la grabación.

—No está mal: rompes con tu mujer en un vídeo y, de paso, le sueltas que vas a tener un hijo con otra. Casi se merece lo que le ha pasado.

—No seas bruta, Mariajo —la amonesta Zárate.

—Esperaba tener a ese hijo en pocas semanas. Sabemos que el feto estaba casi a punto de llegar a término —piensa en voz alta Buendía—. ¿Puedes darme el dato de cuándo se hizo esta grabación, Mariajo? Quiero intentar acercarme más a la fecha en la que le fue extraído a la madre.

—Pero ¿dónde está la madre? —Orduño se pasea nervioso por la sala. No es un hombre de oficina, le gustaría estar pateándose la calle—. No hicieron ningún esfuerzo por esconder el cuerpo de Guillermo, lo dejaron en una furgoneta en la Cañada Real. ¿Por qué seguimos sin encontrar el de la madre?

—La conoció en el curso de su investigación. —La voz de Zárate suena grave, casi como una reprimenda a Elena—. La única manera de identificarla es que Reyes saque esa información a la brigada de Villaverde.

—Es posible, pero mientras tanto, no podemos quedarnos cruzados de brazos. Mariajo, amplía tu búsqueda a mujeres mexicanas que abandonaran el seguimiento ginecológico.

—Y que se llamen Serena —añade Buendía.

Elena ve cómo cruza Rentero las oficinas de la BAC. Sin entrar a la sala, con un gesto tenso, el comisario le señala su despacho.

—¿Cómo se te ocurre mandar a mi sobrina a esa comisaría?

Rentero no ha dado tiempo a Elena ni a cerrar la puerta del despacho y amortiguar sus gritos de indignación.

—Tu sobrina trabaja para mí. Necesito más datos de la investigación que estaba llevando a cabo Guillermo Escartín. Como tú no me los das, no me quedó alternativa.

—¿Crees que te lo he ocultado a propósito? No pongo en duda la decisión de infiltrar a alguien en la comisaría, pero podías haber elegido mejor: Orduño, hasta Zárate...

—Reyes era la mejor opción y asumió encantada el encargo.

—Zárate no está en condiciones, ¿verdad? Es eso. Te da miedo que vuelva a perder el control.

—Pensaba que estábamos hablando de Reyes.

Rentero prefiere no hurgar más en esa herida. Logra rebajar su enfado, se arregla la corbata y se sienta en la butaca de Elena.

—¿Qué pasa con esa brigada? ¿Estás segura de que Guillermo los estaba investigando?

—Son algo así como un grupo de matones. Por lo visto tienen atemorizados a todos en el barrio. A los que hacen negocios legales, pero más a los que hacen negocios ilegales. Les sacan todo lo que pueden. Hasta se han puesto un nombre: «la Sección».

De repente, el gesto de Rentero se crispa. Se levanta y le da la espalda a Elena. Desde la ventana, puede ver el trasiego de transeúntes en la calle Barquillo. Llega el ruido de alguna obra cercana.

—¿Qué pasa, Rentero? ¿Has oído hablar antes de ellos?

—No, nunca. —Cuando se gira, ha hecho desaparecer toda tensión de su rostro. Le sonríe—. Supongo que me hago mayor y me da miedo que le pase algo a Reyes.

Capítulo 15

Fabián no ha aceptado que Reyes condujera el coche patrulla en su primer recorrido por el barrio.

—Otra norma, conduzco yo. Siempre. Además, te has bebido un sol y sombra; a ver si te va a parar la poli y te hace un control.

—Ya veo que hay muchas normas.

—Muchas, y todas de obligado cumplimiento. Aunque también se podrían resumir en solo una: yo mando y tú obedeces. ¿Algún problema con eso?

—De momento no, ninguno.

—Pues sigue así. Te voy a llevar a conocer Villaverde, que tienes cara de no haber estado aquí en la puta vida. Seguro que no has salido del barrio de Salamanca. ¿Dónde vives, en El Viso?

Una corriente eléctrica recorre la espalda de Reyes, aunque hace un esfuerzo por esconderla y disimular su miedo bajo una sonrisa. Puede haber sido una casualidad que lo adivinara, pero también puede que la hayan investigado.

Ella se ha aprendido los nombres oficiales de los cinco barrios del distrito: Los Ángeles, Los Rosales, San Andrés, Butarque y San Cristóbal, pero Fabián no usa ninguno de esos; él habla de Villaverde Alto y Villaverde Bajo, de Oroquieta, del Espinillo, del barrio de la Plata, de la Colonia Marconi...

—Ya los irás conociendo todos —asegura Fabián mientras el frío se cuela por la ventanilla a medio bajar—. Hay zonas que están bien, pero hay otras en las que más te vale tener ojos hasta en la nuca. Sobre todo en los parques.

Ten cuidado con las bandas latinas; andan por todo Madrid, pero aquí tenemos a los Trinitarios y a los Dominican Don't Play instalados. Cuando se enfrentan entre ellos, lo mejor es mantenerse al margen. Latin Kings hay pocos, y los Ñetas son más fuertes en la zona del Puente de Vallecas, aquí no mucho. Tendrás que distinguirlos, luego te digo cómo.

—¿Se dedican al tráfico de drogas?

—Se dedican a todo lo que pueden, pero no lo hacen a gran escala. En Lavapiés, en Vallecas, ya sabes, la droga es cosa de turcos, africanos, los antiguos clanes de la Cañada... Aquí, el que manda es un negro cabrón del Senegal, pero eso es un tema para otro día. Vamos a la Colonia Marconi, que de ella sí habrás oído algo. Vas a pasar más tiempo allí que en tu casa.

Toma un desvío en la carretera de Andalucía y enfilan la calle de la Resina. A naves industriales y a algunos edificios abandonados a mitad de construcción por la crisis económica, los siguen otras viviendas de protección oficial. Todo el barrio se levantó donde estaban antes las casas bajas que daban alojamiento a los trabajadores de la fábrica Marconi, que facturaba productos electrónicos de consumo e industriales.

—Ahí vivo yo. —Fabián le señala un enorme bloque de ladrillo rojo y gris que ocupa toda una manzana—. Es un barrio normal, no te vayas a pensar, buena gente, gente trabajadora. Raúl, el del Madrid, se crio aquí, jugaba en el San Cristóbal de los Ángeles cuando lo fichó el Atleti, antes de irse al Madrid. Hay una asociación de vecinos que hace lo que puede para que esto no sea un vertedero...

Fabián no está siendo metafórico; entre el final del barrio y la M-45 se extiende un inmenso descampado en el que se desperdiga basura, muebles abandonados.

—A partir de esa calle están las putas. A veces hay problemas, pero intentamos no cruzarnos mucho y que cada uno viva en paz.

Es una zona industrial: naves, solares vacíos, casetas de obra, pero, sobre todo, mujeres medio desnudas incluso en estos días fríos de octubre, esperando a los clientes. Y muchos coches, furgonetas, algún taxi y algún camión pequeño paseando entre ellas, escogiendo con cuál quedarse. Algunos aceleran la marcha al ver una patrulla de la policía por las calles, pero son más los que no se inmutan.

—¿Esto es legal? —pregunta Reyes.

—No, pero tampoco del todo ilegal. De cualquier forma, nosotros no nos metemos, se ocupan los municipales.

—Entonces ¿por qué vamos a venir tanto?

—Los policías y los delincuentes siempre andamos cerca. Todo lo que pasa en la zona se sabe aquí. Y a veces hay peleas, guerras entre los chulos. Ahí sí que intervenimos. Además, les damos palique a las chicas, que esas lo saben todo.

—¿Hablan con la policía? —se extraña ella.

—Unas sí, otras no. Aquí están las rumanas, hay otra zona de búlgaras, otra de latinas y otra de africanas. Mientras no se mezclen, no hay problemas.

—¿Y españolas?

—Pocas, hay pocas. Se ponen donde les dejan. ¿Has oído hablar de Clamparu, alias Cabeza de Cerdo? Era el que mandaba aquí. Está en la cárcel desde que lo detuvieron en 2011, pero llevaba huido como diez años, ya te hablaré de él. Lo sustituyó otro rumano, Dorel, que murió en México en 2014, después de un bautizo en Alcalá de Henares que acabó en un atentado con explosivos en una calle de Parla contra el líder rival, al que llaman Baku, que le cogió el relevo... Ahora andan peleándose entre varios... Pero al final, el que sigue mandando es Cabeza de Cerdo, por mucho que esté en la cárcel.

Fabián detiene el coche delante de una de las chicas, rubia, delgada, guapa, lleva un tanga y el pecho desnudo.

—Vas a coger frío, Ileana.

—En mi país sí que hace frío, esto parece el Caribe.

—¿Cómo va el día?

—Bah, una mierda, llevo tres clientes desde las ocho.

—No te quejes, que ya has ganado más que yo. Cuídate.

Fabián vuelve a arrancar. Reyes observa el gesto relajado de su compañero; es evidente que se siente en casa.

—Ileana es buena chica. —Habla con la mirada al frente, una mano al volante y un codo apoyado en la ventanilla; no la ha subido tras despedirse de la chica—. Dicen que en Rumanía era enfermera y, alguna vez, ha tenido que demostrarlo con sus compañeras. Vamos a la zona de las travestis.

Hay pocos metros de separación entre las calles donde ejercen las mujeres biológicas y las que ocupan las transexuales, más cerca de Getafe, en la zona más antigua del polígono.

—Se ponen en la calle de los bomberos, pero hay más de noche que de día. Casi todas son brasileñas, colombianas, últimamente también alguna venezolana. Mira, aquella es Roberta.

Detiene el coche a su lado.

—¡Roberta!

—Me vas a espantar los clientes, Fabián.

Roberta tiene acento brasileño y voz masculina, que contrasta con sus enormes pechos morenos. Reyes la mira con curiosidad; es guapa, una mujer muy guapa.

—¿Está todo bien?

—Creo que hay lío en la zona de las búlgaras. Por aquí, todo tranquilo. Ya sabes que nosotras vamos a lo nuestro.

—¿Qué pasa donde las búlgaras?

—Dos chulos se dieron palos anoche. Uno de tus compañeros estaba por la Colonia, pero no quiso meterse, dijo que dos chulos pelándose era un win-win.

—Qué jodío... Cuídate, Roberta.

Vuelve a arrancar y conduce hacia el parque de San Jenaro.

—Win-win. Da igual cuál de los dos chulos gane; si uno quita al otro de en medio, nosotros salimos ganando —adivina Reyes.

—Ya veo que vas pillando el sistema...

Fabián sonríe a Reyes, divertido. En el recorrido por la colonia, la opinión que ella se había formado de su nuevo compañero ha cambiado. El prepotente que la recibió en la comisaría y le hizo esa prueba absurda que parecía sacada de una película mala de gánsteres en el bar del barrio se ha revelado ahora como un hombre cercano, sin prejuicio alguno a la hora de hablar con las prostitutas, hasta cariñoso con ellas.

En la trastienda del Curro hay ahora cuatro policías: dos con uniforme y dos vestidos de calle. La atmósfera está cargada de humo y se percibe un aroma agrio, mezcla de colillas y botellines de cerveza vacíos. Uno de ellos rebusca en la nevera hasta sacar un tercio; en vaqueros y con una camisa de cuadros, no es mucho más alto que Reyes, delgado y de rostro aniñado, parece un chaval cualquiera sacado de un botellón.

—El Gregor... Esta es Reyes, la nueva —la presenta Fabián.

—¿La enchufada? —la recibe seco mientras abre la botella con el canto de la mesa.

—¿Es verdad que eres la sobrina de Rentero?

La pregunta proviene del agente uniformado que conoció en la recepción de la comisaría. El pelo cano y los ojos grandes hacen pensar en un búho. Le dice que se llama Nombela y le pregunta si es verdad que su tío tiene un viñedo.

—El viñedo es de una prima suya, una que también fue policía: Verónica.

—¿Hay alguien que no sea policía en tu familia?

—Una tía segunda. Ella se dedica a atracar bancos.

No sabe cómo reaccionar al extraño silencio que se ha formado en la trastienda.

—Es una broma —aclara Reyes.

Junto a Nombela hay un chico de unos treinta años, también de uniforme, aunque eso no impide que se marquen sus músculos. La mira en silencio y es el propio Nombela quien lo presenta: Richi. Tiene los ojos tan vacíos como los de un concursante de un reality de televisión.

—¿Soy la única mujer del grupo?

En la mesa, el otro hombre vestido de paisano baraja las cartas. Debe de rondar los sesenta años y, aunque está algo entrado en peso, se nota que mantiene buena forma física. Las mangas arremangadas de la camisa dejan ver una cicatriz que, como una serpiente, nace por encima del codo y termina en la muñeca. Sin dejar de mirar las cartas, le pregunta a Reyes:

—¿Qué grupo? —Su voz tiene una autoridad natural, no necesita levantarla para crear un silencio a su alrededor.

—¿Cómo me has dicho que se llamaba, Fabián? La Sección.

—Escúchame bien, niña: tú no eres parte de ningún grupo. Para pertenecer a la Sección hay que ganárselo y no sabremos si te lo mereces hasta que veamos cómo funcionas. Y no, no eres la única mujer, hay dos que sí son del grupo. De momento, ve a buscar al Curro y dile que nos ponga algo de picar, que ya hay hambre.

—Soy policía, no una criada.

Nota el típico resoplido de una clase cuando alguien falta el respeto al profesor, pero prefiere no apartar la mirada del hombre de la mesa, que ahora deja el taco de cartas, se pone en pie y se acerca a ella. No hay nada amenazante en él; ni sus gestos son bruscos ni su expresión tensa.

—¿Qué me has dicho?

—Que no soy una criada.

—Está bien, Reyes. Iré yo a decírselo al Curro. ¿Te gustan los caracoles? Los cocina como nadie. Ah, me llamo Ángel Cristo, como el domador. Soy tu jefe.

Al volver a casa, Reyes no sabe si ha sido un buen día o uno malo. Como policía, supone que ha sido malo: ha llegado a su destino y no ha tenido que actuar en ningún momento, en realidad no sabe en qué consiste su trabajo. Se ha paseado por la Colonia Marconi y ha charlado con las chicas. De cualquier forma, no ha ido a resolver casos a Villaverde, sino a enterarse de qué conexión tienen esos polis con Guillermo Escartín. Intentar averiguar con qué mujer iba a tener un hijo. Le ha parecido todo un poco irreal, casi absurdo, como si esos policías estuvieran jugando a ser «los malos» y repitieran clichés que han visto en televisión. Una impresión de la que solo se escapa Cristo. En su manera de actuar no había atisbo de juego.

Se mete en la ducha. Cuando está debajo del agua suena el timbre de la puerta. Se pone a toda prisa un albornoz para ir a abrir; va dejando huellas mojadas en la tarima.

—Tío, ¿qué estás haciendo aquí? Pasa.

Las visitas de Rentero a la casa de su sobrina no son habituales. No recuerda haberlo visto por el chalet de El Viso después de que muriera su madre. Eso da una idea de lo mucho que le preocupa su nuevo trabajo en la brigada de Villaverde, Elena lo ha puesto al tanto. Mientras ella va al cuarto a vestirse, él se sirve un whisky.

—Podrías tener un whisky en condiciones, o un coñac. Para beber esto, no sé si prefiero un vaso de agua.

—Es escocés.

—Es escocés malo, de supermercado, barato. Parece mentira que te hayamos educado en casa y no sepas diferenciar el matarratas del whisky, por muy escocés que sea. Bueno, quiero saber todo lo que has visto hoy en Villaverde.

A pesar de sus quejas, Rentero se ha servido un vaso y da un buen tiento.

—No sé... Putas, travestis, me he tomado un sol y sombra y he visto jugar a las cartas, al mus.

—¿Qué tal los de la Sección? ¿Con quién has estado?

—Me han asignado de compañero a uno que se llama Fabián. Es el que me ha enseñado el barrio. ¿Lo conoces?

—No me suena. ¿Has conocido a Cristo?

—Sí. ¿Sabías que se llama Ángel Cristo? Como el del circo...

—Te lo digo una sola vez: Cristo es el mayor hijo de puta que existe. No te fíes de él nunca. ¿Está claro?

—¿De qué le conoces?

—¿Está claro o no está claro?

—Está claro.

Aunque ponga cara de asco, Rentero vacía lo que queda del vaso de whisky de un trago.

—Hablaré con Elena. No quiero que pases mucho tiempo ahí.

—No necesito que seas mi niñera, tío. Alguien tiene que meterse en esa brigada y saber qué tenían con Escartín. Y estoy encantada de hacerlo yo.

Rentero deja el vaso sobre un aparador. Su mirada no se detiene en ningún punto fijo. Es evidente que está incómodo en ese salón, en la casa de Reyes. Quiere marcharse lo antes posible.

—Cualquier cosa que averigües de esa Sección... me la cuentas a mí antes que a nadie.

—Pero tengo que reportar a Elena...

—Me lo cuentas a mí. Ya decidiré yo cuándo le das la información a la inspectora Blanco —insiste firme Rentero, que nota un gesto de desaprobación en su sobrina—. No te lo estoy diciendo como tío carnal, Reyes. Te lo digo como DAO de la policía. Y tu deber es obedecer las órdenes.

No sabe bien por qué, pero, cuando se queda sola y recoge la copa que ha dejado su tío, siente un nudo en la boca del estómago; como si acabara de entrar en una de esas casas del terror de los parques de atracciones y tuviera la certeza de que, en cualquier momento, algo va a pasar.

Capítulo 16

Las jornadas transcurren lentas, a la espera de que haya novedades, alguna pista que los ayude a descubrir qué sucedió con Escartín, son días que cada uno llena como puede.

El cierre de las puertas a su espalda al entrar en la prisión siempre pone nervioso a Orduño y, cuando se lo confiesa a Marina, ella se ríe.

—No aguantarías aquí dentro ni tres días... Cada dos por tres se te cierra una puerta.

Ya ha cumplido cerca de dos años en la cárcel, desde que fue detenida por su relación con la Red Púrpura, y ambos esperan que en uno y medio empiece a tener permisos para pasar fines de semana completos fuera. De momento deben contentarse con los encuentros íntimos mensuales que se le conceden a cada presa. Orduño los esperaba ansioso los primeros meses —aunque al principio no los usaban para disfrutar del sexo—, pero se le han ido haciendo más incómodos, sobre todo desde que Reyes llegó a la BAC. Como una obligación funcionarial que no es capaz de evitar, consciente de que sus visitas son la única forma que Marina tiene de evadirse del día a día de la cárcel.

—No esperaba verte hoy.

—Estamos en mitad de un caso y anda un poco parado, no sé si tendré oportunidad en las próximas semanas. ¿Tenías otros planes?

Marina ríe la broma. ¿Quién tiene planes en la cárcel?

—¿Has traído las sábanas?

Las sábanas que el penitenciario pone a disposición de las presas en las salas de encuentros están limpias, pero a ella no le gustan. Orduño compró un juego del tamaño requerido y, después de cada visita, las deja en la lavandería, que se las devuelve planchadas, perfumadas y en bolsas de plástico. Son sábanas de flores, tal como ella le pidió.

Marina prepara la cama, otra tradición que ha arraigado en estos encuentros. No permite que él ayude, alisa las sábanas para que coincidan las marcas de la plancha con los lados del colchón. Ninguna empleada de un hotel de cinco estrellas sería tan meticulosa. Solo cuando está satisfecha, invita a Orduño a desnudarse y acostarse a su lado.

—Hoy no quiero nada, solo que me abraces. Me he sentido muy sola. —Ella se acurruca en el pecho de Orduño.

—¿Has tenido algún problema?

—Aquí dentro todo son problemas, pero no te preocupes, que soy ya una veterana y sé apañármelas. Con lo que no puedo hacer nada es con lo que pasa fuera.

La mirada tímida de Marina busca los ojos de Orduño. Él finge no sentirla, no se atreve a medirse con ella, teme no ser capaz de sostener su engaño. Desde la fiesta de la jubilación de Asensio, no ha habido noche en la que, al apagar la luz, no le volviera a la memoria el cuerpo de Reyes desnudo, sentada a horcajadas sobre él, su perfume y el calor de su aliento.

—Cada vez que vienes, estás un poco más frío... No quiero quedarme sin ti.

—No te preocupes, Marina. Es el trabajo... A veces cuesta dejarlo fuera.

Pasan el resto de la hora charlando, tumbados sobre la cama, sin más actividad amatoria que algunos besos. Ella le habla de sus compañeras, de una venezolana que está dentro por un homicidio, Dely, a la espera de juicio. Marina no deja de fantasear con qué hará en su primer día fuera de esos muros. Quiere bañarse en el mar, quiere comer jamón y beber cerveza en alguna playa, quiere acampar en un bosque, quiere hacer tantas cosas que Orduño duda que quepan en veinticuatro horas. Él promete preparar cada detalle de ese día y acaba dándole algunas pinceladas del caso en el que están trabajando, la terrible muerte de Escartín; sabe que puede confiar en Marina, que no se lo contará a ninguna presa.

Orduño regresa a Madrid con la sensación amarga de que ya no ama a Marina. Sin embargo, se siente unido a ella y pretende cumplir todas las promesas que le ha hecho cuando ella logre salir de la prisión de Soto del Real, hasta que Reyes vuelve a cruzarse en su pensamiento. Sabe que, si no fuera una temeridad, se presentaría en su casa, tan fuerte es el deseo de volver a estar con ella.

Zárate apenas pisa las oficinas de Barquillo. Mariajo y Buendía no son capaces de aportar nuevos hilos de los que tirar en el caso de Guillermo Escartín —ni en su misión como policía encubierto ni al respecto de esa madre desaparecida—, y la frustración al encontrarse cada día frente a un muro le aviva la rabia. Unas veces se refugia en la barra del Cisne Azul; otras, en la Colonia de los Carteros, junto al silencio de Salvador Santos. Aunque sabe que no puede entenderle, Zárate le cuenta el caso del policía asesinado. Le habla de esa chica de la que se enamoró y a quien le arrancaron el feto de su vientre. La impotencia al verse con las puertas cerradas de la propia policía, que se niega a dar ningún dato del trabajo que realizaba Escartín. Incluso se atreve a describir a Reyes como una mala elección, demasiado inexperta para conseguir lo que necesitan de la Sección.

Ha evitado a Manuela cuando la ha visto, o tal vez ha sido ella quien ha preferido evitarlo a él. Sabe que está atareada reordenando todo el archivo de casos de Buendía, años de trabajo forense. Algunos días come en el Cisne Azul, otros pasea por Villaverde, incluso ha vuelto a visitar la barbería de Byram. De toda la gente con la que ha hablado, nadie recuerda ver a Guillermo en compañía de ninguna chica.

—¿Te importa si como contigo?

Ha pasado más de una semana desde que Reyes se marchó, cuando Manuela lo sorprende en la misma mesa bajo la televisión donde aquella noche empezaron a conocerse. Con idéntica sonrisa, la ayudante de Buendía se sienta frente a él. Pide de nuevo los boletus con foie.

—Me he convertido en una adicta, —le confiesa.

—Debería haber hablado contigo antes... —balbucea Zárate.

—¿Por qué? —No hay sombra de preocupación en Manuela, que, de pronto, abre de par en par los ojos como si se hubiera dado cuenta de una tremenda metedura de pata—. Lo siento, yo... Pensaba que había sido una noche de sexo y nada más. ¿Te has quedado pillado?

Zárate no habría imaginado mejor respuesta de Manuela.

—No, no... Solo quería saber que los dos lo teníamos claro. Que había sido una noche de sexo y nada más.

Manuela da un trago a su Aquarius y, de inmediato, abandona el tema. Le habla de un viejo caso que ha descubierto en el archivo de Buendía. Hace doce años, encontraron el cuerpo sin vida de un perro en una obra. Nadie le dio mucha importancia, pero, al hacerle la autopsia, descubrieron que llevaba dentro una bolsa de un kilo de cocaína. A raíz de ese hallazgo, tirando del hilo, apresaron a una red de narcotráfico que usaba animales abandonados y, haciéndose pasar por una ONG que decía llevarlos a un refugio, movían la mercancía dentro de los pobres animales.

Zárate la escucha en silencio. Le gusta su entusiasmo, tan cristalino, su claridad moral. Su compañía es, de repente, un bálsamo que le hace añorar al Zárate que fue. ¿Puede un hombre superar sus errores para volver al punto del camino donde empezó a desviarse? Casi sin darse cuenta, se descubre pensando en Elena. En lo feliz que fue a su lado y cuánto le dolió su separación al cerrar el caso de la Red Púrpura. ¿Por qué algunas personas prefieren revolcarse en la insatisfacción? Sabe que ella está ahí. Sabe que lo quiere, que podría apoyarse en ella para recomponerse. Lo que no sabe es por qué no se decide.

Elena ha hablado un par de veces con Reyes; la chica le ha asegurado que todo va bien. Está consiguiendo integrarse en la Sección, pero todavía no ha encontrado la ocasión para hablar de Guillermo Escartín.

Ha ido a ver a Mihaela al centro. Las horas que pasa allí hacen que todo cobre un poco de sentido, que los minutos no caigan lentos y vacíos. Alicia, la trabajadora social, le ha dicho que el padre biológico no ha vuelto a dar señales de vida. Tras la llamada que hizo, se suponía que habría de presentarse en Madrid a mitad de esta semana; sin embargo, no ha aparecido. Lo han llamado, pero el teléfono de Grigore Nicolescu no da señal. En vista del plantón, se ha reactivado el protocolo de acogida, algo que ilusiona mucho a Elena. Aun así, no se atreve a contarle a nadie las novedades. Se las guarda, egoísta o temerosa de notar el escepticismo en el rostro de los demás. No quiere la censura de Mariajo, ni la condescendencia de su madre, tan dada a juzgar sus decisiones desde su atalaya. Y no se atreve a decírselo a Zárate, le da miedo que este paso, este proyecto de vida, sea su final como pareja.

Ha decidido caminar hasta su casa desde Barquillo. Cruza el barrio de Huertas y pasa por delante de la puerta del Cheer's: el karaoke está cerrado todavía. Son solo las cuatro de la tarde. Alguna vez lo ha visto abierto y no ha sentido la tentación de entrar. Recuerda las noches que ha pasado allí interpretando los viejos temas italianos de Mina Mazzini, pero no lo echa de menos. Se da cuenta de que entre los asiduos del lugar no tenía a nadie que pudiera considerar realmente un amigo y se asombra al reconocer que hay muy poca gente a la que haya sentido de veras como tal a lo largo de su vida. ¿Su compañera Raquel en la época del colegio? No cree que lo fuera cuando lleva más de cinco años sin saber de ella, sin que ninguna de las dos se haya preocupado de felicitar a la otra ni las Navidades. ¿Abel, su exmarido? Sí, hubo un momento en que sintió que le unía una verdadera amistad con el padre de Lucas, sigue teniendo confianza con él y lo visita de vez en cuando en su casa de Urueña, la que comparte con Gabriella, su esposa brasileña, pero la distancia y el dolor que le causa el recuerdo del hijo que tuvieron en común los ha separado.

Cuando llega a la plaza Mayor, piensa de nuevo en Mihaela. En la familia que podrían formar, en la madre que volvería a ser. No se engaña; sabe que será un proceso duro, no un paraíso de besos y caricias, porque a la niña todavía le queda mucho trabajo para, si no liberarse, al menos aprender a convivir con todo el horror que fue su infancia. Sin embargo, se siente fuerte para intentarlo. Para no dejarse vencer, porque ¿acaso no es eso la maternidad? ¿Asumir la responsabilidad de alguien más indefenso que tú, amarlo, cuidarlo y guiarlo hasta que sea capaz de manejarse en este mundo? Intentar superar a su lado cada uno de los obstáculos que surjan.

—Te estaba esperando.

Elena se sorprende al encontrarse a Zárate en su portal.

—Tienes llaves, podías haber entrado.

Ella se siente de repente incómoda. Teme que la conversación que tanto han evitado esté a punto de empezar. Suben en silencio en el ascensor. Él sigue sus pasos en la casa, hace más de dos semanas que no la pisaba.

—¿Quieres hablar? —se atreve a preguntarle Elena.

—¿Tenemos que hacerlo? —Una sonrisa tenue se dibuja en Zárate. Una ligereza en su expresión como hacía meses que no veía en él, siempre tan tenso—. Preferiría desnudarte y que hiciéramos el amor.

El deseo que había quedado olvidado entre tanto desencuentro vuelve a hacerse presente como si nunca se hubiera ido. Zárate la besa, ella se deja llevar pronto por sus caricias y, con urgencia, llegan hasta el dormitorio. Caen en la cama, enredándose, teniendo la sensación de que vuelven a ser uno, que no esconden nada al otro en habitaciones secretas.

Capítulo 17

Con el paso de los días, Reyes ha ido ganándose la confianza de Fabián y del resto de sus compañeros. Todavía no se ha enterado bien de en qué consiste el trabajo, parece que nunca tienen ninguna investigación pendiente. Cuando no están en la trastienda del Curro, pasean en el coche patrulla, intervienen en alguna llamada que les llega desde la comisaría, una reyerta menor, una mujer que quiere denunciar a su esposo por maltrato, un robo en una tienda...

Al menos, le gusta la compañía de Fabián; además de que vive en los modestos pisos de la Colonia Marconi, ha descubierto que está casado y que tiene un hijo de algo más de cuatro años. Habla del pequeño Raulito —le puso el nombre por el futbolista— con verdadero afecto. Casi sorprendido de que un hijo pudiera traerle tanta felicidad. Si no es de su familia, Fabián suele contarle historias del barrio: como la del Champiñón, un butronero que, en una huida por el alcantarillado, se perdió y tuvo que llamar a los bomberos para que lo rescataran. Se ríen de buena gana y terminan cada turno en el Curro, bebiendo cervezas, viendo algún partido en la tele que Nombela, el policía búho, se ha traído. Cristo, el jefe, ha aparecido poco: su madre ha tenido una complicación en la operación de cadera y no se separa de su lado.

Hoy, en el Curro, solo está Richi con Fabián y ella. Cree que nunca lo ha oído hablar, como tampoco ha visto a esas dos supuestas mujeres que al parecer forman parte de la Sección. Ni siquiera le han dicho sus nombres.

—Esta noche tenemos vigilancia. —Fabián lo ha dicho sin mirarla, antes de darle un tiento a su botellín.

—¿A quién vamos a vigilar?

—Ya te enterarás. Vístete de paisano, que vamos en coche civil, ropa cómoda y zapatillas, ya sabes lo que dice Pedro Navaja, por si hay problemas salir volao...

—¿Va a haber problemas? —Reyes se tensa.

—Esperemos que no, pero los problemas no avisan, solo aparecen. ¡Mira que eres preguntona! —bromea Fabián.

—¿Algo más que deba saber?

—Si traes un termo con café con leche y un par de bocadillos, te coronas.

Va a llevarlo todo, hasta los bocadillos. No sabe si esta será la primera oportunidad de enterarse de algo relacionado con los negocios de la Sección. No se ha atrevido a preguntarle sobre estos a Fabián, ni a sacar el nombre de Guillermo Escartín: confía en que surja de ellos en algún momento para poder tirar del hilo. Sabe que, en la BAC, todos están esperando que les dé algo con lo que trabajar.

—Ah, sí, una cosa más: no traigas el arma. No hace falta.

Fabián lo ha deslizado sin darle importancia, pero Reyes cree entender qué significa; van a hacer un trabajo fuera del «horario de policía». Es mejor no dejar huellas de su presencia. Es el primer detalle extraño que vive. Hasta ahora, el comportamiento de sus compañeros ha sido de lo más normal, más allá de la pasión y el respeto absoluto que todos sienten por Cristo y sus horas muertas en un barrio que se supone problemático. Es evidente que no son limpios: Reyes ha visto que disponen de bastante dinero en efectivo. Todos sacan fajos de billetes del bolsillo y gastan sin pensarlo mucho. Cuando paran a comer, no lo hacen en restaurantes de menú del día en cualquier polígono, van a algunos un poco mejores, aunque no demasiado caros; si no usan uniforme, visten ropa deportiva nueva y de marca; también llevan relojes caros, aunque discretos, como si tuvieran un cuidado extremo en no destacar.

A las once menos diez de la noche, Reyes ya está esperando en la salida del metro de Príncipe de Vergara, donde Fabián le ha dicho que la recogería. Se ha puesto unos vaqueros, las zapatillas de deporte más viejas que ha encontrado en su armario, una camiseta negra y una cazadora vaquera; también ha cogido una mochila pequeña para el termo del café y los bocadillos. Se nota algo nerviosa, no imagina siquiera qué tipo de vigilancia tendrán que hacer. Se arrepiente de no haber avisado a Elena para disponer de una salida si la cosa se pone fea.

—Con esa cazadora vas a pasar frío, que luego, de madrugada, baja la temperatura. Atrás hay un jersey, por si te hace falta.

Nada más subirse en el coche —un Ford Fiesta blanco con muchos años encima y sin ningún distintivo—, Fabián le da una pistola muy discreta, una Glock G43, la misma que usa el ejército en España. La culata cubierta por esparadrapo, el cargador lleno, seis proyectiles más uno en la recámara.

—¿Voy a tener que usarla?

—Somos policías, la mayor parte de nosotros nos jubilamos sin haberla usado nunca. Solo ten cuidado y no le quites el seguro, no se te vaya a disparar. Es únicamente por precaución.

Reyes no necesita que se lo recuerden, es buena con las armas y está bastante familiarizada con el modelo, es el mismo que usa en la BAC. La G43 es una pistola pequeña, fácil de ocultar, pero muy potente, una semiautomática que precisa balas de 9 milímetros y a la que se puede acoplar un módulo compacto con láser.

No hablan hasta que Fabián detiene el coche en la calle de San Jenaro, frente a la barbería de Byram. Reyes sigue jugando el juego de la ingenuidad.

—¿Qué se supone que tenemos que vigilar?

—La peluquería. Es una tapadera, el dueño mueve heroína por toda esta zona. Un senegalés cabrón al que tenemos enfilado. Byram.

—¿Y se supone que esta noche habrá una entrega?

—Se supone. Estuvimos a punto de pillarlo una vez. Teníamos a un confidente muy bueno, casi pillamos a Byram en una muy gorda.

—¿Y qué ha sido de ese confidente? —Reyes mide la asepsia de sus palabras, no quiere que Fabián note la urgencia que siente por saber más de Escartín.

—Eso nos gustaría saber a nosotros. Se ha esfumado. Hay quien dice que se lo han follado. Una pena, nos podía ayudar a trincar a este cabrón.

—¿Cómo lo conocisteis?

—¿A quién?

—Al confidente.

—Lo de siempre: una redada en el barrio, lo detienes y luego lo sacas a cambio de que te cuente lo que pasa en las calles. Un soplón de toda la vida, no me jodas que te tengo que explicar lo que es.

—Sé lo que es, pero me sorprende que os fieis de un yonqui.

Fabián la mira, intrigado.

—¿He dicho yo que fuera un yonqui?

Reyes titubea. ¿Ha metido la pata? Ahora toca inyectar convicción en sus palabras, quitarle hierro al asunto. Es un desliz pequeño, muy pequeño.

—Has dicho que lo pillasteis en una redada... He supuesto que sería de drogas.

Un sudor frío le recorre la frente. Ese matiz glacial que hacía mucho que no veía ha regresado a los ojos de su compañero.

—¿O es que no era un yonqui? Coño, Fabián, que llevaré poco en la policía, pero sé que es de los que más se tira.

—Al final no vas a ser tan pardilla como pensaba.

Fabián se ríe y Reyes supone que ha logrado esquivar el problema con habilidad. Él ha cogido el móvil y ha empezado a teclear algo.

—Tonterías de la parienta, que si no le respondo, luego me la monta, —se explica.

—¿Puedo hacerte una pregunta? —Reyes no quiere que se instale un ambiente tenso en el coche y elige cambiar de tema, seguir hablando como si no hubiera sucedido nada importante—. Es sobre tu oreja, ¿qué te pasó?

—Un mordisco. Un quinqui me arrancó el pedazo que falta y el muy cabrón se lo tragó.

—¿En serio?

—Te lo juro. Pero no te creas, no dolió tanto como se puede pensar. ¿Qué te parece? ¿Me da un punto de morbo?

Él se gira a mirarla. Reyes le sonríe, vuelve a ser el Fabián cercano, el frío ha desaparecido de sus ojos.

—La verdad es que dan ganas de seguir comiéndotela.

Lo ha sorprendido, no se esperaba esa respuesta. Reyes puede darse cuenta de que su compañero tiene que hacer un esfuerzo para no abalanzarse sobre ella. Sabe que le gustaría echar un polvo ahí mismo, en el coche. Quizá a ella tampoco le importaría, pero en ese momento suena el móvil de Fabián.

—Sí, Cristo, vamos para allá.

Cuelga y arranca.

—¿Adónde vamos?

—Ahora lo verás —contesta serio.

Abandonan Villaverde, toman la M30 y después la carretera de Andalucía. Ninguno de los dos habla. El silencio se vuelve más y más espeso. Reyes cree que Fabián está dándole vueltas a la oportunidad perdida de liarse con ella. Por una vez, la llamada de su jefe no parece haberle sentado bien. Antes de Valdemoro, toman un desvío, pasan una estación de servicio y al llegar a una rotonda cogen una carretera mal asfaltada.

El coche se detiene delante de una casa casi en ruinas, plagada de grafitis, palés abandonados y escombros que se acumulan en su entrada...

—Dame la pistola.

—¿Por qué?

—Aquí no hace falta. Era por si Byram se nos ponía farruco.

Reyes duda, pero no le queda más remedio que obedecer, no puede enfrentarse a Fabián. Le entrega la Glock que recibió al principio de la noche. Él se baja y camina hacia la casa. Ella le sigue.

—Nos esperan dentro. —Habla sin darse la vuelta.

—¿Quiénes?

Fabián finge no haber escuchado su pregunta. Rodean la casa, en la parte de atrás hay dos coches. Se parecen al Fiesta en el que han hecho la vigilancia: viejos, discretos... Hay una puerta forzada en el edificio, Fabián pasa primero. Dentro, un olor a excrementos, puede que la usen algunos mendigos para dormir. Apenas se ve nada, hasta que una linterna aparece en mitad de ese espacio diáfano de vigas desnudas y hierros colgando del techo. Es Cristo quien se acerca a ellos y, a su lado, los habituales del Curro: Nombela, el Gregor y Richi.

—Quiero hablar con ella a solas —dice sin más rodeos el jefe de la brigada.

Reyes advierte que Fabián, antes de salir, evita su mirada. El último de los hombres cierra la puerta.

Cristo tiene la linterna en una mano y un termo en la otra.

—Es café, sin azúcar. Siempre he dicho que el azúcar tapa el sabor del café.

Reyes rechaza el termo sin decir nada. Mira a su alrededor, valorando sus posibilidades de escapatoria.. Se arrepiente de haber hecho caso y no llevar su arma escondida. Un fallo de principiante. Sobre una mesa mugrienta hay dos tazas. Cristo sirve café en una de ellas y lo degusta a tragos cortos, sin prisa, como si disfrutara de la espera y de la incertidumbre de la joven policía. No vuelve a hablar hasta que se termina la taza.

—Me dice Fabián que has preguntado por el confidente.

Así que era eso. El desliz no ha pasado desapercibido. Su curiosidad ha alertado al policía y no ha tardado ni un segundo en transmitirle al jefe sus sospechas. Eso es lo que tecleaba en el coche, el muy cabrón. No había ningún mensaje para su esposa.

—¿Lo conoces? —pregunta Cristo.

—No.

—Pero sabías que era un yonqui.

—No tenía ni idea. Fabián ha dicho que lo cazasteis en una redada y yo he saltado al yonqui. —A Reyes le cuesta fingir la calma. Nota el cuerpo agarrotado, le parece que sería incapaz de ponerlo en movimiento y echar a correr.

Cristo pasea por la estancia derruida, entre escombros y suciedad. Sus botas pisan tierra, aplastan cascotes.

—Yo todavía no sé si debo confiar en ti. ¿Qué hace una chica como tú en la brigada de Villaverde?

—Aprender. No me hice policía para estar en una oficina.

—¿Querías acción?

—Sí, quiero calle.

—¿Sabes que este barrio es duro, muy duro, y que a veces hay que tomar atajos para mantenerlo en orden?

Ella lo mira sin saber qué decir. Cristo se sienta sobre un montón de sacos de cemento y deja la linterna a un lado. El haz apunta directamente a Reyes, que guiña los ojos, cegada.

—Eso no siempre se entiende. Molestamos a mucha gente en la policía. Y nos quieren pillar en una cagada para quitarnos de en medio. Así que tenemos que extremar las precauciones. Todo el que entra en la brigada está bajo sospecha, porque podría ser un topo de nuestros enemigos.

Desde que te vi aparecer con esa carita de adolescente, me pregunté si tú serías un topo.

—¿Crees que meterían a la sobrina del DAO para espiaros? ¿No es un poco estúpido?

Cristo enarca una ceja y sopesa las palabras de ella.

—Sí, es estúpido. Tienes toda la razón.

—Si mi tío me ha destinado a vuestra brigada es para que me curta. —Trata de imprimir seguridad a la frase.

—Puede que yo sea un paranoico. Pero también puede que el comisario Rentero sea muy listo. Que nos mande a su sobrina porque piensa que no nos vamos a atrever con ella, que es intocable.

—¿Yo soy intocable? —Reyes nota la boca seca, le cuesta liberar las palabras—. Yo solo quiero que me enseñes a ser una buena policía.

Él asiente, halagado.

—Yo no tengo que enseñarte nada, pero si eres de mi equipo, te voy a cuidar como a una hija. Porque yo cuido de mi gente, y también de su familia. Fabián tiene un niño, ¿te lo ha contado?

—Sí.

—Para mí, Fabián es como un hermano. Daría la vida por él y él la daría por mí.

—Eso es muy generoso.

—La confianza es esencial en esta brigada. Y no sé si puedo confiar en ti.

—Ponme a prueba.

Cristo le sonríe.

—Esa es una buena respuesta.

Aparta el haz de la linterna del rostro de ella y saca una pistola. Se la muestra.

—Esta se confiscó en una redada a unos narcos, pero nunca llegó al almacén. Hemos tenido cuidado para que no pierda las huellas de su propietario, Wilson Cabello, un colombiano al que busca hasta el FBI y está en paradero desconocido.

—¿Por qué retenéis su pistola?

—¿Tú qué crees, Reyes? Si esta pistola mata a alguien, le echarán la culpa a él y seguirán buscándole... Si a ti, por ejemplo, te asesinaran con ella, todos pensarían que lo hizo Wilson Cabello. —Cristo levanta el arma, apunta a Reyes—. Ahí fuera hay cuatro compañeros que testificarán bajo juramento que te mató ese hombre. Una redada, una trampa de los narcos, un tiroteo y Cabello le pegó un tiro a la nueva.

—¿Por qué me ibais a matar? —razona Reyes a la desesperada—. ¿Para que se os eche encima mi tío? ¿Para que desmantelen la brigada? ¿No es más práctico dejarse de paranoias y confiar en mí? Yo estoy con vosotros, cojones, soy de vuestro equipo.

—Tienes razón, pero ¿sabes qué pasa? Que yo soy zorro viejo y las tripas me dicen que mientes. Ya nos las apañaremos con los problemas que nos dé tu muerte. No será la primera vez. —Cristo amartilla el arma, un clic que resuena en la nave abandonada—. ¿Has entrado en la brigada para espiarnos?

Reyes no está segura de si una lágrima se está formando en cada ojo.

—Si tienes alguna duda, dispara —provoca.

—La tengo —dice él.

Y dispara.

Capítulo 18

Esa noche han dormido abrazados y, en el modo que tenía él de aferrarse a su cintura, Elena ha querido ver el inicio de un tiempo nuevo, una fase de entrega y confianza, sin dudas, sin la vida con sus traumas y sus complejidades interponiéndose en medio de los dos, colándose en la fiesta como un convidado de piedra.

El sonido del móvil la despierta. Apenas puede soportar el resplandor azulado de la pantalla y, a tientas, descuelga. Como si fuera la voz de un sueño, Zárate cree oír la voz ronca de Elena. Se incorpora y, desconcertado, la ve sentada en el borde de la cama. Se gira hacia él, la tensión de su gesto no presagia nada bueno, pero ella guarda silencio. Se levanta y sale de la habitación. Zárate la ve cruzar el umbral, desnuda, su silueta en negro como una sombra chinesca. Va tras ella. No la encuentra en el salón, continúa hasta la cocina. Elena está peleándose con la máquina de café, intentando meter una cápsula. Ya ha colgado el teléfono.

—Puta máquina, ¿qué le pasa ahora?

Tras un vistazo rápido al reloj del horno, que marca las cinco y diez de la mañana, Zárate pide con un gesto a Elena que le deje probar a él. Ella se apoya contra la encimera, se frota las sienes.

—¿Qué ha pasado? —pregunta él, mientras trastea la cafetera; simplemente tiene demasiadas cápsulas gastadas dentro.

—Reyes. Le han disparado.

—¿Qué dices? —Se detiene en seco y la mira—. ¿Cómo está?

135

—Parece que no es grave, pero todavía es un poco confuso. La han llevado al Doce de Octubre.

—¿Has hablado con ella?

—No, no... Me ha llamado Rentero. Acababa de llegar al hospital.

—Vamos.

—No podemos, Ángel. No sabemos qué ha pasado y, si nos presentamos allí, todo el trabajo de Reyes se irá a la mierda. Rentero me volverá a llamar cuando hable con ella. Estará bien, saldrá de esta...

Elena sabe que no ha logrado tranquilizar a Zárate.

—Voy a llamar a Orduño —dice él antes de salir de la cocina. Solo entonces Elena toma conciencia de que está desnuda.

Rentero encuentra a su sobrina en una habitación, con unas profundas ojeras de cansancio, el miedo todavía enturbiando su mirada y un vendaje compresivo en el lado derecho de la cintura. Una enfermera le ajusta el suero y le toma la temperatura. De pie, apoyado en la pared, como un junco, la acompaña su compañero de la brigada, Fabián. Así se presenta ante el comisario, que le dirige una mirada fugaz antes de sentarse junto a su sobrina.

—Menudo susto, Reyes. ¿Cómo estás?

—Bien... No ha sido para tanto. Solo me ha rozado, pero de todas formas se han empeñado en hacerme un millón de pruebas por si había afectado a algún órgano.

Rentero mira con preocupación el vendaje; sabe que, por unos centímetros, la bala no le ha atravesado el hígado. Abraza a Reyes con suavidad y le murmura al oído:

—¿Qué ha pasado?

Reyes toma aire. Mira a Fabián un instante, pero él parece distraído, ajeno a la conversación.

—Un tiroteo con unos narcos.

—¿Has ido a una redada sin chaleco antibalas?

Fabián carraspea antes de hablar:

—Tuvimos un chivatazo y fuimos a ver qué pasaba. Era en una nave industrial abandonada de Valdemoro. No sabíamos lo que nos íbamos a encontrar...

—Que yo sepa, Valdemoro no compete a la policía de Villaverde —señala Rentero.

—Es cierto, señor, pero estamos detrás de un narco que nos lleva dando problemas años: un colombiano, Wilson Cabello, puede mirar su historial... No queríamos que se nos escapara.

—¿Lo han cogido?

—No, por desgracia no. Algo salió mal, se montó un tiroteo... Siento lo de Reyes, pero creo que ha tenido suerte.

—Fue culpa mía —dice ella con un hilo de voz—. No estuve atenta a lo que debía estar... y me comí el balazo.

—Voy a poner en marcha una orden contra ese colombiano. Esto no va a quedar así. —Se levanta y clava una mirada tensa en Fabián. Le gustaría partirle la cara a ese fantoche de ojos azules.

—Eso sería de mucha ayuda, comisario. Si me perdonan, me gustaría informar a mis compañeros del estado de Reyes, están muy preocupados.

Aguardan unos segundos a que Fabián se aleje lo suficiente. Entonces, Rentero se gira hacia su sobrina, la coge de las manos y la obliga a mirarlo.

—Dime la verdad, ¿fue como has dicho?

—Te lo juro, un narco... Estuve muy patosa, menos mal que Fabián me sacó de allí antes de que la cosa fuera a peor.

—Vas a volver a la BAC.

—Tío, ya vale —zanja ella—. Soy policía: estas cosas pueden pasarme en Villaverde o donde sea que vaya. Deja de tratarme como a una cría.

Mariajo cuelga y le da el parte médico a Elena.

—La bala le ha rozado la cintura. Nada grave. Muchos puntos y una cicatriz un poco fea, eso es todo lo que le va a quedar. Le dan hoy mismo el alta.

—Gracias, Mariajo. Luego iré a verla, que me cuente qué coño pasó.

—La han descubierto. Eso es lo que ha pasado, ¿es que no lo ves? Hay que sacarla de ahí. —Orduño está muy nervioso desde que llegó a las oficinas de la BAC. Incapaz de sentarse, pasea de una punta a otra de la sala de reuniones.

—Si son tan peligrosos esos tipos de la Sección —la voz cristalina de Manuela sorprende a todos—, ¿no es más arriesgado sacarla de repente de la brigada? Se darán cuenta de que había entrado para espiarlos y... no sé... entonces sí que irán a por ella, aunque ya no esté en Villaverde.

—Podemos protegerla.

Ni el propio Orduño ha conseguido sonar firme. Son conscientes de que Manuela tiene razón; por mucho que formen parte de una brigada como la BAC, ¿pueden protegerse de todo el mundo? ¿Acaso Chesca no se convirtió en una víctima?

—Tenemos que encontrar otra vía para avanzar en el caso de Guillermo Escartín —interviene Zárate, y a Elena le sorprende que no la acuse, como Orduño, de enviar a Reyes a Villaverde—. Manuela está en lo cierto. Reyes está ahora mismo atrapada ahí dentro, pero no podemos seguir sentados esperando que ocurra un milagro.

—¿Dónde está Buendía? —la pregunta de Mariajo busca a Manuela—. ¿O es que ahora tú te has quedado a cargo del caso?

—El doctor Buendía ha tenido un aviso y está fuera de Madrid... ¿Quiere que le llame?

—Yo lo llamaré. No sé qué puede ser tan importante como para irse ahora. —Elena saca su móvil y marca el teléfono del forense mientras sale de la sala.

Las oficinas de Barquillo todavía están desiertas. Un solitario agente ultima el turno de noche en la entrada. Tras varios tonos de llamada, el forense responde al teléfono.

En la sala, Zárate, Mariajo y Manuela se han quedado en silencio mientras Orduño deja escapar de vez en cuando leves quejas, más de impotencia que de otra cosa, un «no podemos dejar esto así», «estamos abandonándola como abandonaron a Escartín»... Ninguno le da respuesta. Entienden la preocupación de Orduño y permiten que se desahogue. Elena regresa a la sala de juntas.

—Zárate, Orduño, hay un avión esperándonos en Cuatro Vientos. Tenemos que salir. Ya.

—¿Qué ha pasado?

La pregunta de Zárate queda flotando en el aire. Elena ni siquiera ha esperado a que terminara de hacerla antes de marcharse.

El avión aterriza en A Coruña. Allí los recibe Buendía que, en un coche de la policía local, los conduce hasta los astilleros de la ciudad. Se ha levantado un control policial y una carpa alrededor de una caseta de obra, junto a un barco en dique seco. Dentro hay un cadáver. En el camino desde el aeropuerto, Buendía les ha adelantado a Elena y Zárate los pormenores, pero hasta que no se encuentran de frente con el cadáver no son capaces de creérselo.

Cuando las primeras informaciones eran todavía imprecisas, imaginaron que habían dado con una mujer, la chica de Guillermo Escartín. Pero el cadáver que ahora examina Elena en la caseta del astillero de A Coruña es el de un hombre de más de sesenta años. Un costurón vertical lo recorre desde el esternón hasta la parte superior del pubis. Mal cosido, entre los puntos asoma la mano de un feto, diminuta, sanguinolenta, como intentando abrirse paso a través de la piel.

Segunda parte

Duerme.
La noche es larga, pero ya ha pasado.

VICENTE ALEIXANDRE

Está demasiado asustada como para prestar atención a todo lo que la rodea; el finger *que la conduce hasta el aeropuerto, el control de pasaportes, la sala de recogida de equipajes que Violeta cruza sin prestar atención a las cintas —no lleva ninguna maleta— hasta la puerta de salida. No ha sido capaz de comer nada en las últimas dieciséis horas, ni siquiera cuando tuvo que hacer escala en el aeropuerto de Ciudad de México, sentada en unos bancos junto a una cafetería: los nervios le anudaron el estómago, y ahí seguía el nudo. En su cabeza se acumulan las preguntas sobre a quién encontrará al otro lado de la puerta en Madrid, quién es el amigo de Néstor que la va a recibir, cómo su vida pudo tomar este desvío hacia no sabe bien dónde.*

—¿Violeta? Soy Rigoberto, amigo de Néstor.

El acento mexicano de Rigoberto es un bálsamo, la hace sentirse en casa, como una melodía familiar. Es un hombre alto, guapo, engominado, con pantalones de pinzas beige, camisa azul y unos tirantes rojos que le dan aspecto distinguido. Lleva una chaqueta colgada del hombro a modo casual. *Después de las preguntas de rigor sobre cómo ha sido el viaje que Violeta responde con monosílabos, comenta algo de lo antigua que se ha quedado la Terminal 1 del aeropuerto, nada que ver con la Terminal 4, pero ella apenas lo escucha. Lo sigue como si atravesara un sueño en el que es imposible fijar la atención en ningún detalle, todos cambiantes, borrosos, hasta que llegan al aparcamiento. Él le abre la puerta de un Porsche negro de dos plazas, deportivo.*

—Suerte que no traes equipaje. Este coche es precioso, pero de maletero anda muy justo.

—*Tendré que comprar algo de ropa, esto es todo lo que tengo.* —*Abre los brazos enseñando el vestido que llevó a la fiesta del rancho de Santa Casilda; eso y una rebeca son todas sus prendas*—. *Aunque casi no tengo dinero.*

—*Ahora no te preocupes por eso. Néstor me pidió el favor y es casi familia. Todo va a ir bien. ¿Has estado alguna vez en España?*

—*Es mi primera vez fuera de México.*

Él le va dando los nombres de los lugares que recorren en coche: avenida de América, la Castellana... Le ha prometido un pequeño tour turístico para que Violeta borre esa expresión de miedo que lleva cincelada en el rostro y se dé cuenta de que no ha aterrizado en el infierno, sino en una bonita ciudad en la que tendrá muchas oportunidades para ser feliz. Al entrar en la Gran Vía, con esos enormes edificios señoriales y las estatuas en los tejados que Rigoberto le señala, Violeta repara en que tiene hambre; de buena gana se comería unos tacos o lo que fuera. A la altura de la plaza de Callao, sonríe por primera vez.

—*En el Callao hubo una batalla* —*cuenta él cuando se detienen en un semáforo; a un lado y al otro, restaurantes, cines, teatros*—. *Los peruanos creen que la ganaron ellos y los españoles dicen que fue al revés...*

—*¿Y quién la ganó de verdad?*

—*¿Quién sabe? En las guerras todos pierden, ¿no? ¿Tienes hambre? Pararía a tomar algo, pero se hace tarde, mejor vamos al hotel, ¿te parece? Estarás cansada y querrás echarte un poco. Vas a necesitar un par de días para recuperarte del jet lag. Ya tendrás todo el tiempo del mundo para pasearte por Madrid y enterarte de qué pasó en Callao.*

Violeta se reclina en el asiento; todas las horas que no ha podido dormir en el avión regresan con la misma fuerza que el hambre inundándola de una somnolencia que le hace entrecerrar los ojos. A través de la ventanilla, observa el deambular acelerado de los madrileños, las luces de los comercios y las pantallas publicitarias que tiñen de colores las primeras sombras de la noche. Se imagina mezclándose con toda esa gente, yendo con prisa a su trabajo, sea este el que sea, hablándole maravillas de España a su madre en México. No pudo cruzar la frontera con Estados Unidos, pero ha conseguido dar el salto al otro lado del charco. Quizá el destino no sea tan cruel como imaginó en el asiento del avión. Quizá pronto se alegre de estar lejos de Ciudad Juárez y de la violencia que allí campa a sus anchas.

Rigoberto toma un desvío que los aleja del centro. Los envuelve una arboleda y, después, ya de noche, el Porsche se desliza por una autovía de varios carriles. Las luces de los coches y el ruido de las ruedas sobre el asfalto la adormecen. No está segura de cuánto tiempo ha pasado cuando, amable, él la despierta.

—Ya hemos llegado.

Violeta se incorpora algo avergonzada en el asiento, se recoge el pelo y, por primera vez en mucho tiempo, piensa que debe de estar horrible después de casi un día completo de viaje. Le apetece darse una ducha, comer y dormir. El resplandor de un neón se refleja en el capó del coche. Aunque una de las letras ha dejado de funcionar, puede leer Hotel Torrebuena en la fachada del edificio de ladrillo, una modesta nave en cuyos bajos hay un bar que bulle de animación. Otros coches y camiones están aparcados en la explanada que lo rodea.

—Yo me tengo que marchar, pero no te preocupes, que Hugo se quedará contigo. Es un españolito, no se lo tengas en cuenta —bromea Rigoberto—. Él te ayudará a encontrar trabajo; ¿quieres ser modelo? Con esa carita tan linda te va a sobrar empleo. ¿Quieres dejarme el pasaporte? Yo voy haciéndote el registro, tú sube a la habitación, que estarás agotada: es la 207. En unos días me acerco a visitarte, me cuentas cómo te van las cosas y arreglamos los papeles para que no tengas problemas de inmigración. Ahora mismito sube Hugo y te devuelve el pasaporte. A él le puedes pedir todo lo que te haga falta.

Violeta se ha dejado llevar hasta la recepción, poco más que una mesa de madera junto a las escaleras, y tras darle el pasaporte, sonríe y se despide de Rigoberto no sin antes agradecerle el recibimiento en Madrid. Es verdad que apenas se *tiene en pie. Sube las escaleras hasta la segunda planta. Un pasillo tapizado con una alfombra de dibujos arabescos se extiende a ambos lados. Encuentra su habitación, la 207, abre la puerta y, nada más pasar, se desploma sobre el colchón. Es un cuarto pequeño, con un lavabo, un armario empotrado y la cama. En la ventana, las pesadas cortinas, amarillentas por el paso del tiempo, se tiñen con el rojo del neón del hotel.*

No puede pensar, el cansancio la vence y se deja llevar por la fantasía de ser modelo en España. En sus labios siente de nuevo el calor del último beso de Néstor en el aeropuerto. Sí que la amaba, se dice. Néstor quería mantenerme a salvo de aquel infierno del rancho de Santa Casilda, de los ritos de santería y de don Albertito.

—Desnúdate.

Violeta no sabe si la voz ha venido de su sueño. Nota las manos de alguien agarrándola de las muñecas, incorporándola de un tirón. Frente a ella hay un hombre de unos cincuenta años, huele a fritanga y sudor, sonríe de forma untuosa.

—¿Hugo?

Él no responde. Le quita la rebeca, le desabrocha el vestido. En ropa interior, se encoge sobre sí misma, tapándose, reaccionando al fin a lo que está pasando y, de un empellón, aparta al hombre de encima.

—¿Qué te crees que estás haciendo, pendejo?

La respuesta es un bofetón que vuelve a tumbarla en la cama. El sabor metálico de la sangre le recuerda el hambre que tiene.

—Te voy a dejar una cosa clara. No me vuelvas a tocar o te va a caer un camión de hostias. Desnúdate, que tengo que probar la mercancía. Fuera el sujetador y las bragas. ¡Vamos!

No espera que ella obedezca. Le arranca la ropa y, con la amenaza de un nuevo bofetón, la obliga a ponerse de pie. Da un paso atrás, mirándola de arriba abajo. Luego, pasea a su alrededor mientras se quita el cinturón, se mete la mano en los calzoncillos y se masajea la polla.

—*Nos debes un dinero; el del viaje y el pasaporte falso que te vamos a hacer, porque con el tuyo te mandarían de vuelta a México en un santiamén. Eso aparte de la comida y esta cama. Vas a trabajar hasta que me lo pagues, que no sé en tu país, pero aquí no hay nada gratis.*

—*Rigoberto me dijo que ibas a buscarme trabajo...*

—*Este es tu trabajo.*

A su espalda, Hugo la empuja contra la cama. Violeta cae de rodillas ante ella y, antes de que tenga tiempo de incorporarse, siente sus manos encallecidas apretándole la cintura y, después, la penetración. La golpea con furia. Le duele y grita, pero el hombre acaba pronto. Violeta se encoge en el suelo cuando él sale de la habitación. Nota los muslos pegajosos y no puede evitar las lágrimas. Le da rabia romperse de esa manera y aprieta los ojos con tanta fuerza como es capaz, no quiere ceder al llanto, aunque le ardan. No va a consentir que la conviertan en una puta.

Es una ingenua.

Las violaciones se repiten. Han venido otros junto a Hugo. No la dejan ducharse ni le han dado nada de comer en el siguiente día, que pasa encerrada en la habitación del Hotel Torrebuena. Al principio araña, grita, intenta apartar a esos hombres de ella. Le repiten que no comerá, que no saldrá de ese cuarto hasta que empiece a devolverles la deuda. Luego, ya no le quedan fuerzas.

Se pierde en una semiinconsciencia en la que no sabe qué hacen con su cuerpo. Tampoco lo siente. Piensa en sus amigas muertas en el cerro del Cristo Negro, en Néstor, en el beso que le dio antes de entrar en el aeropuerto. En la amabilidad de Rigoberto al recibirla en Madrid. En aquella extraña sombra que se levantó en el rancho de Santa Casilda: la mujer con alas que ahora imagina es su destino, riéndose de ella a mandíbula batiente. Iyami Oshoronga, ¿adónde me llevas? Y se hunde en una oscuridad que supone que debe de ser la muerte.

Despierta en la caja de una furgoneta. Trata de levantarse. A través de un ventanuco, ve una carretera plagada de baches que le impide mantenerse en pie. No sabe cuántos días han pasado. Puede que incluso semanas. El hambre y el dolor le hicieron perder la noción del tiempo. Recuerda gritos de «¡Come!», «Puta de los cojones, aquí no te vas a morir». Recuerda agua en sus labios y una voluntad ciega que la animaba a perderse en la oscuridad de la que intentaban arrancarla. Le habría gustado hundirse hasta que su corazón dejara de latir.

—Follar con ella es como hacerlo con una muerta.

—Me la van a desgraciar y ¿para qué me he gastado yo el dinero?

La segunda voz tiene acento mexicano, llega filtrada a través de la pared de la caja de la furgoneta. Cree identificar a Rigoberto, el otro debe de ser Hugo. No tiene tiempo de escuchar más. La furgoneta se detiene y, cuando se asoma por el ventanuco, solo ve un campo eterno y vacío que se pierde plano hasta el horizonte.

Se abre la puerta de la caja y la luz la ciega. Hugo la obliga a bajar y la arrastra hacia una casa en mitad de la nada. Unas gallinas corren a su paso, libres. La deja caer en un sofá y luego, sin más, él se marcha. A través de un ventanal, como dos sombras chinescas, lo ve hablar con otro hombre.

Una chica de unos veinte años como ella se le acerca. Le retira el pelo de la cara y le sonríe.

—Te vamos a cuidar. Me llamo Serena y ella es Mariya. ¿Tienes hambre, güerita? Rosaura ha hecho pan.

La chica que le ha hablado tiene acento mexicano, pero ¿quiénes son esas otras mujeres que la rodean ahora en el salón? Hay cuatro o cinco más. Tienen buen aspecto, huelen a jabón, y se sientan a su alrededor; la tratan curiosas y delicadas, como si fuera la niña nueva que llega a un colegio. Una de ellas está embarazada; su barriga, abultada, hace pensar que pronto dará a luz.

Capítulo 19

No ha sido difícil identificar a la víctima. Aunque no había objetos personales, sí se había hecho una llamada denunciando su desaparición: una esposa preocupada porque su marido no había pasado la noche en casa.

—Ramiro Beiro Martínez, de sesenta y cuatro años, natural de Beiga, a pocos kilómetros de aquí —les informa Miguel Castiñeira, comisario de A Coruña—. Era asesor fiscal.

—¿Grandes negocios?

—Para nada: negocios de toda la vida, pequeños: bares, ferreterías, algún particular. Un hombre modesto, sin antecedentes. Casado y con un hijo de veintitrés. Vive por la playa de Orzán.

—¿Alguna relación con los astilleros?

—Creemos que no. Beiro era una persona normal; hemos hablado con vecinos de su edificio, con algunos clientes... Era de esa gente que uno sabe que no se va a enredar en nada malo.

Están junto a la playa de Riazor, cerca del Instituto de Medicina Legal donde Buendía ha iniciado la autopsia.

—¿Drogas, alguna deuda, una amante? —Aunque Zárate acribilla a preguntas al comisario, su atención está más centrada en Elena. La inspectora se ha alejado de ellos unos pasos, tiene la mirada perdida en el Atlántico.

—Que nosotros sepamos, está completamente limpio. Si podía tener algún lío amoroso, eso ya se me escapa... Pero no lo creo, la verdad.

Zárate agradece al comisario su colaboración y se despide, tras pedirle que facilite a Orduño todo lo que necesite para inspeccionar la zona donde hallaron el cadáver. Elena está inmóvil, detenida en el paseo de la playa. Es un día ventoso y su pelo castaño ondea como una bandera. Han decidido esperar a que Buendía tenga unos primeros resultados de la autopsia antes de visitar a la familia. Por una vez, no han sido ellos, sino los psicólogos de la policía los que han dado la mala noticia a su viuda. Las olas rompen en la orilla con estruendo. Unos chavales juegan al fútbol en la arena: pueden verlos, pero, cuando un equipo marca, el rugido del océano enmudece sus gritos de euforia.

—Tiene que haber un punto de conexión entre Beiro y Escartín...

Elena asiente mecánica a las palabras de Zárate. Un anciano apoyado en un bastón lucha contra el viento mientras camina por el paseo. Un grupo de chicas en un banco ríen felices mientras una de ellas trata de encenderse un cigarro. Dos de ellas, abrazadas, se besan. De repente, no sabe por qué, Elena siente un deseo incontrolable de llorar. Se avergüenza. Sabe que es como si se estuviera rompiendo ante una escena de una película vulgar diseñada para emocionar, pero esa vida normal que la rodea, ajena a la tragedia que sabe que ahora se debe estar viviendo en la casa familiar de Beiro, le ata un nudo en el pecho. Esa conciencia de cómo se escapa la vida sin ser conscientes hasta que es demasiado tarde. Hasta que no hay oportunidad para las risas ni los besos.

—¿Estás bien?

Elena se arrebuja en Zárate, que la rodea con un brazo.

—¿Te gusta la playa? Creo que nunca te lo he preguntado.

—Vivo en Madrid —sonríe él—. ¿A qué madrileño no le gusta la playa?

—Cuando esto acabe, podríamos hacer una escapada. ¿Has estado alguna vez en la costa Amalfitana?

—No sé ni dónde está.

—En el sur de Italia.

—Debería haberlo supuesto: canciones italianas, lasaña, grappa...

Zárate se siente incómodo en esta proximidad. Un estafador. En su memoria, quizá por el vínculo con Italia, ha saltado el recuerdo de Manuela. Sabe que es absurdo portarse como un adolescente que engaña a su pareja. Debe encontrar el momento para confesarse ante Elena. No cree que ese engaño sea un obstáculo insalvable para la pareja; sin embargo, el secreto sí que puede derrumbar esta frágil construcción que vuelven a levantar.

—Por una vez en la vida, podrás comer lasaña en condiciones, y no las congeladas que te preparo en casa —promete ella.

No va a hacerlo ahora. No va a romper el momento, frente a las olas que se levantan furiosas en el mar. Elena en sus brazos, juntos, como si nada más alrededor importara, como si no existiera un pasado o un futuro que pudiera separarlos.

—Le han extraído los mismos órganos que a Guillermo Escartín: el hígado, la vesícula, casi todo el intestino grueso, un trozo del intestino delgado... Está claro que el asesino ha encontrado su método. La misma forma de cortar y de coser, muy chapucera pero con material quirúrgico.

Se han reunido con Buendía en la puerta del Instituto de Medicina Legal. El forense busca un asiento en un banco, está cansado; unas ojeras violáceas ensombrecen esa mirada que siempre ha sido curiosa. Elena deja que Zárate haga las preguntas, ella ya supone todas las respuestas, su pensamiento se ha desviado hacia otro laberinto.

—¿El mismo hilo para suturar?

—Lo sabremos cuando lo analicemos, pero todo parece indicar que sí, que es hasta de la misma partida.

—¿La víctima se defendió?

151

—No hay señales de resistencia ni en uñas ni nudillos. Tampoco laceraciones en la piel de las extremidades. No necesitó atarlo. —Buendía pinza el puente de la nariz y cierra unos segundos los ojos, sin dejar de hablar—: La conjetura más lógica es que lo durmió. Estoy esperando el resultado del análisis toxicológico, pero supongo que veremos trazas de escopolamina como en Escartín.

—En tu opinión, es el mismo asesino.

—De eso no tengo ninguna duda.

—¿Y el feto?

—El desarrollo corresponde con un varón de veinte semanas. Necesito un poco más de tiempo, pero seguro que te lo imaginas: fue congelado y el cordón umbilical está desgarrado. La madre también puede estar muerta.

Un coche pita ansioso. Se acaba de abrir un semáforo y el vehículo de delante sigue clavado en el sitio.

—Beiro tenía sesenta y cuatro años: ¿el hijo puede ser suyo?

—Eso nos lo dirá el análisis de ADN, pero no hay nada que lo impida. Ya sabes el refrán: el hombre pierde antes el diente que la simiente.

Orduño se ha quedado en el astillero; preguntará a los empleados, requisará todas las grabaciones de las cámaras de seguridad e intentará encontrar huellas, pero ya suponen que nada de eso arrojará resultado alguno.

—No tenemos una mierda. —Elena se ha decidido a romper el silencio, a exponer a sus compañeros ese laberinto en el que está perdida—. Escartín: un policía que hace un trabajo encubierto, en teoría para desmantelar a una brigada corrupta, la de Villaverde. Todo apuntaba a que hubiera alguna implicación de narcotraficantes, tal vez Byram, que la manera de matar tuviera relación con sus tradiciones o que los policías de la Sección las hubieran imitado. Y de repente, Beiro: a seiscientos kilómetros de Escartín. Por lo que nos dicen, un hombre que jamás ha tenido problemas legales ni mucho menos relación con la policía. ¿Por qué él? ¿Qué conexión hay entre los dos? ¿Dónde están las madres de esos fetos? Vamos dando tumbos sin sentido y, mientras tanto, ese asesino sigue adelante con su lista, porque lo sabemos, ¿verdad? Después de Beiro, habrá más. Y nosotros somos incapaces de hacer nada porque no tenemos ni idea de qué está pasando. Lo único que hacemos es recoger cadáveres como una puta funeraria.

Zárate y Buendía han hundido la mirada, conscientes de que a Elena no le falta razón. A estas alturas no están más cerca de coger al asesino que cuando encontraron el cuerpo de Escartín. Han lanzado cebos al río, como Reyes infiltrada en Villaverde, esperando que ocurra el milagro, que algo pique y les revele el camino correcto. No es propio de la BAC avanzar con esa ausencia de resultados, con esa falta de método.

Desde las ventanas del salón de la casa de Ramiro Beiro se puede ver la playa de Orzán. A pesar de que la casa es modesta, apenas cien metros cuadrados, las vistas son magníficas y a Elena le resultan hipnóticas las acrobacias de los surfistas sobre las olas. Espera de pie, junto a un tresillo tapizado en un color pardo y un par de cuadros sin valor en las paredes (uno de ellos es una marina); una gran televisión preside la estancia. Un hogar cualquiera de un barrio cualquiera de España. Le llama la atención la ausencia de puertas: parece que fueron descolgadas del marco, tanto en el acceso al salón como a la cocina, dejando vacíos los vanos, que son más anchos de lo normal. Natalia Figueira se apoya en Zárate cuando llega al salón. Está algo mareada, fruto de los ansiolíticos que le administraron para contener el ataque de histeria que sufrió al recibir la noticia de la muerte de su marido.

—No me encuentro del todo bien… —se disculpa sentándose con dificultades en el sofá como si, de repente, se hubiera convertido en una anciana. Al igual que su marido, supera los sesenta años.

—Lo entendemos y sentimos importunarla en un momento así, pero tenemos que hacerle algunas preguntas.

Natalia toma aire y se lleva la mano al pecho. Es un gesto un tanto exagerado, pero parece servirle para controlar los nervios. Las arrugas le cercan el cuello, y seguramente ganarán terreno durante el luto, pero por ahora apenas matizan un rostro atractivo y, en este instante, descompuesto. Elena se sienta a su lado. Sabe que los psicólogos no le han descrito las circunstancias de la muerte; ha preferido reservarse esa información para juzgar si las reacciones de ella le daban alguna respuesta al crimen.

—Necesitamos saber si su marido tenía alguna relación con el narcotráfico, o si había tenido problemas con alguno de sus clientes... Tal vez deudas...

La viuda divaga insegura de un tema a otro: la afición de Ramiro a la pesca, los más de cuarenta años de profesión y el aprecio que sus clientes le tenían, familias de A Coruña y comerciantes que, sin duda, le hablarán bien de su esposo. Nunca nadaron en la abundancia, pero tampoco les faltó el dinero para llevar una vida decente y, cuando ha sido necesario, darle a su hijo todo lo que le hacía falta.

—No somos gente de grandes ambiciones. Nos conformamos con poder atender a los nuestros, sobre todo a Anxo, mi hijo, que nos necesita tanto.

—¿Le sucede algo a su hijo?

—Aplasia medular. Está en tratamiento, pero ya nos han dicho que necesita un trasplante de médula. Hoy está muy débil. Y lo de su padre... Yo no sé cómo va a encajar algo así...

Un temblor en la voz la enmudece; la perspectiva de un futuro que jamás había previsto se abre incierta. Elena le deja su tiempo para que logre recomponerse.

—Nos hicimos novios a los dieciséis años, imagínese, siempre juntos. Yo no sé qué vida es esta sin él...

—Piense en su hijo. Tendrá que hacerse fuerte. Por él, para estar a su lado hasta que le hagan el trasplante.

—No aparece ninguna médula compatible, su padre tenía hierro en la sangre y no podía donar; yo tuve un cáncer y tampoco... La única solución sería que tuviera un hermano. Y yo, a mi edad, no se lo puedo dar.

Elena y Ángel cruzan una mirada; no necesitan hablarse para saber en qué piensa el otro, pero la inspectora prefiere avanzar con precaución, como si atravesara un campo de minas. Tras preguntarle por la enfermedad de la sangre de Beiro e interesarse por el cáncer de Natalia, del que se ha recuperado, plantea la pregunta que ha querido hacer desde que la viuda habló de un donante para Anxo.

—¿Y si su marido hubiera tenido un hijo él solo? Con otra mujer...

—Estuvimos valorando la posibilidad de recurrir a un vientre de alquiler, en California... pero, bueno..., no hubo suerte.

—¿En qué sentido?

Natalia les explica que unos años atrás se gastaron parte de los ahorros que tenían en el proceso, pero no salió bien. La agencia que contrataron les pedía más dinero para hacer un nuevo intento y decidieron dejarlo. Tenían miedo de arruinarse, de perder la casa para lanzarse a buscar un hermano que tampoco era una garantía absoluta de curación para Anxo. ¿Y si no resultaba compatible? Sin dinero, ¿cómo iban a cuidar de su hijo? ¿Qué le iban a dejar cuando ellos faltaran?

—Después de mi cáncer, teníamos muy presente que... que la vida se puede terminar de la noche a la mañana. Fue muy duro aceptar que no le podíamos dar a Anxo un hermano salvador, que es como los llaman. En España es ilegal, nadie nos lo cubriría, nos habíamos resignado...

—Papá no se había resignado.

Elena y Zárate ven entrar en el salón a Anxo. En una silla de ruedas, los mira con la cabeza ligeramente inclinada, la mirada envuelta en una telaraña húmeda. Está demasiado delgado, pálido, la bata de cuadros que lleva le queda grande, apenas resiste en su cuerpo una gota de la energía juvenil que debería tener a los veintitrés años.

—Papá seguía intentándolo. Me prometió que me daría un hermano.

Capítulo 20

El armario está abierto y su ropa aguarda inmóvil en las perchas. Vestidos y pantalones, camisas, trajes, tops y chalecos, chupas de cuero y rebecas, blazers... Reyes se sonríe al imaginar qué pensaría un policía si abriera ese armario para indagar en el propietario de la casa. Supondría que en este chalet viven dos personas, un hombre y una mujer. Incluso más; una mujer de la alta sociedad, conservadora, y otra chica más joven, tal vez una universitaria con gustos estrafalarios. Ropa de firma que convive con otra de mercadillo. Vaqueros masculinos y camisetas publicitarias baratas, vestidos largos de noche, elegantes trajes azules de corte clásico.

Lleva toda la mañana desnuda, observando esas ropas sin decidirse a elegir ninguna. Aunque la herida no reviste gravedad, le han ofrecido unos días de baja. Ella los ha rechazado: descansará hoy y gracias; mañana piensa estar de vuelta en Villaverde. Se acaricia la línea de puntos en el costado, aún le escuecen un poco. Cada veinte o treinta minutos, como si se hubiera puesto una alarma para recordarlo, suena un mensaje de Orduño. A veces los envía excusándose en temas relativos a la investigación: le ha contado que ha aparecido un segundo cadáver en A Coruña; otras, deja de lado todo disimulo y le pregunta cómo se encuentra. Sabe que está preocupado por ella, que quiere que salga de la brigada de Villaverde, como su tío. Ninguno de los dos ha acabado de creerse esa historia de una redada contra un narco que, tras apretar el gatillo, se ha desvanecido como un fantasma.

No va a contarles la verdad. Ni siquiera Elena la entendería. Se ha ganado la confianza de la Sección, no solo por encajar el disparo de Cristo, sino por mantener la mascarada. Si hay algo de lo que se arrepiente, es de haber sido tan torpe como para dar información de Guillermo Escartín que ella no debería saber. No volverá a cometer un error como ese. Pero, al mismo tiempo, la reacción de Fabián y Cristo, la prueba a la que la sometieron, demuestra que Escartín es un tema delicado para la brigada.

Llaman al timbre y Reyes coge una camiseta vieja con el logo de un taller de reparación de coches. Le cubre hasta los muslos y, descalza, está bajando las escaleras cuando el timbre vuelve a sonar. Espera encontrarse con la chica que viene a hacer la lectura de la luz o el agua, con un cartero, pero quien está al otro lado de la puerta es Fabián. Muestra una pequeña bandeja envuelta en papel.

—Milhojas del Horno de Conchi, son un pecado.

—¿Siempre les traéis milhojas a los compañeros después de pegarles un tiro?

—No seas exagerada. Si solo te rozó...

—Podía haberme atravesado el hígado.

—Cristo tiene buena puntería. Si hubiera querido atravesarte el hígado, lo habría hecho. ¿Vas a dejarme plantado en la puerta o puedo entrar en el palacio? Hace frío y se me están congelando las manos. Dile al mayordomo que nos sirva los pasteles en platos de porcelana y que vaya preparando un té... Es lo que se supone que toma la gente bien, ¿no? Té, pastas y cocaína rosa.

El gesto tenso de Reyes se derrumba en una sonrisa. Coge la bandeja y hace pasar a Fabián con un «venga, entra, imbécil». El policía lanza un silbido mientras estudia el enorme salón que da la bienvenida a la casa. Su mirada recorre los muebles de diseño y las piezas de porcelana antigua que a la madre de Reyes le gustaba coleccionar.

—Ya sé dónde dar el palo para sacarme unos euros para la jubilación.

Ha cogido una porcelana japonesa de un tigre y mete un dedo dentro de la boca de la figura, como un niño que explora un juguete que no sabe cómo funciona.

—Es del siglo XIX, Fabián. Mejor déjala donde estaba, no me la vayas a romper, que debe de valer unos treinta mil euros.

Él silba entre dientes y pasea la mirada de ella al tigre y vuelta.

—Me estás vacilando. ¿Qué cojones haces levantándote a las seis de la mañana cada día para ir a trabajar?

—Me gusta ser policía, ¿tanto cuesta entenderlo? Voy a preparar café.

En el espejo del recibidor, Reyes ve cómo Fabián le mira las piernas cuando ella le da la espalda para ir a la cocina. Podría subir un momento a la habitación, ponerse unos vaqueros para que la camiseta larga que lleva no permita vislumbrar el inicio de su culo, pero, mientras coge la cafetera, se da cuenta de que no le apetece hacerlo.

—Cristo quiere que te pases esta noche por el Curro.

Se han comido dos milhojas, Reyes le ha pedido la dirección del Horno de Conchi y le ha dicho que son las mejores milhojas que ha tomado nunca, aunque no sea verdad. Fabián se la ha enviado en un mensaje sin disimular su orgullo de barrio, como esos vecinos de la Colonia Marconi que sintieron como suyo cada éxito en el fútbol de Raúl.

—¿Qué quiere ahora el jefe? ¿Pegarme otro tiro, a ver si esta vez acierta?

—Quiere invitarte a tomar algo, para celebrar que estás bien.

Reyes no puede contener un bufido cínico.

—Tenemos que andarnos con ojo, Reyes. No es más que eso.

—Sois unos paranoicos de la hostia. Solo te dije que el soplón ese era un yonqui. ¿Es que no lo era?

—Tienes olfato. Parece mentira, para haberte criado en un sitio tan pijo... Vas a ser una buena policía.

—¿Eso es lo que tú piensas o te lo ha dicho Cristo?

—Me lo ha dicho el jefe. Si yo tuviera que decir algo de ti, diría que cada día, después de hacer patrulla, termino con dolor de huevos.

Reyes estalla en una carcajada.

—Eres un poeta, Fabián.

—Lo que soy es honesto, qué cojones. Eso sí, a mi mujer la tengo más contenta que nunca.

—Entonces ¿de qué va esto? ¿Has venido a mi casa a ver cómo estaba o a echarme un polvo?

—He venido a ver cómo estabas. Pero me has abierto la puerta con esa camiseta y, desde entonces, ya no he podido pensar en otra cosa. Somos compañeros, Reyes: que no me lleve un tiro en la calle depende de ti. Tenemos que confiar el uno en el otro. Y confiar significa no tener secretos. Si me pones burro, te lo digo.

—Y si tú también me pones a mí, ¿qué hacemos?

—Yo creo que es fácil arreglarlo.

Reyes se sienta a horcajadas sobre Fabián. Siente la erección bajo sus pantalones. Acerca la boca a su oreja mordida y le murmura:

—Ten cuidado, acaban de ponerme unos puntos.

Le sorprende la suavidad con que la trata Fabián. Su manera de hacer el amor, besándola, acariciándola, despacio, sin la torpeza del deseo urgente, alargando el sexo en el tiempo hasta olvidar cuándo empezaron.

Capítulo 21

La charla con Anxo se hace penosa. Después de cada frase necesita tomar aire; no saben si esa falta de oxígeno es a causa de la enfermedad o una reacción natural por la muerte de su padre. Elena ha puesto la grabadora del móvil en funcionamiento. Ve pasar los segundos, paciente, ni ella ni Zárate quieren meterle prisa. Anxo ha acercado la silla de ruedas hasta el sofá donde está su madre, que le tiene cogida la mano. Entre toses y frases entrecortadas, el chico les describe el viaje que hizo con su padre a Madrid hace nueve meses.

—Tenía que hacerme unas pruebas. Los daños...

—Era una prueba para ver los daños que la falta de oxígeno producía en la sangre —completa Natalia el relato de su hijo mientras aprieta ahora con más fuerza su mano—. Fue solo con Ramiro, con mi marido, a mí esas pruebas me ponen muy nerviosa y... en fin... los resultados no fueron buenos. Nos dijeron que no teníamos mucho plazo, que había que encontrar un donante... Estábamos muy tristes.

—Papá no estaba tan triste, no sé... Estaba nervioso... Me dijo que, en lugar de dormir en Madrid, íbamos a hacer noche en un pueblo de Soria.

—De Madrid a La Coruña no se pasa por Soria. —Zárate no duda en mostrar la extrañeza que provoca el dato en todos, incluida Natalia.

—Mi padre iba a ver a alguien allí. Me pidió que no te contáramos nada, mamá.

Poco a poco sigue desgranando sus recuerdos. Los dos se alojaron en un pequeño hostal del pueblo. Era ya de

161

noche cuando llegaron y Ramiro se encontró en el aparcamiento del hotel con un hombre.

—Bajó él solo, pero yo los vi desde la ventana de la habitación. No sé qué decían, estaban demasiado lejos. Papá le dio un dinero. No hablo de cincuenta o cien euros. Hablo de mucho más, un fajo de billetes.

Ramiro no quiso contarle a su hijo quién era ese hombre o el motivo por el que le pagaba. Solo le dijo que era un asunto de negocios, pero la cara le había cambiado, había desaparecido el nerviosismo, parecía hasta feliz.

—Pidió postre después de cenar. Una tarta al whisky, ya sabes cuánto le gustaba, había que comprarla en su cumpleaños...

—¿Qué pueblo era? —ataja ese recuerdo Elena.

—No sé, tenía un castillo, aunque estaba un poco apartado, había que cruzar el río y no fuimos a verlo. Solo recuerdo al hombre, un tipo bastante gordo y pelirrojo. Y a la mujer del hostal que nos sirvió la cena. Dorita. Me acuerdo de su nombre porque me hizo gracia: Dorita, como los Doritos...

Natalia ha soltado la mano de su hijo. Tiene la mirada perdida en el dibujo geométrico de las baldosas, como si de repente estuviera en mitad de uno de esos pasatiempos que es una maraña de líneas y una debe encontrar el camino correcto. ¿Qué hacía Ramiro Beiro en ese pueblo de Soria?, ¿quién era el hombre al que le entregó el dinero?, ¿desde cuándo había secretos entre ellos?

—En ese viaje, ¿tu padre te dijo algo más? ¿Algo... no sé... extraño...? —interviene de nuevo la inspectora.

—Cuando subimos a la habitación y me acostó, se sentó a mi lado. «Te prometo que te vas a curar». Eso me dijo. Era algo que tenía que quedar entre los dos, que no se lo podíamos decir a mi madre...

—¿Te contó por qué estaba tan seguro de que te ibas a curar?

—Solo hay una manera —murmura Natalia desde su ausencia.

Las piezas del rompecabezas empiezan a encajar. Elena pide a Zárate que acompañe a Anxo a su habitación: no quiere contar lo que debe en presencia del chico. Sabe que Zárate aprovechará para hacerle más preguntas sobre ese pueblo de Soria, cualquier detalle que los ayude a localizarlo. Cuando el sonido de las ruedas de la silla de Anxo se apaga, Elena considera que ha llegado la hora. Se sienta junto a Natalia en el sofá. La viuda ha iniciado un soliloquio de incredulidad: no entiende el comportamiento de su marido en ese viaje, la insistencia en mantenerla al margen. Entonces, la inspectora le describe cómo fue asesinado Ramiro Beiro. La caseta del astillero donde fue hallado, la sutura vertical que dividía su estómago en dos, la extracción de parte de sus órganos para meterle dentro un feto que, probablemente, ya llevaba muerto varias semanas.

La realidad para Natalia se convierte en un cristal hecho añicos, trozos de vidrio por todas partes que reflejan momentos del pasado, instantáneas del cuerpo del hombre al que amaba brutalmente torturado, el rostro que no ha visto jamás pero supone del feto, hundido en sus entrañas, tan muerto como él. No es capaz de contener la arcada y vomita entre sus piernas. Un hilo de baba queda pendiendo en el aire, las lágrimas le mojan las comisuras de los labios. Elena la rodea con un brazo, en silencio. Busca un pañuelo para ayudarla a limpiarse.

—Su marido intentó tener a ese hermano salvador.

La expresión, ahora, resulta irónica. El niño que iba a traer la vida para Anxo trajo la muerte de Ramiro Beiro.

Elena encuentra a Zárate en la playa. Ha anochecido y las luces de los edificios se reflejan en el agua. El viento no descansa, el ruido del mar embravecido es un telón de fondo al que se han acostumbrado.

—He hablado con Buendía. —Su compañero dibuja una mueca al verla llegar—. Cree que se puede usar la médula del feto, en concreto la sangre del cordón umbilical, aunque dice que no es un experto en trasplantes de médula. El feto estuvo congelado, pero no sabe en qué condiciones ni cuánto tiempo ha pasado desde que lo descongelaron y lo metieron dentro de Ramiro Beiro. Iba a consultar con un especialista.

—¿Has sabido algo de Orduño?

—Se ha pateado el astillero, pero nada. Las cámaras no muestran nada llamativo y tampoco aparecen los objetos personales de la víctima. Ha pedido un duplicado de su móvil para intentar reconstruir sus movimientos, pero ya sabes: eso tardará.

El estallido continuo de olas ocupa todo. Hace muy poco, estaban perdidos. Ahora han encontrado el camino, la posible conexión entre Beiro y Guillermo Escartín, pero el rumbo que les marca anticipa un paisaje horrible, como si no les quedara más remedio que coger un barco y adentrarse en ese Atlántico violento que rompe en la bahía de A Coruña.

—¿Vas a sacar a Reyes de Villaverde? —Zárate rompe el hechizo del oleaje.

—No lo sé. Necesitamos asegurarnos de que estamos en lo cierto antes de cambiar de dirección.

Elena busca su móvil en el abrigo y marca el número de Mariajo. La voz resquebrajada de la hacker le contesta al otro lado.

—Acaba de llegarme la grabación de la conversación. Estoy buscando ese pueblo con castillo en Soria…

—No es lo único que quiero que busques. Haz un repaso de los expedientes policiales, rastrea en la Deep Web si hace falta…

—¿Para qué tengo que meterme otra vez en esa cloaca? ¿Qué es lo que estamos buscando?

—Mercado negro de vientres de alquiler.

Salvo Buendía, nadie de la brigada hará noche en A Coruña. Orduño ya ha cogido un vuelo de regreso a Madrid, y Zárate y ella viajarán hacia la provincia de Soria para ganar tiempo y estar cerca cuando Mariajo logre localizar el pueblo donde pararon Anxo y su padre. Sabe que apenas hablarán a lo largo del viaje. Que, aunque no lo compartan, ambos estarán pensando en esas madres que siguen desaparecidas.

Capítulo 22

Cristo abre una botella de cava y llena los vasos. Un cava malo, dulzón. En la mesa donde juegan al mus, hay platos con ganchitos de queso y patatas fritas. Richi, el policía mudo con el que Reyes todavía no ha cruzado ni una palabra, come con ansia mientras los demás gastan bromas que llenan de algarabía el almacén del Curro.

—Teníais que haber visto al tito Rentero. —Fabián imposta la voz del comisario rememorando su conversación en el hospital—. «Que yo sepa, Valdemoro no compete a la policía de Villaverde».

El grupo estalla en una sonora carcajada. Gregor y Nombela prácticamente lloran de la risa. Cristo rellena los vasos para proponer otro brindis.

—Por Wilson Cabello, que tanto nos ayuda sin tener ni puta idea.

«¡Por Wilson Cabello!», responden los demás, incluida Reyes. ¿Son unos policías corruptos o una panda de chavales gamberros jugando a juegos de mayores? No le extrañaría que el cava fuera, en realidad, Champín —el espumoso sin alcohol que dan a los niños— y que, de repente, alguien empezara a inflar globos como si celebraran una fiesta de cumpleaños. Estos hombres no pudieron matar a Guillermo Escartín, es algo de lo que cada vez está más convencida. O al menos no de esa manera alambicada en la que murió el policía. Cogen mordidas, amedrentan a unos cuantos comerciantes y dejan que los camellos hagan su trabajo bajo comisión, pero, aunque de forma poco ortodoxa, cuidan de su barrio. Ha vivido al lado de Fabián el afecto que sienten por las gentes de Villaverde. Toda la parafernalia que los rodea, el nombre del grupo —la Sección—, el rito de iniciación al que la sometieron, no deja de ser una pose peliculera de chicos malos.

—¿Cómo está tu madre? —Reyes se ha sentado con Cristo, que observa a los demás como si su deber fuera proporcionarle diversión.

—Jodida. Después de la operación de cadera, ha tenido una infección... La pobre tiene ya ochenta y dos años. A ver si la aguanta. Eso me pasa por llevarla a un puto hospital público, en lugar de a un especialista que tenía fichado en Barcelona. Pero ella, nada, que no quería salir de Madrid.

—¿Vas a pasar la noche con ella en el hospital?

Para su sorpresa, en lugar de responder, Cristo se levanta, llama la atención de los demás y pone fin a la celebración.

—¿Me dejáis un momento con la nueva?

Acto seguido vuelve a sentarse, aunque no habla hasta que todos se han ido.

—Esta noche no puedo ir al hospital, tenemos trabajo. ¿Crees que estás en condiciones?

—Claro, ¿qué tengo que hacer?

—¿Podrías vestirte de puta?

Reyes duda, pero hasta ahora no ha escuchado bromear a Cristo, supone que habla en serio.

—¿De puta de la Colonia Marconi o de puta del Flowers?

—Mejor del Flowers. No es necesario que vayas con las tetas al aire. Fabián te recogerá y te llevará a un burdel. Entras, te tomas una copa y tonteas con algún cliente. No hace falta que te lo folles, a no ser que te apetezca, claro.

—Algo más tendré que hacer.

—Te daremos un paquete: un kilo de heroína. Solo tienes que dejarlo detrás de un bafle que hay al lado del pasillo de los baños.

—Y os llamo cuando lo tenga hecho para que entréis a hacer una redada —deduce ella al vuelo—. ¿Tenéis ya el permiso del juez?

Cristo le sonríe. Le gusta que la chica sea rápida y no exija explicaciones.

—El dueño del burdel es un gilipollas que no quiere entender cómo funcionan las cosas en Villaverde. Tenemos que cerrarle el local. Tú lo tienes claro, ¿verdad?

—Cristalino.

Fabián recoge a Reyes a la salida del metro de Príncipe de Vergara, con el mismo Ford Fiesta blanco viejo de la noche anterior.

—¿Qué hago cuando entréis?

—Nada. Te detendrán como al resto de la gente, pero te metemos en el coche patrulla de Richi y él te llevará a casa. —Los ojos de Fabián caen en el pronunciado escote de Reyes—. Te va a costar mantener a raya a los clientes.

—¿Estás seguro? Aunque no lo parezca, el top vale seiscientos euros. Espero que no se note...

Mientras conduce, Fabián bromea con el precio de ese pedazo de tela que apenas le tapa los pezones. A ella le duele la cabeza; se ha tomado un ibuprofeno después de cambiarse. Aunque la herida sea leve, se siente agotada.

—Le tuvimos el bar precintado una semana y no se lo tomó nada bien —le cuenta Fabián camino del Lady's.

—¿No pagaba lo que le tocaba?

—Sí que lo pagaba, pero a veces no nos quedan más cojones que intervenir. Un periodista apareció muerto en una habitación y, claro, tuvimos que cerrarlo. Ahora dice que no suelta el dinero.

—¿Quién se cargó al periodista?

—La puta que estaba con él le pegó un tiro.

—¿Las putas van armadas en el Lady's? Es un poco raro, Fabián.

—Al juez no se lo pareció. La mandó a Soto del Real de cabeza, está a la espera de juicio. Y si tú conocieras a Dely, tampoco te lo parecería. Es una bestia salvaje.

169

—¿Dely? ¿Tú la conoces?

—Es venezolana; empezó en la Colonia, pero como está buena y nos hicimos amigos, pudo prosperar. En el Lady's no se pasa tanto frío.

—¿Y el periodista? ¿Por qué se lo cargó?

—El periodista era un imbécil al que nadie va a echar de menos, Reyes.

Le gustaría seguir preguntando, pero sabe que la curiosidad no es bien recibida en la Sección. ¿Hasta dónde llega el juego de estos policías? No puede evitar la sensación de que la muerte de ese periodista era algo tan útil para los intereses de Cristo y sus hombres como el trabajo que va a hacer esta noche. Sin embargo, no es lo mismo colocar un paquete de droga que un homicidio. Quizá se ha precipitado juzgando a sus compañeros como unos policías que solo han puesto un pie al otro lado de la legalidad.

El coche toma una vía de servicio a la entrada de Villaverde. Allí, en la puerta de la gasolinera, los espera Marlene, la joven dominicana que dará acceso a Reyes al Lady's. Guarda el kilo de heroína en el bolso y se despide de Fabián. Caminan juntas por el arcén de la vía de servicio. Marlene —que va abrigada con un chaquetón de pieles falso, masca chicle y habla con desparpajo, como si se conocieran de toda la vida— se ha quitado los zapatos, pero Reyes no se decide a caminar descalza, aunque los tacones la estén matando.

—Le he dicho al encargado que voy con una amiga. No suele poner problemas, pero si te haces la estrecha con los clientes se va a mosquear. Por lo menos, alterna con ellos, que te inviten a copas. Muchos lo único que quieren es darte palique y creerse que han ligado. ¿Cómo te vas a llamar? Tu nombre de guerra, que nadie usa el suyo de verdad.

Reyes ve una oportunidad para probar a la chica.

—No sé, ¿Dely? ¿Te suena bien? Como «delicia»...

—Búscate otro —responde Marlene seca—. Dely lo único que nos trae a todas son malos recuerdos.

—¿Por qué?

—¿Es que no te ha dicho nada Fabián? Da igual, mejor nos olvidamos de Dely. Te vas a llamar Lupe, ¿te parece?

Reyes prefiere no insistir, teme que Marlene le vaya con el cuento a Fabián.

El Lady's es un edificio viejo de dos plantas pintado de morado y con un letrero rojo que no esconde la actividad que encierra. Un portero que podría haber jugado al rugby en cualquier equipo del torneo de las Seis Naciones custodia la puerta. Se llama Dimitri y, como el nombre apunta, es de algún país del este de Europa. Parece agradable cuando habla, pese a su amenazador aspecto. Su castellano es muy bueno, solo afinando mucho el oído se detecta el acento extranjero.

—Ya hay algunos clientes dentro. Hoy la noche va a ser buena.

—Ojalá, Dimitri —responde Marlene.

El local es más grande de lo que la entrada hacía sospechar. Hay mucha moqueta, muchos dorados, sofás tapizados en terciopelo y una barra muy bien surtida. Unas quince chicas ya están tomando copas con los clientes. A Reyes se le va la mirada hacia el letrero que marca el camino a los servicios. Junto a la entrada del pasillo hay un bafle de música; allí tendrá que dejar el paquete de heroína que le ha dado Fabián.

—Ven, que te presento al encargado.

Marlene le señala a un hombre bajito, enjuto, con grandes entradas, camisa blanca sin corbata y traje azul que parece de segunda mano. Está sentado delante de la barra y toma un café con leche en el que moja una magdalena.

—No te fíes de su cara de bobalicón, tiene una mala leche que no te imaginas —le murmura Marlene mientras se acercan a la barra—. Olmo, esta es la amiga de la que te hablé, Lupe.

—Hola, Lupe. —Él la escanea de arriba abajo, y lo que ve parece gustarle—. ¿Tienes experiencia?

—¿En follar? Sí, claro.

Olmo se ríe con ganas.

—Eso ya me lo imagino, en alternar con clientes. Aquí lo que nos da dinero es que los clientes se tomen unas cuantas copas.

—No tengo, pero aprendo rápido.

—Pues al lío. Vale que te pongan una mano en el culo, pero si van a más, hay que pagar. Nada de enseñar las tetas gratis.

—Comprendido, solo necesito cinco minutos para ir al baño.

—Hay uno dentro para nosotras —dice Marlene—. Aquí fuera están hechos un asco, solo los usan los tíos.

—Podré soportarlo.

Reyes enfila el camino a los baños y, al pasar junto al bafle, deja el paquete con discreción; mira alrededor, nadie la ha visto. Después entra en el baño. Como le ha dicho Marlene, es una pocilga. La encimera del lavabo está llena de rastros de cocaína, las tazas rebosan papel y parece que a más de uno le falla la puntería. Bebe un poco de agua, el pulso se le ha acelerado. Hace la llamada que sus compañeros están esperando: una perdida a Cristo. Aguarda unos minutos antes de salir. Cuando lo hace, Marlene, junto a la barra, entretiene a dos hombres con aspecto de ejecutivos. Al verla, le pide con un gesto que se acerque.

—¿Veis como os decía la verdad? Guapísima.

—Sí que lo es, me la pido —se adelanta uno de ellos.

—Pues tú y yo nos vamos y los dejamos solos —le dice Marlene al otro.

Reyes mira al que le ha tocado, su primer cliente. Tiene unos cuarenta años y lleva traje gris, camisa azul celeste y corbata verde con lunares blancos.

—Me gusta tu corbata.

—A mí me gustas tú. ¿Cava?

—¿No valgo champán?

—Lo vales, pero prefiero gastar el dinero en otras cosas. En un par de horas en mi hotel, por ejemplo.

—Cuéntame, ¿eres de Madrid?

Reyes charla con el hombre mientras echa continuas miradas a la puerta. Confía en que Cristo y los suyos no se retrasen mucho, porque va a ser difícil mantener a raya a Javier, que es como le ha dicho que se llama, aunque ya le avisó Marlene de que allí nadie dice su verdadero nombre.

—Así que de Bilbao. ¿Y a qué has venido a Madrid?

—A cerrar un contrato. Voy a venderle un contenedor lleno de camisetas importadas de China al que se ha ido con tu amiga.

—Eso es un montón de camisetas.

—Luego, en el hotel, te regalo una...

—Espero que sean de marca, que una tiene un nivel.

—Son de marca, pero ful, que vienen de Taiwán.

Aunque ella apenas moja los labios, Javier bebe deprisa y la botella baja de nivel a toda velocidad, pero sus compañeros de la comisaría no llegan. Cada vez es más atrevido con las manos y a Reyes ya no se le ocurren más excusas para estirar el tiempo. Empieza a pensar que esto es otra encerrona. Quizá no se ha ganado la confianza de la brigada como pensaba y haya una prueba más.

—Ya nos conocemos bastante; a lo mejor no como para casarnos, pero sí para echar un polvo. ¿Qué te parece si vamos al hotel?

—¿Está cerca?

—Cinco minutos en mi coche. Allí podemos pedir otra botella de cava, aunque tú apenas has bebido. Supongo que tendré que hablar con el encargado.

—Claro.

Reyes no deja de mirar a la puerta. Trata de pensar en algo, porque no puede irse con ese hombre al hotel. Lo ve hablar con Olmo, todo son sonrisas. Paga con una tarjeta de crédito y le tira un beso a ella desde la distancia mientras sale el resguardo del datáfono.

De pronto se oye un estruendo y un montón de golpes en la entrada. Allí están Cristo, Fabián y los demás.

—¡Policía! —grita su compañero—. Disculpen las molestias, quédense sentados en sus sitios y nadie tendrá problemas. Vayan sacando su documentación.

Capítulo 23

Son las seis de la mañana cuando el Mercedes que han alquilado en A Coruña entra en la provincia de Soria. La inspectora y Zárate se han turnado al volante durante la noche: conducir, dormitar, guardar silencio... El teléfono suena y Elena pone el manos libres.

—Ucero, cerca del cañón del río Lobos —dispara Mariajo antes de saludar—. Ese es el nombre del pueblo. Con un castillo primoroso.

—Impresionante, pero hay muchos pueblos con castillo. ¿Estás segura?

—Completamente —responde Mariajo—. Acabamos de hablar con la dueña de uno de los hostales del pueblo y se acordaba de Ramiro Beiro y de su hijo Anxo porque no suelen recibir clientes en sillas de ruedas y tuvieron que subirlo a la habitación a pulso. El hostal se llama El Balcón del Cañón, y ella, Dorita. Cuando la veas, pídele perdón por haberla despertado a estas horas...

—Para allá vamos. Ya que la has despertado...

Según el navegador, están a poco más de una hora. Antes de que amanezca habrán llegado.

Ucero es un pueblo muy pequeño, de poco más de cien habitantes, en el partido judicial de El Burgo de Osma, a unos setenta kilómetros de Soria capital. Pese a su tamaño, tiene bastante vida por tratarse de la entrada al Parque Natural del Cañón del Río Lobos. El castillo al que hacía referencia Anxo Beiro está en una loma desde la que se atisba el cauce del río. Perteneció a los templarios, igual que la ermita de San Bartolomé, de la que solo queda en pie la capilla, pero que fue monasterio para los caballeros del Temple.

—Ramiro Beiro se reunió con un pelirrojo gordo en este pueblo. Le pagó, suponemos que para inseminar a alguna madre de alquiler. —Zárate piensa en voz alta mientras serpentean por la carretera—. Pero ¿y Guillermo Escartín? Le dijo a su mujer que estaba enamorado e iba a tener una hija, no que hubiera decidido comprar a una madre de alquiler.

—No podemos responder a todas las preguntas a la vez, Ángel —recuerda Elena. Ahora tienen un camino, deben seguirlo hasta ver adónde los lleva, sin que otras interrogantes les hagan perder la dirección.

Como les había adelantado Mariajo, el nombre del hostal hace referencia, igual que el de tantos negocios de la zona, al accidente geográfico que da vida al pueblo: el cañón del río Lobos. Está a la orilla de la carretera por la que se accede a Ucero. En su planta baja, es un bar normal, de los que en tiempos habrían tenido un expositor con casetes de chistes de Arévalo y de Eugenio. Una escalera hacia la segunda planta hace suponer que allí están las habitaciones.

La sala está vacía cuando entran los policías, solo hay un niño sentado en una de las mesas, delante de una tele con dibujos animados.

—Hola. Ahora sale mi madre, está preparando el desayuno —les dice sin girarse ni darles oportunidad a dar los buenos días, como si hubiera intuido su presencia.

—No te preocupes, no tenemos prisa. ¿Te gustan los dibujos?

—Me gusta cómo suenan.

Solo entonces advierten que están delante de un niño ciego.

—Buenos días.

Una mujer saluda desde la puerta de la cocina. Oronda, debe de rondar los sesenta años, con una melena corta y rizada, lleva un delantal con el nombre del establecimiento, se seca las manos en un trapo. Bajita, apenas si sobresale por encima de la barra. Son las siete de la mañana, pero parece que lleva horas despierta preparando los desayunos y limpiando el bar, quizá no fuera Mariajo quien la despertara. Huele a tostadas y a desinfectante.

—¿Qué quieren tomar?

—No vamos a comer nada. Somos policías. Usted debe de ser Dorita, ¿verdad? Hace algo más de una hora ha estado hablando con una de nuestras compañeras. Le ha preguntado por este hombre y su hijo. —Elena pone sobre la barra el móvil con una foto de Ramiro Beiro—. Se alojaron aquí hará unos nueve meses, en febrero.

—Creo que sí, pero del que me acuerdo de verdad es del chico. Iba en silla de ruedas.

Elena desplaza la foto de Beiro en el móvil y le muestra ahora una de Guillermo Escartín.

—Voy a pedirle que mire la fotografía de este hombre. ¿Lo ha visto alguna vez por el pueblo?

Dorita se toma su tiempo para estudiarla en detalle. Elena ha elegido una captura del vídeo que Escartín le envió a su viuda: es el hombre castigado de sus últimos meses de vida. La dueña del hostal niega rotunda.

—A mí no me suena, pero esto se llena de senderistas de paso. Lo mismo estuvo aquí y no me acuerdo.

—¿Y un hombre grueso, pelirrojo? Es posible que sea del pueblo —interviene Zárate.

—¿Gordo y pelirrojo? Ese es Lucio, el Panocho.

Un hombre que carga una caja de refrescos en la puerta es quien les ha dado la respuesta. Dorita lo presenta: es Benigno, su marido, un hombre de piel cuarteada y con una sonrisa jovial que no encaja en su edad, debe frisar los setenta años. Le pide a su esposa que prepare unos cafés para los recién llegados y se acoda en la barra al lado de Elena y Zárate. Dorita muele el café con escándalo.

Un par de paisanos entran en el bar para desayunar y no disimulan sus miradas de extrañeza ante la presencia de Elena y Zárate.

—Al Panocho hace mucho que no se le ve por el pueblo —dice Benigno.

—¿Cuánto tiempo hace que no le ven?

—Lo menos dos meses. Dios sabe en qué andará Lucio.

—¿Por qué lo están buscando? —pregunta un parroquiano, pero suena el teléfono de la inspectora y esa pregunta queda sin respuesta.

Es Buendía: los análisis de ADN confirman lo que ya suponían. El feto que había dentro de Ramiro Beiro era hijo suyo. Elena murmura a Zárate las novedades. El parroquiano se acerca a los policías, como si quisiera cazar retazos de la conversación. Pero en realidad pretende contar lo que sabe.

—Si andan detrás del Panocho, acérquense a Las Suertes Viejas. Es una finca cerca de Cubillos.

Cubillos es un pueblo abandonado desde los años setenta. Nunca tuvo gran pujanza, ni en sus mejores tiempos superó una veintena de casas en las que habitaron un máximo de ochenta personas, dedicadas al cultivo del cereal, a la recogida de setas y a la ganadería de subsistencia. Ahora es un decorado fantasmal de viviendas que han perdido su techumbre y solo mantienen los muros de piedra. No hay rastro de lo que fue la escuela o la plaza donde se bailaba la jota en las fiestas de San Lucas. La vegetación invade la iglesia parroquial, dedicada a la Asunción de Nuestra Señora, solo resiste intacta la espadaña, huérfana de campanas.

A pocos kilómetros del pueblo, un desvencijado letrero de madera en el que, pintado a mano, se puede leer LAS SUERTES VIEJAS marca el acceso a un camino de tierra. Toman ese desvío. El sendero por el que bajan muere en una verja con alambradas a ambos lados. Elena toca el claxon y aguarda. No parece haber nadie en la finca. Zárate abre la verja, que no cierra ningún candado, y vuelve a subir al coche.

Avanzan por el camino unos seiscientos metros antes de divisar una casa de dos plantas hecha de piedra que permanecía oculta desde la entrada por una elevación del terreno. El exterior es modesto; no parece abandonada, pero tampoco ha sido remozada en mucho tiempo. Nada más poner el pie en el suelo, los golpea un olor pestilente. No ven que haya granjas de animales alrededor, aunque el aire esté cargado de algo parecido a purines.

Caminan hacia la casa, cuando, a mano derecha en una explanada, ven el cadáver de una gallina. Lleva tiempo pudriéndose a la intemperie. Más allá, una nube de moscas les llama la atención. Dudan qué hacer, si dirigir sus pasos hacia la casa o hacia un agujero que hay junto a la construcción. Zárate es quien opta por ese cráter. Al lado de la boca del agujero, una tapa metálica hace suponer a Elena que se trata de un pozo ciego. Puede que el lugar fuera abandonado y los residuos del pozo hayan convocado a los insectos. Conforme llegan al borde, que dibuja una circunferencia de ladrillos, ven una legión de gusanos.

Zárate saca una linterna, ilumina el interior del pozo, estrecho, no debe de medir más de metro y medio de diámetro. En el haz de luz se dibujan las moscas y, al asomarse, pueden ver en el fondo un informe amasijo de cuerpos, brazos, piernas y cabezas de mujeres, algunas más deformes que otras, todas horadadas por los gusanos en un proceso de descomposición que convierte el aire en una sustancia viscosa. Zárate se aparta del pozo como si hubiera respirado la muerte.

—Las madres —murmura Elena incapaz de apartar la mirada de ese pozo ciego.

Capítulo 24

—Todas han sido ejecutadas.

Cinco mujeres alineadas en el suelo sobre un plástico. Los ojos entreabiertos dejan ver las cuencas ya vacías. Las caras, deformes como máscaras de una comedia esperpéntica. El pelo, largo en algunos casos, pegado a la escasa piel recubierta aquí y allá por una especie de grasa de un amarillo oscuro, casi naranja. Huele a amoniaco.

Alrededor de los cadáveres se despliega la Científica. Buendía todavía está en A Coruña, pero Orduño y Manuela acaban de llegar. La ayudante del forense se acuclilla junto a los cuerpos, no parece afectarle el olor que emanan, tan intenso que se diría sólido. Se acomoda las gafas en el puente e inclina la cabeza mirando a la mujer que tiene más cerca. Morena, la nariz aplastada, casi en el hueso, la boca desencajada en una extraña mueca. La piel parece de cera amarillenta y bajo ella se dejan ver ríos negros y encarnados, como profundos hematomas. Tiene los pechos inflamados. Un orificio en la frente, allí donde la piel es más negra, delata la causa de su muerte.

Manuela se pone en pie y camina junto a la hilera de cadáveres. El siguiente está algo inflamado, amarillento y manchado de hemorragias subcutáneas rojas y negras que dibujan una suerte de grandes relámpagos bajo la piel. Unas larvas brotan de su boca abierta y de lo que le queda de nariz. Tiene el pelo corto, de un imposible color azul, pegado a la frente. En su caso, el disparo que recibió impactó cerca de su ojo derecho. Tiene el vientre abierto; los órganos internos que se atisban en el interior están aplastados, casi deshechos. El dibujo de la cicatriz es torpe, zigzagueante.

—Seguramente, las demás estarán igual: las abrieron y les arrancaron los fetos.

Elena se aparta de las cinco mujeres. Le llega el eco de los flashes de la Científica fotografiando el interior. Ejecutadas y, después, mutiladas para arrancarles a sus hijos. Abandonadas en un pozo ciego. Zárate y Orduño también pasean de un lado a otro, se cruzan con el trasiego de los agentes, pero no parecen advertir su presencia. Son como sonámbulos atrapados en sus propias pesadillas.

Elena recibe la llamada de Mariajo, con las primeras informaciones sobre la finca.

—Voy a necesitar tiempo, mucho tiempo, y ni siquiera así puedo asegurarte que vaya a averiguar quién es el propietario. La titularidad está a nombre de una empresa que se llama Blue Investments, que, a su vez, está participada por cuatro sociedades más, todas radicadas en paraísos fiscales: Fiyi, Panamá, Trinidad y Tobago... Un laberinto de pantallas societarias y ni un solo nombre.

—Es una red organizada —dice Zárate cuando ella le cuenta lo que ha descubierto Mariajo—. Esto no puede ser solo obra del tal Lucio. Detrás de esto no hay un psicópata, sino un negocio internacional, bien armado.

—Detrás de esto solo puede haber un psicópata —le replica Elena, clavada todavía ante el pozo ciego donde se amontonan las madres.

—En el fondo, es casi más tranquilizador que esto sea obra de un loco, no que aquí hubiera un negocio y se deshicieran de estas mujeres como quien se deshace de un ganado enfermo.

—¿De verdad crees que detrás de todo esto solo hay dinero?

Ella no pone en duda la idea de Zárate. Más bien, debajo de su pregunta, solo se agazapa una pena enorme.

El cansancio de Elena es infinito. No porque lleve más de treinta horas sin dormir, sino porque su resistencia se resquebraja. Demasiado horror, tanto que siente que el vaso se ha desbordado, que ya no es capaz de guardar en la memoria más imágenes como las de esas cinco mujeres, cerúleas y amarillentas bajo el sol otoñal de Soria, cada una con un disparo en la cabeza, los vientres abiertos.

Regresa junto a Manuela, que le confirma que las cinco fueron ejecutadas de un tiro a bocajarro. Tres de ellos, frontales; los otros dos, por la nuca.

—¿Cuánto tiempo hace que las mataron?

—No puedo asegurártelo todavía, Elena. —La mirada de la inspectora deja claro que esa no es la respuesta que busca, así que añade—: Es un poco confuso: hay cierta saponificación de los cadáveres, tienen adipocira en algunas partes, pero es un proceso que no debería iniciarse hasta... los tres meses, más o menos... Aunque al estar en el pozo, por la humedad y por que no haya habido mucha presencia de depredadores, puede haber comenzado algo antes.

—Necesito una fecha, Manuela.

—¿Dos meses? —tantea ella.

—¿Por qué no ha llegado todavía el juez? —se queja Zárate—. Necesitamos empezar con los análisis de ADN lo antes posible.

—Además de confirmar que son las madres de los fetos, quiero que intentéis averiguar sus nacionalidades.

Orduño les hace aspavientos desde la entrada de la casa. Ha estado recorriéndola junto a la Científica y ahora quiere enseñarles algo.

—No vamos a encontrar huellas —informa cuando llegan a su altura—. Según me dicen, la casa ha sido rociada con algún compuesto químico para borrar todo. Hicieron bien su trabajo para no dejar rastro.

Elena y Zárate siguen a Orduño por las escaleras que bajan al sótano. La Científica ha instalado unos focos conectados a un generador eléctrico para iluminarlo. La blancura de suelo, paredes y techo, como un ciclorama infinito, está completamente descontextualizada en esa casa de piedra castellana. Tienen la impresión, al descender peldaño a peldaño, de haber sido transportados a otro lugar. Orduño atrae su atención hacia determinados detalles de las dos estancias que hay abajo: unas válvulas en el muro interior, unos anclajes en el techo en una de ellas y, en la otra, de nuevo esas válvulas repetidas en una de las paredes del cuarto. Según les explica, son canalizaciones: unas de calefacción, otras de gases medicinales.

—¿Os dais cuenta de qué era esto? Hay conductos para administrar oxígeno, anestésicos... En la sala de antes, los anclajes del techo seguramente eran para focos y, ¿os habéis fijado en que también había marcas en el suelo? La Científica lo ha comprobado: se corresponden con algunos modelos de silla de paritorio.

Zárate y Elena miran a su alrededor. Esas dos habitaciones tan blancas ahora revelan su verdadera función. Orduño dice en voz alta lo que ambos están pensando:

—Una de las salas podría ser un paritorio y, esta en la que estamos ahora, un nido. Es como si cada una de esas válvulas estuviera colocada para una cuna.

—Esto era una granja de vientres de alquiler y aquí abajo tenían su hospital. —Elena mira a su alrededor, vacío, pero en el que imagina los fantasmas de esas madres dando a luz, esos niños recién nacidos en sus cunas, llorando, esperando a que los padres vinieran a recogerlos.

Fuera, las cinco madres tumbadas en el plástico, boca arriba, mudas, mirando a un cielo que empieza a oscurecerse. Al fin ha llegado el juez y levantará los cadáveres antes de que anochezca. Manuela les ha dicho que Buendía prefiere reunirse con ellos en Madrid. Estudiará los cuerpos en el Instituto de Medicina Legal.

Ramiro Beiro y Guillermo Escartín eran dos de los padres, pero saben que la lista no termina ahí. Hay cinco madres muertas.

—Tenías razón cuando dijiste que esto no se acababa en Beiro. —Zárate conduce el Mercedes en el que llegaron a Soria. Van camino de El Balcón del Cañón, el mesón de Ucero donde hicieron noche Anxo y Ramiro—. Hay tres padres más y, quien sea el que los está matando, va a ir a por ellos.

Elena no tiene fuerzas para hablar. Harta de tanta muerte, le gustaría pasar página. Cambiar de vida como intentó hacerlo después del desmantelamiento de la Red Púrpura. Antes de que Chesca desapareciera. Sin embargo, se quedó al frente de la BAC por Zárate, para cuidar de él. Ha hecho un sacrificio y no se arrepiente, pero necesita mirar al futuro de otra manera. Tener una esperanza. Y esa esperanza es Mihaela, la Nena, como insiste en llamarla Zárate. No va a ocultarle más que quiere adoptarla, ser su madre. Protegerla. Amarla. Está convencida de que su vida en la BAC terminará cuando cacen al asesino de estas cinco mujeres, de Beiro y Escartín. Una lista que sabe que aumentará si no logran dar con él pronto.

Capítulo 25

—No, hay algo que se nos escapa. No tenemos los cabos bien atados y Elena lo sabe...

Buendía desayuna con Orduño en la cafetería del «dónut», que es como han bautizado el nuevo edificio que alberga el Instituto de Medicina Legal en Valdebebas: cafés con leche, tostadas con jamón, aceite y tomate, zumos de naranja...

—La historia de Ramiro Beiro sí encaja —sigue con su razonamiento el forense—. Necesita un hermano salvador para su hijo, recurre al tal Lucio para pagar un vientre de alquiler, pero ¿Guillermo Escartín? Un policía que lleva tres años trabajándose la confianza de la brigada de Villaverde, ¿por qué iba a meterse en ese jardín?

—¿Por amor? Conoció a una chica mexicana que se llama Serena... Esa es tu teoría, ¿no?

—Puede ser —admite Buendía—. Pero me temo que esa Serena es una de las chicas que me esperan ahí dentro para que les haga la autopsia. Así que ella no nos lo va a poder contar. Para saber cómo entró en contacto Escartín con las madres de alquiler, hay que esperar a que Reyes descubra algo.

—No tiene sentido que Reyes siga infiltrada —protesta Orduño.

—Más que nunca. Aunque no te guste, solo ella nos podrá responder. No sé si el vínculo estará en la brigada o en el entorno donde vivía Escartín.

Orduño está inquieto por su compañera. La inspectora cree que la investigación ha tomado un desvío que hace irrelevante el trabajo de Reyes en Villaverde. La necesitan fuera, eso le dijo Elena cuando se marchó de la finca de Las Suertes Viejas con Zárate y le prometió que hablaría con Rentero para sacarla de la Sección. Orduño no disimuló cuánto le tranquilizaba esa orden: desde que Reyes recibió el disparo ha estado temiendo una nueva llamada, en cualquier momento, con una noticia luctuosa. Está convencido de que, aunque ya no tenga relación con el caso, esa mafia policial es capaz de todo para proteger su pequeño reino. Dentro de un rato se encontrará con ella. Reyes le ha escrito un mensaje citándole a las diez en el aparcamiento de la Fundación Jiménez Díaz. «Es urgente», añadía al final.

—¿Qué tal está funcionando Manuela? —le pregunta Buendía cuando se pone en pie. Le esperan horas indagando en el cuerpo de esas cinco mujeres en busca de respuestas.

—Se está ganando el puesto. Supongo que ganarse a Mariajo ya será otra cosa.

—Dale tiempo; debajo de su carita de ardilla, Manuela es de las que no paran hasta que consiguen lo que quieren. Y sabe que, para quedarse en la BAC, tiene que poner a esa cascarrabias de su parte.

Orduño mira su taza de café, ya frío. Se alegra de que Buendía se haya levantado y se haya acercado a pagar a la barra, no quiere seguir disimulando su nerviosismo.

—Orduño, estoy detrás de ti en un Corsa rojo. Te voy a adelantar. Sígueme.

—¿Qué pasa?

—Haz lo que te pido. Y fíjate por si nos va siguiendo alguien. En ese caso, vete.

Orduño ve pasar a su lado un Opel Corsa rojo, no alcanza a ver si es Reyes la que lo conduce, pero lo sigue sin dudar. Va controlando el espejo retrovisor, como ella le ha pedido, pero no ve a ningún coche que repita el mismo zigzagueo que ellos en el aparcamiento de la Fundación Jiménez Díaz.

Salen a la glorieta de Cristo Rey y toman la dirección hacia la carretera de La Coruña. El Corsa rojo de Reyes se queda en el lateral para entrar en la Ciudad Universitaria. Orduño la sigue a dos coches de distancia, hasta detenerse detrás de la Facultad de Medicina.

—¿Qué pasa? —le pregunta él sin rodeos en cuanto se bajan del coche.

—¿No te alegras de verme?

—Me estás asustando, no sé a qué vienen tantas precauciones.

Reyes viste más discreta de lo que él la ha visto nunca: vaqueros, zapatillas de deporte y una sudadera negra. Intenta sonreír, pero su inquietud se lo impide. Lanza miradas a su alrededor, vigilando el escaso tráfico de la zona.

—Mejor hablamos dentro.

Los dos se sientan en el coche de Orduño. Tan pronto cierran las puertas, el perfume de Reyes inunda el interior. Él tiene que hacer un esfuerzo para que sus pensamientos no deriven hacia la noche del homenaje a Asensio, a los baños del hotel Wellington.

—Reyes, esto se tiene que acabar. Elena va a sacarte de esa comisaría.

—¿Ahora que empiezo a enterarme de lo que pasa? Ni loca. —Reyes intenta adoptar un gesto de intrascendencia, una sonrisa juguetona—. Además, tampoco me lo paso tan mal con ellos. Creo que, a su manera, son buena gente.

—¿Por eso nos tenemos que ver como si fueras un topo en un grupo yihadista?

La mascarada le dura poco a Reyes. Pronto, la ansiedad ocupa el espacio que merece.

—Me da miedo que escuchen mi teléfono...

—¿Por qué no me cuentas de una vez lo que te está pasando en esa comisaría?

—Me he ganado su confianza. Creo. O, por lo menos, ya no se andan con tanto secreto conmigo. Hace dos noches me hicieron colocar un kilo de heroína en un bar de putas, el Lady's, para presionar al dueño.

—¿Le cobran una mordida?

—Se la cobran a la mayoría de negocios de Villaverde, pero eso ya lo sabíamos. Cristo, el jefe, se mueve por el barrio como si fuera su casa.

—Unos polis corruptos de mierda. Le pasaremos a Asuntos Internos lo que tengas y listo.

Orduño le cuenta lo que encontraron ayer en esa casa de Cubillos, en Soria: una granja de vientres de alquiler. Los cinco cadáveres de las madres, ejecutadas de un disparo en la cabeza.

—Elena y Zárate se han quedado en la zona para buscar a Lucio; ahora mismo, ese tío es nuestro principal sospechoso y no tiene nada que ver con los policías de Villaverde. Como no tenía nada que ver el hombre que apareció muerto en A Coruña.

Reyes no disimula su decepción. El caso se aleja de la Sección y su presencia en la comisaría, como le insiste Orduño, no tiene sentido.

—¿Y quién va a acabar el trabajo de Escartín? —la pregunta de la joven es casi una súplica—. Invirtió años de su vida en destapar a la Sección. A lo mejor su muerte no tiene nada que ver con ellos, pero, joder..., no vamos a dejar que todo lo que hizo se pierda. Se lo debemos. Era un compañero.

—Todo lo que me cuentas de esa gente es que son unos matones de tres al cuarto.

—Son algo más.

Un grupo de estudiantes pasa junto a ellos. Sus risas se cuelan en el interior del coche. Reyes permanece en silencio hasta que se han alejado.

—Fabián me contó algo que pasó en el Lady's. De dónde venían los problemas con el dueño...

—¿Quién es Fabián?

—El compañero que me han asignado; un armario de dos metros. Buena gente, divertido... Me contó cómo un yonqui le mordió una oreja y se la tragó... —Se sonríe al recordar la anécdota—. Sé que le caigo bien y, a veces, me cuenta cosas.

Un repentino y fugaz pinchazo en el pecho sorprende a Orduño. Respira hondo, el dolor desaparece, pero no la turbación: ¿qué acaba de sentir al escucharla hablar de ese tío? ¿Celos? Deja que Reyes continúe con el relato.

—Según parece, hace unos meses hubo un homicidio en una de las habitaciones. Una prostituta, una tal Dely, mató a un cliente. No era un cliente cualquiera, era un periodista. He buscado un poco en internet, se llamaba Amancio Ruiz. Detuvieron a la prostituta y la metieron en la cárcel, en Soto del Real. Está a la espera de juicio.

—¿Qué tienen que ver los policías de Villaverde en todo eso?

—Por cómo me lo contó Fabián, es como si se alegrara de que hubieran matado a ese periodista, ¿sabes lo que te quiero decir?

—Piensas que ellos pueden estar detrás del asesinato.

—Yo no puedo ir a la cárcel, pero tú sí. Ve a Soto del Real, habla con Dely, a ver qué te cuenta...

Orduño tamborilea con los dedos en el volante, pensativo. Reyes no tiene paciencia para esperar su respuesta.

—Marina está en esa cárcel. Habla con ella —propone—, quizá la conozca. Puede ayudar a que Dely confíe en ti...

—No quiero meter a Marina en esto.

Sabe que ha sonado cortante. Recuerda la conversación que tuvo con Marina cuando la visitó. Le habló de Dely, una venezolana. Probablemente sea la misma mujer de la que le habla Reyes.

—¿Le dirás a Elena que me dé unas semanas más? No quiero dejarlo ahora, Orduño.

—¿Has oído algo de Escartín desde que estás ahí?

Ella niega con la cabeza.

—Es un tema que no les gusta, es todo lo que te puedo decir. No sé si sabían que era policía, me da la impresión de que lo tenían por un yonqui al que encargaban recados.

—Como atracar la peluquería de Byram.

—Eso es, un recadero. Para ellos, Escartín ha desaparecido sin dejar rastro.

—¿Qué más recados podía hacerles?

Orduño le expone la suposición de Buendía: el policía encubierto entró en relación con una de las madres muertas que han encontrado en Las Suertes Viejas.

—¿Cómo llegó hasta ellas? ¿Fue un encargo de tu «Sección»?

—No lo sé. Intentaré sacarle algo a Fabián... ¿Tú me ayudarás con Dely?

—Te llamaré si saco algo.

Reyes le sonríe y le estampa un beso en la mejilla antes de salir del coche. La ve alejarse hacia el Opel Corsa rojo, decidida. Ya queda poco de aquella chica que llegó a la BAC cuando Chesca desapareció. Se está transformando, otra vez, aunque Orduño no sabe bien en qué. Las semanas que lleva infiltrada en Villaverde, lejos de él, la han cambiado de manera sutil; la transparencia que antes había en ella se está opacando. Le cuesta adivinar si es tan franca con él como lo era antes, si hay algo que le está ocultando. Un misterio que, lejos de repelerle, lo atrae aún más.

Coge el móvil y marca el teléfono de Soto del Real. Le pedirá a Marina que le prepare el terreno con la venezolana.

Capítulo 26

El Panocho se llama en realidad Lucio Morales Ballano. Se ha emitido una orden de busca y captura contra él. No tiene antecedentes, más allá de una denuncia de un vecino de Ucero por una pelea. El denunciante, Alberto Solano, al que en el pueblo llaman el Mollo, dice que se pelearon por un problema de lindes y Lucio le partió la nariz. Según otros, si no llega la Guardia Civil a tiempo, se matan. Desde entonces no se hablan; si el Mollo entra en el mesón, el Lucio se sale.

—¿Dónde creen que puede haber ido Lucio? —pregunta Elena a un vecino—. ¿Tiene familia en la provincia? ¿Algún lugar adonde le gustara ir? ¿Amigos cercanos?

—Los padres de Lucio murieron hace tiempo y la hermana se fue a vivir a Barcelona hará unos diez años. Ni se llamaban por teléfono.

—¿En qué consistía el trabajo de Lucio en la granja?

—Supongo que cuidar de las cabras, las ovejas... Lo normal por aquí. También haría arreglos para que no se avejentara. Las casas vacías se estropean muy rápido...

—¿Está usted seguro de que esa casa estaba vacía?

El vecino se encoge de hombros.

—¿Alguna vez vio mujeres embarazadas por aquí? —pregunta Zárate.

—Alguna. No sé de dónde salían. Solo que andaban por ahí de vez en cuando... Una mañana vi a dos de ellas en la terraza del mesón tomando el café. Pregunten a Benigno y Dorita, son los dueños, lo mismo ellos sí hablaron con alguna de esas preñadas.

En El Balcón del Cañón, unos parroquianos toman café, juegan al dominó. En una mesa algo apartada, bajo el televisor, el niño ciego compone un puzle de formas geométricas. Elena se lo queda mirando un instante, embebido en su tarea, y por unos segundos se deja acariciar por las ventajas de su condición de invidente, cerrar los ojos a los horrores del mundo. Dorita sale de la cocina y pone un sándwich en la mesa, junto al niño.

—El almuerzo, Chemita. Cómetelo todo.

Pone los brazos en jarras al mirar a Elena y Zárate, sentados en la barra.

—¿Y ustedes qué? Ya han preguntado a todo el pueblo, ¿qué más quieren?

—Estamos esperando a su marido —responde seco Zárate.

—A saber a qué hora llega ese. Yo ya le he dicho a un guardia que alguna embarazada sí he visto, pero nada raro. A ver si es que las preñadas no pueden hacerse una ruta de senderismo por el cañón.

—¿Habló con alguna de ellas? ¿Tenían acento español?

—¿Cómo quiere que me acuerde?

—Claro, ¿quién se va a acordar de unas embarazadas que andan dando paseos alrededor del pueblo? —Elena no disimula su cinismo, mezcla de hartazgo por la reserva de los vecinos y la falta de avances—. Igual que nadie sabía que esas mujeres vivían en Las Suertes Viejas, que estará ¿a cuánto?, ¿veinte minutos de aquí? Tienen tanto que hacer que es normal que no se den ni cuenta...

—He oído que los guardias están en esa finca. Lleva abandonada una eternidad. Ni sabía que tenía techo... Pero ¿a qué viene tanto jaleo? ¿Qué había ahí? ¿Droga?

—Yo tenía entendido que en un pueblo pequeño, como este, se sabía todo.

—Pues ya ve. Siempre hay algo que le sorprende a una. ¡Chemita, cómete el sándwich!

El niño palpa el plato, agarra el sándwich y le da un buen mordisco. Lo deja de nuevo en el plato y continúa con el puzle. Zárate reprime el impulso de ayudarlo al ver que se está equivocando con una pieza que no encaja de ninguna de las maneras.

El móvil de Elena resuena en el bar, ni siquiera está encendida la televisión, y el timbre suena como un plato roto en mitad del silencio. Es Manuela quien llama; ha pasado la noche en la finca, junto a la Científica, organizando el traslado de los cuerpos a Madrid y documentando el pozo ciego donde fueron halladas.

—Nos vamos, Zárate. Manuela ha encontrado algo.

Zárate y ella salen del mesón. Cruzan el control de acceso y un guardia les indica dónde los espera su compañera. Manuela los saluda desde la parte trasera de la finca. Han excavado en una zona próxima a unos álamos.

—Los perros de la Científica fueron los que localizaron el rastro. No se nos habría ocurrido ponernos a cavar si no es por ellos.

La joven avanza hasta el borde de lo que parece una fosa de unos tres metros de profundidad. Dentro, Elena y Zárate pueden ver los cuerpos sin vida de dos varones. Uno de ellos es Lucio: su pelo rojo refulge bajo el sol helado de Soria.

Capítulo 27

—No sé si has tenido tiempo de buscar lo que te dije.

El despacho de Mariajo es un caos de cables y periféricos conectados al ordenador desde el que trabaja. Orduño apenas puede reconocer algún disco duro y una impresora; el resto son componentes informáticos sin carcasa, con los chips a la vista, que no tiene ni idea de qué función desempeñan, cables que van de unos a otros conformando esa especie de monstruo tecnológico abierto en canal que la hacker ha ido construyendo a lo largo de los años. Mariajo le señala la impresora. No espera a que Orduño coja los papeles para empezar a explicarse:

—El periodista que asesinaron en febrero en el Lady's se llamaba Amancio Ruiz, cuarenta y siete años, trabajaba por su cuenta. No solía decirle a nadie en qué andaba metido, así que no sabemos si su muerte tuvo que ver con su trabajo o, como dice el informe de la brigada que llevó el caso, con una discusión con una prostituta venezolana, María Delicada Chaves, conocida como Dely. Si nos fiamos del juez, la culpa fue de Dely: la mandó a Soto del Real hasta la celebración del juicio.

Orduño vacía una silla de cables para sentarse y hojear la documentación que Mariajo le ha impreso. Tiene tiempo hasta que lleguen Zárate y Elena, que ya están en camino tras el descubrimiento de los últimos cuerpos. Buendía está encerrado en su despacho y, vía telemática, trabaja con Manuela en la exhumación de los dos últimos cadáveres aparecidos. No hay duda de que uno de ellos es Lucio, a quien tenían por el autor material del asesinato de las cinco

197

madres y principal sospechoso de las víctimas que han aparecido con un feto dentro. Del otro, un hombre de unos treinta años, todavía no tienen información. Por lo que les ha adelantado Elena, nadie en Ucero lo conocía. Un forastero. Otro actor desconocido más en lo que sea que pasó en Las Suertes Viejas.

En los papeles que le ha dado Mariajo está el sumario del caso: fotos de Amancio Ruiz, un hombre poco agraciado que intentaba mejorar su aspecto con una pintoresca perilla como de mosquetero; también una imagen de Dely: mulata, ojos almendrados y media melena teñida de rojo. Hermosa y muy joven, solo veinticuatro años.

—¿Qué brigada se ocupó de investigar el homicidio?

—La de Villaverde. Nuestros amigos de la Sección. En los interrogatorios figura que Dely se declaró culpable, que el periodista se puso agresivo y ella se defendió.

—Metiéndole un tiro en la cabeza con una pistola que casualmente tenía debajo de la almohada —lee Orduño en el informe.

—No es una reacción muy típica en una prostituta, pero es lo que dice el informe. —Se encoge de hombros Mariajo—. Si necesitas algo más, me lo pides. Yo tengo que volver al caso de las madres. Quien sea que montó el entramado societario de Las Suertes Viejas es un genio. O, a lo mejor, lo que pasa es que soy yo quien se hace vieja...

—Viejas son las ropas.

—Y las personas, Orduño, y las personas.

—¿Y qué vas a hacer? ¿Seguir los pasos de Buendía? No me digas que tú también estás pensando en jubilarte.

—Pienso en vosotros sin mí y me asusto —se ríe Mariajo—. Además, ¿a quién os iba a dejar? ¿Otro cerebrito como Manuela?

—La chica se está ganando el puesto: ha hecho un buen trabajo en la finca de Cubillos. Vas a tener que enterrar el hacha de guerra con ella...

—Hace más de treinta años que conozco a Buendía, desde el principio sabía que no nos iba a dejar a una incompetente. No es eso lo que me jode. —Mariajo da un sorbo a su té y sonríe triste—. Lo que me jode es que Buendía se vaya a vivir a Benidorm. Pasamos más tiempo juntos que con nuestras familias o nuestros amigos, si es que nos queda alguno y, de repente, zas, desaparece. No puede hacer eso. Solo espero que, al día siguiente de coger la jubilación, le dé un infarto.

Mariajo vuelve a teclear furiosa su ordenador, ahuyentando cualquier atisbo de melodrama. Orduño piensa, como ella, que la BAC es algo más que un trabajo. Juntos han sobrevivido a la pérdida de Chesca, el duelo compartido les ha permitido seguir adelante; juntos vivieron como una época irreal el tiempo que Elena estuvo alejada tras el caso de la Red Púrpura. Él tampoco quiere que Buendía se marche, que Mariajo siga sus pasos. No está preparado para que la familia que son deje de existir o, como un presentimiento siniestro que a veces le recorre el cuerpo, verse forzado a lamentar una muerte más: la de Reyes.

Se sumerge en el sumario del caso del periodista y lo primero que le llama la atención es que la investigación del asesinato no fue muy exhaustiva. Apenas hay un relato vago de los hechos y del lugar en el que se encontró el cadáver, una habitación del Lady's. La mención a la causa de la muerte —un disparo en la cabeza, así, sin más— es negligente y roza lo escandaloso, y la transcripción del interrogatorio de la mujer —María Delicada Chaves, Dely— es demasiado escueta para ser real. Fue detenida, pasó a disposición judicial, de ahí a la prisión provisional y no se ha investigado más.

A Orduño le resulta todo muy extraño: un homicidio se investiga de forma concienzuda, y este probablemente sea el expediente más exiguo de la historia. Embebido en el informe, no se ha dado cuenta de que Mariajo ha impreso más documentos.

—Te he conseguido los reportajes publicados por Amancio Ruiz en los dos últimos años. A lo mejor te interesan.

Eso es lo bueno de Mariajo, piensa Orduño: siempre te consigue más de lo que pides. Le agradece el esfuerzo y se zambulle directamente en esos artículos. Amancio Ruiz no era un periodista importante. Publicaba en revistas online y blogs, y sus reportajes mezclan la investigación con la querencia a detectar conspiraciones por todas partes. Informaciones sobre redes de blanqueo protegidas por peces gordos de la banca, de la judicatura y hasta del Gobierno, complots a gran escala, escándalos financieros silenciados para no desestabilizar los mercados, mafias policiales que operan con impunidad. En las noticias aparecen reuniones secretas, historias de espionaje, *Illuminati,* sobornos... Una papilla indigesta para alimentar la deriva sensacionalista del periodismo. Una colección delirante de escritos; la obra de un lunático que persigue sombras. Pero hay algo inquietante en esos folios: a Amancio Ruiz no le granjearon el éxito ni el prestigio, seguramente nadie creyó en sus teorías y ningún redactor jefe de un periódico nacional llamó a su puerta. ¿Quién iba a hacerlo?

Sin embargo, lo mataron.

Publicó esos artículos increíbles y apareció asesinado en la habitación de un burdel. Así que él está dispuesto a darle crédito, aunque sea a título póstumo.

Unos golpes en la puerta le arrancan de las historias de Amancio Ruiz. Elena está apoyada en el umbral.

—En una hora nos vemos en la sala de reuniones. Buendía ya tiene los primeros datos. Orduño, ven conmigo.

Cargado con los papeles que le entregó Mariajo, sigue a la inspectora hasta su despacho.

—Estoy preocupada por Reyes. No me coge el teléfono —le anuncia mientras se derrumba en la silla—. Quiero que vayas a su casa y le digas que no vuelva a la comisaría.

Que diga que está enferma, que al final sí que necesita unos días para recuperarse de la herida, lo que sea, hasta que arregle todo con Rentero.

—Ya he estado con ella. Nos hemos visto esta mañana a la espalda de la Facultad de Medicina, quería pasarme una información... —Orduño blande en el aire los papeles que le ha dado Mariajo.

—¿Qué es eso?

—Un caso ridículo: hay una prostituta en prisión provisional por el asesinato de un periodista en un burdel ocurrido en febrero. Un tal Amancio Ruiz. Reyes cree que la Sección puede estar detrás de esto.

Elena se lleva los dedos a las sienes y cierra los ojos. Se da cinco segundos antes de contestar.

—Sabes lo que hemos encontrado en esa finca: cinco mujeres y dos hombres muertos. Esto no tiene nada que ver con la brigada de Villaverde. Reyes tiene que salir de ahí.

—Yo pensaba lo mismo que tú, pero después de hablar con ella... No puede hacerlo de golpe. Tiene miedo. Se reunió conmigo a escondidas, no sabe si la siguen...

—Con más razón —insiste Elena—. Si de verdad está en peligro, ¿no será mejor que lo deje? Su investigación en la comisaría no nos sirve para nada y la necesitamos aquí.

—Dale algo más de tiempo.

La inspectora resopla y niega con la cabeza.

—No te entiendo, Orduño: ¿no eras tú el que se oponía a que se infiltrara con esos policías?

—Está haciendo un buen trabajo y, en realidad, no sabemos a dónde nos puede llevar esto. Por un lado, está el tema del periodista muerto, pero, por otro, sabemos que usaban a los yonquis, gente como Escartín, para que les hicieran recados: ¿y si alguno de esos recados tiene relación con la granja de vientres de alquiler de Cubillos?

Elena extiende la mano para que le entregue la documentación que ha conseguido Mariajo. Su mirada pasa por los artículos de conspiraciones de Amancio, las medidas cautelares del juez, el sumario del homicidio...

—Habla con ella, Orduño. Dile que quiero un informe diario de lo que hace. Si en una semana no hay avances, se acabó.

Capítulo 28

—Me gustaría contaros muchas más cosas, pero esto es lo que he logrado averiguar. Creo que hay asuntos interesantes que nos pueden servir para avanzar o, por lo menos, para arrojar un poco de luz a este galimatías.

Buendía ha preparado el tradicional informe para los compañeros, tanto en las tablets como en las fotografías pegadas en la pared de cristal de la sala de reuniones. Esta vez es él y no Manuela —aún en Cubillos— quien expone el caso:

—Empezamos por lo que más llama la atención: las cinco mujeres. No sabemos quiénes son, los programas de identificación facial no han dado resultado y sus huellas no están registradas. Lo único que puedo certificar es que murieron hace nueve semanas y que dos de ellas eran las madres de los fetos encontrados en los cuerpos de Guillermo Escartín y de Ramiro Beiro.

—¿Mexicanas?

—La madre del hijo de Escartín sí, mexicana o de algún país de la zona, puede que fuera guatemalteca o del sur de Estados Unidos. La de Beiro era de Europa del Este. De las otras tres víctimas, dos eran también mexicanas y la tercera del este, quizá rumana.

—Si la madre del hijo de Escartín era mexicana, tal vez también acertaste en el nombre: Serena —apunta Zárate.

—No es un nombre muy común —toma nota Mariajo—. Buscaré mujeres que hayan entrado en el país que se llamen así. Si es que no era un apodo, claro.

Buendía retoma el discurso:

—Ni rastro de los otros tres fetos. No aparecieron en la finca ni estaban en el pozo en el que tiraron a las madres. Los extrajeron de sus cuerpos y se los llevaron, como a los dos que hemos encontrado. Deben de estar conservados en una nevera.

—Y quien los tenga también tiene una lista de los padres —interviene Elena—. De momento, ha localizado a dos, lo peor es que hay tres hombres más. Y si no somos capaces de encontrarlos antes que quien los esté buscando, volverá a hacer lo mismo. Pero ¿cómo los identificamos? En Las Suertes Viejas no había ningún tipo de documentación y somos incapaces de dar con los dueños de esa finca, ¿verdad, Mariajo?

La hacker solo asiente, frustrada al ser incapaz de aportar nada.

—¿Has intentado identificar a las madres en el registro de personas desaparecidas? —insiste la inspectora.

—No hay nada. Es como si esas mujeres no existieran oficialmente.

—Todas murieron de un disparo. Tres de ellas, en la cara. Quizá no se lo esperaban —explica el forense—. Las otras dos intentaron huir y fueron ejecutadas por la espalda. Dos tiros en la nuca. Después les sacaron los fetos. Los cortes no coinciden con los que hallamos en Escartín o en Beiro, pero el procedimiento fue igual de salvaje. Hemos hallado restos de sangre delante de la casa; posiblemente, es allí donde sucedió todo. Luego las llevaron al pozo ciego. Las condiciones de humedad del pozo, como os dijo Manuela, propiciaron la saponificación parcial de los cuerpos.

—¿Por qué esta matanza? —Orduño ha dejado escapar la pregunta que ronda a todos, como si el horror pudiera tener lógica.

—Es demencial. Además, ¿por qué iba a matarlas primero a ellas y luego a los padres? —interviene Zárate—. ¿A qué nos enfrentamos, a algún tipo de fanático religioso?

—Es una granja de vientres de alquiler. Las mujeres que estaban allí, mujeres completamente fuera del sistema, estaban obligadas a parir. —Elena piensa en voz alta tratando de dar cierto orden a cuanto saben.

—Y ¿por qué se deshacen de ellas? Una mujer fértil puede gestar muchos hijos, ese es el activo de la empresa siniestra que han montado en esa finca —dice Mariajo, que no entiende por qué Elena se queda mirándola con tanta fijeza.

—Hay dos asesinos —dice la inspectora, nerviosa en su convicción—. Fueron ejecutadas y alguien las está vengando. Está matando a los causantes últimos de lo que sucedió en Las Suertes Viejas: los padres.

A la conjetura de Elena sigue un silencio que dura unos segundos.

—Eso puede tener sentido. —Buendía pone ahora sobre la mesa las fotografías de los dos hombres hallados en la fosa enviadas por Manuela—. Es hora de fijarse en ellos.

El forense señala a Lucio, el Panocho. Murió de un disparo en la cabeza, como las madres, y han comprobado que el arma homicida es la misma: una Star de 9 milímetros Parabellum. Una pistola muy común.

—Es posible que quisiera defenderlas —señala Zárate—. Se supone que era el encargado de vigilarlas.

—Puede ser. Y eso le llevó a la muerte.

—¿Antes o después que las mujeres?

—Es una hipótesis, pero quizá el asesino se presentó en la finca, Lucio trató de evitar lo que iba a hacer y fue el primero en morir, después les llegó el turno a las mujeres. Hemos hallado la sangre de Lucio en el camino de acceso, a varios cientos de metros de donde están los restos de las mujeres.

—¿Y por qué aparecen los cadáveres de los dos hombres juntos? —se extraña Mariajo.

—Es evidente que se cavó una fosa y alguien los enterró.

—¿Cómo murió el otro?

—Apuñalado. Tiene un corte en la garganta y siete heridas punzantes por todo el cuerpo. Hemos buscado el arma homicida en los alrededores, pero no hemos encontrado nada. De todas formas, por cómo son las heridas, Manuela cree que se tuvo que hacer con un cuchillo no demasiado afilado...

—Como el que usaron para abrirles el vientre a las madres —entiende Elena.

—Exacto, quizá el mismo. Por otro lado, ese segundo hombre es el asesino de las mujeres y de Lucio. La Policía Científica ha detectado restos de parafina en su mano derecha. Disparó él.

—¿Quién lo mató? —Elena mira a su alrededor esperando que uno de sus hombres pueda iluminar de alguna forma el acertijo al que se enfrentan—. ¿Alguna conjetura?

—Yo solo sirvo los datos, Elena. De este, del ejecutor, tenemos una buena noticia: sabemos quién es. Mariajo...

La hacker abre una ficha en su ordenador. En ella se ven las fotos policiales del hombre: moreno, pelo rizado, ojos diminutos de roedor, nariz y mentón afilados.

—Blas Guerini, treinta y ocho años, madrileño. Dos estancias en la cárcel. La primera, por matar a dos personas por encargo, un sicario profesional. La segunda, por narcotráfico. Tenemos la última dirección conocida.

Zárate levanta la vista de la foto y mira de frente a Elena, los ojos como un fuego helado:

—¿A qué esperamos?

Capítulo 29

No hace tantos años, nombres como el Alto del Arenal, donde los vecinos todavía vivían en cuevas, el Pozo del Huevo, La Celsa, el Rancho del Cordobés, Santa Petronila o Las Mimbreras eran conocidos, y temidos, por los madrileños. Eran los barrios chabolistas más degradados de la capital, los que salían en las páginas de sucesos de los periódicos a diario. Poco a poco fueron desapareciendo, el último de ellos fue el Ventorro de la Puñalá, entre Madrid y Getafe. Los vecinos más famosos del barrio fueron el Piojo y su hermano, el Negro, especialistas en robos de vehículos y en atracos a joyerías, gasolineras, tiendas de electrodomésticos y de artículos de lujo. Los dos hermanos y la novia del Piojo, Jezabel la Tata, una conocida alunicera, entraban y salían de prisión cada poco tiempo y llegaron a protagonizar una huida importante de la cárcel de Valdemoro. Sin embargo, todos estos barrios fueron desapareciendo; sus familias, realojadas en otros puntos de la ciudad.

El turno de pasar a la historia del Ventorro de la Puñalá llegó en 2015, cuando solo quedaban allí quince familias de las cerca de cuatrocientas de diez años antes. Entre esas quince familias estaban los Guerini: Antonia la Castañera y sus dos hijos, Yolanda y Blas. Blas siempre vivió en el Ventorro y alguna vez participó en los golpes del Piojo y su hermano, pero pronto quiso volar solo y se dedicó a un negocio que le parecía más rentable: las palizas y los ajustes de cuentas.

Cuando los Guerini fueron realojados en Aluche, Blas estaba cumpliendo condena en la cárcel de Estremera.

Fueron tiempos tranquilos para su madre, pero duraron poco. Él obtuvo una reducción de condena y salió en libertad mucho antes de lo que auguraba su delito: homicidio en primer grado. Como era de prever, después hubo otro paso por prisión, entonces por tráfico de drogas.

—Nosotras no tenemos nada que ver con mi hijo, bastante lo hemos sufrido ya. No queremos ni saber qué le ha pasado... Yo pido perdón cada noche por haberlo parido, más no puedo hacer... Usted no sabe lo que es que un hijo te salga torcido.

Elena no contesta, aunque piensa para sí: «Claro que lo sé...».

Antonia la Castañera, la madre del sicario, es una mujer de unos sesenta años que aparenta muchos más, castigada por la vida, por la miseria, por la dureza de los lugares en los que ha tenido que vivir y por los derroteros que han tomado sus hijos. No solo es Blas Guerini, que ha muerto asesinado a puñaladas en Las Suertes Viejas después de matar a cinco mujeres y a un hombre, es que su hija Yolanda, que vive con ella, es una yonqui rehabilitada que camina en el filo de la recaída. Elena y Zárate solo la han visto de pasada: en cuanto han enseñado la placa que los identifica como policías, la chica se ha quitado de en medio con la excusa de ir a por un café al bar de la esquina.

—¿Un café? Malo será que no se meta un pico para encajar la muerte de su hermano. Así una y otra vez. La que quiere siempre encuentra una razón —se lamenta su madre.

Antonia ya no vende castañas, como hacía de niña junto a su madre, de la que heredó el apodo. Era una de las muchas mujeres que las asaban y vendían en cucuruchos de papel de periódico o fabricados con las hojas de las guías de las páginas amarillas.

—Mi madre se ponía en la calle Atocha, cerca de Antón Martín, hasta que la echaba la policía. Pasábamos más hambre que el perro de un ciego —le explica a Elena—.

Por eso no seguí. Era mejor colocarse de lo que fuera, hasta de chacha.

Ahora lleva, junto con su hija Yolanda, un negocio de manicura en el bajo de un edificio de ladrillo rojo en Aluche, en la calle de Valle Inclán. Es un local pequeño, recién reformado, aunque con un gusto dudoso. Un enorme espejo en una pared refleja el color violeta chillón del resto del interior y los pósteres de uñas de fantasía. Antonia, sentada ante una de las mesas de manicura, mira a su alrededor con desánimo.

—Todo el día pintando uñas y no es negocio; las que se forran son las chinas, que son capaces de pintar cualquier cosa las jodías: una flor, una figura, lo que sea... O las letras chinas, que yo estoy segura de que se las inventan, hacen un adefesio y dicen que significa «felicidad», pero seguro que significa «y una mierda pa ti». Mi hija tiene más mano que yo, cuando no le tiembla el cuerpo entero porque está con el mono, que yo ya no sé qué hacer para tenerla lejos de la heroína. Una vez pedí ayuda y el asistente social me dijo que era culpa mía, que no había sabido educar bien a mis hijos. ¿Usted se cree? Me dieron ganas de saltarle las gafas al imbécil ese.

Elena y Zárate han comprendido que es imposible centrar la conversación con esa mujer, hay que aguantar sus lamentos y esperar la oportunidad para sacar algo en claro.

—Blas iba a acabar mal, lo sé desde que tenía seis o siete años... Quemó vivo a un gato. ¡Un pobre gato romano que andaba por las chabolas! Pobrecito, hasta le habíamos puesto nombre: don Julián. Y cuando le pregunté por qué lo había hecho, me dijo que para divertirse. Si hubiera podido echarles de casa, a él y a mi hija, a los dos, no habría dudado. Pero una madre no puede hacer eso. La de veces que he tenido que visitarlos en la cárcel, no se lo imagina. —Se dirige solo a Elena, como si Zárate ni estuviese delante.

—¿Y el padre?

—A saber dónde andará... Lo único que nos dejó fue ese apellido ridículo, Guerini. Dicen que es italiano, pero a saber... El padre de mis hijos no era italiano, era un sinvergüenza. Yo lo conocí en Carabanchel, como si se pudiera conocer a un italiano en Carabanchel. Era de una banda de la época: los Ojos Negros, se llamaba. Yo caí como una pipiola.

—¿Qué hacía ahora su hijo?

—La última vez que salió de la cárcel se puso a trabajar de portero en una discoteca. Decía que se había reformado, pero ya ve, ni reformado ni nada, haciendo locuras como siempre... ¿Quién lo ha matado?

—No lo sabemos.

—Pues no busque mucho, que se lo tenía bien merecido. Se lo digo como lo siento.

—¿Sabe cuál era la discoteca?

—Una aquí cerca, en Maqueda. Del nombre no tengo ni idea, para mí son todas lo mismo.

—¿Su hija no va a volver?

—¿La Yoli? Ya le digo que no. Me dejará toda la clientela a mí, aunque pa lo que entra en el negocio, más me vale cerrar.

—Pues tendremos que venir otra vez. Nos interesa mucho hablar con ella. Dígaselo.

La discoteca Black Cat debió de vivir mejores tiempos; lo que será difícil es que los tenga peores. Su encargado, un hombre con estrabismo, no quiere que Elena y Zárate husmeen mucho y niega que Blas Guerini trabajara allí. La mentira se desmorona en el primer minuto de conversación, porque ellos ya han preguntado en una taberna irlandesa cercana y el camarero ha reconocido a Guerini como portero del Black Cat.

—Supongo que no le dio de alta, pero nos da lo mismo. No somos del Ayuntamiento. Además, Guerini fue asesinado y no le va a denunciar, solo queremos saber quién lo hizo.

—¿A ese? Cualquiera —replica el encargado sin inmutarse lo más mínimo—. Y a su hermana lo mismo. Si tienen ustedes sentido común, aléjense de los Guerini. Mala gente; se lo digo yo, que los conozco.

Cuenta que no había noche en la que Guerini no empezara una pelea con algún cliente. Se empeñó en meter a su hermana en el guardarropa y más de una vez la acusaron de robar de los abrigos y los bolsos. Además de eso, trapicheaba con pastillas.

—¿Y por qué no lo echaba?

La sonrisa del encargado es bastante respuesta: no lo echaba porque no podía.

—Cuando quise hacerlo, Guerini me dijo que tendría una visita de sus amigos.

—¿Quiénes eran sus amigos? —Zárate quiere nombres, un hilo del que tirar.

—Ni puta idea. Porteros, son una mafia. Hay varios grupos: rumanos, españoles, búlgaros, latinos... Estás con unos que te extorsionan para que no te extorsionen los demás. Menos mal que se fue.

—¿Hace mucho?

—Un par de meses, de un día para otro. Se fue y no volvió por aquí, ni él ni su hermana.

—¿No volvió a verle?

—A los dos o tres días, por casualidad. Paré en un semáforo y él estaba en el coche de al lado, un Fiesta blanco.

—¿Se fijó en la matrícula?

—Claro que no. —El tipo frunce el ceño, como si le pregunta de la inspectora le hubiese ofendido—. ¿Quién anda fijándose en matrículas? Eso solo pasa en las películas. Era un Fiesta blanco y él iba en el asiento de atrás. Delante iban dos tíos muy cachas; a lo mejor eran porteros, como él.

Zárate le deja una tarjeta al encargado, por si se acuerda de algo más.

—¿Qué te ha parecido? —le pregunta Elena ya en la calle.

—Un figura. Es raro, porque Guerini parece un libro abierto, un macarra de manual, y sin embargo hay una cosa que no entiendo.

—¿Cuál es? A ver si coincidimos.

—Lo sacan de la cárcel y encuentra un trabajo en una discoteca. Se gana el respeto o el temor del encargado y consigue colocar a su hermana, que es como ayudarla a salir de la droga. Y de pronto, desaparece. ¿Por qué?

—Está claro que encontró un trabajo mejor.

—¿Matar a esas mujeres?

—¿Por qué no? No olvides que era un sicario. Alguien pudo contratarlo para hacer el trabajo.

—Puede ser. ¿Esa es la misma duda que tenías tú?

Elena le sonríe y niega con un vaivén de cabeza.

—Guerini arrastra una pila de antecedentes penales y una sentencia firme por asesinato. ¿Cómo es posible que un pájaro como este obtenga una reducción de condena después de haber estado en la cárcel por homicidio? Tenemos que hablar con el juez de vigilancia penitenciaria que lo puso en la calle. Esa decisión ha costado al menos seis vidas.

Capítulo 30

Un peregrinar intermitente de sombras, hombres y mujeres enclenques, la mayoría encogidos dentro de sudaderas con capucha para que no se les vea la cara, entra en el edificio abandonado de la calle de la Resina, en la Colonia Marconi; se cuelan por una de sus puertas como si fuera un sumidero. Orduño ha aparcado a unos cien metros de ese edificio, que antaño fue una nave de logística y, ahora, después del paso de los «termitas» —esas personas que se llevan todo aquello que pueda ser revendido y dejan la construcción en su esqueleto—, se ha convertido en una narconave. Las quejas de los vecinos, que piden su desmantelamiento, han caído en saco roto: nadie hace nada por acabar con el tráfico que allí se practica.

Unos golpes en la ventanilla le sobresaltan. Una africana con los pechos desnudos le sonríe al otro lado del cristal. Le ofrece una mamada por veinte euros.

—Te doy cincuenta si me dices dónde puedo encontrar a esta chica.

Orduño pega al cristal la foto de Dely que figura en su expediente. Baja un dedo la ventanilla y desliza el billete de cincuenta euros. La africana lo mira, tentada, y luego, sus ojos como perlas se desplazan hacia el edificio abandonado.

—Solo quiero hablar con ella, puedes estar tranquila.

—Ahí dentro hay de todo —le dice y, rápida, caza el billete y se lo guarda en las bragas. Se aleja taconeando por la calle de la Resina.

No necesita más confirmación. Habló con Marina a primera hora de la tarde. Había cumplido con el favor que le había pedido Reyes: llamó a Marina para que su chica se acercase a Dely en prisión, que iniciara una conversación con ella, que la preparara para que recibiera de buen grado a Orduño. Sin embargo, esa cita no llegaría a producirse; a pesar de estar en preventiva y a la espera de un juicio por homicidio en primer grado, a Dely le han concedido un permiso y había abandonado Soto del Real esa misma mañana.

«Sé dónde la puedes encontrar —le dijo Marina al teléfono—. Dely está enganchada. Aquí dentro no siempre es fácil pillar, pero, en cuanto ponga el pie en la calle, va a ir directa a una narconave que hay en Villaverde, en la Marconi. Una vez me dijo que un africano le fía».

Antes de colgar, Orduño le prometió que iría a verla en cuanto tuviera un día libre. Si era necesario, tiraría de contactos para conseguir un vis a vis. No estaba siendo hipócrita: realmente le apetecía encontrarse con ella y hacerle el amor entre esas sábanas de flores. Prefería no preguntarse cuál era el origen de esa excitación, porque la respuesta tal vez no lo llevara a Marina, sino a Reyes y los baños del Wellington.

Una montaña de basura y escombro bloquea una de las puertas del edificio. Algo más adelante hay otra entrada, semioculta entre una vegetación que crece salvaje engullendo parte de la acera. Por ahí se deslizaban las sombras que ha visto desde el coche. Orduño se mete las manos en los bolsillos de la chaqueta, gana seguridad al agarrar la empuñadura de su pistola y sigue ese camino.

El olor a excrementos, a comida podrida, lo recibe en lo que probablemente fue en su día el vestíbulo de entrada. El techo, alto, está vencido y, como no queda ni un rastro de cristal en los ventanales, la luz del atardecer da un tono cobrizo al interior. Unas escaleras sin pasamanos ascienden a un segundo piso. Abajo, aparte de una mujer dormida en posición fetal en una esquina, sobre unos cartones, no hay nadie.

Los termitas se llevaron incluso las vigas que sujetaban la estructura del edificio para vender el hierro. Escalón a escalón, Orduño tiene la sensación de estar ascendiendo por un castillo de papel que se puede desmoronar en cualquier momento. Los restos de un incendio ennegrecen la pared de la escalera, un rastro que se extiende al segundo piso, donde seguramente se produjo. Es un espacio diáfano; más escombros y basura. Aquí sí se desperdigan yonquis como cadáveres, algunos fumándose un chino, otros durmiendo sobre sus propias heces. Hay un murmullo soterrado, el del anciano al que ya no le quedan fuerzas para quejarse de su dolor. Un grupo de africanos, junto a un bidón en el que se levantan unas llamas, está bebiendo y trasteando sus móviles. Uno de ellos ha detectado la presencia del policía y, arrastrando una barra de acero por el suelo, se acerca a él.

—¿Qué cojones haces aquí? —le espeta con un acento duro.

—Estoy buscando a una persona, pero no quiero problemas. Sé que está durmiendo en el edificio y quiero sacarla... al menos un par de noches a un hotel. Somos amigos.

Orduño vuelve a mostrar la fotografía de Dely. El africano le enseña una sonrisa de marfil.

—Qué suerte tiene la muy puta. Está en esa habitación, pero lo sabes, ¿verdad? En cuanto te descuides, va a volver.

Orduño sigue la dirección que le indica el africano: al fondo de la nave, una pared agujereada marca la división con otro espacio. Mientras los yonquis continúan en su sueño de morfina, se da cuenta de que hay cierto movimiento a su alrededor. Los africanos que había en torno al bidón con fuego ya no están ahí. Le parece oír una carrera por las escaleras a un piso superior. Es consciente de que

215

no tiene mucho tiempo; aunque haya prometido venir para llevarse a una prostituta que no importa a nadie, es un policía, no hace falta uniforme para que se den cuenta. Y nadie quiere a un policía entre esos muros.

No tarda en localizar a Dely; encogida en una esquina de la habitación, que por los tubos que asoman en sus paredes fue en algún momento un baño, la mirada perdida de la venezolana se ilumina sobre el mechero con el que calienta un chino. Toda su belleza está enterrada bajo el velo de la droga, como un sudario. Lleva una vieja camiseta, puede que la misma con la que abandonó la prisión, pero está desnuda de cintura para abajo. Orduño mira a su alrededor, a otros yonquis que dormitan en la sala, a un tipo desdentado que registra en una cartera, seguramente robada. A alguno de estos o, quizá, a los africanos de fuera, Dely les ha ofrecido su cuerpo en pago por la heroína.

—Dely, soy Orduño. El novio de Marina, la conociste en Soto.

Después de aspirar la heroína, los ojos acuosos de Dely no parecen capaces de enfocar el rostro del policía.

—Déjame en paz —balbucea.

—No voy a quitarte nada, pero ¿no quieres estar en un sitio mejor? Tengo fuera el coche. Puedo llevarte a un hotel, yo pago la habitación.

—¿Te crees que soy gilipollas, güevón? Nadie da nada gratis...

—A mí me vale con que hablemos. Dely, sé que tú no mataste a ese periodista. Ahora estás en la calle, pero te acabarás comiendo veinte años y no es justo.

Orduño se agacha y coge de los brazos a la mujer; trata de que la droga no la arrastre al sueño, intenta levantarla, pero ella se revuelve con estruendo. Como si el ruido ahuyentara a los demás, los yonquis abandonan la sala. Solo queda el desdentado que no deja de mirarlo.

—Confía en mí.

—Ya sé quién eres. Marina me habló de ti. Decía que eras guapo. Es verdad. La muy tonta se cree que vas a estar cuando salga...

Orduño coge bajo las axilas a Dely, la incorpora con esfuerzo; ella apenas ayuda. No quiere que sus pensamientos se desvíen hacia Marina, hacia el compromiso que cerró con ella y que ahora le resulta tan difícil de sostener.

—Soy una puta, pero yo no quería ser una yonqui, no me gusta ser una yonqui. —La venezolana ha empezado a llorar—. Me hacían vender caballo y coca a los clientes, algunos me invitaban y... no hace frío cuando estás colocada, ¿lo sabes? Ni frío ni hambre... Te sonríen, te dicen bonita, te dicen... te vas a sacar unos billetes, que la vida en la calle es muy dura... Yo no tenía papeles. Si hubiera tenido papeles...

Orduño intenta descifrar el discurso caótico de Dely mientras tira de ella hasta la otra sala. Tuvo que prostituirse al no tener papeles y algún proxeneta, además de llevarse un porcentaje, le hacía vender droga. Varios pares de ojos vigilan estáticos sus pasos. Tiene la impresión de que la casa cruje, como si se preparara para ponerse en movimiento. Continúa hablándole a Dely, más por mantenerla despierta que porque espere respuestas.

—¿Quién te metió en la droga?

—Los policías. Me trataban bien, pero ¿quién le deja a una yonqui medio kilo? Fue su culpa. Lo perdí o me lo robaron o... no lo sé... me lo metí. —La risa de Dely es más un alarido de pena que de alegría.

—Apártate —le dice Orduño a un africano entrado en peso que se ha interpuesto en el acceso a las escaleras. No estaba antes en esa sala; han debido ir a avisarle.

—No te puedes llevar a esa puta. Es mía.

—Me la voy a llevar.

—He dicho que no se va.

Otras siluetas se despliegan alrededor de Orduño. En el bolsillo de la chaqueta tiene agarrada la pistola. Podría intentar abrirse paso amenazándolos con ella.

—Tenía que pagar la deuda, solo tenía que ir al Lady's...

—¡Cállate! —En una zancada, el africano cruza la cara de Dely de un bofetón.

Quizá sea una decisión equivocada, pero de manera instintiva Orduño saca el arma y se la coloca en la frente a ese hombre.

—No vuelvas a tocarla.

—Pégame un tiro. ¿Te crees que vas a salir de aquí? No eres el único que tiene una pipa.

—Déjame. No quiero irme —murmura Dely mientras intenta, débil, zafarse de Orduño—. Me van a cuidar.

—Eso es verdad. Nosotros cuidamos de Dely. Siempre lo hemos hecho, ¿a que sí, bonita?

Orduño mira a su alrededor midiendo sus opciones. Entre los yonquis, se han ido desplegando varios hombres. Uno lo observa desde las escaleras, sentado; tiene algo entre las manos que deja escapar un destello metálico. Una pistola. Sabe que no podrá llevarse a Dely, no ahora. Con cuidado, se acuclilla para sentarla en el suelo. El aliento cálido de la venezolana le acaricia el oído cuando ella le susurra:

—Me obligaron a cargar con lo del periodista para pagar la deuda... pero me van a sacar...

—¿Quién mató al periodista?

—El policía sin oreja...

No tiene tiempo de hablar más con Dely. El africano lo coge de un brazo y lo aparta de un empellón. Orduño levanta el arma, apuntando a su alrededor.

—Si no queréis a los putos Geos aquí, más vale que os apartéis. Dely, ven conmigo.

—No. —La mujer ya ha buscado refugio en el africano—. Me van a cuidar.

La escalera está despejada. Orduño sabe que sería un error iniciar un tiroteo. Mira a Dely, como una gata abandonada que ansía las caricias de cualquiera, pegada al africano. Siente un nudo en el estómago; no sabe si la ha

218

puesto de alguna forma en peligro, aunque la mayor parte de su conversación se haya desarrollado lejos de los oídos de los habitantes de la nave. Se convence de que mañana volverá a por ella, conseguirá un permiso judicial, lo acompañará el grupo especializado en asaltos.

No tiene problemas para abandonar el edificio. Cuando abre la puerta de su coche, ya ha anochecido. Se sienta, arranca. Conduce con rabia por la Colonia Marconi hasta coger la salida de la carretera de Andalucía. En su cabeza, resuenan los fragmentos de historia que le ha entregado Dely. Cómo la convirtieron en chivo expiatorio del asesinato del periodista. Amancio Ruiz, el autor de toda esa basura sensacionalista que leyó, debió de acercarse a la verdad en alguna de sus investigaciones. Tanto que un policía al que le falta una oreja decidió matarlo, el mismo hombre que, cada día, patrulla el barrio de Villaverde al lado de Reyes.

Capítulo 31

Junto a la plaza de Ópera está el restaurante de Bruno, un actor italiano que tiene fama de cocinar la mejor pasta en Madrid. Además, de vez en cuando, por las noches coge la guitarra e interpreta canciones de los años cincuenta, coreadas por el público. Elena no puede evitar recordar sus tiempos en el karaoke y acompañarle en una de ellas...

—*Tu vuo' fa' l'americano, 'mericano, 'mericano. Ma si' nato in Italy. Sient' a mme, nun ce sta niente 'a fa'. Ok, napulitan...*

Zárate ha pedido vino y ella ha reprimido el deseo de beber una copa de grappa. Decidieron cenar en el restaurante al volver de Aluche, en lugar de comer una de las famosas lasañas congeladas de Elena.

—Cantas muy bien. Podíamos dejar la policía: tú de cantante y yo de representante de la artista.

—O haciéndome los coros.

—Créeme que es mejor que sea tu representante. O tu guardaespaldas, para quitarte a los fans de encima.

Ríen relajados como ya no recordaban reír. De manera tácita, han evitado hablar del caso. La conversación ha viajado de Salvador Santos y las canciones de Nino Bravo que su mujer le pone, a la madre de Elena; de un meme absurdo que provoca la carcajada de Zárate al vino pésimo que elabora Abel, el exmarido de ella. Una burbuja de felicidad en la que también el silencio, mientras cenaban, era placentero.

Le ha sonado un mensaje en el móvil cuando Zárate ha ido al baño. Elena ha dudado unos segundos si mirarlo o dejarlo para luego, como si supiera de la fragilidad del momento.

Al salir, han caminado abrazados, se han besado en la plaza Mayor y, al descubrirse reflejados en uno de los escaparates, él la ha cogido orgulloso de la cintura.

—Hacemos buena pareja. Somos guapos.

Pero, ya entonces, a Elena le ha costado forzar una sonrisa. No podía quitarse el mensaje de la cabeza. Tampoco le parecía justo seguir eludiendo el tema.

Han subido a su piso. Él se ha descalzado y ha ido a beber un vaso de agua. Ella se ha sentado en el sofá. El cansancio de los últimos días ha vuelto a hacerse presente; la pesadez de las piernas, de los párpados. Le ha pedido a Zárate que viniera al salón, aunque él ya soñaba con derrumbarse en la cama, también agotado.

—He recibido un mensaje del centro de menores —empieza Elena, sin atreverse a levantar la mirada del suelo—. Mihaela está mejorando y... bueno, han pensado que le vendría bien intentar pasar algún día fuera.

Un nudo en la garganta le impide seguir hablando. Es consciente de cuáles son las consecuencias de lo que va a decirle.

—Sabes que prefiero no hablar de la Nena... Y menos, esta noche.

Reconoce el tono de Zárate; está conteniendo su rabia para no estropear las cosas.

—Mihaela —le corrige—. Tenemos que hablar de ella, Ángel.

—¿Por qué? Esa niña solo me recuerda a Chesca, lo sabes. A esos putos locos que la mataron...

—Quiero que venga esos días a casa.

La paciencia de Zárate alcanza su límite. Se levanta y pasea nervioso de un lado a otro.

—¿Qué es lo que pasa, Elena? ¿Es que eres incapaz de disfrutar de las cosas aunque solo sea por una noche? Tienes que estropearlo todo, como si estuviera prohibido ser

222

feliz. Hemos pasado un infierno y tú te empeñas en volver a él. Y lo único que vas a conseguir es arrastrarme contigo... ¡No quiero saber nada de esa puta niña!

—Solo intento ser honesta. Te quiero, Ángel. Y quiero que estemos juntos, y por eso mismo no voy a ocultarte nada.

—¿A qué te refieres?

—A Mihaela.

—¿Qué pasa con ella? ¿Vas a traerla a vivir contigo?

—He iniciado los trámites para acogerla.

El tiempo se detiene. Elena, clavada en el sofá, siente que no tendría fuerzas para levantarse, aunque quisiera. Él deambula con los brazos vencidos hasta sentarse en una silla, alejado de ella.

—Sabes que eso me deja fuera de tu vida.

—No tiene por qué.

—¿Qué estás haciendo, Elena? ¿Te has enamorado de esa niña o es que te hace falta volver a ser madre? ¿Tanto necesitas tener la oportunidad de salvar a alguien? ¿De hacerlo bien?

—Estás siendo cruel.

—¿Yo estoy siendo cruel? ¿Y tú qué estás siendo? ¿Egoísta? O, mejor dicho, ¿una hija de puta? —La rabia se filtra en cada sílaba y él no intenta ocultarla—. Prefieres encargarte de esa niña loca antes que estar conmigo. ¿Cómo puedes ser tan cínica como para decirme que me quieres?

—Porque es la verdad. Porque te quiero. Y te lo he demostrado, Ángel. También he hecho sacrificios por ti.

—¿Qué sacrificios? Porque yo no te he pedido nada...

Elena contiene sus palabras; le diría que sigue al frente de la BAC solo por él, por evitar que saliera a la luz el informe del forense que señalaba la posibilidad de que Zárate hubiera acabado con los asesinos de Chesca a sangre fría; que ella había decidido cambiar de vida y que ha vuelto al horror del trabajo policial, un horror que cada vez le cuesta más soportar, por no dejarle solo en ese infierno. Pero prefiere tomar aire, no alimentar el fuego.

—Necesito que mi vida tenga algún sentido... Salir de la BAC, de toda esta mierda que nos rodea siempre. Y tener algo por lo que pelear.

—Ya has escogido esa pelea, y no soy yo.

—Me gustaría que estuvieras a mi lado.

—No te mientas, Elena. Estás soltando peso para seguir adelante sin mala conciencia.

—¿Por qué no lo intentas? Aunque solo sea un día. Cuando venga a casa Mihaela. Podríamos comer juntos, pasar la tarde con ella... Sé que cambiarías de opinión.

Zárate recoge sus zapatos con un gesto brusco. Ni siquiera se los pone antes de salir de la casa y cerrar de un portazo que retumba y se clava en el cerebro de Elena. Una vez sola, libera el nudo que había estado aprisionándole la garganta y rompe a llorar. La cena en el restaurante de Bruno, cuando eran felices, parece un recuerdo de otra vida.

Capítulo 32

—La operación encubierta de Guillermo Escartín, clasificada. La excarcelación de Guerini también —enumera Mariajo—. ¿Por qué hay tanto secretismo en este caso?

El juez de vigilancia penitenciaria no facilita información sobre Blas Guerini porque se trata de materia reservada, una frustración más. A duras penas se esconde la sensación de fracaso.

Orduño juguetea ausente con un bolígrafo. No responde a la hacker, pero comparte su impotencia; conforme encuentran un camino, surge un muro infranqueable que les niega el paso. Por muchos esfuerzos que haga Buendía, siguen sin identificar a las cinco madres de Las Suertes Viejas; los que podían contar qué sucedió en esa finca —Lucio el Panocho y el sicario Blas Guerini— están muertos. Mientras tanto, saben que alguien está preparando un nuevo asesinato: tras Escartín y Beiro, otros padres morirán.

—¿Alguien sabe qué le pasa a Elena? —pregunta Buendía cuando se une a sus compañeros.

Mariajo se inclina para entrever la puerta cerrada del despacho de la inspectora. No ha salido desde que llegó.

—Yo he estado hace un rato con ella. —Orduño coge su móvil y comprueba que sigue sin recibir esa llamada que lleva toda la mañana esperando—. Le he contado lo de anoche en la narconave de Villaverde y me ha dicho que hablará con el juez para hacer un registro y sacar a Dely.

—¿Sabes algo de Reyes? Debería despedirse de la Sección y volver a la BAC. Manuela sigue a vueltas con los informes de Cubillos y le vendría bien un poco de apoyo.

—¿De verdad crees que va a salir algo más de ese sitio? Rociaron la casa con un producto químico, no hay huellas, y la gente de esos pueblos no tenía ni idea de que esa granja de madres estaba ahí.

—Blas Guerini era un sicario —no se han dado cuenta de la irrupción de Zárate, que se mueve pesado hasta sentarse con ellos, como si arrastrara cadenas—; alguien le encargó ir a esa finca y matar a las madres. Ese es el hilo del que hay que tirar, no sé a qué estamos esperando.

El despacho de Elena se abre y la inspectora avanza hasta ellos mientras se pone un abrigo. Aunque no lo mira directamente, se dirige a Zárate:

—Tenemos que volver a Aluche y hablar con la hermana de Blas Guerini. ¿Estás listo?

Zárate se pone en pie. La tensión entre los dos es tan obvia que sus compañeros prefieren fingir que están inmersos en otras tareas, sus móviles o remover un café, guardar silencio y no ver cómo, uno detrás del otro, salen de las oficinas.

En Uñas Bonitas, el salón de manicura de Antonia la Castañera, solo hay una clienta, una señora con sobrepeso de unos setenta años. La madre de Blas Guerini está haciéndole los pies y, concentrada en la tarea, intenta despedirlos. No tiene tiempo para atenderlos.

—No venimos a hablar con usted, sino con su hija.

—Yoli está dentro, y no sé qué demonios hace porque llevo un rato esperándola, que a las once viene doña Herminia. Espere, que la voy a traer de los pelos.

—No se moleste. Iré yo mismo a buscarla.

Zárate pasa al almacén, un cuartucho oscuro en el que se amontonan cajas de material y papeles. Hay un cartel apoyado en la pared, Medias Seda, que tal vez fuera la actividad anterior del local. En una esquina, junto a un ventanuco por el que se filtra la luz mortecina de la escalera del edificio, Yolanda está derrengada en un sillón que parece rescatado de la basura: la blusa arremangada, una goma ciñéndole el brazo y la jeringuilla en la mano.

—Eso va a tener que esperar.

—No me lo quites, déjame en paz...

Elena asoma ahora y se encuentra con la escena dantesca: el temblor de la joven, su rostro demacrado, revolviéndose para que Zárate no le quite la jeringuilla.

—Es muy difícil salir del todo, joder. Me he dejado una pasta, por favor... —le ruega a Zárate, que ha conseguido inmovilizarla.

—No te lo vamos a quitar, pero te lo metes cuando nos hayamos marchado.

Con delicadeza, le quita la jeringuilla y, después, la cinta de goma del brazo. Amable, Elena intenta ganársela al anunciarle que quieren atrapar al asesino de su hermano. Yolanda deja escapar un sollozo al recordarlo.

—Blas no era mal tío.

—Tu hermano era un cabrón con pintas y un asesino. —Zárate no va a permitir que la conversación sea complaciente, no le gusta por dónde está conduciendo la situación Elena.

—Mi hermano se crio en el Ventorro de la Puñalá, como yo. Si hubieras crecido allí, sabrías que para salir adelante, solo se podía ser como era Blas. De joven hizo locuras, por eso estuvo en la cárcel, pero después se reformó. Se consiguió un trabajo decente.

—Portero del Black Cat. Su jefe no estaba muy contento con él ni contigo.

—Ese tío es un hijo de la gran puta. Lo que pasa es que Blas le tuvo que parar los pies porque no pensaba en otra cosa que en metérmela. Mi hermano nos cuidaba, ¿sabes? A mí me tenía lejos del caballo y se ocupó de que mi madre pudiera vivir tranquila. ¿De dónde te crees que ha salido la pasta para montar este negocio? De mi hermano. Y no fue barato, que hasta el local es nuestro.

Elena ha preferido dar un paso atrás, dejar que Zárate lleve el interrogatorio; contradecirle sería, en cierto modo, darle una excusa para enfrentarse, que es lo que está buscando.

—¿De dónde sacó el dinero?

—De sus cosas, tenía sus bisnes...

—Yolanda... ¿Te dijo si esos bisnes tenían algo que ver con un pueblo de Soria?

—¿Qué cojones iba a hacer mi hermano en Soria? —Ella levanta la barbilla y frunce el ceño, pero le cambia el gesto al ver cómo Zárate juguetea con la jeringuilla, amenazando con vaciarla—. Eh, quieto.

—Entonces, ¿de dónde sacó el dinero?

—Joder, la segunda vez que estuvo en la cárcel no había hecho nada, solo fue porque hizo un trato con el juez.

—¿Qué clase de trato?

—Lo de siempre con la madera y con los jueces. Que cantes, que delates a la peña y a ti te sueltan. Lo trincaron moviendo droga.

—Vale. Lo detienen en una redada y le ofrecen un trato de favor si delata a los narcotraficantes. ¿Es eso?

—Es eso. Pero un chivato tiene los días contados. Por eso lo metieron en la cárcel, para que no se supiera que había sido él.

—¿Quién es el juez que le ofreció ese trato? —Elena irrumpe por primera vez en la conversación.

—Uno que sale mucho por la tele, Bernal o algo así...

—¿Ignacio Beltrán, el de la Audiencia Nacional? —descifra Elena.

—Yo qué sé. Es calvo, gafotas... Dame mi pico.

Zárate le devuelve la jeringuilla. En cuestión de segundos, Yolanda ya tiene preparados los avíos para inyectarse la heroína.

—Solo los atiendo así, sin cita previa, porque me ha llamado el comisario Rentero y me lo ha pedido.

Uno espera que el despacho de un juez de la Audiencia Nacional sea un lugar elegante, lleno de maderas nobles y de muebles de anticuario, pero el del juez Ignacio Beltrán no es así: apenas hay una mesa llena de papeles, con un ordenador bastante viejo, un sillón para él y sillas para los invitados y una mesa de reuniones, también cargada de legajos, informes y portafolios, en un rincón. En el desorden destaca solemne el retrato de Felipe VI ataviado con toga y puñetas, con el Gran Collar de la Justicia, el escudo de magistrado del Tribunal Supremo y el Toisón de Oro. Junto a él una gran bandera de España en su mástil.

—¿Blas Guerini? No sé si lo pongo en peligro al informar sobre él.

—Blas Guerini ha muerto, señoría. Encontramos su cuerpo en una finca en Soria.

—¿Asesinado?

—Sí, pero creemos que fue después de causar la muerte de otras seis personas: cinco mujeres y un hombre.

Beltrán toma aire, se acaricia la nuca, niega y se quita las gafas de pronto, como para acusar debidamente el impacto de la noticia. Una sombra de culpabilidad oscurece su rostro.

—¿Blas Guerini mató a seis personas? Me cuesta mucho creerlo.

—No entiendo por qué. Estuvo doce años en la cárcel por doble homicidio en primer grado.

—Pero se había reformado.

—No del todo, se dedicaba a mover droga —replica la inspectora.

—En algunos barrios, ese es el único medio de vida, por desgracia. Convendrán conmigo en que el menudeo y el homicidio son delitos de muy distinta gravedad.

—¿Se fiaba de Guerini tanto como para convertirlo en su testigo protegido?

El juez toma aire y lo suelta despacio, como si estuviese valorando si decir o no algo. Al final, parece que el sí pesa más en la balanza:

—¿Han oído hablar de la operación Mofeta? Son meses de investigación exhaustiva para desarticular una de las redes de narcotráfico más importantes de este país. Y cuando por fin lo tienes todo bien atado y puedes practicar las detenciones, más vale que tengas la prueba de cargo preparada. Esta gente gasta dinero en abogados, y es muy frecuente que salgan en libertad con cargos menores. ¿Entienden por dónde voy?

—Que necesitaba que alguien los delatara —comprende Elena.

—Eso es. Guerini los conocía a todos y estaba dispuesto a testificar contra ellos. Detrás de un biombo, claro está, y con la voz distorsionada. Para no correr ningún riesgo, era esencial que también él fuera condenado. El pacto consistía en sacarlo de la cárcel al cabo de un año y medio.

—¿Se le recompensó con dinero?

—Eso sería soborno, inspectora Blanco. Es un delito. No podemos remunerar económicamente a un testigo.

—Pero, más allá de la ley, todos sabemos cómo funcionan las cosas. Para algo están los fondos reservados. Y Blas Guerini le compró un local de manicura a su madre. Me pregunto de dónde sacó el dinero para hacerlo.

—Yo también me lo preguntaría —admite el juez—. Pero si dice que ha matado a seis personas, es probable que recibiera un encargo bien pagado.

—Está asumiendo que puso en la calle a un sicario.

—Zárate no es capaz de seguir más tiempo en silencio. No sabe por qué, le molesta la afección del juez al hablar de Guerini.

—Les prometo que ya no lo era. Antes de que colaborara conmigo, como ustedes mismos han recordado, había cumplido doce años por un doble homicidio. Los informes psicológicos eran favorables, y ¿para qué sirve la cárcel? Yo creo en la función rehabilitadora de la justicia. De otro modo, sería un cínico.

—El cinismo está en fingir que este sistema funciona.

—No digo que sea perfecto, inspector Zárate, pero es el mejor que tenemos. Creo que, si Guerini participó, como dicen, en un homicidio, algo tuvo que sucederle. Algo se cruzó en su vida que lo llevó a tomar esa decisión.

Al salir a la calle, descubren un cielo nublado que amenaza lluvia.

—Ese juez es un gilipollas —sentencia Zárate.

—Podía haberse encerrado en que era materia reservada y no lo ha hecho. En este caso, eso ya es una novedad.

—¿De verdad crees que sirve de algo lo que nos ha contado?

—Hablaré con Mariajo para que saque el expediente de esa investigación, la operación Mofeta. ¿Por qué les pondrán nombres tan ridículos siempre a estos operativos?

Elena trata de sonreír a Zárate, acortar el abismo que los separa, pero él no esboza ningún gesto en respuesta. Ha vuelto a su rostro esa mirada sombría, aquellos ojos que parecían mirar a un pozo cuando despertó en el hospital después de matar a Antón y a Julio. ¿Ha sido una egoísta, como él la acusó, al planear un nuevo inicio con Mihaela? ¿Le ha dado un empujón hacia el infierno cuando Ángel parecía estar abandonándolo? Se niega a asumir que ella necesite vivir en el sufrimiento, no hay una gota de dolor en su esperanza de cuidar de la pequeña; al contrario, soñar con esa nueva maternidad es su mayor ilusión.

Al llegar al Lada que habían aparcado a unas calles del juzgado, Zárate se despide.

—Prefiero ir caminando a la oficina —es todo lo que le dice.

Capítulo 33

Reyes ronronea, tumbada junto a Fabián. Los dos están desnudos, acaban de hacer el amor; algo le atrae irremisiblemente hacia su oreja mordida, la coge con los labios, le pasa la lengua. En los cristales del dormitorio, repiquetea la lluvia que ha empezado a caer hace solo unos minutos.

—A mi mujer le da asco.

—¿En serio? ¿Vas a hablarme de tu mujer en la cama?

—¿Eres celosa? Puedes estar tranquila; lo único que nos une es mi hijo.

—Si vas a decirme que vas a dejarla por mí, puedes ahorrártelo.

—No, no te lo voy a decir. Mientras mi hijo viva, no la voy a dejar.

Reyes pierde la mirada en el techo del chalet de El Viso, donde la última luz del día dibuja aguas.

—¿Quieres comer? —pregunta él—. Follar me da hambre.

—Echa un vistazo al frigorífico, aunque no sé si encontrarás algo.

Fabián, desnudo, se levanta y sale del dormitorio. Oye sus pies descalzos bajar la escalera. Anoche, Orduño insistió en ir a su casa. Era cerca de la una cuando su compañero llegó. Se tomaron una copa de vino mientras le contaba su paso por la narconave de Villaverde, la historia que entresacó de Dely.

—Dijo que al policía que mató al periodista le faltaba una oreja. Tú me contaste que tu compañero de patrulla...

—Fabián. No le falta una oreja, la tiene mordida.

233

—Es él, Reyes; quizá deberíamos hacer caso a Elena y sacarte de la Sección. Con lo que sabemos tenemos suficiente para que Asuntos Internos investigue.

—¿Y qué van a encontrar? El testimonio de una yonqui que antes asumió el crimen en sede judicial. Sabes que su palabra ya no sirve de nada. Y no hay pruebas físicas.

—¿Eres consciente de que te la estás jugando con esta gente?

—Confían en mí, Orduño. Lo que me pone en peligro es que vengas a verme.

Él se terminó la copa de vino de un trago. Guardó silencio unos segundos; Reyes sabe leer en esos silencios de los hombres, casi podía escuchar la batalla que se libraba en la cabeza de Orduño, las ganas de confesarle que estaba realmente asustado por su seguridad, que había empezado a sentir cosas por ella a las que todavía no era capaz de ponerles nombre, que no se la había podido quitar de la cabeza desde su encuentro en el Wellington.

—Es mejor que te vayas —le pidió Reyes antes de que él se decidiera a decir nada. Tenía miedo de que la conversación acabara con los dos en la cama.

Orduño no puso obstáculos, solo le pidió que al día siguiente lo llamara para saber que todo iba bien, y se marchó.

Apenas pudo dormir. El clásico binomio de sexo y amor nunca había significado gran cosa para ella; sin embargo, en mitad de su insomnio se dio cuenta de que, ahora, ambas cosas estaban más comunicadas de lo que le gustaría. No se quitaba de la cabeza a Orduño, tan prudente, tan reservado, con ese miedo a exponerse en exceso, la enternecía. Pero también Fabián: de repente, la posibilidad de que hubiera cometido el homicidio del periodista le resultaba dolorosa. Le había parecido un buen hombre, sencillo y divertido.

Llamó a la comisaría al amanecer, dijo que tenía algo de fiebre. Aunque había fingido entereza ante Orduño, no estaba segura de ser capaz de mantener la mascarada al lado de sus compañeros de la Sección. Se tomó un somnífero, intentó dormir por la mañana. No llamó a Orduño. Poco después de comer, Fabián se presentó en su casa. Debería haberlo previsto, pero le sorprendió la visita.

—Ya me encuentro mejor, me ha bajado la fiebre.

Reyes le mintió y tomaron un café en el salón. Él le contó que la había echado de menos en la patrulla por la Colonia Marconi. Raluca, una prostituta rumana, había tenido una bronca con su chulo porque no había sacado suficiente dinero la última noche.

—La pobre ya es mayor y no se le paran tantos clientes como antes.

Fabián le dio cincuenta euros para que no le cayera una paliza por otro día sin cumplir el objetivo de dinero, porque amenazaba lluvia y, como en todos los negocios, el agua ahuyenta a la clientela.

—Qué puta mierda de vida.

—Raluca se las apañará —le dijo Fabián al notar la impotencia de Reyes—. Peor lo tienen las africanas. A ellas no solo les caen palizas si no sacan dinero, a ellas las aterrorizan con ritos, con vudú o como coño se llame. Algunas están convencidas de que, con clavar un alfiler en un muñeco, sus familias en África se morirán. Y la putada es que es cierto, pero no por una maldición, sino porque tienen hombres allí para asesinarlos sin pestañear.

—¿No se puede hacer nada?

—¿Sabes quiénes tienen la culpa de verdad? Los clientes. Si no fueran de putas, no se movería tanto dinero y nadie haría esas barbaridades. Por eso yo nunca he ido con una. No sé cómo pueden tener el estómago de follarse a una de esas pobres chicas sabiendo lo que tienen detrás...

La conversación se extendió perezosa como una siesta durante toda la tarde. Reyes enterró las advertencias de Orduño, convencida de que estaban equivocadas: Fabián podía ser muchas cosas, pero no un asesino. Logró apartar de sus pensamientos cualquier sospecha mientras hacían el amor en su dormitorio.

—¡El frigorífico es una pena, Reyes! —le escucha gritar desde el piso de abajo—. Ponte algo y vamos a comernos una hamburguesa. ¿Hay algún Burger King en tu barrio?

Comen en un Burger King frente al Bernabéu. Ella, una hamburguesa normal, él se toma dos dobles mientras bromea con que hasta la sucursal de la cadena en Concha Espina es mejor que la de Villaverde. Cuando están acabando, suena el móvil de Fabián.

—¿Sí? ¿En Soto de las Juntas?... Vamos para allá. —Cuelga. Ya se está levantando—: Reyes, conduce tú mientras yo me acabo el Whopper. Ha aparecido un cadáver en la laguna del Soto de las Juntas. Está entre Rivas y Arganda, yo te indico.

Tardan cerca de cuarenta minutos en llegar a las inmediaciones de la laguna. La lluvia, como siempre, embotella el tráfico de la ciudad. Poco después de salir de la carretera de Valencia, el Gregor los está esperando junto a una valla que impide el paso de vehículos y les da acceso.

—Cristo está en la orilla, donde las casetas de los pájaros.

En el borde de la laguna hay varias casetas de madera con miradores desde los que se puede observar el anidamiento de gran variedad de aves. Ya ha caído la noche e, iluminándose con una linterna y embutido en un chubasquero, Cristo se acerca al coche en el que vienen Fabián y Reyes.

—Es una putada: Dely. Tenemos que deshacernos del cuerpo.

Reyes no pregunta, sabe que no debe, que las preguntas no son bienvenidas. Además, bastante tiene con disimular el impacto de lo que está viendo en la orilla. Junto al agua hay un fardo, como un capullo enorme, sucio del barro que la lluvia ha levantado en los alrededores de la laguna.

—Habrá sido una sobredosis —aventura Cristo—. Dicen que no salió de la narconave de Marconi desde que puso el pie en la calle.

El pesar un tanto resignado del jefe no se corresponde con el vértigo que siente Reyes en su estómago. La mujer que acusa a Fabián de matar al periodista, la testigo de la que querían tirar Orduño y ella hace tan solo unas horas, ocupa una tela de saco oscurecida por una sombra roja, quizá sangre. Sin embargo, no tiene tiempo de comprobar si el cuerpo de Dely tiene alguna herida. Apenas logra ver su cara sin vida, sus grandes ojos abiertos al cielo que derrama la lluvia con estruendo sobre la superficie de la laguna. Fabián cierra el fardo y pide con un gesto a Reyes que lo ayude a trasladarlo hasta el coche.

—Enterradlo donde el colombiano —les ordena Cristo.

Mientras arrastran su cuerpo hasta el maletero, Reyes se pregunta si el colombiano no será William Cabello, el supuesto prófugo de la justicia. La silueta negra de Cristo se aleja bajo la lluvia. Los faros de un vehículo que viene a recogerlo brillan en la oscuridad. No se atreve a hablar con Fabián hasta que están en el coche, empapados, conduciendo por un camino cercano a la laguna.

—¿Cómo ha terminado esa mujer aquí? Cristo dijo que estaba en Villaverde... Ningún yonqui viene a meterse aquí.

—Estás haciendo demasiadas preguntas, Reyes.

—¿Demasiadas? Llevamos un cadáver en el maletero: ¿no te das cuenta de que estamos cruzando todas las líneas rojas?

—Es mejor que desaparezca su cuerpo. No tiene familia en España; nadie la va a echar de menos.

—¿Y por qué es mejor?

—Por el bien del barrio —contesta él, rápido—. Cristo no quiere que haya líos y... esto es lo que aceptaste al entrar en la Sección. Nos cuidamos los unos a los otros.

—¿No ves venir el desastre? Nos van a meter en la cárcel.

Reyes respira con agitación. Está nerviosa, su mente llena de presagios, su brújula moral descabalada. Con una mano aprieta con fuerza la otra, como para detener el temblor que ha tomado cuenta de ella. Fabián lo advierte y detiene el vehículo en el arcén. La coge de la barbilla para atrapar su mirada.

—Hey, nena, tienes que estar tranquila. ¿Me oyes? Nadie nos va a meter en la cárcel.

—Si ahora mismo nos para la guardia civil, terminamos en la cárcel esta misma noche.

—Nosotros no. Tenemos protección; somos intocables.

—No hay nadie tan poderoso como para dejar pasar esto.

Fabián la mira con suficiencia, como enternecido por su ingenuidad.

—¿Has oído hablar de Aurelio Gálvez? Él es poderoso, ¿no crees? Tu tío a su lado es un botones.

Reyes comprueba que el temblor ha cesado, tal vez por la sorpresa. ¿Quién no conoce a Gálvez, el director general de la Policía? Rentero se lo presentó a Reyes en la noche de la despedida del comisario Asensio. Recuerda cómo se ofreció a ayudarla si tenía algún problema. ¿Es él quien realmente controla la Sección?

Capítulo 34

—¡Ángel!

Manuela saluda a Zárate desde la mesa bajo la televisión y lo invita a sentarse con ella. Se está terminando un plato de setas con foie.

—Te has hecho adicta al Cisne Azul.

Pide una cerveza y no tarda en notar que la conversación de Manuela es como un bálsamo para él.

Ella le cuenta que su trabajo en la finca ha terminado, por eso está de vuelta. Ha tenido tiempo de husmear en el expediente de la operación Mofeta, esa en la que Blas Guerini había sido un soplón. Los capos gallegos enjuiciados con su testimonio siguen entre rejas. Nada hace sospechar que aún hubiera algún vínculo entre ellos y el sicario. Están convencidos de que ninguno de los capos encargó a Blas ir hasta Las Suertes Viejas para matar a las madres, para arrancarles sus hijos.

—Sé que los que están muriendo ahora son ellos, los padres —la jovialidad habitual de Manuela se ha disipado, el cansancio ha abierto la puerta a la auténtica tristeza que anoche se trajo pegada de Soria—, pero ¿has pensado en esas pobres chicas? Esclavizadas en esa finca, pariendo como si fueran gallinas... hasta que un bestia llega y convierte eso en un matadero. Según la autopsia que les hizo Buendía, dos de ellas podían estar vivas cuando les abrieron el vientre...

—Todavía estás a tiempo, Manuela: esto es la BAC. Pregúntate si tienes fuerzas para soportar cosas así... Si te merece la pena...

—¿A ti te la merece?

Zárate da un trago a su cerveza antes de responder. Es tarde y en el bar solo quedan ellos. El camarero limpia la barra con desgana, está deseando que paguen y se marchen.

—Hay una cosa. Ángel...

Se ha puesto seria de repente y él la mira intrigado, pero ella no quiere decírselo en el bar. Pagan la cuenta y salen a la calle. Se resguardan de la lluvia bajo el alero de un edificio. Ella se enreda en un circunloquio de excusas, tal vez lo que va a decirle está fuera de lugar, tal vez se equivoca y en realidad, más que ayudar, que es lo que quiere, esté complicando aún más las cosas. La reja del Cisne Azul suena como un relámpago. El camarero no ha tardado en echar el cierre.

—Por Dios, Manuela, ¿qué estás intentando contarme?

Ella toma aire antes de decidirse a hablar.

—Te dije que Buendía me había puesto a ordenar su archivo, ¿verdad? Es interminable... pero... empecé desde los últimos. El caso de la granja de Santa Leonor. Sé que allí murió una de vuestras compañeras...

—Chesca. —Como cada vez que dice su nombre en voz alta, Ángel siente que algo le desgarra por dentro.

—Me volví un poco loca porque había un informe duplicado de la muerte de Julio y Antón. Eran casi iguales... solo que, en uno de ellos, el forense ponía en cuestión las circunstancias de la muerte de Julio. Me jode recordarte todo esto, pero... tengo que hacerlo: Julio murió por los cortes que se hizo con el cristal del coche... En uno de los informes, bueno... se dice que por el tipo de heridas que tenía no había sido un accidente. Alguien tuvo que clavarle ese cristal. Y, en ese coche, solo estabas tú.

—¿Qué estás intentando decirme?

Zárate, tenso, se ha puesto a la defensiva: era lo último que esperaba de Manuela. ¿Está atacándole de alguna forma? Ella levanta las manos en el aire, en señal de paz.

—Te he dicho que me caes bien, Ángel. Solo quería avisarte: alguien enterró ese informe. Lo duplicaron y el que salió a la luz fue el otro, en el que no se te menciona por ningún sitio, pero... en fin... un día alguien puede rescatarlo...

—Yo no hice nada malo. Fue un accidente —miente Zárate.

—No te estoy acusando de nada. Solo... mierda... pensaba que tenía que avisarte. ¿Y si lo enterraron porque estás en la BAC? No sé si, al salir... si dejas esto... pueden venderte...

—¿Quién, Manuela? Esto es una gilipollez.

—Lo siento, a lo mejor no debería haberte dicho nada.

—No, desde luego. Te has montado una película...

Ella se queda sin palabras. No esperaba una reacción tan tensa de Zárate. Ni siquiera se despide de él. Se marcha bajo la lluvia en dirección al metro de Chueca. Él no se mueve de la calle de Gravina. Tiene la mirada perdida en los charcos que reflejan los fluorescentes de los negocios cerrados.

«Me he sacrificado por ti», le dijo Elena la noche pasada, cuando discutieron en su piso de la plaza Mayor. ¿Esa fue la razón por la que ella volvió a la BAC? ¿Ese fue el pago que hizo a alguien, quizá a Rentero, por no sacar a la luz que uno de sus hombres había cometido un homicidio? No necesita hablar con ella para tener la seguridad de que Elena lo sabe. Que lo ha sabido siempre. Y, tal vez, esta sea también la razón por la que ha decidido encargarse de la Nena. Para redimir la culpa de Zárate.

Capítulo 35

El comisario Rentero vive junto al Retiro, en la esquina de la calle Ibiza con Menéndez Pelayo. Es un piso señorial con cinco balcones al parque, seguro que está sometido a vigilancia —por lo menos mientras el director operativo adjunto de la Policía está en casa—, pero Reyes no ve a nadie en los alrededores del edificio. Tampoco le importa que algún escolta anote su visita a la casa de su tío a deshoras. Es casi la una de la madrugada.

—Hola, tía.

—¡Reyes! Qué sorpresa... ¿Ha pasado algo?

—Siento las horas, pero... ¿está el tío?

—Llegó hace solo diez minutos y me ha dicho que iba a ducharse. ¿Le esperas?

Su tía Luisa, la esposa de Rentero, la acompaña a uno de los salones de la casa. En pijama y bata, probablemente la ha sacado de la cama, ha preferido no insistir en lo intempestivo de la visita. A través de una puerta corredera puede verse el despacho del comisario: un lugar muy elegante, con todas las paredes cubiertas por estanterías, una mesa inglesa de madera oscura y sillones de cuero.

—¿Sigue gustándote la Fanta?

—No la tomo hace mucho, pero sí, me gusta.

Su tía va a toda prisa a buscarla; se esmera en mantener la normalidad ante la presencia de Reyes, no quiere hacerla sentir incómoda. En todas las familias hay historias que se mantienen ocultas como un río subterráneo. Reyes está convencida de que la de Luisa es una de ellas, que por eso no es bien recibida en la familia. Sin embargo, los Rentero son tan educados que nunca lo demostrarían. Hay que tener el ojo entrenado y pasar décadas con ellos para notar el rechazo. Una vez le preguntó a su madre y ella le contestó que no dijese tonterías, que Luisa era una más, como una hermana para el resto, pero Reyes sabe que no es cierto. Seguro que se trata de alguna historia antigua de la que algún día se enterará, una historia de mucho antes de que ella naciera, quizá de la época del noviazgo de su tío y Luisa.

—Aquí tienes, le he puesto hielo y una rodaja de naranja, pero si no los quieres se los quito.

—Así está perfecto, tía.

—Voy a avisar a tu tío de que estás aquí, que si no se eterniza.

Cuando se queda sola, Reyes se asoma a uno de los balcones que dan al Retiro, a la altura del Florida Park; a la izquierda está la Casa de Fieras, lo que hoy es una biblioteca. Ella no la conoció como zoológico de Madrid, pero su tío la llevaba a pasear por allí y le contaba la historia de la elefanta Julia, que con la trompa les robaba las chucherías a los niños...

—Hola.

Cuando entra su tío, ella sigue mirando embelesada el Retiro.

—Hola, tío. Me estaba acordando de la elefanta Julia.

—Ahora eres policía, habrías tenido que detenerla por ladrona... —La sonrisa da paso al instante a una expresión más seria—: ¿Qué haces por aquí? ¿Te has dado cuenta de la hora que es?

—Necesito hablar contigo. No estoy segura de si me siguen, por eso he preferido venir a tu casa... tan tarde... Muy buenos tienen que ser para que no me dé cuenta.

—Me parece que va a ser una charla intensa, deja que me sirva un coñac. —Señala su vaso—. ¿Tú qué estás bebiendo?

—Una Fanta que me ha traído la tía Luisa.

—Debe de pensar que todavía tienes ocho años...

Rentero escoge una botella en forma de lágrima —aunque a Reyes le parece más el tirador de una vieja cortina—, con una etiqueta en la que pone Courvoisier XO y se sirve tres dedos en una enorme copa de balón. Después se sienta en una butaca junto a Reyes.

—Y ahora me vas a contar qué ha pasado.

—Me pediste que, si averiguaba algo en la Sección, te lo contara a ti antes que a la inspectora Blanco. La verdad es que no pensaba obedecerte, pero creo que esto tienes que saberlo tú primero.

—Adelante.

—En la comisaría de Villaverde actúan como caciques, cobran comisiones de negocios ilegales a cambio de hacer la vista gorda. También por proteger a ciertos locales y a delincuentes relacionados con la prostitución y el narcotráfico...

—Ya —contesta Rentero, pensativo.

—Pero eso no es todo. Creo que asesinaron a un periodista que estaba metiendo la nariz en sus asuntos. Y han hecho desaparecer el cadáver de una prostituta que estaba acusada del asesinato.

—¿Estás segura de eso?

—Completamente. Yo misma he ayudado a enterrar el cuerpo. No voy a decirte dónde, todavía no. Sería como pegarme un tiro en el pie y descubrirme delante de ellos.

Rentero niega despacio con la cabeza y chasquea los labios. Aún no ha tocado el licor de su copa.

—No me ha gustado esto desde que empezó, se lo dije a Elena. Vamos a sacarte de ahí.

—¿Alguien sabe lo que estoy haciendo? Aparte de mis compañeros de la BAC y tú...

—Nadie.

—¿Estás seguro? ¿No has informado a nadie por encima de ti?

—¿A qué viene esa pregunta?

Reyes se decide a soltar la bomba.

—Desde el principio, me ha llamado la atención el poco cuidado con el que actúan en la Sección. No disimulan demasiado sus chanchullos, como si estuvieran seguros de que son intocables... y es que... a lo mejor lo son, tío. Tienen la mejor protección posible: la del director general de la Policía.

La incredulidad se asoma al rostro de Rentero.

—¿Gálvez corrupto? ¿De dónde te sacas eso?

—Me lo han dicho ellos.

—No, no me lo creo. Nos conocemos desde hace cuarenta años... Por el amor de Dios, eso es un disparate, Reyes. Fue testigo de mi boda y yo de la suya, soy el padrino de su hijo mayor. Gálvez... En la Academia compartíamos litera...

—Es verdad, tío: por eso no me puedes sacar, por eso tengo que seguir allí, como si de verdad fuera uno de ellos, y por eso necesito que nadie más sepa qué hago en Villaverde. Todavía no sé hasta dónde llega la implicación de Gálvez, pero estoy segura de que es una pieza de esa policía corrupta. Y te conseguiré pruebas.

Rentero se queda pensativo unos segundos. Da un trago largo de coñac y lo saborea en la boca antes de tragárselo. Nota la abrasión en el esófago.

—Escúchame bien —dice al fin, sin levantar la voz—. Lo que me cuentas es muy grave. Hay rumores de que Aurelio podría tener un cargo político en el Ministerio en la próxima remodelación del Gobierno.

—¿Qué quieres decir con eso? ¿Que hay que taparlo? —se indigna Reyes.

—Nadie está hablando de taparlo.

—Tú me lo has dicho muchas veces: hay que investigar y descubrir la verdad caiga quien caiga.

El comisario se levanta, pasea por el salón, taciturno. Se detiene de pronto y clava la mirada en su sobrina.

—No le has contado nada de esto a Elena, ¿verdad?

—No.

—Júramelo. Ni a Elena ni a nadie.

—A nadie. Pero creo que la inspectora debería saberlo.

—Ni se te ocurra, Reyes. No se le puede echar mierda al director general si no estás muy seguro de lo que haces. Y Elena no esperaría ni un minuto, lo haría saltar todo por los aires.

—Ella es mi superior.

—Y yo soy tu familia —zanja el comisario.

—¿Ahora somos familia? Siempre me dices que cuando estoy trabajando tú eres el comisario Rentero.

—Soy tu familia —insiste firme—. Sangre de tu sangre. Y te pido que eso que has oído de Gálvez te lo lleves a la tumba. Gálvez es problema mío, no tuyo. ¿Entendido?

Reyes se levanta brusca del sillón. No era la reacción que esperaba de su tío, pero sabe que no servirá de nada discutir con él.

Rentero, a solas en el salón, se sirve otra copa de coñac, esta más generosa que la anterior.

Capítulo 36

Desperdigadas por el salón, en la mesa, en el suelo, las fotografías que Manuela tomó en la finca de Las Suertes Viejas. También los informes de las autopsias. Solo los hombres están identificados: Lucio Morales y Blas Guerini. Las mujeres figuran como NN (ningún nombre) junto a un número.

Elena revisa las pruebas de balística que señalan al asesino, pero no hay respuesta para la pregunta de quién se llevó los fetos de esas mujeres. Quién tiene la lista de los padres que contrataron los servicios de esa granja de vientres de alquiler y que, uno a uno, han ido cayendo: Escartín, Beiro. ¿Cuál será el siguiente? Sabe que esa respuesta no tardará en llegar. De hecho, deja caer continuas miradas al móvil, como si en cualquier momento fuera a sonar para dar aviso del hallazgo de una nueva víctima.

Apenas repara en ello cuando la puerta de la casa se abre. Los pasos en la entrada le dan un vuelco al corazón. Busca su pistola, no la guardó en la caja fuerte al llegar a casa, cuando él entra en el salón.

—He visto luz desde la calle, pero no sabía si estarías despierta.

Ángel Zárate mira a su alrededor, como si estuviera despidiéndose de esa casa para siempre.

—Voy a volver a Carabanchel. Dejo la BAC —suelta sin más rodeos.

Ha estado paseando desde que Manuela le habló de ese informe duplicado de la muerte de Julio. Poco a poco, ha ido recomponiendo lo que cree que ha sucedido a sus espaldas desde aquel día. Rentero y Elena decidiendo enterrar todo, el uno por evitar un escándalo, la otra por puro corporativismo o tal vez por amor, qué más da. Ha intentado sentirse culpable por haber matado a Julio, pero se ha dado cuenta de que era absurdo. No hay una gota de arrepentimiento en lo que hizo.

—Te necesitamos, Ángel. No te puedes marchar.

—No quiero tener que volver a verte cada día.

Elena no estaba preparada para encajar una respuesta tan agria. Se queda sin palabras, desarmada. Ahora que Ángel va a marcharse para siempre, comprende cuánto lo necesita. Le gustaría encontrar un camino que conservara a su lado a las dos personas que más le importan ahora, Zárate y Mihaela, pero sabe que ese camino no existe, que algo se ha roto entre ellos, algo que ya no tiene arreglo.

El timbre del portero automático quiebra el silencio. Ella supone que alguien debe de haberse equivocado, pero se levanta a responder; la acción le da una excusa para saber qué hacer con su cuerpo, con su voz.

—¿Rentero? Sí, claro... sube.

Luego, sorprendida, se gira hacia Zárate. No sabe qué está haciendo el director adjunto en su casa a esas horas.

—No quiero cruzarme con él —murmura Ángel mientras se va hacia el dormitorio.

El silencio hostil entre ellos lo matizan las pisadas en la vieja escalera por la que asciende el comisario. Elena intenta recuperar el control de sí misma; aparentar que no pasa nada cuando le abre la puerta a Rentero.

—Un poco tarde, ¿no te parece?

Él se adentra en el salón y habla sin introducciones, disculpas ni saludos.

—Quiero a mi sobrina fuera de la brigada de Villaverde. La quiero fuera ya. Es una orden y tu obligación es acatarla.

—¿Por alguna razón en especial?

—Porque creo que corre peligro. No me gusta cómo se están poniendo las cosas.

Toma aire, se sienta en el sillón, se queda mirando el caos de folios e informes que tapizan la mesa y parte del suelo, pero no hace ningún comentario al respecto. Ella permanece en pie frente a él, el gesto serio, los brazos en jarras.

—¿Qué es lo que sabes, Rentero? Yo no te he contado nada. ¿Despachas directamente con Reyes? ¿O con los policías de la Sección?

—¿Qué estás insinuando?

—Nada, solo me pregunto cómo sabes que las cosas se están poniendo feas. ¿Te has enterado de que vamos detrás de una prostituta llamada Dely? Es posible que ella tenga pruebas que demuestran que alguien en esa brigada mató a un periodista.

—¿Y qué crees que harán con mi sobrina si descubren que os ha estado pasando información?

—Reyes es una buena policía, debe de llevarlo en la sangre. —La lisonja de Elena no parece suficiente para Rentero—. Tenemos a un periodista muerto, una prostituta acusada de su homicidio a la que dejan salir de la cárcel en un permiso... por no volver a Escartín y esa finca que hemos encontrado. Hay demasiados caminos abiertos como para pedirle a Reyes que lo deje todo a medias. Si no hubiera tanto secretismo alrededor del trabajo que hizo Escartín en la brigada de Villaverde, a lo mejor las cosas serían distintas. Tuvo que hacer informes y entregárselos a alguien...

—Tropezamos mil veces con obstáculos así —se excusa el comisario.

—¿Quién puede enterrar todos los informes de un policía infiltrado? ¿Quién consigue que una prostituta salga a la calle cuando está acusada de homicidio? Quien sea que está moviendo los hilos debe estar muy arriba, Rentero. No eres idiota; puedes verlo como yo.

La mirada de Rentero se ha vuelto gris, casi la de un anciano. Se estira la pernera del pantalón para borrar una arruga.

—No quiero que maten a Reyes. —Su voz suena más como un ruego que como una orden—. Ya hemos perdido a mucha gente. Está muy bien el valor y asumir ciertos riesgos, pero también hay que saber cuándo ese valor se convierte en irresponsabilidad. He visto cómo algunos caen por no salir a tiempo: Guillermo Escartín o... joder, el padre de Zárate... se lo llevaron por delante...

—¿A qué viene eso?

—Lo viví en mis carnes, Elena, sé de lo que hablo.

Rentero se calla al ver a Zárate en el umbral. Está pálido, como desamparado, y su mirada centellea de preguntas.

—¿Qué has dicho de mi padre?

—¿Qué está haciendo él aquí?

Zárate avanza hacia el director adjunto como un animal cegado.

—Zárate, no sabía que estabas aquí, de haberlo sabido no habría mencionado a tu padre.

—Pero ahora me vas a contar qué coño pasó para que lo mataran. ¿Quién lo infiltró y en qué operativo? ¿Cómo lo mataron?

—No voy a seguir con esta conversación...

Zárate da un puñetazo en la mesa que suena como un trueno.

—¡Me lo vas a contar, hijo de puta!

—¡Ángel, ya está bien! —grita Elena.

—¿Qué pasó con mi padre?

Rentero se levanta y clava en el policía una mirada glacial.

—¿Quién te has creído que eres? No puedes insultar a un superior.

—¡Basta ya! —exige Elena—. Está nervioso, coño. ¿Cómo quieres que esté después de lo que ha oído? Es mejor que te vayas, Rentero.

Rentero se estira el puño de la camisa y, tras dos segundos en los que le mantiene la mirada a Elena, sale sin dirigirle una ojeada a Zárate. Al oír el portazo, ella reacciona con alivio. Sin saber qué decir o cómo encarar a su amigo, se derrumba en el sofá. Zárate abre un balcón; quiere ver cómo el comisario atraviesa la plaza Mayor. La rabia le asciende en oleadas, siente que los músculos se le tensan, que quiere arrasar con todo a su alrededor; romper la figurita de la fertilidad que le regaló a Elena su madre, una escultura africana de alabastro, muy cara. Un jarrón, un candelabro, provocar una lluvia de libros.

—¿Has oído lo que ha dicho de mi padre? ¿Tú también lo sabías? ¿Lo sabíais todos y os habéis estado callando? —Habla sin darse la vuelta, con los puños apretados—. ¡¿Qué más mierda no me habéis contado?! ¡Elena! Por lo menos me debes eso: un poco de honestidad.

Al no escuchar respuesta de la inspectora, Zárate se gira hacia ella. Elena no lo está mirando. En sus manos tiene una hoja de una fotografía; la inspectora solo ha reparado en ella cuando Rentero se ha ido.

—¿Has visto esto?

Le tiende la hoja a Ángel. Es una fotografía de un viejo balón azul en la finca de Las Suertes Viejas, olvidado entre los matorrales, sucio de barro.

—¿Qué quiere decir esto? Elena, no vas a evitar la conversación...

—Lee la descripción, joder.

La inspectora no espera que Zárate lo haga. Se levanta y, rápida, va a su dormitorio para coger su ropa.

—Balón azul de tela con cascabeles en su interior. ¿Para qué tenían una pelota así?

—Dímelo tú, Ángel. ¿Quién puede necesitarla? Estuviste con él, igual que yo...

—El niño ciego del mesón de Ucero.

—Ese niño ha estado en la finca de Las Suertes Viejas.

Capítulo 37

Bajo el aguacero, el Lada de Elena avanza por la carretera de Burgos siguiendo la estela que deja el coche en el que viajan Orduño y Zárate. La nube es una cúpula gris que los envuelve durante todo el camino hasta Ucero.

—La salida 103 está solo a un kilómetro —la avisa Orduño a través del manos libres.

Elena sabe que, al otro lado, Zárate la escucha, pero permanece en silencio. Cuando avisaron a Orduño, él prefirió subir al coche con su compañero; no estaba dispuesto a hacer las dos horas y media de trayecto hasta ese pueblo de Soria al lado de ella. Se ha abierto tal herida entre los dos que parece incurable, pero ahora su dolor no es lo más urgente. Al fin tienen una pista. Alguien que les pueda contar cómo era la vida en esa finca de Las Suertes Viejas.

Un relámpago rasga la noche y crea en la carretera, casi desierta a esas horas, una ilusión de decorado. A los pocos segundos estalla un trueno.

Elena reduce la velocidad; el agua convierte la carretera en una pista deslizante y también Orduño maniobra con precaución. Una tristeza indecible acompaña cada uno de los movimientos de la inspectora, cada una de sus percepciones. El limpiaparabrisas funciona a la máxima velocidad, pero la lluvia es intensa y apenas se ve. Son las ocho de la mañana y amanece, pero el sol no es más que un resplandor apagado tras la tormenta.

La entrada de Ucero está peor que el resto del camino; a la lluvia y el ocasional granizo, se une un corte de luz que afecta a todo el pueblo. Elena sigue el coche de Zárate y Orduño hasta el Centro de Interpretación del Parque Natural. La oscuridad es densa. Cuesta distinguir las sombras de la antigua fábrica donde se halla el centro. Enfrente, como una casita de cuento engullida por el temporal, El Balcón del Cañón. Dentro del bar se distingue una luz. Alguien ha encendido una vela. Aparcan y, encogidos bajo el chaparrón, cruzan el espacio hasta la puerta.

Nada más entrar, la llama vacilante les permite ver al niño ciego con un gorrión muerto en las manos, como un personaje de Zurbarán.

—Hola —saluda Zárate.

El niño levanta la mirada hacia esa voz. Orduño se acerca a él.

—¿Cómo te llamas? —pregunta queriendo sonar cariñoso.

—Chemita.

—Hola, Chemita. Yo me llamo Orduño. ¿Qué haces aquí solo?

El niño se encoge de hombros, indiferente al apagón que debe tener a sus padres y a todo el pueblo en jaque.

—¿Dónde está Dorita? O tu madre... no deberían dejarte así —interviene Elena.

—Ella es mi mamá. Ha ido a arreglar la luz...

—No, Dorita no puede ser tu madre. Es muy mayor, a lo mejor es tu abuela.

—Ella es mi mamá.

Un olor pestilente flota en el aire. Zárate es el primero en percibirlo.

—Huele mal. Como a podrido.

—Supongo que por culpa del apagón —razona Orduño—. Si se han tirado sin luz toda la noche, se estará estropeando el género.

—Son los niños.

Los policías miran con asombro a Chemita, que sigue acariciando el pájaro muerto.

—¿Qué niños?

El pequeño deja el gorrión en la mesa, se levanta de un salto y se dirige a la escalera que baja al sótano. Lo hace con soltura, palpando bordes y paredes; conoce a la perfección un espacio que debe de tener reconstruido en su cabeza. Orduño enciende una linterna y alumbra el empinado descenso para guiar a Zárate y Elena.

En el sótano hay un arcón congelador. El niño lo señala. Zárate abre la tapa y Orduño le tiende la linterna a Elena para que dirija el haz al interior. La luz enmarca los cuerpos de dos fetos encogidos en el fondo del arcón. Un chisporroteo devuelve la luz en el sótano, el congelador se reactiva con un zumbido. Al girarse, Elena da un respingo. Dorita está en el umbral, pero no es una aparición amenazadora. Al contrario, la mujer extiende los brazos para que le pongan las esposas.

Tercera parte

Vivir sin tus caricias
es mucho desamparo.

Amado Nervo

La hora de la siesta es sagrada en Las Suertes Viejas. Todas las mujeres se acuestan, bajan las persianas y la finca queda envuelta en una modorra silenciosa, matizada a veces por un cascabeleo. Es Chemita jugando con su balón.

A Violeta la conmueve ese niño. Nació ciego y el padre que lo había encargado se negó a quedarse con él. Dorita se apiadó y se lo llevó a su casa, lo educa como si fuera su propio hijo. Cuando Dorita acude a la granja para hacerles una revisión, Chemita la acompaña y juega con su pelota entre las gallinas. A las mujeres les gusta que esté por allí, aunque su presencia sea un recordatorio de todos esos hijos que han traído al mundo y a los que nunca verán. Alguno, como el primero que tuvo Serena, que es la que más tiempo lleva en la finca, tendrá la misma edad que el niño ciego. Cinco años.

La desidia de la siesta es la cadencia habitual en Las Suertes Viejas. Las horas avanzan perezosas hasta que el sol se pone, mientras ellas dormitan o ven la televisión. Viven instaladas en una rutina somnolienta que solo altera un parto o las escasas visitas que reciben. O la llegada de Violeta. Durante unos días, las chicas la rodearon, la acosaron a preguntas, ¿de dónde vienes?, ¿cómo has llegado hasta aquí?, y a explicaciones sobre lo que le esperaba. Esas advertencias no tardaron en cumplirse: a la semana siguiente de que Rigoberto y el españolito la dejaran en la finca, apareció un médico, don Ramón se llamaba, y la llevaron al sótano. En el paritorio, la sentaron en la silla, le abrieron las piernas para auscultarla, le hicieron análisis e iniciaron el tratamiento de fertilidad. Apenas un mes después, tras el segundo intento, ya estaba embarazada. La inseminación fue dolorosa y tuvo que guardar cama durante dos días. A su lado, Rosaura, una cubana blanca, le hizo compañía y le contó historias de Las Suertes Viejas. Historias como la de Chemita, el niño ciego rechazado, hijo de una rumana que ya no estaba allí, sin duda expulsada por haber parido a un niño defectuoso. Unas dicen que la mataron, otras que ahora está en un burdel, trabajando para Rigoberto. Poco a poco, pasó la novedad de Violeta, las conversaciones se fueron espaciando, el silencio recobró su dominio en Las Suertes Viejas, y la recién llegada entendió las reglas que regían el lugar.

No hacían falta muros para retenerlas. Lucio —el Panocho, como lo llamaban las demás— era una presencia diaria en la finca. A veces borracho, a veces simplemente cabreado, las disuadía de intentar la fuga. Le habían visto pegar hasta la extenuación a Olena, una rumana que intentó huir después de dar a luz. No era lo habitual; preñadas eran mercancía valiosa y Lucio se veía obligado a contenerse. Alguna vez lo descubrieron masturbándose mientras ellas dormían. Sin embargo, más allá de descargarse entre embarazos, no podía tocarlas. Tampoco hacía falta. El miedo a Rigoberto, cuyo nombre Lucio invocaba con frecuencia, era más útil que una paliza o cualquier cerrojo.

Tal y como la madre de Chemita había desaparecido, ellas también podían desaparecer si no respetaban las normas de la finca: comer y dormir bien, tomarse las medicinas que les proporcionaban, dar paseos sin alejarse demasiado de la casa por ese páramo que las rodeaba. Solo unas pocas escogidas —como Serena y Mariya, cuya lealtad estaba demostrada— podían llegar hasta el pueblo de vez en cuando.

En esa vida rutinaria, mientras los embarazos iban avanzando entre siestas y horas de televisión, las más mínimas alteraciones eran bienvenidas: la visita de Dorita y el pequeño Chema, cuando ella, que ejercía de matrona, les hacía las revisiones. Las ecografías que en determinados meses les hacía don Ramón. Las visitas de Gerardo en su Seat Panda para traer los medicamentos que necesitaban. Los partos.

Violeta solo ha vivido dos. El primero, el de Mariya. El segundo, el de Rosaura, en el que todo fue mal. Se complicó y su primera amiga en Las Suertes Viejas murió en el paritorio.

Los bebés lloran en el nido unos días. Muy pocos. Solo hasta que Rigoberto llega en su Porsche para llevárselos, para entregárselos a los padres. Y, entonces, el silencio regresa a la finca. La abulia de los días hasta el siguiente parto.

Alguna vez se han preguntado quiénes son esos hombres, quiénes son los padres. Odian a la pareja que se negó a hacerse cargo de Chemita. A la pareja, o a la madre soltera, o al padre cabrón que lo rechazó por ser ciego. No saben quién fue. No les dan esa información. Violeta no hace distinciones: todos los que pagan por tenerlas allí pariendo como esclavas son unos hijos de puta. Desde sus cómodas casas, desde sus cómodas vidas, dan un dinero a Rigoberto y, nueve meses más tarde, reciben el bebé que, después, pasean ufanos, le compran regalos, lo visten como a un muñeco, lo presentan a la familia. Ríen y lloran con sus logros, con sus primeros pasos y sus primeras palabras. Y, mientras todo eso sucede, ellas vuelven a ser inseminadas, vuelven a vivir un embarazo para entregar el hijo que alguien ha comprado.

Violeta se mira la barriga en el espejo, ya está de seis meses, y odia la vida que crece dentro de ella, la felicidad que esa criatura dará a los hombres y a las mujeres que las tienen como gallinas. Nunca imaginó que estos serían sus sentimientos la primera vez que fuera madre, pero son tantos los futuros que imaginó cuando vivía en Ciudad Juárez, cuando conoció a Néstor, que es ridículo pensar en ellos. Iyami Oshoronga se cruzó en su camino en el rancho de Santa Casilda y, desde entonces, su destino está trazado por esa orisha con alas de pájaro.

Hoy hace buen tiempo al sol, pero sabe que no durará; se acaba agosto y septiembre traerá de regreso el frío. El mismo que, durante el invierno, temió que pudiera matarla. Nacida en un clima cálido, no estaba preparada para esas temperaturas bajo cero. Serena le trajo del pueblo unos guantes de lana para que se abrigara las manos y, pegada al fuego de la chimenea, no se los quitó en todo el invierno. Después de que Rosaura muriera en el parto, Serena, mexicana y güerita como ella, se convirtió en su principal compañía. Se contaron los días en su país natal; Violeta le habló de Néstor, de Hugo, el padrote que la recogió en España, su paso durante un tiempo que no es capaz de definir por el Hotel Torrebuena, donde fue torturada y violada. Una historia que se repite en Serena; su pueblo de origen es otro, no hubo un Néstor, pero sí otro hombre que le prometió un futuro mejor; también recaló en el Hotel Torrebuena, donde sufrió el mismo martirio que Violeta, hasta que Rigoberto la llevó a Las Suertes Viejas. También pensó que prefería morir a seguir viviendo así, como ahora piensa Violeta.

Pero Serena ha cambiado, es feliz.

—Nunca pensé que pudiera volver a serlo. Aguanta, Violeta. Al final, la felicidad se abre paso. Hasta en el lugar más penoso del mundo aparece el amor.

Serena está embarazada de ocho meses, pero, a diferencia del resto, ella sí conoce al padre. Es un secreto que solo le ha confiado a Violeta. Es el hombre que les trae medicamentos en un viejo Seat Panda, Gerardo. Primero, fueron miradas furtivas y breves conversaciones. Con el tiempo lograron encontrar la manera de verse a espaldas de Lucio cuando Gerardo venía. Fue durante la cuarentena, después de que Serena hubiera dado a luz a una niña. Borracho, Lucio no se dio cuenta de que se alejaban juntos de la casa. Hicieron el amor. Supo de inmediato que se había quedado embarazada, pero se agenció uno de los tests que hacían a todas para asegurarse. Dio positivo. Pocos días más tarde, apenas rebasada la cuarentena, don Ramón se presentó en Las Suertes Viejas para inseminarla. Tenía miedo de que el médico notara que ya estaba en estado o pudiera provocarle un aborto, pero no fue así. Todos pensaron que el embarazo que empezaba a gestar Serena era *fruto de esa inseminación. Desde entonces, Gerardo y Serena han estado planeando cómo escapar. Lo harán antes de que ella dé a luz. No le robarán a este bebé.*

—¿Dónde te va a llevar? Rigoberto os encontrará.

—Te digo la verdad si me prometes callarla —le pidió Serena—. Gerardo es policía, me va a conseguir un pasaporte y nos vamos a mudar al extranjero.

—Si es policía, ¿por qué no nos libera a todas?

—Lo hará. Esto se va a acabar, Violeta, es solo que todavía no puede hacerlo. Está en mitad de la investigación y tiene que dejarlo todo bien atado para que Rigoberto y el Panocho y don Ramón... para que todos vayan a la cárcel. A mí me sacará antes porque no puedo parir y que se lleven a nuestro niño; lo entiendes, ¿verdad?

Violeta se traga ese sapo e incuba en silencio el odio hacia ese supuesto policía; no cree en las promesas que le hace a Serena. Está convencida de que esa historia de que es un policía encubierto no es más que un cuento con el que embaucó a Serena. Iyami Oshoronga rige el destino de todas las madres de Las Suertes Viejas; siente su sombra abrigando la finca en mitad del páramo. Sus alas negras extendidas sobre sus futuros: sus cuerpos nos son más que sacrificios para el ritual de los hombres. Carne a través de la cual logran lo que quieren.

El bebé se mueve en su tripa y da patadas, se siente incómoda, no puede dormir la siesta como las demás, necesita estirar las piernas. Abandona la habitación con sigilo y sale al patio. Allí está el niño ciego golpeando la pelota contra una pared, siempre con la misma fuerza. Hay algo monótono, casi hipnótico, en su juego, en el ruido del cascabel. Una gallina cloquea a la sombra del gallinero.

—¿Qué haces aquí, Violeta?

En el umbral está Dorita, los brazos en jarras, la expresión preocupada. Ella se acaricia la barriga.

—No se está quieto.

—¿Te ha visto Lucio?

—No, tranquila.

A estas horas, Lucio debe de estar dormitando pegado al aire acondicionado de su coche. Cada tarde, después de comer y beber demasiado, es así.

—Chemita, hijo, nos vamos... Y tú, Violeta, ten cuidado no te vea el Panocho. Mejor vuelve dentro con las demás, que sabes que no quiere que andéis fuera a pleno sol.

El niño se resiste y, antes de subir al coche, patea el balón con fuerza. Aterriza en un matorral. Violeta se queda mirando la nube de polvo que levanta el Fiat de Dorita. Busca una sombra donde corra algo de aire. Al pasar junto a la gallina, esta se eriza, cacarea. Teme que le arrebate los huevos. Sentada en una silla de anea, la joven cierra los ojos. Le molesta sentir cómo una vida se mueve dentro de ella y debe hacer un ejercicio de concentración para no pensar en ese hijo.

No sabe cuánto tiempo ha pasado cuando un coche azul baja por el camino. No es el rojo de Lucio, que está aparcado allí; tampoco el deportivo del médico, ni el Porsche de Rigoberto. Gerardo, el amor de Serena, se mueve en un Seat Panda. Debe de ser un nuevo visitante, piensa Violeta con cierta alegría: alguien que viene a alterar la cadencia repetitiva de Las Suertes Viejas.

Desde donde está, ve salir a Lucio de su coche. Estaba allí durmiendo, como pensaba. Sus aspavientos indican que el hombre que se baja del vehículo no es bienvenido. La discusión es breve, apenas han pasado unos segundos cuando se oye un disparo y Lucio cae al suelo como un fardo. Violeta se esconde aterrada tras el gallinero. El hombre camina rápido hacia la casa. Olena, que está embarazada de cuatro meses, sale de la casa, alertada por el disparo.

—¿Tú llevas al hijo de Sousa? —pregunta el hombre.

Acto seguido, sin esperar el tiempo necesario para una respuesta, le descerraja un tiro en la cara. El hombre entra en la casa y Violeta oye dos disparos más. Supone que han sido para Isabel, embarazada de cinco meses y para Mariya, de seis. Halyna, la última que ha llegado a la finca y que está de solo un mes, y Serena, de ocho meses, salen corriendo al páramo que rodea la casa. Gritan, aunque saben que nadie puede oírlas. No llegan a alejarse demasiado. El hombre las sigue con paso tranquilo y, con dos disparos certeros, acierta en sus nucas. Primero una y luego otra, ambas caen al suelo, dejando en el aire la estela de su sangre.

Escondida, jadeando de miedo, Violeta se lleva las manos a la tripa, por puro instinto. Todo el desapego que sentía por la vida que se estaba formando dentro de ella se transforma de repente en una determinación absoluta de protección. Quiere salvar a ese niño. Quiere darle la vida a su hijo. Reza para que el asesino no sepa cuántas mujeres había allí dentro. Pero entonces le ve rodear la casa y mirar hacia un lado y otro, y comprende que sí lo sabe, que las cuentas no salen, que falta una. El hombre camina decidido hacia el gallinero tras el que ella se esconde. En unos segundos de vértigo calibra sus posibilidades. Emprender una huida es inútil, está gorda y pesada, no llegaría muy lejos, aparte de que todo lo que hay a su alrededor es campo abierto. Decide salir de su escondite y suplicar clemencia.

—Por favor, yo no sé nada...

Al darse cuenta de que él no baja el arma, echa a correr. Antes de la tercera zancada, recibe un disparo en la espalda. Lo último que ve antes de que el dolor le nuble la vista es el balón de Chemita con el cascabel callado. Luego, una extraña oscuridad, cálida, como un susurro. ¿Son las alas de Iyami Oshoronga envolviéndola? Dos destellos, parecen los ojos de la orisha que ¿le habla? «Es la venganza», resuena en la cabeza de Violeta y, de repente, como si alguien hubiera levantado las persianas, la oscuridad desaparece. El sol cae a plomo sobre la finca, sobre ella y, cuando mira a su lado, no sabe a ciencia cierta si lo que ve es real o no.

El intruso, cubierto de sangre, sostiene una navaja afilada y la clava en la barriga de Serena. Le abre el estómago y a continuación mete la mano dentro de ella, hurga en su interior hasta que arranca algo. Es el hijo que albergaba su amiga. Tiene ocho meses y está llorando. Su grito de vida se esparce por los terrenos que rodean Las Suertes Viejas.

Lo que presencia Violeta va más allá del horror. No quiere mirar, pero mira y capta retazos, estampas en las que ese hombre va abriendo el vientre de cada una de las embarazadas y arrancándoles el feto que, luego, deja tirado en el suelo a los pies de la madre muerta. Ya no se oye el llanto del bebé de Serena, ahora gana presencia otro: el del hijo de Mariya, que se queja con un alarido desgarrador que cesa enseguida.

Violeta sabe que llegará su turno. Se toca la espalda y nota cómo se está desangrando por la herida del disparo. Dentro, su hijo se revuelve. Le da patadas. Le pide que cumpla con lo que Iyami Oshoronga le ha pedido. «Es la venganza». El intruso se arrodilla a su lado. La sangre de las mujeres muertas ya le empapa los dos brazos, tiene tiznada la cara de gotas, de coágulos que penden de su barbilla. Deja a un lado su cuchillo solo para desvestirla. Para dejar al aire su vulva y el vientre. Acto seguido, busca en el suelo el cuchillo, pero no lo encuentra. Y no lo hace porque Violeta se ha hecho con él. Rápida, se lo clava en el cuello, le abre un agujero bajo la nuez y la sangre del asesino se desborda como una fuente sobre ella.

El rojo le tiñe la mirada y las imágenes y los gritos de las madres y de los bebés se funden en su cabeza en un coro alucinado.

Capítulo 38

—Mi esposo no tiene nada que ver —les asegura Dorita—. Él me ha dicho muchas veces que llamara a la Guardia Civil, pero no he tenido valor... Ya sé que esas pobres mujeres no se merecían quedarse ahí, olvidadas... Soy una cobarde: tenía miedo, no tanto por mí, sino por mi hijo, por Chemita... «Hay que hacer justicia», dice siempre Violeta. Y a lo mejor tiene razón.

—¿Quién es Violeta?

La mujer no responde a Elena. Se cubre la cara con las manos y dos mechones, uno por cada lado, se desprenden hasta tocarse. Se han trasladado con los detenidos —Dorita y su marido Benigno—, al cuartel de San Leonardo de Yagüe. No hay una sala de interrogatorios propiamente dicha, se han instalado en un despacho donde una luz vacilante viene y va. También aquí el suministro eléctrico pende de un hilo. El viento azota las ventanas y la lluvia no amaina.

—Aquella tarde había terminado mi trabajo. Todo estaba en orden, las mujeres se echaban la siesta y yo podía volver a casa. A mitad de camino, Chemita se acordó de que se había dejado la pelota. No tiene muchos juguetes y me dio pena, así que decidí volver a Las Suertes Viejas. No esperaba encontrarme ese infierno.

Zárate y Elena escuchan en silencio el relato de Dorita. Orduño se ha hecho cargo del niño; a estas horas, ya deben de haber llegado los servicios sociales para ocuparse de él. Esta noche, dormirá en un centro de menores.

—Allí estaba Lucio, el Panocho, tirado en el suelo con la cara destrozada. Delante de la casa, en el porche, estaban las mujeres: Serena, Isabel, Mariya, Olena y Halyna, todas muertas. Les habían abierto la barriga y... estaban vacías... Un poco más allá, había otro hombre: no lo había visto en mi vida, pero también estaba muerto. Faltaba Violeta. Habíamos estado hablando hacía menos de diez minutos... Ella no era como las demás. Al llegar, se hizo muy amiga de Rosaura, una cubana... y las dos decían cosas de brujería y de no sé qué dioses de sus tierras. Eran nombres muy raros que yo no había escuchado en mi vida, pero ellas se entendían... Cuando Rosaura murió en el parto, Violeta se quedó muy sola. Andaba de vez en cuando con Serena, la otra mexicana, pero yo sabía que no estaba bien... Por eso intentaba hablar con ella siempre que iba. Porque me daba pena verla ahí, tan perdida...

—¿Las demás eran felices? Me cuesta creer que unas mujeres esclavizadas, obligadas a encadenar embarazos para vender a sus hijos, pudieran serlo.

Dorita no tiene fuerzas para rebatir a Elena, tampoco argumentos. Las lágrimas se derraman sobre sus mofletes, se sorbe la nariz.

—Quizá no, pero ¿quién es feliz? Lo eran, a su manera.

Elena y Zárate la observan con frialdad. No logran compadecerse de esa mujer que guardaba dos fetos en un arcón congelador.

—¿Encontró a Violeta?

—Al principio, pensé que todo eso lo podía haber hecho ella, pero lo que vi dentro de la casa... No me voy a quitar esa imagen de la cabeza nunca: los fetos estaban sucios de sangre y barro, colocados uno junto al otro, en fila, ordenados por tamaño, como si los hubieran sentado en el sofá para que tomaran la merienda... El más pequeño era poco más que un embrión. Debía de ser el bebé de Halyna, que llevaba unas cuatro semanas de embarazo... pero los demás... Sentados...

—¿Me está diciendo que alguien se puso a jugar a las muñecas con los fetos?

Dorita asiente.

—¿Quién hizo esa locura? —interviene Zárate. La imagen de los fetos sentados en el sofá se ha apoderado de su cerebro. Imagina a quien los colocara incluso fingiendo sus voces.

—Violeta. Ella estaba en el suelo, en medio de un charco de sangre...

—¿Viva?

—Al principio creí que no, que también estaba muerta, no se movía ni un poco. Pero después tuvo una especie de espasmo. Fui a verla y tenía una herida en la espalda que sangraba, aunque a ella no le habían sacado al bebé. Supongo que, lo que sea que había pasado, la había puesto de parto. El dolor de las contracciones fue lo que la despertó. No tuve tiempo ni de bajarla al paritorio; fue allí mismo, en el salón... He atendido muchos partos, más de cincuenta, pero en este no se podía hacer nada. El niño nació muerto.

Sin apenas necesidad de hacerle preguntas, Dorita sigue relatando lo que sucedió aquella tarde. Bajó al sótano para hacerse con material médico e hizo una cura de urgencia a Violeta, que, alucinada, no paraba de hablar de ese hombre que había llegado a la finca para matar y arrancar los hijos de las madres. Le extrajo una bala y contuvo la hemorragia. La chica tenía fiebre y deliraba; quería llevársela de la finca, volver a su casa para intentar pensar con claridad qué hacer a continuación, pero Violeta se negaba a marcharse sin los niños. Así los llamaba. Se puso violenta y, para tranquilizarla, Dorita aceptó regresar a Ucero con los cinco cadáveres de los bebés. Buscó hielo y los metió en una maleta. No sabe cómo logró conducir hasta casa sin estrellarse. Su cerebro era una olla a presión. Al llegar al mesón del río Lobos, vació el arcón congelador del sótano y los escondió dentro. Violeta no quiso separarse de ellos. Murmuraba frases inconexas, sin sentido aparente, pero con el tiempo Dorita se dio cuenta de que no eran tan extemporáneas, sino más bien un mantra que ha seguido repitiendo hasta hoy: «Es la venganza, Iyami Oshoronga quiere que restablezca el orden, el destino necesita que todo vuelva a su lugar...».

—Se quedó dormida junto al arcón. Mi marido y yo pasamos la noche en vela, le conté todo. Él quería ir a la Guardia Civil, hasta llamó al puesto, pero yo le hice colgar. No crean que me asustaba que me llevaran a juicio por haber estado trabajando en Las Suertes Viejas, no era eso lo que me daba miedo. Pensaba en mi hijo, porque me da igual de quién naciera... Chemita es mi hijo y sé que nadie puede cuidarlo como yo. Si hablábamos, se lo iban a llevar... ¿Y no es eso lo que ha pasado al final? Se lo han llevado.

Durante unos segundos se hace la oscuridad y solo se oyen los sollozos de la mujer. Cuando vuelve la luz en una sucesión de parpadeos, Elena se sorprende al descubrir a Zárate mirándola, no sabe si compartiendo el horror de lo que cuenta Dorita o acusándola de comportarse como esa mujer al querer hacerse cargo de Mihaela. Una punzada de tristeza la recorre de arriba abajo, la sensación de que no será fácil asumir que la mirada que ha recalado en ella con amor los últimos años pueda ahora hacerlo con odio. Con esfuerzo, retoma el interrogatorio:

—Podían haber intentado legalizar la situación de Chemita.

—¿De verdad se piensa que Rigoberto se habría quedado de brazos cruzados? A él le da igual la policía... Lucio me lo dijo más de una vez; que había que andarse con mucho cuidado con él. A la más mínima metedura de pata, si se nos ocurría decirle a alguien qué estábamos haciendo en Las Suertes Viejas... Era como una sentencia de muerte.

—¿Quién es Rigoberto?

—El dueño de todo. Solo sé que es mexicano y que tiene un Porsche negro, pero no lo conducía siempre. Cuando traía a una chica, venía en una furgoneta. A veces con alguien más, pero yo apenas hablé con él. El Panocho, Lucio, era el que lo trataba.

Elena se inclina sobre la mesa, hacia ella:

—Dorita, necesito que me cuente exactamente cómo funcionaba la casa. Aparte de Lucio y usted, ¿había alguien más trabajando allí?

—Don Ramón, el ginecólogo. No sé cómo se apellida. Venía cuando tocaba inseminar a alguna de las chicas, que era pasada la cuarentena desde que habían dado a luz. También hacía ecografías, aunque el seguimiento del embarazo lo llevaba yo, además de ayudarle en los partos. El que estaba todo el tiempo allí era Lucio; les llevaba la comida para que cocinaran, lo que les hiciera falta y controlaba que no se alejaran mucho de la finca, aunque alguna vez dejaba a las más antiguas dar un paseo hasta el pueblo.

—¿Nadie más?

—Había un chico, Gerardo creo que se llamaba. Yo solo lo vi un par de veces y ni crucé palabra con él. Nos traía los medicamentos... que necesitábamos para tratar los embarazos.

—Cuando estuvimos en el mesón le enseñamos su foto, ¿verdad? —interviene Zárate, suena enfadado—. Nos dijo que no lo había visto nunca, pero nos mintió. Ese era Gerardo.

Dorita esconde la mirada avergonzada. Los policías están en lo cierto. Acaban de encajar una pieza que no lograban situar en la investigación; la conexión de Gerardo, Guillermo Escartín, el policía infiltrado, en Las Suertes Viejas: les suministraba las medicinas que necesitaban y que debía obtener de manera ilegal. Una forma de no dejar rastro y conseguir que esa casa y esas mujeres siguieran ocupando el espacio de un fantasma.

—¿Sabe lo que ha provocado su decisión de no contar nada a las autoridades? Más muerte. Guillermo Escartín, Gerardo, como usted lo llama, fue asesinado. También Ramiro Beiro, el padre del chico en silla de ruedas, ya sabe de

273

quién le hablo... ¿Y quiere que le digamos lo que encontramos dentro de ellos? Una carnicería; les habían arrancado sus órganos para meterles dentro un feto. Sus propios hijos. —Zárate ha dado dos zancadas para situarse frente a Dorita, prácticamente le ha gritado a la cara el detalle escabroso y, sin embargo, la mujer no acusa el horror en su expresión—. ¿No le sorprende lo que le acabo de decir?

—No es justo, ella no se merece ser la culpable —se murmura a sí misma Dorita.

—Escúcheme —Elena capta su atención—. Según ha contado, en la finca había seis mujeres y todas perdieron a sus hijos. Hemos encontrado dos fetos y, en el arcón del mesón, había otros dos. ¿Dónde están los dos que faltan? ¿Dónde está Violeta?

—Estaba destrozada, como en otro mundo. No se quería separar de los niños y yo tampoco podía dejarla tirada. Permitimos que se quedara en el sótano, le pusimos una cama; tuvimos mucho cuidado de que nadie la viera, sobre todo cuando Rigoberto vino a Ucero. Estuvo en el mesón y preguntó por lo que había pasado en la finca. Yo le dije que no sabía nada y... no sé... supongo que me creyó. Unas semanas después, volví allí: lo habían limpiado todo. No estaban los cuerpos ni había rastro de lo que había sido... Pensé que, a lo mejor, podríamos pasar página... Por Chemita, por Violeta: la pobre había estado a punto de morir, pero ella no quería hacerlo. Decía que no iba a pasar página. Su única obsesión era esa de hacer justicia, de volver a poner orden a las cosas...

—¿A qué se refería con «poner orden a las cosas»? —pregunta Elena, aunque, en realidad, intuye la respuesta.

Dorita guarda silencio. Ya no llora, solo mira al vacío como si se estuviera asomando a un pozo. Ha dejado de llover. El zumbido del cable eléctrico ocupa el despacho del cuartel, improvisada sala de interrogatorios.

—Hace un mes, Violeta se marchó. Pensamos que ya no volvería... Era difícil convivir con ella escondida en el sótano. Pero, al cabo de una semana, volvió. No nos dijo dónde había estado. Apenas decía palabra. Una noche, a la hora del cierre, bajé al sótano y me la encontré hablando con los cadáveres de los niños. No decía más que tonterías; que si iba a llevarlos de excursión... Benigno, mi marido, se enfadó: decía que teníamos que llamar a la Guardia Civil, nosotros no podíamos cuidarla... Pero, entonces, se volvió a ir. Otra vez estuvo como una semana fuera. Cuando regresó, me di cuenta: faltaban dos cuerpos del arcón. Le pregunté qué había hecho con ellos, me enfadé, pero Violeta solo me decía que «había puesto las cosas en orden, que el destino le había dicho que todo tenía que volver a su lugar...». Yo no entendía nada, pero... ahora...

—Hemos registrado el mesón, Dorita. Ella no está allí.

—Violeta se fue poco antes de que ustedes llegaran al pueblo haciendo preguntas. Se llevó dos bebés. Supongo que ya saben lo que va a hacer con ellos...

—Va a matar a los padres.

—Lo siento, yo... ¿cómo iba a imaginar que Violeta haría algo así? Después de todo lo que hice en la finca, me sentía en deuda con ella. Quería protegerla...

Los policías la miran en silencio. Una mujer destrozada. En esa noche de tormenta parece haber envejecido veinte años. Su relato es creíble, seguro que endulzó el cautiverio de esas mujeres, aunque tal vez para ellas Dorita constituía el único rayo de luz en el infierno. No eludirá la cárcel. Su complicidad en la trama es evidente, sea por negligencia o por cobardía. El bien y el mal dándose la mano, dos fuerzas opuestas peleándose dentro de ese cuerpo menudo. Tampoco volverá a abrazar a Chemita. No podrá cuidar de un niño al que considera su hijo.

—¿Cómo sabe Violeta quiénes son los padres? —pregunta Elena antes de marcharse.

—No lo sé. Nunca iban a la finca. Que yo sepa, Rigoberto era el único que tenía los nombres.

Capítulo 39

No sabe por qué, pero el sol y sombra de la mañana le sabe a demonios. Reyes hace un esfuerzo por contener la arcada y, tras una mueca que pretende ser una sonrisa ante Fabián, toma aire y vacía el vaso de un trago. Sabe que su compañero no perdona el ritual previo a cada turno, es la única superstición que le conoce. Sin embargo, su estómago es una montaña rusa. Reza para no vomitar en el coche mientras él conduce hacia la Colonia Marconi.

—¿Vas a estar así toda la mañana, tía? Bastante coñazo es dar vueltas por el barrio como para que no me des ni un poco de conversación.

—Creo que anoche cogí frío. A lo mejor tengo un poco de fiebre.

Fabián le pone la mano en la frente.

—Estás de puta madre. Ni frío ni hostias, Reyes. Es la Sección; ¿te crees que a mí no se me ponía un nudo en el estómago al principio? Pero aquí te terminas haciendo de piedra. O te haces o es que no vales...

—¿Hasta cuándo vais a seguir poniéndome en duda?

—Hasta que no te levantes blanca como la pared después de una noche con un poco de jarana.

Reyes evita la mirada de Fabián. Al otro lado de la ventanilla, desfilan los primeros edificios de la Colonia Marconi. La narconave de la calle de la Resina. Un yonqui encorvado atraviesa la puerta. Le dijeron que Dely había muerto de una sobredosis, pero recuerda la mancha de sangre en el saco que la envolvía. Fabián se equivoca cuando piensa que su malestar se debe a lo que hicieron: el encargo de transportar el cuerpo de la venezolana hasta un descampado y enterrarlo. No es eso lo que le ha impedido dormir un solo minuto de esta noche ni lo que se enreda en su estómago y su pecho. La ansiedad, porque cree que eso es lo que provoca su mal cuerpo, nació tras la visita a su tío Rentero, después de servirle en bandeja el nombre de Gálvez, su vinculación a la brigada corrupta de Villaverde. No tiene miedo a enfrentarse a las altas esferas, podría seguir indagando hasta entender en qué consiste ese vínculo y conseguir pruebas para llevar a juicio al director general de la Policía. Pero su tío cerró esa puerta y le hizo prometer que lo olvidaría. Los motivos que empujan a Rentero a actuar así es lo que no la ha dejado dormir, lo que la tiene enferma.

En la familia, él siempre ha sido su principal apoyo. Cuando las miradas censuraban sus cambios de identidad, ese vaivén entre masculino y femenino que nadie entendía, Rentero la protegió. Seguramente, tampoco entendió nada, pero no le importó para defenderla. Para anteponer su felicidad a la anticuada «normalidad» que hasta sus padres le exigían. De algún modo, y nunca se lo había planteado así hasta ahora, creció admirando la figura de su tío, por muy distinto que fuera a ella. No hubo otro ejemplo que la animara a entrar en la policía más que el de Rentero, al que veía como un hombre entregado a su trabajo y cuya carrera iba en continuo ascenso. Un hombre que, a pesar de sus ocupaciones, encontró el tiempo para estar a su lado cuando ella lo necesitó, para, a su manera distante, cuidar de ella y asegurarse de que no le faltaba nada. Ahora, ese mismo hombre al que quería le pide algo que no puede entender.

—Este fin de semana libramos los dos. ¿Te parece que nos cojamos una habitación en una casa rural? —Fabián ha parado el coche en la calle de las transexuales.

—No lo sé... ¿Dónde? —le sigue el rollo.

—Da igual, vamos a pasarnos los dos días follando sin parar, ni siquiera vamos a salir a ver si hace sol, como si está en Parla.

Ha conseguido arrancar una sonrisa de Reyes.

—Eres un romántico, Fabián, ¿nunca te lo han dicho?

Una prostituta se acerca al coche. Lleva unas gafas de sol muy grandes y una falda de tubo que podría pasar como de diva de los años cincuenta.

—Te invito a un café, Sofía. Anda, sube, que hace frío.
—Una vez más la rudeza de Fabián se diluye en el trato cariñoso a los desfavorecidos.

—Venga, que me he ganado un descanso. Pero vamos a mi habitación, que con estas pintas no me dejan pasar a ninguna cafetería.

Se mete en la parte de atrás del coche y Fabián hace las presentaciones. Sofía se queja con acento brasileño de que la tormenta de la noche pasada ahuyentó a los clientes.

—Menos mal que hay madrugadores con ganas de follar —dice sin atisbo de sorna.

Son las once y media de la mañana, pero Sofía se ha agenciado ya dos servicios: un par de conductores de reparto con ganas de fiesta.

Fabián conduce hasta el aparcamiento de una nave industrial y se bajan del coche patrulla para entrar en el de la brasileña, una furgoneta nueva de color rojo. La parte de atrás está preparada para recibir allí clientes. Tiene cama —perfectamente hecha— y hasta tele.

—Mi motel... ¿Qué queréis tomar? *Um cafezinho?* ¿Una cerveza? —Sirve tres cafés de un termo—. Es café bueno, del que hago para mí, de mi país... Ahí tenéis azúcar.

Sofía conserva el acento, pero habla bien, sin necesidad de recurrir al portugués por falta de vocabulario. Fabián y ella charlan de fútbol un rato —ella es del Flamengo, los equipos españoles le dan igual—, de otra de las transexuales del barrio que está ingresada en el hospital por un problema con la silicona, de todo un poco. Como dos buenos amigos. Hasta que el policía pone fin a la cháchara.

—Vamos al grano, nena. ¿Qué tienes para mí?

—¿Qué tienes tú para mí?

Fabián saca una papelina del bolsillo y la balancea de forma incitadora. Ella la coge y se la mete en el escote.

—El Dubi vino preguntando por Gerardo.

—¿El Dubi? No me jodas que ese viejo sigue dando guerra.

—Eso mismo pensé yo.

Reyes remueve su café, que está muy amargo, y deja la taza encima de la caja que sirve de mesa. No quiere que el pulso delate su nerviosismo al oír el nombre que usaba Guillermo Escartín en labios de Sofía.

—¿Qué tripa se le ha roto a ese con Gerardo?

—Dice que le debe dinero. Por un trabajo que le encargó.

—No escarmienta el Dubi, me cago en su puta madre. ¿Te dijo qué trabajo era?

—No, supongo que lo de siempre.

—¿Quién es el Dubi? —pregunta Reyes.

—Un falsificador de documentos. El puto amo haciendo pasaportes, ni yo distingo el falso del original. Ha estado tres veces en la cárcel y ahí sigue, a sus casi ochenta años. ¿Y para qué coño quería Gerardo un pasaporte? A ver si es que se ha ido del país y por eso no hay quien dé con él.

—Eso háblalo con el Dubi. Solo te cuento lo que sé: vino a verme por si sabía algo de Gerardo; yo antes iba a pillar por donde Byram y supongo que nos vería juntos. Me caía bien; alguna vez me echó un cable para que los africanos me hicieran precio. Pero alucino con el viejo del Dubi, no ha perdido pulso para falsificar pasaportes, ni vista para cazar todo lo que se cuece por la calle.

En el coche, Fabián le explica a Reyes lo que va a suceder. Van a ir a un taller de encuadernación que regenta una mujer cincuentona con malas pulgas. Dirá que no sabe dónde está el Dubi, ellos se asomarán a la trastienda y allí encontrarán al viejo trabajando en una esquina a la luz del flexo. La duda es cuánto tendrán que amenazar a la cincuentona para que se quite de en medio. Fabián apuesta que, con veinte euros, les dará paso. Estacionan el coche en la avenida y caminan un minuto hasta el callejón donde está el taller. Las predicciones se cumplen como si las señalara un reloj suizo. La mujer es antipática y trata de impedir el acceso a la habitación anexa, pero toda su oposición se desvanece cuando Fabián le da veinte euros y pueden pasar a la trastienda, un cuartucho desordenado en el que un viejo se deja la vista a dos centímetros de un pasaporte. Al ver a Fabián guarda su labor en una gaveta.

—No te prives, Dubi, tú sigue a lo tuyo.

—Cada vez te ponen compañeras más guapas, Fabián... Cuidao que esa no te muerda la otra oreja.

—Eres muy gracioso. ¿Nos vamos a la comisaría o me cuentas qué cojones ha pasado con Gerardo?

—Eso quiero saber yo.

—Que largues, Dubi, que no tengo toda la mañana.

El viejo resopla, se acerca a una estantería y vuelve con una caja de galletas de dibujos modernistas. De allí saca un pasaporte que le tiende a Fabián. Está a nombre de Serena Garay Lizcano.

—Me pagó la mitad y nunca más se supo.

—¿Te encargó un pasaporte para esta mujer? —Fabián lo ha preguntado sin apartar los ojos del documento.

—Con unas prisas que no veas. Y luego para que coja polvo. Como si yo los cagara, no te jode con el puto yonqui.

—¿Te dijo para qué lo quería?

—Yo nunca pregunto, en este trabajo cuanto menos sepa uno, mejor. Pero me dejó a deber trescientos euros.

—Ya te puedes olvidar de ese dinero y del pasaporte; me lo quedo —dice Fabián guardándoselo—. Y te voy a dar un consejo: retírate y ponte a hacer crucigramas. O juega con tus nietos. O echa la partida en el bar, cojones.

En el coche, Fabián estudia el rostro de Serena en la fotografía del pasaporte.

—No me lo puedo creer. No me puedo creer que este hijo de puta quisiera sacar a una chica de allí.

—¿De qué estás hablando, Fabián?

—Problemas, Reyes: los putos yonquis siempre dan putos problemas.

Detenidos todavía en la calle, Fabián tamborilea sobre el volante, nervioso, pensando cuál debería ser su siguiente paso. Reyes nota su miedo. No le cuesta adivinar a quién.

—¿Te va a dar problemas con Cristo?

—Yo recomendé al cabrón de Gerardo y... mira cómo me lo devuelve... —Blande en el aire el pasaporte de Serena antes de tirarlo sobre el salpicadero.

—Para ayudarte, tienes que contarme de qué va todo esto.

Él se da unos segundos, no está del todo seguro, pero se acaba lanzando. Le cuenta que Gerardo era un soplón, que poco a poco se ganó su confianza y le encargaban trabajos. Hacer recados por aquí y por allá. Dar un susto a algún comercio que no tragaba con la comisión de la Sección. Incluso le echó huevos y robó a Byram, el narco más gordo de Villaverde. Fabián creyó que había que compensarle y le asignó un buen trabajo. Uno fácil en el que iba a sacarse un dinero. Convenció a Cristo para que Gerardo llevara unas cosas a un negocio que había en un pueblo de Soria.

—¿Un negocio de qué tipo?

—Vientres de alquiler. Nada chungo, las mujeres están en la gloria, viven en un puto paraíso. Pero aquí es ilegal. Lo lleva un mexicano cabrón que debe de tener buenos contactos, no sé. Solo hablaba con Cristo.

—¿Qué tenía que llevar Gerardo?

—Suministros. Medicinas, cosas de mujeres y de partos y de yo qué sé... Se robaban en hospitales y, luego, yo se lo daba a Gerardo para que lo llevara. El mexicano se lo curraba para no dejar ni una huella. Yo solo fui un par de veces, hace mucho. Eso era cosa de Gerardo.

—¿Y ese pasaporte?

—La chica de la foto era una de las mujeres que había en la granja. Me juego la oreja sana a que este cabrón se enamoró de ella y quería sacarla de allí. A mí me dijo un día que había que parar el negocio, que era horrible la situación de esas chicas... Se le ablandó el cerebro al puto yonqui... Y ahora entiendo por qué. —Fabián recupera el pasaporte, se lo guarda en un bolsillo.

—¿Y qué más te da a ti? ¿Por qué eso va a mosquear a Cristo?

—No sé bien qué cojones pasó, pero el negocio del mexicano cerró hace unos meses. Y ahora este pasaporte, y Gerardo está desaparecido. ¿Y si al puto yonqui le da por ir a la policía y denunciar todo? Si tiran del hilo, llegan hasta nosotros...

—Joder, Fabián; decís que la Sección es una familia y hay que entender que estas cosas pasan. No es culpa tuya.

—Explícaselo tú a Cristo luego en la barbacoa. No funcionamos así, Reyes: aquí, cuando uno hace algo, también tiene que asumirlo si sale mal. —Deja escapar un bufido como si se riera de sí mismo—. ¿Con qué cara vamos a estar comiendo chuletas en su jardín?

—No le digas nada todavía. —La determinación de Reyes sorprende a Fabián, es casi una orden—. Estás suponiendo que Gerardo puede haber ido a la policía, pero, en realidad, no tienes ni puta idea de dónde está. Dame un poco de tiempo. Hablaré con mi tío. Si hay alguien que puede saberlo, es Rentero. Y si Gerardo simplemente se ha largado, no hay problema. No tienes que contarle nada a Cristo.

La sonrisa de Fabián es casi infantil, la del niño al que acaban de salvar de una trastada.

—Al final, voy a tener que dejar a mi esposa y casarme contigo.

Capítulo 40

El suboficial de Antropología Forense de la Guardia Civil trabaja bajo la guía de Dorita en el retrato robot de Violeta. En la pantalla del ordenador hay cientos de formas de caras, de ojos, de narices, de bocas, de orejas... Se van colocando en el retrato en un carrusel de superposiciones que termina componiendo el rostro. A un gesto de Zárate, el suboficial deja durante un instante su tarea para hablar con el inspector.

—¿Cómo vamos?

—Atrancados con el triángulo de ojos, nariz y boca. Cuando coloquemos eso, tendremos medio camino andado. Pero es una buena observadora; lo encajará como encajó los rasgos de Rigoberto.

—¿Tenemos ya su retrato robot?

—Se lo entregué a la inspectora Blanco.

Zárate se despide del suboficial y busca a Elena en el enjambre de policías y guardia civiles que puebla el cuartel de San Leonardo de Yagüe. Orduño, acompañado de Manuela, se ha hecho cargo del registro del Balcón del Cañón. Hace unas horas, el juez permitió el traslado de los cadáveres del arcón congelador al Instituto de Medicina Legal, aunque Zárate no cree que la autopsia de Buendía aporte nada nuevo, como tampoco lo ha aportado el registro de la casa. Al fin, encuentra a Elena. Está coordinando la recogida de testimonios entre los vecinos de Ucero con el jefe de la Comandancia de Soria, que acaba de aterrizar en el puesto.

—Enséñame a Rigoberto —le pide Zárate cuando la inspectora ha terminado.

—Se lo he enviado a Mariajo para que lo coteje en el programa, pero me parece difícil que dé algún resultado.

El retrato muestra a un hombre moreno, de tez afilada y grandes cejas. No tiene rasgos distintivos. En realidad, podría ser la cara de cualquiera. También intentarán que Dorita reconstruya las facciones de don Ramón, el ginecólogo que atendía los partos en Las Suertes Viejas, aunque ella ya lo describió como un hombre de cincuenta años, calvo, algo entrado en peso, como miles de españoles.

—Lo mejor será que volvamos a Madrid. Deberíamos reunir a todo el equipo lo antes posible y, con lo que tenemos sobre la mesa, ver por dónde tiramos.

El interrogatorio a Benigno no ha aportado ningún dato reseñable. Estaba al margen del trabajo de su esposa en la finca. Nunca fue allí ni vio a Rigoberto, Gerardo o don Ramón. Alguna vez, en el mesón, sirvió unos cafés a dos de las chicas que vivían allí. Serena y Mariya, le dijo Dorita que se llamaban. Intentó convencer a su mujer de que denunciara todo, pero, como a ella, el miedo a perder a Chemita le impidió dar el paso por sí mismo. El matrimonio no había tenido hijos, se habían dicho que tampoco los necesitaban, pero cuando el niño surgió en sus vidas, ya en el último tercio, los cambió tanto, les insufló tal alegría por vivir, que se extrañaron de no haber intentado antes con más ahínco ser padres. De repente, la rutina de los días cobraba sentido. El futuro, también. Y todo giraba alrededor de Chemita, de cuidarlo, de lograr que fuera un niño independiente y, algún día, encontrar la manera de regularizar la situación de su hijo. Porque, como Dorita, así siente Benigno al pequeño niño ciego. Su hijo.

Lenguas de agua descienden por las calles de San Lorenzo de Yagüe. Pasará un tiempo hasta que las alcantarillas absorban toda la lluvia que el cielo ha descargado. Elena y Zárate caminan hacia el coche. Son conscientes de la enorme desventaja que tienen con Violeta: ella está fuera, quizá rondando ya a su siguiente víctima, al padre de uno de los dos fetos que, según les ha contado Dorita, transporta en una nevera portátil. Pero ¿cómo saber quién es ese padre? La única manera de tener acceso a su identidad sería dar con Rigoberto, el mexicano al mando de todo. Algo que no parece tarea sencilla. Hablará con Rentero, piensa Elena, le planteará la posibilidad de hacer pública parte de la investigación para lanzar un aviso a través de los medios. Para darle a ese padre la oportunidad de ponerse a salvo.

—¿En qué clase de mundo estamos viviendo? —reflexiona en voz alta ella cuando arranca.

—A mí tampoco me gusta tener que detener a Violeta. Preferiría que nos centráramos en saber quién contrató a Blas Guerini. Alguien le pidió a ese sicario que llevara a cabo una matanza. Es un milagro que esa chica saliera con vida... pero... sabes que si lo hacemos, si damos prioridad a Guerini, alguien morirá.

—Un padre. —Al decirlo, Elena no disimula su desprecio.

—Un padre como Beiro. Llegó hasta aquí para salvar a su hijo, ¿no eres capaz de ponerte en su pellejo?

—Una no siempre puede conseguir todo lo que quiere. No sé de qué manera hemos llegado a este punto, te lo juro. Es como si cualquier cosa, hasta un hijo, pudiera comprarse en el supermercado. Nos da igual lo que eso signifique; que haya mujeres como las de Las Suertes Viejas, pariendo igual que gallinas, solo para que los estantes estén llenos. Para que Beiro, que tiene un hijo enfermo, o a cualquier otro que de repente se le antoje un hijo biológico, vaya y lo compre.

—Lo que ha pasado aquí es una barbaridad, pero en muchos países está regulado, Elena. Es legal.

—Estoy harta de ese mantra: «Como es legal en algunos sitios, está bien». También es legal la pena de muerte.

Los hombres aprueban las leyes que les convienen, no las más justas.

—Pero mantenerlo en este limbo es darle alas al delito. Lo vemos cada día con las drogas.

—En el fondo, esta historia de los vientres de alquiler es una especie de mutación de la prostitución: el hombre se cree con derecho a follarse a una mujer cuando quiera. Basta con pagarlo. Los cuerpos de las mujeres están a la venta. Y, ahora, también lo están sus vientres. Todo se compra. Hasta la paternidad.

Zárate tiene que contenerse. No quiere convertir el viaje de regreso a Madrid en una discusión.

—¿Sigues pensando en dejar la BAC? —pregunta ella tras unos segundos de silencio tenso.

—Ya lo hablaremos cuando todo esto acabe.

—Respecto a lo que dijo Rentero de tu padre...

—Déjalo, Elena. ¿De qué va a servir darle vueltas? Conoces a Rentero mejor que yo: si pasó algo en esa operación en la que mi padre estaba infiltrado, no me lo va a contar nunca.

—¿Y estás seguro de que te conformas con eso?

—Tú lo has dicho antes. A veces, uno tiene que asumir que no puede tener todo lo que quiere.

Elena no responde. Sigue conduciendo. El timbre del teléfono acaba con el silencio; la inspectora responde a Mariajo con el manos libres.

—Dime que has identificado a Rigoberto con el retrato robot.

—Del mexicano todavía no hay nada, aunque me han traído el ordenador que tenía Dorita en su hostal. Acabo de empezar con él, pero creo que tengo algo. ¿Cuánto os queda?

—En un par de horas podemos estar en Barquillo.

—Daos prisa; creo que sé cómo localiza Violeta a los padres.

Capítulo 41

Cristo vive en Perales del Río, un antiguo municipio que ahora pertenece a Getafe, muy cerca de Villaverde. Su casa es un chalet pareado que puede tener treinta años, de ladrillo visto, con un pequeño jardín trasero ocupado casi en su totalidad por una piscina, cubierta ahora por una lona, a la espera del buen tiempo.

—En verano hacemos las barbacoas con baño de piscina incluido; en esta época nos tenemos que aguantar, pero ya verás en julio...

Belén, la mujer del jefe de brigada, veinte años más joven que él, ha recibido muy amable a la nueva, a Reyes. Nada más llegar le ha puesto un cóctel en la mano.

—Es cava con naranja, pero si prefieres una cerveza te la doy...

—No, mejor esto... Con la cerveza echo tripa.

—Tenía ganas de conocerte, mi marido me ha hablado mucho de ti. Dice que desde que te has incorporado, Fabián está más alegre...

—La suerte es mía, que patrullo cada día con él. Es muy divertido.

—Antes lo era más.

Reyes se queda intrigada con la conversación, que parece perfilar alguna desgracia en la vida de su compañero. Ya indagará. Da un sorbo a la mimosa, no está mal, pero su estómago sigue cerrado. Pasea la copa entre los invitados; allí está el resto de la Sección con sus parejas. Nombela, con su cara de búho. El Gregor, el policía que parece haberse escapado del recreo del instituto y cuya mujer, sin embargo, luce una enorme barriga: debe de estar a punto de salir de cuentas. Richi, normalmente tan silencioso, hoy exhibe una sonrisa despreocupada; hasta le ha oído comentar algo con la mujer de Nombela, una señora de sesenta años oronda que lo trata como si fuera su abuela. Una sensación de armonía familiar flota en el jardín, entre conversaciones ligeras. Es difícil no contagiarse por el cariño evidente con el que se tratan los miembros de la Sección, tan alejado de la frialdad formal de las reuniones familiares de los Rentero.

Cristo, con un delantal que imita un vestido de faralaes, se acerca a ellas. Lleva en las manos una bandeja con croquetas.

—Vas a probar mi especialidad, de jamón.

—Di que no, que las hace mi madre y nos las manda congeladas —se ríe Belén.

—No hagas caso a mi mujer, es una mentirosa profesional... Su madre, dice —se burla—, su madre no sabe ni hacer un bocadillo.

Cristo ríe de buena gana y, después, cuenta una anécdota donde su suegra ejerció de cocinera, el desastre de comida que los dejó a todos enfermos. Desprende un halo de encanto, de sencillez y cercanía. Parece imposible no ser su amiga, pero Reyes no olvida el miedo con el que Fabián se refería a él esta mañana. Ella ha conocido la otra cara de Cristo; la del hombre sin escrúpulos, capaz de pegarle un tiro, de deshacerse del cadáver de Dely sin pestañear.

—No me creo que sean congeladas, están riquísimas.

—Te lo he dicho: las he hecho con mis propias manos. ¿Qué tal se te da cocinar?

—Soy maravillosa abriendo latas —bromea Reyes.

—Pues ven, que hay que abrir los mejillones.

Reyes sigue a Cristo al interior de la vivienda. Es una casa de clase media, sin estridencias, sin una decoración destinada a epatar al visitante. Lo único que destaca es la enorme televisión con pantalla curva del salón. La cocina ha sido reformada hace poco, aunque sin mucho gusto:

muebles que tratan de imitar un estilo rústico y dos neveras, una de ellas llena de cervezas.

—Si quieres, ahí tienes cerveza fría. No es obligatorio tomarse el cóctel que te ha dado mi mujer.

En la mano de Reyes, el cava con naranja se calienta. No se atreve a beber nada.

—Me gusta. Belén es un cielo.

—Lo es, es importante que tu pareja te apoye y te entienda. ¿Tú tienes novio?

—No, no tengo a nadie.

—O novia, que nosotros somos muy abiertos y nos parece bien que cada uno haga lo que quiera.

—Tampoco.

—Pues cuídate de Fabián, que es un pichabrava. Luego te presentamos a los niños. Mis dos críos andan arriba con los del Gregor, en la buhardilla, haciendo el indio. Ve abriendo esas latas.

—¿El Gregor tiene hijos? Pero si es un chaval...

—Tres y uno en camino. Parecen kikos, venga a parir... En cambio yo, padre tardío. La vida no deja de dar sorpresas.

Reyes se encarga de abrir latas de mejillones, de berberechos y de anchoas. Las reparte en unos platitos alargados. Cristo hace varias jarras de tinto de verano.

—¿Todo bien anoche? Es una jodienda que estuviera lloviendo, pero ¿os arreglasteis Fabián y tú?

El cambio de tono de Cristo la pilla con la guardia baja. No se esperaba que sacara ese tema.

—Sí, nos arreglamos.

—Una pena lo de Dely. Si no se hubiera perdido en las drogas, las cosas le podrían haber ido muy bien. Era guapa.

—¿Seguro que murió por una sobredosis? —Reyes hace un esfuerzo por contener los latidos de su corazón, no sabe si está yendo demasiado lejos; sigue colocando anchoas y berberechos en los platos, como si no diera ninguna importancia a la charla—. Vi que había sangre en el saco de la chica...

Sabe que Cristo ha dejado de preparar jarras de tinto de verano. Sabe que la está observando, tal vez midiendo sus intenciones.

—A mí me dijeron que había muerto de sobredosis y me lo creo. A veces, nos toca hacer cosas que no nos gustan, pero alguien tiene que hacerlas para que el barrio siga funcionando, ¿me entiendes? Nadie quiere ser basurero, pero por la mañana a todos nos toca los cojones encontrarnos las bolsas apestando la calle...

—Dely tuvo problemas con un periodista. Eso me dijo Fabián.

—Dely mató a un periodista. Ese fue su problema, Reyes. A nosotros, ni nos va ni nos viene, pero...

—A veces nos toca recoger la basura.

Reyes se decide a mirar a Cristo; él le está sonriendo. Cree que ha dado la respuesta correcta. Le gustaría atreverse a preguntarle quién está detrás de la muerte de Dely. Jugársela a ver qué mentira le cuenta, porque sabe que, en realidad, detrás de ese homicidio y el del periodista está la Sección. Está él. Pero suena el timbre de la calle. Cargado con las jarras de tinto de verano, Cristo va a abrir la puerta.

Los que llegan son Fabián y Maribel, su esposa, con su hijo Raúl, que nada más entrar echa a correr escaleras arriba para reunirse con los demás niños.

—¿Cómo está hoy mi ahijado? —se interesa Cristo.

—Bien, hoy tiene un buen día... A ver si le dura —contesta su madre.

—Ven, Reyes —la avisa Fabián mientras deja las chuletas que ha comprado en la cocina—, te presento a Maribel.

Maribel es rubia y joven, de unos treinta años, y debió de ser muy guapa antes de tener a su hijo; la más guapa de la discoteca, piensa Reyes, la que se ponía las minifaldas más cortas, la ropa más ajustada y se ligaba al chico que todas deseaban. Ahora está estropeada y ha engordado. Tiene los brazos completamente tatuados, un piercing en la nariz y se ha puesto unas mallas que le quedan demasiado ajustadas.

—Hola, ¿tú eres Reyes? Mi marido me ha hablado de ti.

Ha remarcado lo de «mi marido», como señalando su territorio.

—Y a mí de ti —contesta con una sonrisa.

En ese momento escuchan un estruendo que viene de la buhardilla, de donde juegan los niños. Fabián y Cristo echan a correr, Reyes sube tras ellos. Es Luisito, el hijo mayor de Cristo, el que se ha caído y sangra de una brecha en la cabeza...

—Estaba haciendo el burro, saltando de cama a cama —llora su hermana.

—Hay que llevarlo al hospital.

—¿Quieres que lo lleve yo? —se ofrece Fabián.

—Tú atiende a la gente. Esto no es nada. Estamos de vuelta antes de que se enfríen las chuletas.

Cristo coge a su hijo en brazos, que no deja de llorar, como los demás niños, asustados por el reguero de sangre que Luisito ha dejado. Fabián se hace cargo de la situación de inmediato.

—Luisito está bien; le van a coser la herida, ya veréis qué chulo. Yo digo que le ponen mil puntos.

—Hala... —se ríe uno de los niños del Gregor pasando del llanto a la risa en un instante.

—A mi padre le pusieron seis y la herida era más grande —informa otro.

—Yo creo que le ponen una tirita y ya está —asegura la hermana.

Reyes se sorprende, a Fabián no le ha hecho falta ni un minuto para hacerse con los niños, para tranquilizarlos y que olviden el susto. Les habla cariñoso y ellos se ríen encantados. Cinco minutos después los deja jugando tranquilos.

—No sabía que se te daban tan bien los críos.

—Tengo un don —alardea—. Habrá que hacer la barbacoa si no queremos que se nos muera de hambre la gente.

Los dos bajan juntos, pero al llegar al piso intermedio, Fabián abre una puerta, es la habitación de Cristo y su esposa. Mete a Reyes dentro y la besa.

—¿No te apetece follar en la cama del jefe?

—¡Fabián! Tu mujer está abajo. Y, además, ¿qué pasa? ¿Ya se te ha ido el mal rollo de tener que estar en esta barbacoa con Cristo?

—Al revés; me he acordado de lo que hablamos en el coche y me he puesto burro. ¿Qué quieres que le haga? Me pone mucho que me ayudes. ¿Cuándo vas a hablar con Rentero?

Reyes lo besa como respuesta. Fabián no quiere dejarla escapar, pero, suavemente, ella acaba por apartarlo.

—Anda, vete, yo espero un poco, que no nos vean bajar juntos. A ver si tu mujer nos va a montar un pollo.

Cuando Fabián sale, Reyes necesita unos segundos para tranquilizarse. No puede evitarlo; siente una atracción animal hacia su compañero. Se arrepiente de no haber echado un polvo rápido. Respira hondo y mira a su alrededor. Una puerta comunica el dormitorio con un despacho. Al pasar, ve que en la mesa hay varios retratos de Cristo con personalidades: el rey, el alcalde, la presidenta de la Comunidad de Madrid, algún ministro. También está allí Gálvez, el director general de la policía. Abre cajones, curiosa, todos desordenados con material de oficina, papeles, hasta que se topa con uno cerrado con llave. Logra saltar la cerradura con un clip. Dentro, más papeles que no parecen importantes. Le llama la atención un móvil: ¿por qué lo guarda bajo llave?

Se concede unos segundos de duda. Si se lo lleva, Cristo lo echará de menos. Pero puede que no se le presente otra oportunidad como esta para fisgar en los trapicheos de la Sección. Un policía infiltrado debe asumir algún riesgo. Y la casa está llena de gente, cualquiera puede haber metido la mano en esa gaveta. Eso se dice Reyes para darse ánimos, porque ya ha tomado la decisión de robar el móvil. Está deseando destripar su contenido. Se recompone un poco delante del espejo. Le gusta su mirada traviesa y decidida, le gusta su audacia. El malestar que lleva sintiendo desde anoche ha desaparecido. Baja con el resto de los invitados.

Maribel la mira atravesada cuando llega al jardín, como si supiera lo que ha estado a punto de hacer con su esposo. Fabián y Nombela han empezado a poner las chuletas en la parrilla.

Capítulo 42

Orduño avanza taciturno por el corredor de Barquillo. Manuela, cargada con los informes que le ha enviado Buendía, se une al camino de su compañero hacia la sala de reuniones. Elena y Zárate ya están allí, Mariajo ha conectado su portátil a un proyector para explicarles lo que ha encontrado en el ordenador que Dorita tenía en el mesón.

—No he necesitado saltarme ninguna protección. Está ahí: en el historial del navegador. Hace unas semanas, alguien buscó información sobre varias empresas gallegas.

—¿Las que trabajaban con Ramiro Beiro? —se adelanta Zárate.

—Correcto. Y también su propio despacho. Y descargó un plano de los astilleros de A Coruña. Pero no he encontrado nada que pueda relacionar con Guillermo Escartín.

—Quizá no le hacía falta: si Serena y él tenían una relación, su amiga podía haberle dado información sobre él...

—Creo que Violeta tiene algunos datos sobre los padres, pero no todos. Por eso necesita buscarlos en internet. Para localizar su domicilio o su lugar de trabajo. Según las declaraciones de Dorita y Benigno, la última vez que estuvo en Ucero fue hace tres días; se marchó la misma mañana en que localizamos el pueblo. Pero, antes de hacerlo, metió una búsqueda más en el ordenador.

Mariajo señala la dirección de una página web en el historial. La abre en otra ventana.

—Troquel. Una empresa de decoración de interiores. Está aquí, en Madrid. En Malasaña. Su dueño es Daniel Mérida.

Troquel es un lugar exquisito, no muy grande pero lleno de objetos de cuidado diseño. Más que una tienda de decoración, es un estudio en el que se hacen proyectos de reforma para las casas que después salen en las revistas. Desde la calle de Ruiz, cerca de la plaza del Dos de Mayo, su local no resulta muy llamativo; solo se ve un escaparate presidido por una escultura en piedra maciza con forma de pirámide. Al traspasar la puerta, se oye el murmullo del agua de una pequeña fuente de inspiración japonesa que está a la izquierda de la entrada. Una secretaria se levanta para darles la bienvenida.

—¿En qué puedo ayudarlos?

—Policía, ¿está Daniel Mérida?

—Un momento.

La secretaria se mueve de inmediato, con cierta agitación. Descuelga un teléfono y habla con alguien.

—Víctor, está aquí la policía, preguntan por Daniel.

A los pocos segundos, un hombre baja de un altillo por una escalera de hierro situada al fondo del local. Espigado, bien vestido, con aspecto de ejecutivo, se acerca a estrechar la mano de Elena, Zárate y Orduño. Aunque pretende aparentar entereza, sus gestos son incómodos, notan la debilidad de su mano cuando les saluda.

—Buenos días, soy Víctor Aldehuela. Daniel Mérida es mi esposo, ¿hay algún problema?

—¿Podemos hablar en privado?

Víctor los conduce al altillo, un espacio diáfano de vigas vistas donde hay dos mesas de mármol con pantallas Apple. Un ventanal por el que se filtra la luz de la tarde ocupa toda una pared. Él los invita a sentarse en unos sillones de terciopelo verde, pero los policías prefieren permanecer de pie. Es el propio Víctor quien necesita sentarse, cuando relata que Daniel se marchó temprano de casa y que no sabe adónde ha ido.

—Anoche discutimos y no hemos cruzado palabra en el desayuno. Cada mañana, sale a correr. Yo vine al estudio a trabajar y... todavía no ha aparecido.

—¿Es habitual? —Como Víctor niega con un gesto, Elena sigue preguntando—: ¿Le ha llamado por teléfono?

—¿Le ha pasado algo? —El miedo asoma de manera inevitable en los ojos de Víctor.

—¿Por dónde sale a correr su marido?

—Vivimos por la zona de Rosales. Casi siempre va al parque del Oeste, aunque algunas veces prefiere la Ciudad Universitaria...

—Necesito que me diga cómo iba vestido.

—Pantalones cortos, con unas mallas grises y una sudadera de Yale, también gris.

Pocos minutos después de dar la orden, unos cincuenta policías peinan cada uno de los lugares: el parque del Oeste y la zona de las universidades, donde creen que puede estar Daniel Mérida. Han llamado varias veces a su teléfono sin obtener respuesta y cada minuto que pasa aumentan los malos presagios.

—Ha aparecido la sudadera gris en uno de los búnkeres de la Guerra Civil —informan a Elena.

Muy cerca de la avenida Séneca, a la altura del Colegio Mayor Nebrija, se encuentran tres de los veinte búnkeres que se levantaron en el parque del Oeste durante la Guerra Civil. Se trata de tres torreones de cemento bastante bien conservados que servían como nidos de ametralladoras y apuntaban hacia la Cárcel Modelo, situada donde hoy está el edificio del Ejército del Aire. Al pie de uno de ellos ha aparecido la sudadera. Los policías se trasladan hacia allí para examinar la zona en círculos concéntricos desde el búnker.

—Creemos que a Daniel Mérida ha podido secuestrarlo una mujer, hace poco, esta misma mañana —organiza Zárate la batida.

—¿Se lo puede haber llevado? Estamos a tiro de piedra de la carretera de La Coruña —pregunta uno de los policías.

—Si ha salido por la A6 será imposible pillarla —interviene Orduño—. Hablad con Tráfico, que comprueben las matrículas de todos los vehículos aparcados. Si hay alguno sospechoso, dad aviso.

La idea da resultado de inmediato. En la misma avenida Séneca hay aparcada una Ford Transit blanca denunciada como sustraída el día anterior. Los policías levantan un perímetro para mantener a raya a los curiosos. Elena, Zárate y Orduño se reencuentran delante de la furgoneta. Silenciosa, aparcada a la sombra de los pinos y los cedros, la puerta de la caja de la Ford Transit está entreabierta. Elena se acerca a ella. Repara en una mancha roja que gotea.

—¿Esperamos a la Científica?

—No podemos esperar...

Abre las puertas. No tiene fuerzas para gritar. Es Zárate quien lo hace.

—¡Rápido! ¡Una ambulancia!

Elena salta al interior de la furgoneta. Se arrodilla, olvidándose de que está contaminando la escena, manchándose los pantalones con la sangre que encharca el suelo metálico. Busca la vena del cuello, detecta un débil latido.

—¡¡Está vivo!! ¡¡¿Dónde está esa puta ambulancia?!!

Zárate acompaña a Elena en la caja. Impotentes, son incapaces de saber cómo ayudar a Daniel Mérida; tiene el estómago abierto en canal. Los órganos cuelgan hacia fuera, a sus pies, un feto ensangrentado, muerto. Una carnicería abandonada con prisas; ni siquiera ha habido tiempo para coser el cuerpo y recoger los utensilios quirúrgicos que hay desperdigados. Zárate baja de un salto.

—¡¡Tiene que estar aquí, cerca!! Buscamos a una mujer de unos veinticinco años, su aspecto puede parecerse a este... ¡¡Vamos!!

Los agentes, con el retrato robot de Violeta, se dispersan comandados por Orduño, que diseña el arco que debe dibujar la batida. Ya se oyen las sirenas de la ambulancia acercándose. En la furgoneta, Daniel abre los ojos y vomita sangre tan negra como el hierro. Elena lo coge de la cabeza, le acaricia la mejilla, le hace una promesa que sabe que no puede cumplir...

—Te vas a poner bien. Te van a curar, aguanta, Daniel.

Sus ojos parecen estar viendo otro mundo. O quizá, el estupor de su mirada se deba a que su cuerpo se ha transformado en un cráter de sangre.

Capítulo 43

Ha cambiado su aspecto físico: ya no es la chica rubia de pelo largo que buscan los policías, sino una joven de pelo moreno —aunque bajo el tinte todavía se adivinen reflejos de su color natural— y corto, trasquilado; se lo hizo todo ella sola, en los baños de la estación de autobuses de Méndez Álvaro. Allí también se puso unos vaqueros y una sudadera que, ahora, la confunde con las estudiantes que van y vienen de la cercana Ciudad Universitaria o de cualquiera de los colegios mayores de la zona. ¿Qué fue de la linda güerita que encandiló a Néstor? Ya no queda nada de aquella mujer, ni siquiera Violeta se reconoce en el espejo.

Quizá por eso el agente de policía que acaba de pasar a su lado no se ha fijado en ella ni en la nevera que lleva a la espalda: ha debido de pensar que es una mochila cargada de libros. Sentada en el césped embarrado del parque del Oeste, al otro lado del perímetro que ha levantado la policía alrededor de la furgoneta, Violeta ha visto cómo llegaba la ambulancia. Cómo, con prisas, los médicos atendían a Daniel Mérida y lo metían dentro para, luego, ululando la sirena, salir de allí a toda velocidad. No se puede creer que siga vivo. Se mira las zapatillas; el barro de los caminos del parque ha tapado las manchas de sangre. Tuvo que dejar la tarea a medias.

—Perdóname, Iyami Oshoronga...

Una disculpa susurrada que nadie escucha. Ha perdido parte del instrumental que se llevó del paritorio, el bisturí, un rollo de hilo quirúrgico, las tenazas con las que había empezado a arrancar los órganos de Daniel para hacer una camita en su interior donde pudiera descansar el bebé de Halyna. Era el más pequeño, apenas un mes. Un embrión en el que solo se comenzaban a adivinar las formas humanas, más cercano a un renacuajo que a un niño. Tuvo que dejarlo tirado a sus pies cuando, a través de la rendija de la furgoneta, adivinó los primeros movimientos de policías en el parque.

—¿Qué querías que hiciera, Zenón?

Se ha levantado, ha echado a caminar hacia la avenida Séneca, mientras habla con la única compañía que ha tenido desde que el horror acabó con todas sus amigas en Las Suertes Viejas: Zenón, su hijo, así lo ha bautizado. Silencioso y frío, lo siente pegado a su espalda, en la nevera. Aunque no hable, aunque no viva, puede oírlo, se queja de lo que está haciendo su madre y Violeta no duda en responderle.

—Tengo que terminar, volver a poner las cosas en orden. No soy yo, es Iyami quien me lo pide, ¿te crees que no me va a doler separarme de ti? Ya sé que tú tampoco quieres, pero cariño, Zenón, tienes que volver con tu padre. El destino me ha pedido que cumpla la venganza para volver a empezar. Iyami Oshoronga no quería que murieran ellas, pero es que vosotros nunca deberíais haber existido. Por eso todo debe volver al origen. Para hacer un destino nuevo... ¡No me hables así! ¿Te crees que no lo he pensado? Si los policías están aquí, pueden haber llegado también hasta Dorita. No me lo recuerdes. No quiero ni pensar que se hayan llevado a los bebés de Mariya y Olena.

Violeta avanza entre el enjambre de policías que alborota la zona. No puede evitar fruncir el ceño, enfadada por las recriminaciones de Zenón. Se acerca a un policía que hay junto a una valla.

—¿Me permite?

—Por aquí no se puede pasar, señorita.

—Voy al colegio mayor, el mío es ese.

El agente mira el colegio y la mira a ella. Aparta la valla.

—Vaya directa, no se entretenga.

Violeta obedece y enfila el camino hacia el edificio. Hay unas chicas sentadas en los escalones de la entrada que comentan lo que está sucediendo.

—Te juro que es verdad, que han encontrado un cadáver.

—¿Estás segura? ¿Y la ambulancia? Ha salido pitando...

—Dicen que estaba descuartizado, ¿cómo va a estar vivo?

—¿Era un hombre?

Pasa entre ellas sin detenerse. Una vez dentro del colegio mayor, encuentra la entrada a una biblioteca y se sienta ante un ordenador. Teclea algo y sonríe al hallar lo que busca.

—Carlos Sousa. Calle Galatea, 35. Madrid...

Busca después la calle en el mapa, tendrá que coger la línea 5 de metro, la verde, y bajarse en la estación de Canillejas.

Cuando sale del edificio, se topa con un hombre vestido de paisano, parece que es uno de los que manda en los policías. Lo ha visto dando órdenes en el despliegue policial y ha oído que se dirigían a él como Orduño. Está hablando con las chicas de la entrada y les muestra un retrato robot. Logra verlo de refilón, se le parece bastante. O sería mejor decir que se le parecía. Esa Violeta del retrato no tiene nada que ver con la Violeta morena y de pelo corto que es ahora. Además, si hay algo en el dibujo que no termina de ser fiel a la realidad son sus ojos. En blanco y negro, uno no puede imaginar su color miel, el brillo febril que los ilumina desde que se supo la enviada de Iyami Oshoronga.

—A mí no me suena —dice una de las chicas.

—¿Con acento mexicano dice? Aquí hay colombianas, Gladis es colombiana, ¿no? —pregunta una de las chicas a sus compañeras—. Pero mexicanas no hay.

—¿Quién es la del retrato? ¿Qué ha hecho?

Violeta pasa junto al inspector, que tampoco se fija en ella, y echa a andar hacia el metro de Moncloa.

Capítulo 44

El piso de Daniel Mérida y su marido, Víctor Aldehuela, está en la calle del Buen Suceso, casi en la esquina con Rosales. Desde el mirador del salón se divisa el parque del Oeste, muy cerca de donde encontraron a Daniel. Víctor está hundido en un sofá Cassini de piel blanca, aturdido. No ha sido capaz de llorar cuando Elena le ha contado que Daniel murió en la ambulancia, antes de llegar al hospital. Se ha quedado paralizado, como si ese sofá de diseño le absorbiera, transformándolo en un niño pequeño alrededor del cual todos los objetos tienen proporciones desmesuradas. Elena guardaba la absurda esperanza de que los médicos lograran estabilizar a Daniel, que les pudiera contar algo de Violeta. Pero no ha sido posible, el milagro fue que le quedara un hálito de vida cuando abrieron la furgoneta.

Zárate pasea por el espacioso salón entre mesas de acero inoxidable de Padova, sillones Vitra, lámparas de Louis Poulsen, jarrones de porcelana esmaltados que tienen la forma de la cara de simios. Un inmenso cuadro ocupa una de las paredes: un hombre desnudo con un bebé en brazos. Parece una madona con niño, con la única diferencia de que se trata de un hombre con barba cerrada y pecho velludo. Está firmado por D. Mérida.

—¿Es de su esposo?

—Sí, un autorretrato con niño. Daniel era un buen pintor; si se hubiera dedicado más, habría llegado lejos...

—¿Estaban esperando un hijo?

Víctor aprieta los labios y achina los ojos, como para impedir que broten las lágrimas. Parece que la pregunta de

Zárate puede lograr lo que la muerte de Daniel no ha conseguido.

—¿Cómo lo saben?

—Había un feto junto a él. Tendremos la certeza de que sea el suyo cuando hagamos el análisis de ADN. —Elena se sienta en el sofá junto a Víctor—. Es muy posible que lo sea. Es posible que la autora del crimen sea una de las mujeres que... que han estado sufriendo esa explotación. Está vengándose. Le hicieron tener unos hijos que no quería y está entregándoselos a los padres.

—No le entiendo... ¿Mujeres sufriendo una explotación? Yo daba por hecho que ellas actuaban de forma voluntaria.

—No sea ingenuo, por favor, los vientres de alquiler son ilegales en España. ¿Eso tampoco lo sabía?

No hay atisbo de empatía en Elena, no es capaz de sentirla. ¿Puede una estar de parte del asesino? Víctor deja asomar en su tristeza un matiz de miedo; las implicaciones legales de comprar un niño de forma clandestina se desparraman por su alma rota en pedazos.

—Sabía que esto podía traer problemas... Pero no hasta este punto.

—Necesito que me cuente todo de ese hijo: a quién le pagaron, cómo lo encargaron, todo... Y haga el favor de no callarse nada, puede que haya otros hombres en peligro.

Víctor trata de recordar cómo nació el plan de ser padres. Le cuesta mantener la compostura, no fija la mirada en ningún punto y el pulso le tiembla llamativamente.

—Queríamos un hijo. Era nuestro sueño, formar una familia. Dani decía que él sería la madre y yo el padre, porque yo soy más serio. Ya ves tú qué tontería, como si las madres fueran frívolas y permisivas y los padres severos y autoritarios. Discutíamos por esos roles, en broma, sin hacer sangre. Ninguno de los dos creía realmente que existieran esos papeles...

Acababan de comprar el piso de la calle del Buen Suceso, una zona muy cara, y se habían tenido que gastar hasta el último céntimo de sus ahorros en reformarlo y amueblarlo, así que un vientre de alquiler en Estados Unidos estaba fuera de su alcance en ese momento: más de ciento veinte mil euros, era demasiado caro...

—Le dije mil veces que esperáramos, que éramos jóvenes y tendríamos tiempo de tener a nuestro hijo, pero él no quería esperar. Cuando Dani quería una cosa, la quería ya. Han visto el cuadro, podría enseñarles otros tres parecidos en el estudio. Y hay más; hizo una exposición basada en eso mismo, obras famosas de la historia del arte de vírgenes con el niño en los que él cambiaba a la virgen por una figura masculina. Estuvimos mirando la posibilidad de adoptar un niño indio. Pero... nos hacía ilusión que fuera como nosotros.

—Un niño blanco. —Elena no disimula su desprecio.

—No es una cuestión de racismo: queríamos decir que era nuestro hijo, queríamos que llevara los genes de uno de nosotros. Muchos amigos lo estaban haciendo y Daniel...

—Daniel no quería ser menos...

—¿Cuestiona nuestro derecho a tener hijos? —se ofende Víctor, pero al instante regresa de golpe la tristeza—. Me da igual, no voy a discutirlo. No es momento para reivindicaciones: mi esposo ha muerto y lo único importante es encontrar a quien lo haya matado.

—No estamos aquí para hacer ningún juicio moral —interviene Zárate. Sabe que necesita la complicidad de Víctor; si deja que Elena siga presionándolo, acabará por cerrarse en banda—. ¿Cómo contactaron con la organización?

—Fue casualidad. Nos contrataron para hacer la reforma de una casa en La Florida, la casa de un mexicano.

—¿Recuerda su nombre?

—Rigoberto... Rigoberto algo, no recuerdo.

Las miradas que cruzan los policías alertan a Víctor.

—¿Ha tenido él algo que ver con lo que ha pasado?

—Con la muerte de Daniel, no, pero es importante que lo encontremos. Díganos dónde vive, todos los datos que tenga sobre él.

Zárate apunta la dirección: un chalet en la zona de La Florida, cerca del Plantío. Elena sale del salón para llamar a Orduño.

—Ve ahora mismo, pero no lo hagas solo. Pide ayuda a los Geos de Gómez. No se nos puede escapar.

Cuando regresa, Zárate ha acercado una silla frente a Víctor, que le está contando cómo fue todo el proceso para conseguir un vientre de alquiler.

—Nos reunimos varias veces con Rigoberto por el asunto de la reforma de la casa. Una de ellas fue aquí, vio el cuadro... Fue cuando Dani le habló de sus deseos de tener un hijo y él nos preguntó si habíamos intentado la maternidad subrogada... El primer día no nos dijo nada más, pero cuando volví a quedar con él para hablar del presupuesto de la obra, me lo propuso: un hijo y le rebajábamos treinta mil euros la factura... Dio la casualidad de que la semana siguiente era el cumpleaños de Daniel, fue mi regalo...

—¿Ni siquiera se interesó por quién sería la madre?

—Él nos dijo que tenía a la candidata perfecta.

—¿Nunca pensó en qué condiciones podía estar y si lo hacía de forma voluntaria?

Víctor prefiere callar, Elena no sabe si por vergüenza o si es que ha decidido no fingir una culpa que no siente. Se inclina más por la segunda opción. Está harta de la crueldad que arrambla en el mundo por egoísmo, por la incapacidad de ponerse en el lugar del otro, la indiferencia de los puteros, de los patrones explotadores, de todos aquellos que exigen sus mal llamados derechos, sin importar los medios necesarios para conseguirlos.

—¿Tuvisteis que viajar al lugar donde estaban las madres?

—No, vinieron aquí y recogieron el semen de mi marido. A las pocas semanas nos confirmaron que todo había salido bien. Nos llamaron para decirnos que el embarazo avanzaba conforme a lo previsto, que no había problemas...

—¿Cómo se legaliza después a ese hijo?

—Ellos lo arreglaban todo. Se hace a través de Georgia; en el consulado de Tiflis, nos darían la filiación de Daniel; luego, en España, con la renuncia de la madre, yo iniciaría el trámite de adopción del niño. Íbamos a llamarlo Dante, ya estábamos decorando su habitación.

—¿Tiene el contrato que firmaron con Rigoberto? Necesitamos todos sus datos.

—Se lo puedo dar, pero no firmamos con él directamente, sino a través de una empresa. No me acuerdo del nombre.

Después de fotografiar el contrato y enviárselo a Mariajo, salen en silencio de la casa. No han querido pasar al cuarto de ese niño que ya no existirá y que Violeta dejó a los pies de Daniel Mérida en la furgoneta. A Elena le gustaría hallar la complicidad de Zárate en la mirada, el desprecio compartido ante esos padres que son los últimos responsables de las mujeres de Las Suertes Viejas. Sin ellos, sin su dinero, nada de esto estaría pasando. Sin embargo, en los ojos de Ángel solo encuentra una expresión plana, como un muro que refleja la luz. Es imposible adivinar qué está pensando.

—¿Vacía? ¿No había nadie? —responde Elena a una llamada de Orduño.

—Vacía, pero no hace mucho que Rigoberto se marchó —le contesta desde el chalet de La Florida—. Hasta esta mañana ha estado en la casa, alguien le ha debido de advertir y se ha fugado a toda prisa.

—Tenemos que localizarlo. Necesitamos el listado de los padres. Quiero que la Científica ponga esa casa patas arriba, ya me las veré yo con el juez, a ver si por lo menos sale algo de documentación.

—Estamos en ello. Hay una caja fuerte, pero está abierta y vacía.

—Tomad huellas dactilares. Con suerte, Rigoberto está fichado.

Capítulo 45

Una pequeña tienda de reparación y venta de teléfonos en Usera. Ese es el lugar que ha elegido Reyes para desbloquear el móvil de Cristo que sacó ayer a escondidas de Perales del Río. Se lo podría haber llevado a Mariajo, pero las súplicas de Rentero le martillean la cabeza. *Lo que descubras, me lo cuentas a mí antes que a Elena. La familia es lo primero.*

Quien le atiende tras el mostrador es un joven chino que habla castellano con acento madrileño y que tarda solo unos minutos en devolverle el aparato sin barreras, completamente desprovisto de trabas para acceder a su contenido.

—Doscientos euros.

—¿Tanto?

—Pregunta antes. Si no pagas, lo bloqueo otra vez y tan amigos. En efectivo.

—Tengo que ir a un cajero.

—Espero.

Mientras va a sacar dinero, recibe una llamada de Orduño. No le responde. Su compañero ha estado llamándola desde ayer, además de ponerle varios mensajes. Aparte de contarle la evolución de la investigación, ha dejado caer su preocupación por Dely. Las náuseas vuelven a atacarla cuando el cajero escupe los billetes; le extrañan, no pueden seguir siendo la respuesta a la desaparición forzada del cadáver de Dely. Intenta mantener la cabeza fría y escribe un escueto mensaje a Orduño: «No me llames más. No es seguro». Luego borra toda su conversación de WhatsApp.

313

Solo cuando tiene el dinero en la mano, el dependiente chino le entrega el terminal y le muestra qué contraseña debe escribir para tener acceso a todas las aplicaciones, menos a una.

—No he conseguido desbloquear esta. Es una app que graba conversaciones, pero, de todas formas, creo que está vacía —le avisa el chino—. Lo habrán borrado todo...

—¿No se puede recuperar?

—No lo sé, nunca lo he intentado. Puedo estudiarlo y preguntar por ahí. Si te hace falta, vuelve. Pero serán quinientos.

—¿Cuánto vas a tardar en saber cómo se puede hacer?

—Dame por lo menos hasta media tarde. Quiero el dinero en efectivo, recuerda.

Reyes se mete en su coche y se lanza al examen del móvil. En el WhatsApp hay varias conversaciones, pero ninguna tiene el nombre del interlocutor de Cristo y es difícil deducir de quién se trata por los mensajes, casi todos muy escuetos: «A las cinco donde siempre», «A las siete espera llamada», «Restaurante la Mancheguita a las tres»... Pero, por fin, llega a uno que identifica y el corazón le pega un vuelco: son conversaciones entre Cristo y Gerardo, el nombre de yonqui que adoptó Guillermo Escartín. Hablan de fechas de entregas, de horas, de lugares. No dan datos concretos: «Donde siempre el lunes a las tres», «Confirmo recepción», «Faltan dos paquetes»... Lo más interesante es una conversación suelta entre los dos:

«Eso es muy chungo. Están encerradas, las tratan como si fueran gallinas».

«Tú lleva las medicinas que R. ha pedido y calla».

Es la confirmación de lo que le contó Fabián. Ahora, más allá de su testimonio, tiene una prueba documental: la Sección está pringada hasta las cejas en Las Suertes Viejas. Ahora sí, debe hablar con Orduño.

Se encuentran en una tienda de ropa barata en la Gran Vía, una enorme franquicia de varios pisos. No tratan de ocultarse, se comportan como si se hubieran topado el uno con la otra por casualidad, mientras miran con fingido interés ropa de cama.

—Tenías razón: entre los trabajitos que Guillermo hacía para la Sección, llevaba medicinas a la finca de Soria —murmura Reyes con un juego de sábanas en la mano.

—¿Sabían que Guillermo era policía?

—No, lo tenían por un yonqui. Pero no le gustaba nada en qué estado estaban las mujeres. Se lo dijo a Cristo.

—¿Y ese Cristo qué decía?

—Que se callara la puta boca. Que tenían que responder ante un tal R.

—Rigoberto, un mexicano, lo estamos buscando. Puede que fuera el dueño del negocio de la finca, pero de momento no tenemos más datos de él. Ayer fuimos a su casa, pero estaba vacía, y todo lo que hacía está a nombre de empresas pantalla, como las que había detrás de la propiedad de Las Suertes Viejas.

—La Sección mantenía tratos con ese Rigoberto. Y debe de ser un pez gordo: trataba directamente con Cristo. Fabián está acojonado por si el tema sale a la luz.

—¿Qué más has sacado?

—Guillermo encargó un pasaporte falsificado a nombre de una tal Serena.

—Vale, eso encaja. Parece que se enamoró de una de las chicas de la finca, se llamaba como dices, Serena; quizá planeaba fugarse con ella. Pero ahora lo que nos corre prisa es Rigoberto: ¿tú crees que podrías tirarle un poco más de la lengua?

—No es tan fácil, Orduño.

—Tú no saques el tema, pero si vuelven a hablar de él, abre bien los oídos.

—Es que nunca han hablado de él.

315

—Entonces, ¿cómo sabes lo de la R.? ¿Fabián no te ha contado todo esto?

Reyes se muerde el labio, indecisa. Coge un pijama de una percha y lo despliega, para disimular o para poner un parapeto entre ella y Orduño. Un grupo de adolescentes ruidosas pasa por su lado. Seguramente están intentando mangar alguna de esas camisetas a tres euros.

—Cristo tenía un móvil escondido en un cajón. Se lo he robado.

—¿Qué? —Orduño tiene que esforzarse para no alzar la voz, aunque la mira muy serio, incapaz de ocultar el temor que siente—. ¿Cómo se te ocurre hacer eso? Se van a dar cuenta.

Reyes baja el pijama y pide perdón con un gesto.

—No lo pude evitar.

—¿Cuándo se lo quitaste?

—Ayer, en una barbacoa en su casa. Estaba toda la Sección con sus mujeres; si lo echa en falta, puede desconfiar de cualquiera.

—¿Dónde tienes la cabeza? Me has dicho que la Sección es como una familia; ¿en quién va a pensar si se da cuenta? ¿En un tío que lleva veinte años a su lado o en ti? Tienes que salir inmediatamente de ahí.

—Ahora no puedo. Entonces sí que sabría que he sido yo.

—Tenemos suficiente, Reyes: ese teléfono no servirá en un juicio, pero podemos contar con el testimonio de Dely. Creo que si le damos seguridad, hablará.

—No lo hará.

—Estuve con ella en la narconave de la Colonia Marconi. Estaba asustada: si le ofrecemos legalizar sus papeles y un piso de protección oficial, esa chica va a contarnos todo lo que sabe. Puede implicar a Fabián en el homicidio del periodista. Eso hundiría a la Sección...

—Orduño —Reyes tiene que interrumpirlo, de nada sirve prolongar esa fantasía—, Dely está muerta. Yo misma enterré el cadáver.

Él retrocede un paso, como si el impacto de esas palabras fuese algo físico.

—¿Dely, muerta? ¿Cómo?

—Creo que fue una sobredosis —prefiere mentir Reyes—. Pero Cristo no quería que encontraran su cuerpo, no sé por qué.

Un éxito musical inunda a todo volumen la tienda. El vaivén de clientas aturde a Orduño, mudo. Reyes deja en un montón el pijama que tenía entre las manos. Supone las conjeturas que debe de estar haciendo su compañero: si destapan la muerte de Dely, Reyes también tendría que responder ante un juzgado al ser partícipe y haberlo ocultado; por otro lado, seguir con esos asesinos es arriesgarse mucho, más aún ahora que se ha puesto en peligro robando ese teléfono.

—Solo necesito unos días más —le ruega ella—. Unos días más y los tendré bien cogidos por los huevos.

No se cree la determinación que quiere aparentar Reyes. Sabe que está asustada.

—Tengo que contárselo a Elena.

—Hazlo, pero... Orduño... no se trata solo del asesinato de Dely. Creo que hay algo muy gordo en la Sección, aunque necesito tiempo para demostrarlo.

Como si fuera una compradora más, Reyes se aleja curioseando entre los percheros. Poco a poco, la multitud que abarrota la tienda va ocultándola. En apenas unos segundos, a Orduño le resulta imposible verla. Busca las escaleras de salida en ese laberinto. Como si avanzara por un sueño, tiene la sensación de ver entre esa muchedumbre la cara de Dely. La mirada empañada por la heroína de la venezolana que le pedía ayuda en la narconave carga su corazón con todo el peso de la culpa.

Capítulo 46

—¿Quién mató a mi padre, Salvador?

Tan pronto hace la pregunta, se siente ridículo en el salón de la Colonia de los Carteros. Es absurdo esperar una respuesta de Salvador Santos, tan silencioso en su demencia como siempre. Desde la repisa, lo observan las fotos antiguas, el gesto firme del que fuera su mentor, también la sonrisa limpia de Eugenio Zárate, su padre. Le da pena; como si todas esas caras de las fotografías, incluso la ausencia en la que ha sumido el alzhéimer a su mentor, se estuvieran burlando tanto de él como de su padre. Todos llevan años callando. Todos llevan años mintiéndoles. Salvador nunca le contó la verdad de la muerte de su padre y tuvo cientos de ocasiones. Jornadas de patrulla, días y noches de comidas y cenas en esa misma casa, acompañados por su esposa. Hubo muchos consejos de cómo ser un policía, de cómo no saltarse los límites. Honradez y honestidad eran las consignas que ahora le resultan fórmulas gastadas, ambas estaban erigidas sobre una gran mentira: las circunstancias de la muerte de Eugenio Zárate.

Está solo. No hay nadie a su lado, tampoco Elena, que, como su mentor, ha preferido ocultarle sus verdaderos motivos. Creyó que ella había decidido cambiar el rumbo de su vida para estar con él, tras el caso de la Nena. Sin embargo, ahora sabe que no fue el amor lo que alentó esa decisión, sino la obligación. No le cuesta imaginar el trato al que Rentero la sometió: debía quedarse en la BAC a cambio de que él enterrara el informe forense sobre las muertes de Julio y Antón.

Ahora puede ver con claridad. La decisión de adoptar a la Nena, que él pensaba errática, tiene más sentido. Elena se ha visto condenada a estar al lado de Zárate y ese paso le permitía volver a ser libre.

Tiene que controlar su rabia. Tiene que seguir fingiendo que ha encajado todos los varapalos con deportividad, que su único objetivo es cerrar el caso de Las Suertes Viejas y dar con Violeta. Le dijo a Elena que iba a supervisar el trabajo de la Científica en la casa de Rigoberto, pero necesitaba alejarse un poco. Respirar como si llevara horas bajo el agua. Por eso buscó un momento de paz en la casa de Salvador Santos. Sin embargo, ese lugar también ha dejado de ser un refugio.

Cuando se despide de Ascensión y le promete que se pasará a comer el próximo domingo, sabe que no será así. Le desagrada hasta lo físico la proximidad de Salvador, ahora que es tan consciente de sus mentiras.

Mientras busca un taxi, piensa que Violeta y él no son tan distintos. A ambos los han utilizado, los han engañado. Tienen derecho a la venganza. Esa conciencia le hace sentirse ligero, liberado de cualquier presión por primera vez en mucho tiempo. Mató a los asesinos de Chesca y volvería a hacerlo. Eso es lo justo. Y hará lo mismo cuando descubra quién acabó con la vida de su padre.

Un recuerdo lo acompaña en el trayecto desde el paseo del General Martínez Campos, donde lo ha dejado el taxi, hasta la calle Miguel Ángel, donde está el despacho de Rentero. Apenas tenía seis años cuando su padre lo llevó a merendar a una tasca por el barrio de Vallecas. Estaba de buen ánimo, quizá algo borracho, piensa ahora Zárate. Al llegar al bar, los acogieron los compañeros de la comisaría. Le pidió un colacao y, tímido, encogido en una mesita del local, Ángel recibió los pellizcos, las guasas, las manos agitándole el pelo, de todos esos adultos que no dejaban de bromear y alabar a su padre. El mejor policía de su promoción, decían. No puede recordar sus caras, pero supone que entre esos hombres estaba Salvador Santos, quizá también Rentero. Le impresionaron el afecto y la admiración que se había ganado su padre, cuando solo llevaba unos meses destinado en Madrid. Ahora sabe que todos esos amigos que le coreaban acabaron traicionándolo con su silencio.

Aunque Rentero no lo ha hecho esperar, lo recibe en su despacho con un punto de recelo en la expresión.

—La policía no airea las operaciones encubiertas de un agente, por eso nunca te han contado nada.

—Pero han pasado muchos años, Rentero. Y se trata de mi padre.

Zárate prefiere aparentar docilidad, vestir su rabia de una curiosidad puramente emocional. No le ha costado pedir perdón por cómo perdió los nervios en la casa de Elena; su disculpa ha sonado franca, o al menos eso cree.

—No busques cosas raras. Tu padre fue un gran profesional y murió en acto de servicio. No te hace falta saber más.

—¿En qué consistía su operación encubierta? Dígame al menos eso.

Rentero se frota el mentón y después estira el cuello, como para liberarse del yugo de la corbata.

—Hasta que no te lo cuente no vas a parar, ¿verdad?

Zárate se siente relajado, seguro de lo que quiere. La serenidad puede derribar los muros más deprisa que la vehemencia.

—Se le adscribió a la brigada de Vallecas. Había sospechas de que podía estar incurriendo en pecados de corrupción. Flecos de las mafias policiales de los años ochenta.

—Mi padre falleció en el 91, yo tenía siete años. ¿No se había terminado ya con las mafias policiales?

—Eran un cáncer y no fue fácil extirparlas. Todavía no lo hemos conseguido del todo, Zárate. Mira lo que pasó en la comisaría de Mérida hace un par de años. Todos los estupas a la cárcel. O la brigada de Villaverde.

—¿Qué pasó en la brigada que investigaba mi padre?

—Nada, no pasó nada. Tu padre murió de un disparo en un tiroteo.

—Un tiroteo como el que sufrió Reyes —Zárate no disimula su sarcasmo.

—Si tu padre descubrió algo, se lo llevó a la tumba. Es un caso cerrado.

Rentero se acomoda en su sillón, ha dado por concluida la visita. No debe insistirle, solo serviría para poner en riesgo su posición en la BAC, un lugar que le interesa conservar. Su móvil empieza a vibrar. Es Elena. Se retira unos metros para responder la llamada. Han localizado a Rigoberto. Está en la terminal ejecutiva del aeropuerto, intentando salir del país.

—Nos vemos allí... No, no tardo, ahora mismo salgo.

Capítulo 47

La terminal ejecutiva del aeropuerto de Madrid está situada en la zona sur de las instalaciones, en lo que antiguamente era el pabellón de Estado o edificio de autoridades, el lugar al que llegaban las grandes personalidades en visita oficial a España. En la actualidad se usa para los vuelos privados y los corporativos de las grandes compañías; por allí pasan artistas, deportistas y los altos ejecutivos de las mayores empresas del mundo. El lujo de sus cuatro salas VIP, pese a que los pasajeros que viajan en esos vuelos no sufren de esperas muy prolongadas, es muy superior al del resto de terminales del aeropuerto. El sobresalto al ver entrar a unos policías armados en las instalaciones es más que evidente. Por un momento se ve preocupación en rostros que suelen tener las emociones bajo control.

—¿Habías estado aquí antes? —se sorprende Zárate.

—Sí, a veces he viajado en aviones privados —le responde Elena sin dar más explicaciones.

El pasajero al que buscan, Rigoberto Velázquez, está retenido en una de esas salas por la Guardia Civil; hace solo unos minutos le hicieron bajar de un SJ30 que estaba a punto de despegar hacia Acapulco. No es la más lujosa de las naves que se mueven por las pistas de la terminal: el SyberJet solo tiene capacidad para siete pasajeros y su autonomía de vuelo es de poco más de 4.500 kilómetros, tendría que haber hecho al menos dos escalas antes de llegar a su destino. Rigoberto es un hombre alto, moreno, con un impecable traje gris y aspecto adinerado. En cuanto los ve, se levanta exigiendo responsabilidades por el trato recibido.

—No sé por qué me retienen. Voy a poner una denuncia contra ustedes. Van a dejarse de pendejadas.

—Nos parece muy bien. Cuando haya contestado a nuestras preguntas, nosotros mismos le facilitaremos el proceso. —Elena no se inmuta ante las amenazas.

—Tengo el avión esperando en la pista. Cada minuto que pasa me cuesta más que la nómina que les ponen en el banco cada mes.

—Colabore con nosotros y no se retrasará mucho.

Su cara es bastante parecida a la del retrato robot que obtuvieron a través de Dorita, pero no ha sido esa la pista que los ha llevado hasta él. Rigoberto Velázquez no está fichado en España y sus fotografías no constan en los archivos policiales. Ha sido una vez más Mariajo, en esta ocasión con ayuda de la casualidad (dos multas de tráfico).

—¿No os dijo la mujer que Rigoberto iba a Las Suertes Viejas en un Porsche negro? Pues he encontrado dos multas a un Porsche negro que son recientes, una en la carretera de Ucero y otra saliendo del Hotel Torrebuena.

Elena era escéptica al ver la foto de ese Porsche que salía de un club de carretera en el norte de la provincia de Madrid haciendo un giro prohibido.

—¿Estás segura de que es él?

—El Porsche negro, a diferencia de la casa o de la finca de Las Suertes Viejas, sí está a nombre de una persona: Rigoberto Velázquez.

En cuanto cursaron la orden de búsqueda y captura, saltó la alarma: era el único pasajero de un vuelo privado que estaba a punto de despegar de la terminal ejecutiva de Barajas.

—Sentimos que deba aplazar su viaje, va a tener que acompañarnos.

Elena ordena que lo trasladen esposado, una forma de hacerle ver que se trata de algo serio. Lo han paseado así por todas las instalaciones de la terminal. No pronuncian palabra hasta que llegan a las oficinas de Barquillo y se sientan frente a él en la sala de interrogatorios.

—Tenemos dos personas que pueden reconocerle e identificarle como el responsable de una finca en la provincia de Soria: la matrona que atendía a las embarazadas que retenía contra su voluntad en Las Suertes Viejas y uno de los clientes que contrató sus servicios —va directa al grano la inspectora.

—Esas personas se confunden. Soy un hombre de negocios mexicano. Ya les advierto de que no pienso volver a invertir en este país.

—No se puede imaginar cómo lo lamentamos.

Le ha dado igual la descripción pormenorizada que han hecho de lo que hallaron en la finca. Los cadáveres de las cinco mujeres salvajemente mutiladas, los de Lucio Morales y Blas Guerini, el sicario que inició la matanza. Rigoberto mantiene los nervios a raya, frío, como si nada de lo que lo acusan fuera con él.

—No tienen nada que me relacione con esos crímenes porque se han equivocado de persona y, como me sigan reteniendo aquí, ¿saben lo que sí van a tener? Un problema. En cuanto mis socios se enteren de este atropello, se van a quedar ustedes sin trabajo.

—En el fondo, estamos deseando dejar este oficio, nos haría un favor. —Elena tampoco se deja intimidar por el aplomo del mexicano—. Es inútil que lo niegue, tenemos pruebas más que sobradas de que usted estaba detrás de la explotación de madres de alquiler. Zárate, dile lo que hemos encontrado.

Zárate abre la carpeta que contiene la documentación que le ha entregado Mariajo.

—Rigoberto Velázquez, mexicano, natural de Acapulco, en el estado de Juárez. Detenido en México en seis ocasiones por trata de personas...

—Hace muchos años de aquello, pecados de juventud.

—Dos por secuestro...

—Las dos veces fui absuelto. Yo me dedico a los negocios.

—Prostitución...

—Hoteles, lo mío son los hoteles. Lo que se haga dentro no es un asunto de mi incumbencia. Y me niego a seguir hablando con ustedes sin la presencia de mi abogado.

—¿Y si llamamos a Cristo? Ya sabe, el policía de la comisaría de Villaverde...

Elena ha soltado su nombre de farol, no sabe exactamente qué relación puede haber entre Cristo y el mexicano, más allá de lo que le dijo Reyes a Orduño, ese mensaje que iba dirigido a Guillermo Escartín y en el que aparecía la letra R. Por primera vez, Rigoberto duda antes de contestar:

—No sé de quién me habla...

—Claro que lo sabe... Lo que quizá no sepa es que ha decidido colaborar con nosotros y va a detallarnos todos los negocios que tienen juntos... Como puede ver, no necesitamos su confesión. Va a ir a la cárcel, muchos años.

—No voy a seguir hablando, quiero ver a mi abogado.

—Rigoberto, no sea estúpido —presiona ella—. Si le estamos dando esta oportunidad es porque hay algo que le podría suponer una rebaja en la petición de la fiscalía. La matanza no acabó en la finca. Una de las mujeres que estaban allí encerradas, Violeta, no sé si la recordará, pudo huir y ha iniciado una venganza; está matando a todos los padres que contrataron sus servicios...

El mexicano deja escapar un suspiro de hastío.

—Denos el listado de esos padres. Denos sus nombres para que podamos impedir que sigan muriendo.

—Ya le he dicho que no tengo ninguna relación con eso de lo que me habla. Y es mi última palabra. No volveré a decir nada hasta que pueda reunirme con mi abogado.

Elena opta por dejar a Rigoberto en el calabozo. Dorita y Víctor identificarán al mexicano y se quedará en prisión a la espera de juicio. Pero rehúsa colaborar y el tiempo se les echa encima. Después de Guillermo Escartín, Ramiro Beiro y Daniel Mérida, la inspectora sabe que habrá un cadáver más. El del padre del niño que Violeta transporta en su nevera.

Pronto, ese hombre también habrá muerto. Tienen que descubrir quién es antes de que ella lo encuentre.

Capítulo 48

Violeta ha decidido dejar pasar la mañana antes de ir a la calle Galatea. Anoche se alojó en una pensión barata en Canillejas y se encerró en la habitación con la nevera portátil y un par de bocadillos que compró en un bar cercano. No dispone de mucho dinero. La cartera del gallego rebosaba de billetes y eso le permitió sufragar los gastos de los siguientes días. Pero a Daniel, el tercer padre, lo abordó cuando estaba corriendo y solo llevaba encima una botella de agua, las llaves de su casa y el móvil. Mala suerte. Pero, al menos, tiene un teléfono. Le ha quitado la tarjeta SIM y ha comprado otra para que no la localicen.

En la tele han puesto imágenes del parque del Oeste y han hablado de la aparición de un cadáver, pero no han dado más datos. Solo un tertuliano especula con que no es el único caso, que la policía investiga si tiene relación con otras muertes en Madrid y A Coruña. El interés ha decaído casi de inmediato, en cuanto se han puesto a hablar de la petición de cárcel para un antiguo miembro del Gobierno por un caso de corrupción.

Ha asumido que ha fracasado en su objetivo: dejó dos fetos en el arcón congelador del mesón de Dorita, y la policía, sin duda, ya habrá estado allí, nunca podrá ir a recogerlos. Le habría gustado que el suyo, Zenón, fuera el último en volver a su origen, a su padre, que significara el colofón de su venganza. Pero ya no podrá ser, quedará para siempre incompleta, dos de los padres saldrán impunes. Espera que Iyami Oshoronga la perdone.

Tiene el nombre del padre de su hijo, el hombre con cuyo esperma la embarazaron: Carlos Sousa; y su dirección:

calle Galatea, 35. Sale de la pensión a media mañana. Pasea por los alrededores hasta que, en una calle poco transitada, ve la oportunidad. Una señora de unos sesenta años aparca un Toyota Auris y, después, abre el maletero. Está cargando con la compra del supermercado y Violeta aprovecha la excusa para acercarse a ella. La ayuda a descargar e incluso le lleva una caja de leche hasta el portal donde vive. Deja pasar un tiempo, suficiente para que la señora haya entrado en el ascensor. Entonces, saca la llave que le ha robado en un descuido. Sube al coche y se marcha. Zenón, en su nevera portátil, viaja a su lado.

Conduce hasta el número 35 de la calle Galatea, no lejos del barrio modesto donde ha robado el coche. Es un chalet lujoso, no lo esperaba. Ya le sorprendió el nivel económico de Daniel Mérida y su marido: tenían un precioso piso en una de las mejores zonas de Madrid, un negocio de decoración y reformas que parecía funcionar a las mil maravillas... Elegirlas a ellas como madres no fue una cuestión de dinero, fue una cuestión de indiferencia.

Desde que empezó con la misión que le encomendó Iyami Oshoronga, Violeta ha seguido la misma rutina en tres ocasiones. Investigar quién es el padre, dónde vive y en qué trabaja, conocer sus costumbres. Un sistema que, inevitablemente, la ha llevado a entrever el motivo por el que encargaron a sus hijos... A Gerardo y a Ramiro los entendió y hasta sintió compasión por ellos, aunque eso no les salvara la vida. Gerardo no encargó a su hijo, dejó embarazada a Serena, fingiéndose o realmente sintiéndose enamorado; quizá no tendría que haber muerto, pero él sabía lo que ocurría en la finca, aseguraba que era policía y nunca hizo nada por detenerlo. Ramiro, el contable gallego, quería salvar la vida de su hijo, pero a costa de destrozar la de una mujer. ¿Con qué derecho? ¿Valía más la vida de su hijo que la de la mujer que portaría su semilla? De cualquier forma, no es ella quien juzga. Iyami Oshoronga extendió sus alas negras aquella tarde en Las

Suertes Viejas, le dio la oportunidad de vivir a cambio de convertirse en su ejecutora: en sus crímenes, es la mano del destino quien actúa, recolocando las piezas en su lugar, volviendo al principio para que se despliegue un nuevo futuro.

La investigación de los hábitos de sus víctimas es esencial, porque Violeta no puede reducir a un hombre con sus manos. Ellos son más fuertes, ellos dominan el mundo. Tiene que encontrar el modo de adormecerlos con la escopolamina; era lo que Dorita les suministraba algunas veces para adormecerlas en el parto. Y lo más maravilloso de todo es que el momento propicio siempre se presenta. Todo el mundo entra en un bar en algún giro del día a tomar un café, o una cerveza, o una copa después de la dura jornada de trabajo. Es fácil aprovechar una distracción para diluir la droga en la bebida, seguir a la presa incauta cuando sale del bar, aguardar el instante precioso en el que debuta el malestar...

—No sé de dónde sale tanto niño y tanta niña. —Violeta habla con su hijo que está en la nevera. La calle está bloqueada por coches en doble fila, estudiantes vestidos de uniforme salen de un colegio cercano y, después de despedirse de sus amigos, corren al coche donde los esperan sus padres—. ¿Te habría gustado ir a un colegio así? Vestidito con pantalón gris y polo blanco, con ese escudo en el pecho. Ya sé que estos podrían haber sido tus amigos, Zenón, ¿es lo que te habría gustado? ¿Habrías preferido crecer con tu papá? Iba a ser una buena vida, debe ser rico tu papá, no como el mío... No, Zenón, tú no ibas a pasar hambre ni miedo... pero, cariño, ¿qué quieres que yo haga? A lo mejor, si volvemos a empezar, pueda volver a tenerte. Te pariré de nuevo y tendrás una vida todavía más bonita que la de esos chavitos de uniforme...

Absorta como está en la conversación con su hijo, casi no se da cuenta de que alguien ha salido de la casa que vigila, pero no puede ser su presa: se trata de una mujer exuberante, rubia y muy alta. Duda si seguirla o no, pero decide quedarse a esperar a que salga él, Carlos Sousa.

Dos horas después —la quietud ha reconquistado la calle—, la mujer regresa a la casa. No ha habido más movimientos. Violeta duda de nuevo, ¿estará dentro? Se acerca a la puerta y ve el buzón; allí está el nombre que busca: Sousa. Se decide y llama a la puerta. La mujer sale a abrir.

—¿La puedo ayudar en algo?

—Andaba buscando a Carlos Sousa.

La mujer exhibe una sonrisa abierta, como si le hubieran hecho gracia las palabras de Violeta.

—Carlos Sousa ya no existe. Soy Mónica.

Capítulo 49

—¿Se puede recuperar la información de la grabadora?

—¿Traes los quinientos euros?

Reyes ha vuelto a la pequeña tienda de informática de Usera en la que estuvo por la mañana. El encargado chino asiente con una media sonrisa, pero aclara que no hay garantías de que allí vayan a encontrar nada.

—Puede que el dueño de este móvil nunca haya usado la aplicación. Si recupero lo que había y no hay nada, me pagas igual.

—No te preocupes.

Reyes pone el dinero sobre el mostrador. Una vez contado y guardado, el dependiente saca una complicada chuleta llena de caracteres en chino.

—No ha sido fácil, es un programa complejo.

—¿Chino?

—Ruso. Pero creo que voy a ser capaz. He hablado con un amigo programador, de Hong Kong.

Reyes no puede más que esperar mientras el dependiente manipula el teléfono. Tarda por lo menos veinte minutos.

—Solo hay una grabación. Si quieres te presto unos cascos y la escuchas. Los cascos son regalo de la casa.

La conversación apenas dura unos segundos y quienes hablan son Cristo y otra persona cuya voz le resulta familiar, aunque no se dice su nombre en ningún momento. Lo que más le sorprende es que hablan de ella.

«Es la sobrina de Rentero, no es casualidad que la hayan mandado aquí».

«¿Crees que os está investigando?».

«No lo sé. Pero me preocupa. ¿Qué fue del caso Miramar? ¿Se destruyó el informe?».

«Olvídate de Miramar, ¿de acuerdo? Tú sigue a lo tuyo y no te preocupes por esa niña».

«No me preocupo, si tú me aseguras que el Clan va a estar ahí si las cosas se tuercen».

«Te tengo que dejar».

La voz del dependiente, apoyado en el mostrador y mirándola divertido, saca a Reyes de la ausencia en la que le ha dejado la conversación.

—¿Algo grave? ¿Cuernos?

—¿Perdón?

—Sí, siempre que viene alguien a pedir que destripe un móvil es para escuchar lo que dice su novio. O su novia. O las dos cosas. ¿Cuernos?

—Algo así.

—Eres guapa, encontrarás a otro. Y si no lo encuentras, llámame. Tengo quinientos euros, te puedo invitar a cenar...

Al salir de la tienda de móviles, el estómago le da un vuelco, como si se hubiera transformado en una montaña rusa. Apoyada en el tronco, vomita a los pies de un árbol. Un grupo de niños se ríen al pasar por su lado, bromean con que es una borracha. Ella está convencida de que es el miedo: «la niña», así la mencionaban. La grabación es de hace solo unos días, después de la «prueba» del disparo: ¿significa eso que el jefe de la Sección nunca se ha fiado de ella? No logra recuperar el control.

Se sienta en su coche, un sudor frío le perla la frente. Cierra los ojos, respira hondo: ¿es Cristo quien le da miedo o es esa otra voz? Intenta concentrarse, sabe que la ha escuchado en algún momento, pero ¿cuándo?

Bucea en su memoria tratando de encontrar esa voz cuando una frase resuena en su interior. «Encantado de conocerte, Reyes. Y cualquier cosa que necesites, apúntatela. Te la solucionaré mucho mejor que tu tío». Gálvez, en la fiesta del Wellington. Gálvez, la red de seguridad que, según Fabián, tiene la Sección. Suya es la voz que habla con Cristo en esa llamada. ¿De qué están hablando exactamente? ¿Qué relación hay entre Cristo y Gálvez? ¿Qué es el Clan? ¿Qué es el caso Miramar? Reyes sabe que no va a parar ese ruido interior hasta que no descubra la verdad.

Una de las mejores amigas de Reyes en la Academia, Nieves, ha ido a parar al Archivo Central de la Dirección Nacional de Policía. Si el informe Miramar es de una operación de la policía, tiene que estar allí. Si hay alguien que se lo puede conseguir, por muy restringido que esté el acceso, es ella. Hace meses que no habla con Nieves, desde que celebraron su cumpleaños, pero las buenas amigas siguen siéndolo para siempre, sobre todo si han sido también amantes.

—Este informe no te lo puedo pasar. No está a disposición de nadie.

—¿Puedes acceder a él?

—Sí, pero ni siquiera está digitalizado. Y no voy a hacer copias, me la juego.

—Necesito verlo.

La terquedad de Reyes vence las reticencias de su amiga. Nieves se pierde en el almacén del Archivo y, luego, reaparece para conducirla hasta una pequeña habitación apartada. Una gruesa carpeta, llena de papeles amarillentos, descansa sobre la mesa del cubículo. Sobre ella hay otro informe que ha sacado para disimular por si alguien pregunta, un archivador bastante grande sobre un asesinato ocurrido en los años cincuenta.

—No quiero que me cuentes por qué te interesa el caso Miramar, prefiero no saber nada. Tú lee el archivo, pero ni me hables. Tienes una hora, dentro de una hora en punto lo devuelvo a su sitio y cierro.

No le va a dar tiempo a leerlo todo en solo una hora, así que empieza a pasar las hojas a toda velocidad mientras hace una lectura en diagonal y toma algunas notas. En el expediente se habla de una redada contra unos narcos en una casa en el barrio de Vallecas en la que murió un policía. Fue en el año 1991. Todo es bastante confuso y Reyes ni siquiera encuentra el nombre del policía muerto. Tras pasar varias páginas más, sale del cubículo en busca de Nieves.

—Tiene que faltar algo...

—Es lo que hay.

—Pero es un caso en el que murió un policía y no encuentro su nombre...

—Ya te he dicho que no quiero que me cuentes nada. Es lo que hay —repite su amiga—, no insistas, que bastante me la estoy jugando. Te queda un cuarto de hora; en un cuarto de hora te vas de aquí.

Nieves siempre fue la más sensata de todas, la que tenía claro que no sería una heroína y pidió un destino tranquilo: los archivos. Reyes vuelve a la sala y al expediente. Encuentra por fin un dato que le puede servir: el policía encargado de la investigación de aquel caso se llamaba Eduardo Vallés. Algo raro pasó, pero el relato y las conclusiones no están en la carpeta, quizá alguien se haya llevado todo lo que falta.

Cuando sale del archivo ya está anocheciendo. Se monta en el coche y siente que el malestar sigue ahí. Tal vez debería ir al médico, no entiende por qué no logra superar esas náuseas que llevan persiguiéndola dos días.

Capítulo 50

Irrumpe en el centro de menores sin detenerse a responder al saludo de unas chicas que, en corro, hablan en la recepción. La conocen de sus frecuentes visitas, pero Elena deja atrás sus voces, que apenas entiende, y avanza por el pasillo.

—¿Dónde está Alicia? —le pregunta a un trabajador que encuentra.

No es necesario que él se lo diga. Alicia aparece al fondo e, incapaz de mirarla a los ojos, le indica que la siga hasta un pequeño despacho. Siente que el corazón le va a estallar, le cuesta recordar exactamente la breve conversación telefónica que mantuvo con Alicia cuando estaba en la oficina de Barquillo, como el que recibe un diagnóstico terminal del médico y, desde ese momento, se despega de la realidad y en su cabeza ya solo resuena la certeza de la muerte.

—¿Dónde está Mihaela?

—Elena...

Alicia ha liberado una silla de los expedientes que se amontonaban sobre ella, le ofrece que se siente, pero Elena no quiere hacerlo. La trabajadora social repite los rituales de la inspectora cuando interroga a alguien que ha sufrido una pérdida, debería darse cuenta.

—Quiero verla.

Alicia compone una expresión piadosa.

—Te estuve llamando, pero no respondías al teléfono.

—Estaba trabajando, no han sido unos días fáciles, te lo aseguro. ¿No podíais haber esperado?

—Tenía los papeles en regla y el permiso del Ministerio, ¿qué querías que hiciera?

—¡Impedir que se la llevara! Joder, Alicia: hasta hace dos días, no sabíais dónde estaba, no daba señales de vida, ¿qué coño ha pasado? ¿Se ha acordado de pronto de que tiene una hija? Y tú, en lugar de retenerla, se la has dado. ¿Te das cuenta de lo que has hecho?

—Es el padre biológico de Mihaela; tiene derecho a llevársela y que continúe el tratamiento en Rumanía.

—¡Iba a venir un fin de semana a mi casa! Estaba empezando el proceso de adopción...

No hay respuesta de Alicia, ni falta que hace. ¿Qué palabras de consuelo se pueden pronunciar en un momento así? Elena se sienta ahora en la silla, mareada; tiene la sensación de que se puede derrumbar en cualquier momento. Se lleva las manos a la cara y respira hondo, intentando controlar la ansiedad. De nada sirve dar gritos a la trabajadora. Ha hecho lo que debía y, a pesar de la frustración, Elena es consciente de que, en este desenlace, inesperado, cruel, no hay culpables.

—¿Dónde están? —pregunta al fin en un susurro.

—Se la ha llevado esta misma mañana. Tenía un billete de tren a las doce...

—¿Ni siquiera han podido esperar a que me despidiera?

—Lo siento, Elena; te he estado llamando...

—Lo sé, lo sé... pero no respondía...

Las lágrimas le escuecen. Dentro de ella, se está abriendo un abismo que creía cerrado. Alicia se acerca a Elena y le pone una mano en el hombro. Un llamamiento a la calma.

—Creo que la quiere de verdad. Mihaela va a estar bien, Elena. Le he pedido que me deje sus señas, por si te apetece escribirle o llamarla...

Elena cabecea derrotada. No le quedan fuerzas para asentir o negar. Ni siquiera espera a que Alicia le dé el teléfono del padre de Mihaela o su dirección. Necesita apagar el vacío que crece dentro de ella como una enorme herida.

La grappa le quema el esófago y remueve sus entrañas con una sensación vivificante. Un hombre con traje de oficinista interpreta un tema de José Luis Perales sin el menor encanto. Acodada en la barra, Elena cae con tristeza en que Zárate no irá a buscarla. Antes sí lo hacía; cuando quería verla, se presentaba en el Cheer's y allí estaba ella como un clavo, apagando su culpa en alcohol. Hacía mucho tiempo que no visitaba el karaoke, pero esa no es la razón por la que Zárate no irá a buscarla. Apostó por Mihaela, consciente de que eso pondría en peligro su relación con Ángel. Ahora, también lo ha perdido a él. Más allá de los gritos y las discusiones, ha podido leer su mirada: sus ojos, que pretenden aparentar normalidad, en realidad son una máscara. Se han convertido en dos extraños. Pensaba que tenía fuerzas para luchar por recuperarle, sin embargo, mientras paladea la grappa como el que alarga el reencuentro con un viejo amigo, toma conciencia de que ya no lo conseguirá. Está sola. No volverá a ser la madre que necesitaba ser, no podrá envolver en cariño y cuidados a Mihaela, que ya debe de haber llegado a Rumanía. Y ella, Elena, pasará a ser un recuerdo borroso cuando la niña crezca.

Nadie. Ni siquiera ha llegado a tener a Mihaela a su cargo para fracasar de nuevo como madre. Está agotada. De trabajar en la BAC, de lidiar con el horror, de ser Elena Blanco.

Había olvidado el sonido metálico de su nombre cuando el camarero la llama al escenario por la megafonía. El respingo, el giro de las piernas en el taburete para enfilar el camino hasta el micrófono. Mina Mazzini, claro, «Il cielo in una stanza». Pese al mareo que le ha provocado el alcohol, se esfuerza en cantar con sentimiento, afinando bien. Y, a juzgar por la reacción de la parroquia, lo está consiguiendo. Vuelve a su sitio entre vítores y no tarda en acercarse el oficinista fondón que antes cantaba a Perales.

—No te he visto mucho por aquí, ¿cómo te llamas?

Ella le hace un gesto al camarero para que le sirva otra copa.

—Me has puesto la piel de gallina, qué forma de cantar. ¿Has sido cantante profesional?

Ella se queda mirando cómo el chorro de grappa empapa el hielo. El color oscuro aclarándose tentadoramente. La mezcla perfecta, el humillo del hielo invitando al primer trago.

—Esa copa te la pago yo, si me lo permites —dice el hombre.

Entonces, por fin, ella gira en su taburete y encara a su admirador.

—Dime que tienes un todoterreno.

La voz pastosa, la mirada incitadora, con más desesperación que deseo.

Capítulo 51

Mónica, o Carlos Sousa, se despierta con un terrible dolor de cabeza, lo último que recuerda es la irrupción de esa mujer morena de pelo corto en su casa. Tenía acento mexicano, la engañó de alguna forma que ahora no recuerda bien y le permitió pasar. Una vez dentro, la atacó de una manera brutal, la golpeó en la cabeza con una lámpara. Perdió el equilibrio y la mujer volvió a atacarla. Mónica consiguió esquivar el segundo golpe, pero cayó de nuevo al suelo y se hizo daño en el hombro. Notó el dolor, como de hueso roto, pero todavía logró defenderse. Las dos rodaron por el suelo; sin embargo, apenas podía mover el brazo. La mujer sacó un cajón de la cómoda y, con el canto, volvió a acertarle en la cabeza. Perdió el sentido. No sabe cuánto tiempo ha pasado inconsciente.

Se da cuenta de que está desnuda cuando siente el frío. Trata de moverse, pero no lo logra, no solo por el intenso dolor del hombro —ya no tiene dudas, ahí hay algo roto—, también porque está sujeta a un catre sin colchón con una cinta americana a la que han dado decenas de vueltas. También le han puesto cinta por la boca para impedirle hablar. Puede mover poco la cabeza, pero lo suficiente para ver que está en un lugar sucio, que parece una chabola. Está sola, o por lo menos no ve a nadie. Trata de soltarse, pero cada intento se transforma en un pinchazo de dolor en el hombro.

Alguien entra: es la mujer menuda y morena que se presentó en su casa, la mexicana.

—Nadie te va a oír, pero si gritas lo vas a pasar mal.

La mexicana arranca la tira de cinta de su cara. Lo primero que hace Mónica es gritar.

—Te avisé.

Le clava los dedos en el hombro, el dolor es terrible.

—¿Te callas?

Aunque le cueste, se calla, solo llora.

—El hombro tiene mala pinta, todo amoratado. Si sales con vida, que no creo, no me parece que lo vayas a poder mover bien. O sí, los médicos descubren cosas a diario. Fíjate tú, que naciste hombre y ya no tienes genitales masculinos.

Mónica sigue en silencio, sollozando.

—Seguro que te ha costado mucho dinero operarte así. ¿Cuánto?

—No sé...

—¿Veinte mil dólares, cien mil? De todas formas, no has debido operarte hace mucho, ¿verdad?

Mónica se da cuenta de que no tiene sentido responder y calla. El castigo es inmediato: los dedos de la mexicana se clavan en su hombro, es como si un millón de agujas le atravesaran la carne.

—Tu nombre está en un registro... ¿Qué te pasó? ¿Querías ser mamá y papá?

La mexicana aparta la vista de ella y se inclina para buscar una mochila cuadrada; el aluminio hace pensar en una nevera portátil.

—Te voy a mostrar algo —le dice.

Saca de ella algo que al principio Mónica no identifica.

—Es Zenón. Nuestro hijo. Tuyo y mío. Me hicieron quedarme embarazada con tu semen.

—Yo soy una mujer, no puedo donar semen, no tengo espermatozoides... —balbucea aterrada—. Lo estás viendo.

La mexicana sigue como si no hubiera escuchado una sola palabra:

—Cuando naciera, me lo iban a quitar para que tú lo criaras. Para que fuera a ese colegio tan bonito con pantalones grises y polito blanco... ¿Tú crees que habría sido feliz?

—¿Está muerto?

—Claro que está muerto... ¿Se habría parecido más a ti o a mí?

—Ese niño no puede ser mío, ¿es que no me ves? ¡Mírame! —insiste.

—Entonces, ¿por qué está tu nombre en el registro? Es feo que no quieras reconocer que eres su papá.

Mónica ve cómo la mexicana acuna ligeramente al feto antes de volver a guardarlo en la nevera.

—No te enojes, Zenón, son todos así. Tú habrías sido un buen hombre, pero los demás... los demás son unos cobardes. Iyami Oshoronga va a venir... Levantará sus alas, ya verás, y todo volverá al punto donde tiene que estar. Al principio. Y las madres tendrán justicia...

El soliloquio de la mexicana con el niño la aterroriza. Y Mónica comprende que su única posibilidad de salir de allí con vida es contar lo que sabe.

—Le llevé un bote de esperma a Rigoberto. Yo lo contraté, pero no era para mí. Yo no era el padre.

—Puros cuentos. No te creo.

—¡Te lo juro!

—Iyami Oshoronga te ha señalado. Quiere que Zenón duerma en tu vientre.

Mónica reconoce el cuchillo que la mexicana saca del bolsillo. El mango de cristal naranja, la curvatura del pelador. Lo compró en una cuchillería del Pasaje Doré, hace años. Lo debió de coger de la cocina.

—El esperma era de otro hombre. Le querían chantajear. Te diré su nombre, hasta dónde puedes encontrarlo, pero por favor, no me hagas más daño...

Mónica piensa en la vida que ha tenido, en todo el sufrimiento que supuso nacer con el sexo equivocado.

El rechazo social, el repudio de su padre, los demonios internos que la devoraban durante la terrible adolescencia. No es justo que después de tanto camino recorrido termine así, desnuda y maniatada por una loca que transporta un feto en una nevera.

Capítulo 52

Ha intentado acceder al expediente de su padre desde los ordenadores de Barquillo. A pesar de que la BAC posee un permiso especial que les abre la puerta a ciertas investigaciones clasificadas, todo ese caso tiene el marchamo de secreto o, simplemente, no hay referencia alguna, más allá de un breve informe que describe la muerte de su padre tal y como siempre se la contaron: Eugenio Zárate murió en un tiroteo con unos aluniceros. Nunca se encontró al responsable y, por lo tanto, nunca hubo un juicio. Sabe que debe haber algún expediente secreto que detalle en qué consistía el trabajo que estaba haciendo su padre. Un expediente que, como el que tiene que existir de Guillermo Escartín, jamás será desclasificado: en España no existe una ley que, como en otros países, obligue a sacar a la luz todas esas investigaciones pasado un determinado tiempo. Aquí, los secretos son eternos.

—¿Te puedo ayudar en algo? Buendía me tiene mano sobre mano y me aburro.

Manuela ha buscado una silla para sentarse a su lado, le sonríe mientras se recoloca las gafas. Zárate prefiere cerrar el programa.

—No es nada importante, —le dice. Es consciente de que debe disculparse; pagó su rabia con Manuela cuando ella lo único que hizo fue avisarle de la precariedad de su posición en la BAC. En los últimos días, la joven forense ha sido la única persona que le ha ofrecido su ayuda, también su compañía, sin dobleces.

—¿Te apetece cenar algo en el Cisne Azul?

—Si me prometes que vas a impedir que pida otra vez las setas con foie. Voy a tener un infarto agudo de miocardio con tanto colesterol.

Zárate recoge su chaqueta. Es tarde y, ante el mutismo de Rigoberto —su abogado ha recomendado al dueño de Las Suertes Viejas que guarde silencio hasta el juicio si es necesario—, no tienen ninguna línea por la que seguir investigando. Elena se marchó hace tiempo, la vio cruzar las oficinas a la carrera con el gesto descompuesto y no ha regresado. Se ha sorprendido al sentir una inquietud por ella que pensaba imposible. La tentación de llamarla varias veces a lo largo de la tarde para saber qué le había pasado le ha hecho darse cuenta de que le importa todavía más de lo que le gustaría. Esta noche cenará con Manuela, se dejará llevar por cualquiera de sus historias, le gusta que sea ella quien lleve el peso de la conversación, y después, quién sabe, tal vez les apetezca a los dos volver a dormir juntos en su piso de La Latina.

Orduño ha rechazado la oferta de Manuela de acompañarlos al Cisne Azul. Convencido de que el trabajo es la mejor medicina para curar su tristeza, se ha quedado en las oficinas cuando ya todos se han marchado. No es fácil apartar de sus pensamientos a Dely; su cuerpo se está pudriendo, enterrado en algún lugar que Reyes no le ha querido decir. Es complicado escapar de la culpa: puede que su irrupción en la narconave de la Colonia Marconi la situara en el punto de mira; le da igual que Reyes le haya dicho que murió de sobredosis, no es difícil matar a una adicta de esa manera. Era poco más que un zombi en manos de los africanos que poblaban la nave. La culpa se mezcla con la frustración por no ser capaz de darle, al menos, un entierro digno. Por no poder investigar si, como se teme, su muerte no fue accidental.

Apenas reconoce a esa Reyes con la que ha hablado por la mañana en la tienda de Gran Vía. Aunque intenta evitarlo, le asusta la sospecha de que ella esté protegiendo de alguna manera a sus compañeros de la Sección. Ha oído muchas historias de policías que perdían el norte en un trabajo encubierto. Acababan convirtiéndose en amigos de los delincuentes, comprendiéndolos e, incluso, justificándolos. Sabe que Reyes es una buena profesional, pero también muy joven y, por lo tanto, inexperta. El modo en que habla de Fabián, cuando él ya la ha avisado de que puede ser un asesino, no es normal. Bajo sus palabras se desliza la sensación de que lo considera un buen tipo.

Las horas van cayendo y Orduño se dice a sí mismo que es absurdo perderse en esa espiral de sospechas y culpa. Ha entrado en una sala de visionado para revisar las grabaciones de las cámaras de seguridad del parque del Oeste y alrededores. Va a concentrarse en las imágenes de la zona donde se produjo el secuestro y la muerte de Daniel Mérida. Está convencido de que alguna de esas cámaras tuvo que captar a Violeta, aunque no sabe si será capaz de reconocerla.

La parte que da a Rosales y al paseo de Moret está bastante bien cubierta por las cámaras, pero la del parque del Oeste no tanto. Pasando casi fotograma a fotograma cree localizar al decorador muerto corriendo por las inmediaciones del Templo de Debod. No se le ve bien, pero lleva una sudadera gris con el logotipo de la Universidad de Yale, la que después encontraron a pie de un búnker. Lo pierde en un tramo, pero vuelve a localizarlo en una grabación: está sentado en un banco en el paseo de Moret, da un trago a una botella de agua y la deja en el banco. A su lado, también sentada, hay una chica a la que ha visto varias veces en las cámaras: es morena y de pelo corto, no rubia de pelo largo, como se supone que es Violeta, pero lleva una bolsa grande a la espalda, la calidad de la imagen no le permite confirmar que sea una nevera portátil. ¿Ha manipulado la botella de agua de Daniel? No está seguro, la vista no es lo bastante cercana. Daniel Mérida se levanta del banco y se marcha sin, aparentemente, tener ninguna conversación con la chica.

Sigue examinando las grabaciones. La siguiente vez que ve a la joven morena es en una grabación posterior al momento en que hallaron el cuerpo de Daniel, en la entrada de uno de los colegios mayores de la zona, el Miguel Antonio Caro. Para su sorpresa, aparece junto a un grupo de chicas que se ha reunido en torno a él mismo. Recuerda que les estaba enseñando el retrato robot de Violeta. En ese instante, no se fijó en esa chica morena.

¿Es una residente en el colegio? Ninguna de las otras chicas la incluye en el corrillo, no la han saludado ni nada. Rebobina y encuentra una imagen de la chica entrando en el colegio mayor con su bolsa a la espalda, siete minutos antes. Saca una imagen en papel de la chica, aquella en la que mejor se la ve, y se levanta. Ya sabe qué va a hacer a primera hora de la mañana.

Ninguna de las estudiantes con las que se cruza en el colegio mayor conoce a la chica morena; la recepcionista le asegura que no reside allí, pero es difícil saber si entró o no en el colegio en algún momento. Las estudiantes suelen traer muchas amigas y amigos. El acceso a la biblioteca y al bar, en la planta baja, es libre. Orduño pasa a la biblioteca, donde en unas mesas equipadas con ordenadores están las estudiantes más madrugadoras.

—Necesito que me ayudéis, soy policía.

Todas se vuelven hacia él, entre extrañadas y encantadas por la interrupción.

—Es posible que antes de ayer entrara una chica en esta sala, entre las cuatro y las cuatro y veinte. Quizá usó uno de los ordenadores para hacer una búsqueda, para entrar en su correo o lo que sea. Necesito que vayáis al historial y miréis si lo hizo desde el ordenador en el que estáis sentadas. Es urgente.

Algunas protestan, otras aseguran que no saben cómo se entra en el historial, pero la mayoría se pone en marcha.

—En este hubo alguien que entró a buscar una dirección en un mapa.

—¿Qué dirección?

—Calle Galatea, 35.

—Gracias, creo que eso es lo que estaba buscando...

Un cuarto de hora después, la policía entra en casa de Carlos Sousa. Orduño ha avisado a Elena y Zárate y se han encontrado directamente en esa calle del barrio de La Piovera. En el número 35 de la calle Galatea no hay nadie, pero sí señales de que se ha producido una violenta pelea en el interior. Una lámpara rota en el salón, una silla volcada, algunos cajones tirados en el suelo son testigos mudos de lo que pudiera suceder en esa casa.

Zárate recaba los testimonios de los vecinos: el propietario de la casa —o más bien deben decir propietaria, ya que ha cambiado de sexo y ahora se hace llamar Mónica— lleva años viviendo allí, sin dar que hablar, más allá de la sorpresa de sus cambios físicos.

Elena y Orduño comprueban que en el garaje no está su coche. Después de una llamada a Tráfico, consiguen la matrícula y dan orden a todas las unidades de que lo busquen. Tienen los datos del propietario: Carlos Sousa Mena. Aunque se hacía llamar Mónica, en los papeles oficiales conservaba su identidad masculina.

Zárate se acerca a ellos acompañado de una vecina que ha reconocido a Violeta cuando le han enseñado uno de los fotogramas de las cámaras de seguridad. Señala un Toyota Yaris blanco aparcado a unos cincuenta metros del chalet.

—El coche estuvo allí todo el día. Me preocupó porque una vez tuvimos a una mendiga que se quedó a vivir en uno a dos calles de aquí. Menos mal que se fue.

La Científica examina el vehículo —robado el día anterior a solo unas manzanas de la calle Galatea— y saca huellas: habrá una correspondencia con las huellas sin identificar que hallaron en los escenarios de los crímenes de Guillermo Escartín, de Ramiro Beiro, de Daniel Mérida, pero eso solo será la confirmación de algo que ya saben: que Violeta ha estado allí, que se ha llevado a Mónica, que probablemente, esa mujer que antes se llamaba Carlos Sousa aparecerá muerta en las próximas horas.

Elena se resiste a no presentar batalla en esta cuenta atrás. Sube al Lada, la siguen Zárate y Orduño. En Barquillo, ni siquiera traslada a Rigoberto a una sala de interrogatorios. Abre la puerta del calabozo y habla desde el umbral, sin acercarse al mexicano, que está sentado en el camastro alisándose los puños de la camisa, tratando de mantener la elegancia en ese cuchitril.

—Ha secuestrado a otro hombre. Si no nos ayuda, lo matará y ese crimen va a caer sobre su espalda. Le haremos responsable por encubrimiento. Puede seguir callado como le recomienda su abogado y acumular más delitos o puede empezar a colaborar para que cuando salga de la cárcel no necesite un andador para moverse. ¿Qué sabe de Violeta? ¿Cómo tiene acceso al nombre de los padres?

—No conozco a esa mujer.

—No va a tener más oportunidades, Rigoberto.

Por primera vez, el aplomo del mexicano se resquebraja. Se acomoda en su jergón, incómodo. Elena no va a permitirle pensárselo demasiado. Comienza a cerrar la puerta del calabozo, dispuesta a marcharse, cuando Rigoberto se decide a hablar.

—Quiero que eliminen cualquier vínculo entre Cristo y yo. No sé qué estarán investigando de ese policía, pero tiene que asegurarme que nadie me llamará a testificar... Mi nombre no aparecerá en ese sumario.

—Está pidiendo mucho: ¿qué me ofrece a cambio?

—No sé dónde estará Violeta... Pero sí sé que debió hacerse con el listado antes de escapar. Lucio tenía una copia por si surgía algún imprevisto. La otra copia la tengo yo. Puedo entregarle el nombre de todos los padres. ¿No quiere salvarles la vida?

Capítulo 53

En la radio del coche suena una canción de jazz antiguo, le recuerda a esos temas que abren las películas de Woody Allen, como el zumbido de un abejorro nervioso, acelerado. Quiere concentrarse, poner los pies en la tierra, pero no lo consigue. Sus pensamientos, igual que esa música, se enredan, tan veloces y chillones como las trompetas de la música jazz.

Reyes apaga la radio. Ha venido hasta esta casa en la parte alta de El Escorial para hablar con Eduardo Vallés, el policía retirado que investigó el caso Miramar, el único nombre que aparecía en el informe al que Nieves, su compañera de Academia, le dio acceso.

Pero sus pensamientos circulan en otra dirección, empujados por una corriente inesperada.

Eduardo Vallés es un hombre de unos setenta años, con buen aspecto, vestido de traje con chaleco y corbata a pesar de ser un simple jubilado que está paseando a un galgo alrededor de su casa. Lo observa desde dentro del coche, tratando de centrarse en él. Ha pensado presentarse como una joven policía en prácticas, hablarle de un trabajo que está preparando sobre los años ochenta y noventa en la policía, una milonga que halague los oídos del viejo dinosaurio.

Pero no es capaz de bajar del coche. Anoche, después de leer el informe Miramar, o lo poco que quedaba de él, regresó a casa. El malestar físico no la abandonaba. Estaba convencida de que estaba somatizando los nervios de la investigación: iba a traspasar un punto de no retorno, pensaba que los velos de la inocencia caerían de un manotazo cuando preguntara a Eduardo Vallés por el informe

Miramar. Sin embargo, luego se dio cuenta de que esa no era la razón.

Ahí está Vallés, recogiendo una caca de su perro con una bolsita de plástico. Un ciudadano ejemplar. ¿Lo era también hace treinta años? Es el inspector que estaba al mando del caso que Cristo y Gálvez mencionaron y ambos preferían dejar enterrado. «Deja que el perro duerma», dicen los ingleses cuando aconsejan no remover el pasado. ¿Por qué? ¿Qué secretos esconde ese informe? El hombre atildado que ahora fuma un cigarrillo con aire indolente puede tener las respuestas.

Sale del coche y pasea hasta la acera donde Vallés acompaña a su galgo. En el camino, se recuerda sentada en la taza del váter. Había abierto el armario de las medicinas y revisado el blíster de anticonceptivos. En las últimas semanas, había olvidado tomarlas varios días. Pero borra esa imagen cuando acaricia al perro del policía retirado que, asustadizo, la evita.

—Es precioso.

—Galgo español... ¿Le gustan los perros? —responde el hombre, ufano.

—No entiendo mucho, pero me gustan.

—Se llama Raimundo. El galgo español es un perro maravilloso. Mezcla del árabe con el podenco. Veloz, fuerte, buen cazador... Y, aunque sea tímido, es muy cariñoso con los niños. Si alguna vez quiere un perro, se lo recomiendo. Hay muchos en acogida, los cazadores no los tratan muy bien cuando se hacen mayores.

—Eso he leído. Es usted Eduardo Vallés, ¿no?

El hombre la mira extrañado y por primera vez prevenido.

—¿Quién es usted?

—Soy policía, me llamo Reyes. He venido a pedirle ayuda.

Él adopta una expresión recelosa. Pero algo le dice a Reyes que su estrategia de abordarlo de frente, sin subterfugios, podría dar resultado. Ha decidido que es ridículo fingir que está haciendo ningún trabajo ni que es una policía en formación.

—¿Qué ayuda le voy a dar yo? Estoy jubilado hace años.

—He visto un informe sobre una investigación que llevó usted en la que estoy interesada, pero me temo que alguien ha hecho desaparecer una parte de ella.

—¿Qué investigación? Llevé cientos durante mi carrera, y le aseguro que las he olvidado casi todas. Solo unas pocas quedan en la memoria.

—Caso Miramar.

Vallés esboza una sonrisa y menea la cabeza.

—¿La recuerda?

—Sí. Una redada en una casa de Vallecas. Parecía algo simple y al final murió uno de los agentes que intervinieron.

—¿Qué pasó?

—Nunca lo tuve claro y no me dejaron indagar mucho. Yo estaba a las órdenes del comisario Asensio, él era el comisario de Vallecas, fue quien me puso al frente de esa investigación. Se ha jubilado hace poco, quizá él se acuerde mejor que yo.

—Estuve en su fiesta de jubilación. La celebraron en el Wellington, pero no me suena verle a usted por ahí.

—Llevo años viviendo en El Escorial y me cuesta bajar a Madrid.

—¿Esa es la razón por la que no fue al homenaje que le hacían a su antiguo jefe?

Vallés se sonríe con un punto de sarcasmo, es evidente que no guarda demasiado afecto hacia el que fuera su superior.

—¿Nos sentamos ahí?

El policía jubilado señala un banco del parque. Ella lo sigue y, de nuevo, sus pensamientos se despegan del momento que está viviendo. Regresan con una intensidad que la sorprende al baño de su casa, al test positivo de embarazo que sostenía en las manos, sentada en la taza del váter. ¿Cuándo pudo suceder? ¿En uno de sus encuentros con Fabián o, antes, en los baños del Wellington, con Orduño?

—¿Qué es lo que quieres saber?

Vallés le pregunta desde el banco. Se ha encendido otro cigarro y exhala una nube de humo. Su galgo corretea alrededor de un árbol cercano. Reyes retoma el control y se sienta a su lado.

—Todo.

—Nadie supo todo. Ni siquiera yo, que hablé con cada uno de los implicados. Se decía que, en alguna de nuestras brigadas de Vallecas, había manzanas podridas. Nada nuevo bajo el sol. Policías que se quedaban con parte de un alijo, connivencia con atracadores para repartirse el botín del robo a una joyería, esas lindezas... Hasta nos llegó el rumor de que nos habían colado a un topo para investigarlo.

—¿A quién investigaba este topo?

—Supongo que a mí, por ejemplo, que nunca me he llevado un duro de ningún operativo.

—Pero ¿es cierto que había policías corruptos que se llevaban parte de las incautaciones?

—A mí no me consta, señorita. Debo de ser un policía mediocre; míreme. Nunca llegué a ser comisario de ningún distrito. Me jubilé siendo inspector jefe, otros ascendieron por el escalafón año tras año...

—No creo que sea tan mediocre. Lo que creo es que quizá no quería tragar con lo que otros sí. ¿Me equivoco?

La sonrisa de Vallés la invita a seguir preguntando:

—¿Qué es el Clan?

—Eres muy joven —la tutea de pronto, al tiempo que la agarra del brazo—. Tienes toda la vida por delante. No vuelvas a preguntarle a nadie por el Clan.

—No le entiendo, ¿por qué lo dice?

—Escúchame bien. Jamás pronuncies esa palabra delante de nadie. ¿Estamos?

Ella escruta la mirada de él. Un azul acuoso, intenso, en el que se ha posado un matiz de terror. El galgo ha detenido sus correrías y los mira desde la distancia, como contagiado del miedo de su dueño o pendiente de lo que pueda suceder a continuación.

—Volvamos al informe. —Reyes toma aire—. ¿Recibieron un chivatazo de que iba a llegar un alijo a los edificios Miramar?

—Fue mucho más confuso que todo eso. Oficialmente era una operación antiterrorista, podía ser un piso franco de ETA, que se demostró que no era. De pronto, había narcotraficantes en otro rellano, varios agentes se desplazaron allí... Hubo un tiroteo y murió un agente.

—En el informe falta el nombre del agente muerto.

—Un policía joven, llevaba poco tiempo en la brigada de Vallecas. En mi opinión, era el policía infiltrado para investigar la corrupción policial.

—¿Cómo se llamaba?

—Eugenio Zárate. He oído que su hijo también es policía...

Reyes traga saliva. El nombre del padre de Zárate vuelve a sonar, como sonó de aquella manera descuidada en la jubilación de Asensio cuando el homenajeado se lanzó a recordar los viejos tiempos.

—¿Es posible que lo matara alguno de los policías que investigaba?

—En el informe consta que fue un tiroteo con narcotraficantes. Yo mismo lo escribí y lo firmé.

—Vamos a dejarnos de acertijos, Eduardo. He visto el informe del caso Miramar y alguien ha quitado las hojas en las que se desarrollaban las conclusiones. ¿Quién mató a Eugenio Zárate?

—Esa pregunta no tiene respuesta. Pero sí te puedo decir algo. Después de que me hicieran cerrar el caso, Asuntos Internos lo retomó e investigó a uno de los policías de la brigada como sospechoso de esa muerte.

—¿A qué policía?

—Su curiosidad le va a traer problemas, señorita. Me lo dicen las tripas.

—Dígame el nombre del policía al que investigaron.

Vallés se queda observando el horizonte unos segundos. Lanza el cigarro al suelo y lo apaga de un pisotón. Después la mira a los ojos, ajeno al terremoto que va a provocar en Reyes.

—Manuel Rentero.

Cuarta parte

No me abrazarás nunca
como esa noche
nunca.
No volveré a tocarte.
No te veré morir.

¿Qué es la locura? Para Dorita, ella es la locura, lo podía leer en sus ojos cuando le bajaba la cena al sótano del mesón, cuando la escuchaba hablar con los fetos. Violeta sabía que era inútil contarle que había rasgado el telón de la realidad y que podía ver a los espíritus de los orishas; que no estaba loca, sino que los demás estaban ciegos a las alas negras de Iyami Oshoronga.

Rosaura era diferente. Al llegar a *Las Suertes Viejas*, convirtió a Violeta en su protegida. Cubana de piel blanca, hermosa y de una elegancia natural, Rosaura la instruyó en las rutinas de la finca: el carácter irascible y etílico de Lucio; la calidez de Dorita frente a la frialdad del ginecólogo, don Ramón, que las manipulaba en el potro como si fueran máquinas; las peculiaridades del carácter de cada una de sus compañeras, desde la fortaleza de Serena hasta la ingenuidad de Mariya. Un microcosmos en el que, silenciosa, ella fue instalándose de su mano. Cuando Violeta se quedó embarazada Rosaura le confesó por qué le había dedicado tantas atenciones: «Sé que puedes ver, ¿o me equivoco?», le dijo una noche, cuando las sombras invadían el dormitorio y Violeta creyó identificar en las paredes la silueta de Iyami Oshoronga.

Rosaura conocía la religión yoruba, había asistido a muchas ceremonias en *La Habana* antes de abandonar la isla, sabía los nombres de los orishas que habitan el panteón, cómo intervienen en el destino de los hombres, y era devota de Eleggua, el orisha que abre y cierra los caminos. En las noches frías de *Las Suertes Viejas*, encogidas bajo las mantas, se hicieron confidentes. Violeta le habló del rancho de Santa Casilda, *del sacrificio —sus propias amigas—, que Albertito Céspedes llevó a cabo y de la enorme sombra de Iyami Oshoronga desplegándose por las paredes de la casa.*

—Pensé que no la volvería a ver, Rosaura, pero... en la habitación del Hotel Torrebuena, cuando no sabía si estaba despierta o dormía, mientras esos bestias me forzaban, la vi otra vez. También aparece algunas noches aquí. Es como si me hubiera estado siguiendo desde Ciudad Juárez.

—Iyami Oshoronga es la madre ancestral. Mantiene la armonía y el orden de toda la creación. La llaman bruja, pero es la fuerza femenina encargada de conseguir el equilibrio. Y, para conseguirlo, tiene la muerte, la enfermedad, la venganza y la pérdida... Había un babalawo, uno de esos sacerdotes, que recuerdo que recitaba una oración.

Tras un leve silencio, Rosaura entonó en el idioma yoruba algo que era un poema y una revelación, «Aje ke lanaa, Orno ku lonii...», y después, le murmuró al oído la traducción: «El pájaro de la bruja chilló anoche; el niño muere hoy. ¿Quién sabe si fue la bruja chillona de la noche anterior la que dio muerte al niño?».

—No le tengas miedo a Iyami Oshoronga, Violeta. Te ha elegido, eres su osobu, *su medio para restaurar el equilibrio.*

Rosaura tuvo una infección en el parto. Murió al día siguiente de dar a luz a una niña que don Ramón se llevó para entregársela al padre, dondequiera que estuviera este. Una niña que nunca sabrá lo hermosa que era su madre.

Violeta no está loca. Violeta puede ver a Iyami Oshoronga, como la vio la tarde de la matanza en la finca. Con la visión tiznada de sangre, Iyami abrió sus alas y le insufló el hálito de vida necesario para acabar con el hombre que había asesinado a las madres. Rosaura tenía razón: Violeta era su osobu, *la enviada de Iyami para restaurar el equilibrio. Ha estado cuidando de los bebés y, aunque le da pena tener que separarse del pequeño Zenón, su hijo, sabe que es lo que debe hacer. Hay que volver al origen, es lo que Iyami le está diciendo: hay que restaurar la armonía.*

Carlos Sousa —se niega a llamarlo Mónica— no ha en-
tendido nada. Violeta ha intentado explicarle su misión: ha
dejado de ser una mujer, solo es la mano de Iyami Oshoronga
en el mundo y su deber es obedecerla. Entre lágrimas, Sousa
ha clamado por su inocencia; le ha contado que lleva años
hormonándose, que es imposible que él sea el padre, y ha seña-
lado a otro hombre. Violeta le ha clavado el cuchillo curvado
que robó de su cocina. Después de hundírselo en la boca del
estómago, ha tirado de él hacia abajo, abriéndole la carne. No
está tan afilado como el escalpelo que perdió junto a Daniel
Mérida, no ha sido fácil. La sangre ha brotado como una
fuente dulce y, poco a poco, el llanto de Carlos Sousa se ha ido
apagando.

¿Y si, además de ser el medio de Iyami Oshoronga, es una
madre? No se ha podido abstraer de la culpabilidad de Sousa;
él entregó el semen al dueño de Las Suertes Viejas, ese mexica-
no que la engañó al llegar a Madrid, Rigoberto. En sus actos
está la causa del dolor de su pequeño Zenón, muerto en su
vientre antes de tiempo por culpa de todo lo que pasó en la
finca. Quizá, aunque quiera dejar de pensar y de sentir, Vio-
leta arrastre el dolor de su maternidad truncada.

En el coche que le robó a Carlos Sousa, conduce de regreso
a la ciudad. En una parada de taxis ha preguntado por la di-
rección: el número 23 de la calle Valle de Tobalina. Allí le dijo
Sousa antes de morir que vivía el padre de Zenón. Siente que
el círculo se está cerrando. Pronto, la armonía será restablecida
e Iyami Oshoronga la liberará. Será el final de la venganza.

Capítulo 54

Gustavo Mejía, en Castellón, y Miguel Ángel Lugano, en Madrid, son los nombres de los dos padres que no llegarán a morir. Los datos ofrecidos por Rigoberto les han permitido localizarlos, al igual que a Ramón Calvo, el ginecólogo que asistía los partos de Las Suertes Viejas, y que está afincado en Aranda de Duero. Ninguno de ellos recibirá la visita de Violeta, aunque los han detenido y tendrán que enfrentarse a diferentes cargos cuando den por cerrada la investigación y sea el juez quien instruya el caso. Elena no ha querido indagar en los motivos de los padres para contratar los servicios de Rigoberto, Buendía le ha dejado caer que ambos estaban casados y las dos mujeres han sido también detenidas. Posiblemente, parejas con problemas de fertilidad, desesperadas por tener hijos a costa de lo que sea. Sin embargo, a la inspectora le importan poco ahora. Tampoco ha sentido ningún alivio al poner a salvo a esas personas: Violeta sigue en la calle y, probablemente, ya haya dado muerte a Carlos Sousa, el padre imposible de su hijo Zenón; por lo que ha podido averiguar Orduño, Sousa llevaba años de tratamiento hormonal y ya no producía espermatozoides, no podía ser el donante de Violeta. Ha vuelto a entrevistarse con Rigoberto y este ha negado que tuviera en sus archivos un nombre diferente al de Carlos Sousa: él es quien figura como padre. Que en realidad no pueda ser el padre no es asunto suyo, sino de la policía, ha remarcado. Y tiene razón, es un misterio que debe resolver la BAC.

—¿Quieres un café?

Mariajo mete una cápsula en la máquina tras la afirmación ausente de Elena. Le duele la cabeza como si llevara dentro un martillo neumático a pleno rendimiento. Buendía ha abierto un táper con una ensalada y el olor del vinagre le revuelve el estómago.

—No creo que haga daño a nadie más —aventura el forense al hablar de Violeta—. Con Sousa cree que ha terminado su venganza ritual.

—¿Tan seguro estás de que ha muerto?

Mariajo acerca el café humeante a Elena mientras se sienta en la cocina frente a ellos.

—No es idiota; sabe que le pisamos los talones. Estuvimos a punto de pillarla en el parque del Oeste. Si ha cogido a Sousa, no va a perder el tiempo.

—Una autopsia más, y Benidorm te espera con los brazos abiertos.

—Algún día tú también te querrás jubilar, Mariajo.

—¿Y qué voy a hacer? Es verdad que, con tanto curro, hace mucho que no cuelo una noticia falsa en un periódico, aunque ya hay tantas que ha perdido la gracia. En general, todo ha perdido su gracia.

Un chico de apenas treinta años les saluda al pasar a la cocina. Hace poco más de una semana que empezó a trabajar en las oficinas de Barquillo. Es guapo, moreno, de gesto tenso, probablemente uno de esos policías adictos al trabajo. Elena no sabe su nombre ni a qué sección está adscrito. Puede que esté en delitos tecnológicos bajo el mando de Mariajo. El silencio de ellos tres le impone; quizá pretendía prepararse un café, pero, incómodo, coge un vaso de agua y se marcha rápido.

—¿Es de los tuyos, Buendía? —pregunta la hacker.

—No. Y, por cómo lo ha mirado Elena, tampoco es de los suyos.

—O a lo mejor, sí, y me he olvidado de su cara.

—El pobre ha salido corriendo al ver a los tres dinosaurios en la cocina —bromea Mariajo, aunque, luego, no puede disimular la tristeza—. Ha llegado tanta gente nueva que, dentro de poco, los extraños seremos nosotros.

—Las cosas se acaban, pero eso no significa que lo que venga después tenga que ser peor.

—¿Eso es lo que te dicen los cadáveres que abres en canal?

—Voy a jubilarme, Mariajo, no a morirme. —Buendía cierra el táper con la ensalada. Se levanta—. Y os dejo a Manuela. Ya habéis visto que la chica es buena. Y tiene ambición, que de eso nosotros ya vamos escasos.

A Mariajo no le queda más remedio que callar. El forense tiene razón: están agotadas. La mirada vidriosa de Elena apenas se ha apartado del café que sigue intacto, prefiere esperar a que Buendía se marche para preguntarle:

—¿Has vuelto a la grappa?

Y al karaoke. Y al aparcamiento de Didí y los todoterrenos. Imágenes fugaces del Cheer's y del oficinista con el que folló se cruzan en la memoria de Elena, aunque no dice nada a su amiga. El vacío que siente en la boca del estómago y que le impide dar un trago al café quizá tenga mucho que ver con lo que decía el forense: la certeza de la proximidad de un final. Un final tras el que no hay nada.

—Se ha ido. Ha aparecido el padre y se ha llevado a Mihaela. No he podido ni despedirme, ni darle un abrazo siquiera.

Mariajo acerca su silla a la de ella, le coge la mano cerrada, la abre dedo por dedo y pone un beso en la palma.

—Aunque ahora no lo veas, es mejor así.

—Habría sido una buena madre.

—Ya lo sé.

—A lo mejor estaba siendo egoísta, pero... era mi proyecto de vida.

—Habrá otros proyectos. Te queda mucha vida por delante, Elena.

—No tengo quince años; esa época de equivocarse y volver a empezar ya se me ha pasado.

—¿Y qué vas a hacer? ¿Volver a beber como si no hubiera un mañana?

Elena se decide a tomar el café, está frío. ¿Quién es ahora que sabe que no volverá a ser madre? Una sensación de ingravidez la hace sentirse mareada cuando se pone en pie. No tiene nada real a lo que aferrarse: Mihaela ha desaparecido, ha perdido a Zárate, su madre es una figura tan distante que apenas forma parte de su vida. Quiere alejarse de la BAC y, sí, tal vez, como dice Mariajo, beber y cantar canciones de Mina para no tener que pensar en su soledad.

—Hasta que cerremos el caso, te prometo que estaré sobria.

—No creo que tardemos mucho en detener a Violeta.

—¿Y qué me dices de Blas Guerini? Seguimos sin saber quién pagó al sicario para que matara a todas las madres. A pesar de lo que ha hecho, Violeta no deja de ser una víctima. No habría hecho daño a nadie si algún hijo de puta no hubiera ordenado la matanza de Las Suertes Viejas.

La firmeza de Elena pretende disimular que camina sobre arenas movedizas. Se aferra a la caza del culpable, al trabajo, como estuvo haciendo tantos años, para no dejar de avanzar porque sabe que, si se detiene, podría hundirse para siempre.

Mariajo la acompaña a lo largo de toda la mañana; han dejado de lado los temas personales, la hacker ni siquiera ha señalado la ausencia de Zárate en las oficinas de Barquillo. Revisan junto a Orduño las declaraciones de la hermana y la madre de Blas Guerini en busca de alguna pista que les señale para quién pudo hacer el trabajo de Las Suertes Viejas. Poco antes del mediodía, la búsqueda de Violeta en la que están implicados todos los policías de la ciudad da resultado, aunque no el que les hubiera gustado. Un agricultor ha dado el aviso.

Elena y Orduño se desplazan a una caseta de aperos en un campo de ajos cerca de Morata de Tajuña. Dentro está el cuerpo de Carlos Sousa: atado con cinta adhesiva a un somier, con el estómago abierto, aunque conserva todos sus órganos. Tampoco hay dentro ni a sus pies ningún feto. Elena observa a la mujer en que se había transformado Carlos y asume que Violeta debió de darse cuenta de que ella no podía ser el padre de su hijo. Por eso no dejó en su vientre el bebé. Tal vez lo mató por frustración o simple venganza.

—¿Cómo puede ser que nadie sea capaz de localizar el coche de Carlos Sousa? Ella se está moviendo con ese Ibiza por Madrid. ¿Están todas las patrullas al tanto?

Orduño se marcha para insistir a Tráfico en la necesidad de encontrar el vehículo. La jueza ya ha levantado el cadáver, que va a ser trasladado al «dónut», el nuevo edificio del Instituto de Medicina Legal. Buendía hará la autopsia de Mónica, pero Elena no cree que su cuerpo les cuente algo que no sepan ya. Algo que, tal vez, Violeta sí haya descubierto. Pensó que la lista de homicidios había terminado, pero ¿y si su última víctima le dio el nombre del verdadero donante a Violeta?

Los padres de Mónica están clavados en el hall del Instituto, un espacio circular que hace pensar a Elena en el interior de una central nuclear. El rostro de dolor de la madre de Mónica contrasta con la dureza de su padre.

—No voy a entrar a reconocer el cadáver, aunque sea mi hijo, no voy a reconocerle después de las barbaridades que se ha hecho. No quiero verlo.

Don Carlos Sousa —se llama igual que su hijo antes de cambiarse de sexo— es un hombre tradicional, chapado a la antigua. La decisión de su hijo de iniciar el tratamiento hormonal fue el peor momento de su vida, no volvió a verlo nunca más y no se va a ablandar una vez que ha muerto.

—Para mí, mi hijo murió hace dos años. El cuerpo que quieren mostrarme es el de un desconocido.

Su esposa, Elvira Mena, sí está afectada por la noticia.

—Yo entraré a reconocerla.

—No hables de él en femenino.

—Es mi hija, te guste o no *era* nuestra hija...

Elena y Buendía acompañan a la mujer hasta el depósito. El cuerpo está completamente cubierto y solo se le puede ver la cara. Elvira rompe a llorar al verla.

—Es ella, está muy cambiada, pero es ella...

Elena espera unos segundos a que la mujer se recomponga. Una pausa que le hace pensar en sí misma cuando, en el centro de menores, Alicia le concedió un tiempo de silencio para que encajara el dolor.

—¿Llevaba mucho sin verla?

—Su padre no la dejaba entrar en casa. En estos años, desde que nos dijo que se iba a convertir en mujer, solo la he visto tres veces, la última hará seis meses. Pero hablaba con ella todas las semanas. ¿Quién le ha hecho esto?

—Tenemos una sospechosa, pero... ¿puede usted tomarse un café conmigo? Me gustaría que pudiéramos hablar de su hija.

—No sé si mi marido estará dispuesto a hablar...

—Solas usted y yo.

Sentada delante de un café, Elvira le habla con calma a Elena. El padre se ha ido a arreglar papeles, a organizar el entierro, los asuntos legales que alguien deja una vez muerto. Ya no existe, pero su rastro sigue en el mundo durante mucho tiempo, hasta que se lo olvida por completo.

—Mi hijo Carlos siempre fue un niño distinto. Su padre nunca quiso aceptarlo, pero una madre lo sabe. Yo creo que lo supe antes incluso que él. O debería decir ella, siempre supe que acabaría siendo Mónica, que mi hija estaba presa en un cuerpo que no le correspondía... ¿Usted tiene hijos?

—Tuve uno, murió —murmura Elena, aunque ha estado tentada de confesarle que tuvo dos. Lucas y Mihaela, y a los dos los perdió.

—Lo siento. Ya sabe lo que se sufre.

—Por eso me da vergüenza tener que hacerle muchas de las preguntas que le voy a hacer. Lo único que quiero es encontrar a quien le ha hecho esto.

—No se preocupe, lo entiendo.

—¿Su hija le habló alguna vez de ser madre...?

—No creo que pudiera, por muchas operaciones que se hiciera.

—Perdón, no quería decir eso. No me refiero a ser madre gestante, digo tener un hijo, adoptar o tenerlo con una mujer.

—Siempre le gustaron los niños, pero no me dijo que fuera a hacer nada. No lo sé. ¿Por qué lo pregunta?

—El asesinato de su hijo guarda similitudes con otros homicidios. Hasta ahora todas esas víctimas han tenido relación con los clientes de una red ilegal de vientres de alquiler.

—¿Para eso no hace falta el semen del padre?

—Sí.

—No creo que mi hija, después de dos años de tratamiento... Y no me pega que quisiera tener un hijo con su pareja.

—¿Tenía pareja?

—Sí, desde hace un año. Pero no era una pareja definitiva, era un desahogo pasajero, esas cosas una madre las sabe.

—Necesito que me diga quién es.

—Se llama Luna, trabaja en una gasolinera, en la Ronda de Segovia. Una chica guapa, de ojos azules, pero un poco tonta, sin estudios... Ya sé que a una madre ninguna candidata le parece suficiente, pero es que esta niña no era muy espabilada. Y mi hija era muy inteligente.

—¿A qué se dedicaba su hija?

—Cuando era Carlos trabajaba en una empresa de informática. Con todo lo del cambio de sexo, lo despidieron. Pero no se vino abajo, ni nada de eso. Al contrario. Decía que estaba explotada y que no iba a volver a una oficina nunca más. Quería emprender sus propios proyectos.

—¿Emprendió alguno de esos proyectos?

—No le han dado tiempo, inspectora —asume Elvira con una sonrisa trágica—. Pero habría llegado muy lejos, estoy segura. Mónica era imparable, le bastaba marcarse un objetivo para conseguirlo.

Capítulo 55

Desde la terraza del Hotel Riu, plaza de España y la Gran Vía se extienden como una alfombra a los pies de Zárate. Se siente un intruso, rodeado de turistas extranjeros que fotografían las vistas y pijos que Dios sabe cuánto se gastarán en comer en el restaurante; por el precio del tercio que se calienta en su mano se habría tomado cuatro en su barrio. Una pareja de chinos hace una videollamada a unos metros de él, en el puente de cristal que conecta las dos terrazas de la azotea. Muestran a su interlocutor el paisaje de Madrid, una ciudad que se mueve acelerada, como si nada pudiera detener su mecanismo. A veces le abruma esa velocidad, el ritmo al que somete a sus ciudadanos.

Ha estado evitando a Elena, la persecución de Violeta en la que están inmersos sus compañeros. Quería decidir cómo manejar la escasa información que tiene sobre su padre, elegir bien su siguiente paso, cuando Reyes lo llamó y lo citó en esta terraza. Ha debido de heredar las costumbres elitistas de su tío Rentero. No quiso darle explicaciones por teléfono y a Zárate le intriga la razón de este encuentro; Reyes y él no han llegado a conocerse tanto en la brigada como para que ella lo elija como confesor si es que ha tenido algún problema, antes habría llamado a Orduño o a la propia Elena. Da un trago a la cerveza cuando la ve entrar; a pesar de vestir solo unos vaqueros y una camiseta, una parka con una calavera bordada a la espalda, no desentona entre la clientela de la terraza. Reyes le hace un leve gesto para que se le una en un lugar menos concurrido, un lateral orientado hacia el *skyline* de las Torres de Europa.

—Podría haberme acercado a tu casa. El taxi me habría salido más barato que esta cerveza... ¿Has pedido algo?

—Una copa de vino blanco. Prefería asegurarme de que no me seguían; ya sabes, la brigada de Villaverde. Si alguno de ellos aparece por aquí, sería como ver entrar a un negro en una reunión del Ku Klux Klan.

—¿Estás teniendo problemas con ellos?

—Nada que no pueda manejar...

Mientras la camarera sirve el vino, Zárate analiza los gestos de Reyes. Está nerviosa como nunca la había visto antes; pese a ser prácticamente una novata, jamás ha dejado traslucir ese miedo que hoy delatan el largo trago de vino, su sonrisa incómoda, las miradas a los clientes de la terraza asegurándose de que nadie presta oídos a su conversación.

—¿Qué es lo que te pasa, Reyes?

—Hace unas semanas, fui a la fiesta de jubilación del comisario Asensio, no sé si has oído hablar de él. Fue en el Wellington. Estaba la mitad de mi familia...

—Los Rentero os sentís como peces en el agua en ese tipo de sitios. Debe de ir en los genes.

—Asensio se soltó un coñazo de discurso, creo que recordó cada uno de los putos días de los cuarenta años que estuvo en activo en el cuerpo... —Reyes zigzaguea en la conversación, Zárate puede notarlo, como si temiera llegar al centro de un laberinto—. Yo no sabía que, de joven, Asensio había empezado con Rentero, con Gálvez... Con tu padre. Se llamaba Eugenio, ¿verdad?

Los ojos de Reyes se posan por fin en los de Zárate, es la abeja aterrizando en el polen. A lo lejos, enturbiadas por la contaminación, las siluetas negras de las torres. Allí huye la mirada de Ángel, no imaginaba que lo que Reyes tenía que decirle pudiera guardar relación con su padre.

—Ellos tuvieron una carrera. Mi padre... murió en un operativo contra unos aluniceros. Eso es lo que siempre me han dicho, pero no es verdad.

—¿Has oído hablar del caso Miramar? —Reyes adivina la desconfianza de su compañero. Quizá esté pensando que ella es una enviada de Rentero. Ojalá fuera así, las cosas serían mucho más sencillas—. Estoy de tu lado, Ángel. Y no te creas que no me ha costado dar este paso.

—¿Qué es el caso Miramar?

—Mataría por un cigarro. ¿Tienes uno? Da igual. —Reyes vacía la copa de vino de un último trago—. Miramar es el nombre de la operación en la que murió tu padre. Hay una copia en el Archivo Central de la Dirección General de la Policía Nacional, pero no te molestes en ir a buscarlo, está incompleto, tachado, han hecho desaparecer la mayor parte del material y no está permitido sacarlo.

—Vas a tener que explicarme de dónde sale tu interés por cómo murió mi padre.

Reyes confiesa que se trató de un hallazgo casual, no perseguía nada de eso cuando robó el móvil de Cristo, el jefe de la brigada de Villaverde, y escuchó una de las conversaciones grabadas. Ahí se citaba el caso Miramar, un hilo que le llevó a hablar con Eduardo Vallés, el policía que dirigía la investigación.

—En el informe se hablaba de un policía muerto, pero no se daba su nombre. Esta mañana, Vallés me ha dicho que el agente caído era Eugenio Zárate. Tu padre.

—¿Por qué está incompleto el expediente?

—No es difícil atar los cabos, ¿verdad? Lo cerraron como un tiroteo contra unos narcos.

—¿Con unos narcos? ¿Y a mí por qué me contaron que fue con unos aluniceros?

—Puede que ninguna de las dos versiones sea cierta. Al no pillar al homicida, el caso nunca llegó a la instrucción... pero los dos sabemos cómo funcionan estas cosas. Cuando la mayoría de los nombres están tachados y faltan hojas de la investigación...

—Es un caso enterrado. ¿Qué te dijo ese tal Vallés? Él tiene que saber qué pasó en realidad.

—No le dejaron acabar el trabajo, pero... pasó sus conclusiones a Asuntos Internos. Tu padre estaba encubierto en la brigada. Había llegado allí para investigar a una manzana podrida en el Cuerpo y... tal vez... Yo he vivido algo muy parecido: podrían haberme matado y nadie habría sospechado de la gente de Villaverde.

—Descubrió algo y lo mataron sus propios compañeros. —Como un relámpago, los nombres que antes citó Reyes, vuelven a su memoria—. Asensio, Rentero, Gálvez.

—No lo sé, Ángel. No estoy completamente segura.

—¿Dónde vive Vallés? Tengo que hablar con él.

—Ya te lo he dicho: él nunca obtuvo pruebas para demostrarlo.

—¿Y quién cojones sabe qué pasó? Si estaba infiltrado en la brigada, alguien tuvo que meterlo: un superior, un juez... No fue allí por decisión propia; ningún policía lo hace.

Zárate no ha sido consciente de que levantaba demasiado la voz. Reyes le pide que se tranquilice, no deben llamar la atención. Los turistas que fotografían Madrid le dedican una curiosidad pasajera para volver a hacerse selfis al borde de la terraza.

—No se lo he contado a nadie, Ángel.

—¿Ni siquiera a tu tío?

—Él sería el último... En esa brigada que andaba investigando tu padre, estaban Asensio y Gálvez... pero también mi tío.

—¿Eres consciente de que si Rentero está implicado iré a por él?

—Sé que muchos lo consideráis ya más un político que un policía. No tiene muchos amigos en el cuerpo, pero... yo le quiero.

—¿Me estás pidiendo que lo deje al margen?

Reyes niega con un cabeceo; la tristeza hunde sus facciones, humedece unos ojos que se masajea para mantener a raya la emoción.

—Quiero pensar que hay una explicación. Que mi tío formaba parte de esa brigada, pero no tuvo nada que ver... A lo mejor, lo que te estoy pidiendo es que encuentres esa explicación. Que le des esa oportunidad.

Reyes se cierra la parka. Un viento frío recorre la azotea. El cielo se ha ido cerrando, parduzco, sucio, hasta difuminar al sol. Antes de que se marche, Ángel la retiene de la muñeca.

—¿Por qué lo haces, Reyes?

—Si las cosas me salen mal en Villaverde y acabo con un tiro en la cabeza, me gustaría que alguien contara la verdad, no como le pasó a Guillermo Escartín o a tu padre. No es justo que sus historias se conviertan en un informe lleno de tachones y que las entierren en el Archivo.

Capítulo 56

Luna está llenando el depósito de un Seat León rojo cuando Elena Blanco aparca su Lada frente a un negocio de manicura próximo a la gasolinera. Antes de bajar, Orduño y ella observan a la mujer: dicharachera, simpática, da conversación al conductor mientras se llena el tanque, intercambia chanzas y se prodiga en sonrisas. La supuesta falta de neuronas, como señalaba la madre de Mónica Sousa, la compensa con encanto. Da un poco de pena ensombrecer ese rostro de ángel al acercarse con las acreditaciones policiales, con la gravedad luctuosa del que va a soltar una mala noticia.

La joven se mete en la tienda unos segundos para informar a su jefe de la visita. Un hombre de pelo ralo, añoso, que estira el cuello por encima del mostrador para echar un vistazo a los recién llegados.

—Tengo mucho trabajo, y mi jefe, muy mala hostia —les espeta sin preámbulos al llegar junto al Lada donde la esperan.

—No queremos hacerte perder el tiempo, solo ver si nos puedes ayudar —se excusa Orduño—. Necesitamos preguntarte por Carlos Sousa. O por Mónica Sousa, como se llamaba ahora.

La cara de Luna cambia de inmediato. Ni rastro de la simpatía de antes, sus gestos se pliegan en una mueca de rencor. No parece haber notado el uso del pasado al referirse a Mónica. Tampoco parece la reacción de una novia enamorada.

—No tengo nada que ver con esa persona.

—Mónica Sousa ha sido asesinada. Tratamos de averiguar quién ha podido ser.

Elena evita los rodeos: Violeta sigue en Madrid, puede que haya identificado al verdadero padre de su hijo, el tiempo corre en contra de ese hombre. Luna se aparta de ellos con una mano en la boca; parece que va a vomitar, pero no, es su forma de contener un grito de rabia, de sofocar la impresión de la noticia.

—No me lo puedo creer. ¿Asesinada? ¿Quién...? Espera, joder... ¿estáis pensando mí? ¿Creéis que yo he matado a Mónica? ¿Por eso habéis venido?

—No, en absoluto, pero necesitamos que nos cuentes todo lo que sepas de ella. ¿Erais pareja?

—Ella habría dicho que no, que ni novias ni leches, pasaba de compromisos. Diría que estábamos liadas, nada más, que era un polvo, pero eso era antes... Desde hace dos meses, no teníamos nada.

Al explicarle los pormenores del caso, la posibilidad de que Mónica pudiera usar el semen de alguien para dejar embarazada a una mujer en una granja de madres de alquiler y que hay una mujer asesinando a los padres de los bebés, Orduño y Elena comprenden que, en efecto, la joven no tiene muchas luces. Se pierde en la explicación, por muy sencilla que ellos intenten hacérsela, parece que le va a estallar la cabeza.

—¿Mónica un hijo? Ni de coña. Pero vamos, ni de coña. Le tenía demasiado cariño a su libertad como para enmarronarse con un niño. Además, el tratamiento la había dejado estéril...

—¿Lo dejasteis porque él se cambió de sexo? —indaga Orduño.

Luna lo mira como si fuera un marciano. Él distingue una mezcla de desprecio y de burla en su mirada, le recuerda al brillo en los ojos de Reyes cuando le preguntaba al principio por su género fluido.

—A mí lo que me sacaba de quicio es que me fuera infiel. Por eso rompimos, no porque se quisiera poner un coño donde tenía la polla. Yo tenía claro que iba a operarse desde que nos conocimos.

378

—¿Te era infiel?

—Con un tío. Seguro que la bruja de su madre se llevó un alegrón cuando se enteró de que ya no estábamos juntas...

—Elvira no sabía que habíais roto. —Elena no sabe por qué siente la necesidad de defender a la madre de Carlos. No la conoce realmente, pero su dolor le ha parecido honesto, al igual que el amor que sentía por su hija—. ¿Quién era su amante?

—Un puto viejo. Pero no sé cómo se llama. Se lo pregunté el día que le monté el pollo, quería saber qué veía en ese viejo y me mandó una foto. ¿Os la enseño? Todavía la guardo.

Elena y Orduño cruzan una mirada. Claro que quieren ver la foto del amante. Luna saca su móvil y pasa el dedo por la pantalla con ferocidad, buscando la imagen. Menea la cabeza al encontrarla. La muestra. La pantalla queda ocupada en su totalidad por un pene erecto en todo su esplendor.

—¿Esa es la foto que te mandó?

—Un cielo, mi chica, ¿a que sí?

—¿Cómo sabes que era un viejo? —pregunta Orduño, que no quiere mirar la fotografía más de lo estrictamente necesario.

—Porque me olía algo, estaba rara, me entró la paranoia de que me ponía los tochos y, antes de la putada de la fotopolla, la seguí.

—La seguiste —la anima Elena a continuar.

—Sí, la espié, ya sé que está mal, pero estaba celosa: ¿tú nunca te has puesto celosa o qué? Un día, vi que iba desde su casa a un restaurante caro, yo ahí no podía entrar, no iba a tener ni para pagarme un café... Se tiró dos horas dentro, hasta que salió con un viejo y se fueron a un hotel en Arturo Soria, el Petit Palace. Tres horas estuvieron dentro. A la salida, ya no vi al viejo, debió salir por el garaje... Si me lo llego a encontrar, le salto los dientes.

—¿Cómo era ese hombre?

—Bien arreglado, con un traje de los caros. Calvo y con unas bolsas en los ojos que parecía un sapo… ¿Cuánto tendría? Sesenta y cinco o más… Ya tendría que estar jubilado, pero se ve que todavía le funcionaba con Mónica… esa polla vieja…

—¿Podrías reconocerlo si te mostramos unas fotos? Nos gustaría que nos acompañaras a las oficinas para enseñártelas.

—Y si me despiden, ¿me dais curro en la policía?

—Hablaré con tu jefe, en una hora estás de vuelta. Seguro que lo entiende.

Durante el trayecto hasta la BAC, Orduño advierte que Luna está llorando en el asiento trasero, silenciosa. La rabia le ha hecho un hueco por fin al dolor.

—¿Qué ha pasado con el perro de Mónica?

—No hemos encontrado ningún perro en su casa —se gira Orduño.

—Joder, como se haya perdido. Se lo regalé yo por su cumpleaños, un yorkshire enano, precioso. Alguien lo había abandonado en la gasolinera. Cuando rompimos le pedí que me lo diera, ella no le hacía caso. Pero pasó de mi culo. Qué cabrona. Si lo encontráis, me lo dais. Se llama Carantoña.

Elena no atiende a la conversación. Mientras conduce, trata de imaginar quién puede ser el amante de Mónica. Por edad, desfila la posibilidad de Rigoberto, incluso piensa en Cristo, aunque ninguno de los dos encaja con el resto de datos que ha dado Luna; ni sobrepasan los sesenta y cinco, ni son calvos, ni tienen esas ojeras que ella ha descrito. Los hombres a los que se han acercado desde que se inició el caso no cuadran en el perfil: Lucio, Blas Guerini, tampoco el ginecólogo ni ninguno de los padres que han identificado.

Las fotografías de cada uno de ellos van pasando por la pantalla del ordenador y todas reciben la negativa de Luna.

Elena deja que sea Orduño quien continúe el trabajo. La derrota se va instalando en su cuerpo como un veneno. Se refugia en la sala de reuniones, consciente de que se le han agotado las ideas. Zárate ha vuelto a las oficinas; sentado en su mesa, lo ve centrado en su ordenador, no sabe en qué está inmerso. Ojalá haya descubierto algún cabo del que tirar, aunque supone que no es así. Ángel se ha despegado de la investigación, lo que suceda con Violeta no parece importarle. Ni siquiera está segura de que quiera detenerla. Y Elena, ahora, tampoco está segura de querer hacerlo: quizá terminar así su carrera en la BAC, con el primer caso que no logra cerrar, sea lo mejor. El fracaso que ha marcado su vida personal ha terminado contagiando a la parte profesional.

Su mirada recorre los rostros de los que han sido parte del caso en algún momento; sus fotografías están pegadas en la pared de cristal de la sala de reuniones. Escartín, Ramiro Beiro podría cuadrar por edad, pero sabe que es imposible que tuviera una relación con Mónica, Lucio, Blas Guerini, los ojos sin vida de las madres asesinadas en Las Suertes Viejas... Más pronto que tarde, todas esas imágenes pasarán a engrosar el expediente, las guardarán en carpetas que se archivarán en el depósito, hasta que algún día ya nadie guarde memoria de esos hombres y mujeres, de la historia que las conectó.

Amortiguada por la distancia, le llega la conversación de despedida entre Orduño y Luna.

—¿No hay más fotos que ver?

—No, ya está. Perdona por haberte hecho perder el tiempo. Ahora te pido un taxi y te lleva a la gasolinera.

Mientras Orduño se acerca a la recepción para pedírselo, Luna ve a Elena y camina hasta la puerta de la sala de reuniones.

—Acuérdate de Carantoña, si aparece me gustaría quedarme con él. Me gustaba mucho ese perrito.

—Pediré que pregunten por el barrio. Quizá lo haya recogido alguno de los vecinos.

—Tiene una patita mal, cojea un poco, pero es monísimo.

La mirada de Luna se queda ausente, flotando en el vacío, como si de pronto hubiera perdido la capacidad del habla. Da un paso más al interior de la sala de reuniones, Elena advierte que las fotografías han capturado su atención, algunas son muy duras: los cadáveres de las madres, el vientre abierto de Escartín o el feto abandonado a los pies de Daniel Mérida. Luna camina hacia ellas, como si hubiera surgido una grieta en la realidad que la succiona. Debajo de la vida en las calles de Madrid, de los ciudadanos en sus trabajos, de las mesas de las terrazas donde los amigos beben y ríen, existe un horror. Un infierno como el que hallaron en Las Suertes Viejas y Elena teme que, después de descubrir su existencia, Luna ya no sea capaz de volver a mirar a la vida que la rodea con la inocencia de antaño.

—Es mejor que no siga mirando esas fotos...

Los ojos alucinados de Luna se encuentran con los de Elena.

—Es él. El viejo sapo. El que se zumbaba a mi novia.

—¿Quién?

Luna da la espalda a Elena. Lucio, Blas Guerini, Ramiro Beiro, Escartín... Pero su mano firme no escoge ninguna de esas fotografías. Arranca una que en el árbol de relaciones entre sospechosos se había quedado en un lateral, como algo puramente accesorio y que no conducía a ningún sitio. Es un hombre de sesenta y cuatro años, calvo, bien vestido y con el rostro surcado de arrugas por las horas que el trabajo ha robado al sueño.

—¿Estás segura?

—Del todo. ¿Cómo me voy a olvidar de la cara de este puto viejo?

Y, tras arrancarla del cristal, Luna pone encima de la mesa la foto del juez Beltrán, el magistrado de la Audiencia Nacional que usó a Blas Guerini como confidente.

Capítulo 57

—¿Mónica Sousa? No, claro que no sé quién es.

—Tal vez la conociera como Carlos Sousa.

El juez Beltrán se levanta como un resorte y cruza el despacho. Zárate piensa por un momento que va a invitarlos a Elena y a él a marcharse, pero lo que hace es cerrar la puerta, que había dejado entornada quizá para indicar a los visitantes que no dispone de mucho tiempo. Parece ser que ahora quiere privacidad. En lugar de regresar a su silla, retira un montón de informes de un sillón orejero y se sienta, lo que obliga a los policías a girarse hacia él.

Elena busca en el móvil una fotografía de Mónica; elige una de las que la Científica tomó en la casa de aperos donde hallaron su cadáver, atada con cinta a un somier oxidado, el estómago abierto como un volcán. Zárate intenta adivinar en la expresión del juez alguna reacción que delate ante qué clase de hombre se encuentran. Sin embargo, Beltrán posa la mirada unos segundos en la fotografía como el que contempla un paisaje, está acostumbrado a repasar informes de autopsias, la sangre y la muerte ya no lo impresionan como a otros.

Le devuelve el móvil a Elena y se acomoda en el sillón, cruza las piernas.

—¿Quién le hizo esto?

—Eso es lo que tratamos de averiguar. En realidad, no sabemos todavía muy bien quién era Mónica. Solo que tuvo una pareja, Luna, y que esa chica la vio entrar en un hotel de Arturo Soria, el Petit Palace, con usted.

Elena ha preferido contemporizar. Zárate conoce bien sus gestos, la manera en que evita mirar a Beltrán para que el desprecio no la delate, el tiempo que pierde en abrir el bolso y guardar el móvil para conservar la calma y que la rabia no haga derivar el interrogatorio por el camino equivocado. En el trayecto desde la BAC, ella le ha puesto al día del testimonio de Luna. Nunca habían sospechado del juez, pero de repente su nombre aparece como vértice de un triángulo que conecta a dos piezas claves de la investigación: Carlos o Mónica Sousa, la última víctima, y Blas Guerini, el sicario que llevó a cabo la matanza.

—Luna dio por hecho que Mónica Sousa y usted tenían una aventura.

—Yo no tenía ninguna relación con este mamarracho —salta el juez como un resorte ante la hipótesis de Elena—. A veces me reúno en el Petit Palace con personas que resultan de interés para algún sumario, cuando considero que es más apropiado que no acudan a mi despacho, aquí, en la Audiencia...

—Entonces, Mónica estaba implicada en algún sumario...

—Me gustaría ser de más ayuda, pero estoy convencido de que conoce las reglas: no puedo hablar de una investigación en curso que está bajo secreto. Sería un delito.

—Y para mí sería inútil obligarle a hacerlo. Tendría que recurrir al Supremo para que le forzaran a hacer pública su investigación. Llegaríamos tarde para impedir lo que va a pasar y lo único que conseguiríamos sería tirar por tierra lo que sea que esté investigando.

A pesar de que Elena se lo ha dicho con la mejor de sus sonrisas, la amenaza no ha pasado desapercibida para Beltrán.

—Veo que las cosas que se dicen de usted, inspectora Blanco, son ciertas.

—No sabía que era tema de conversación en la Audiencia Nacional.

—Algún día se acabará ese cortijo que Rentero montó con la BAC. Es el único grupo policial que trabaja al margen de la justicia.

—Por suerte, no tenemos que colaborar a menudo. No iba a ser fácil entendernos —replica ella—. Quizá sea una ingenua, pero no logro entender cómo esa investigación secreta le impide hablarnos de Mónica Sousa. ¿Se da cuenta de que su silencio puede impedirnos evitar un homicidio más?

—Mi relación con Sousa fue superficial. Una comida y una charla en el hotel que antes ha mencionado. Nada más.

Mientras Beltrán intenta dar por cerrada la conversación, Elena ha recuperado el móvil. Ha buscado la foto que les entregó Luna y, sin dudarlo, se la enseña al juez, que guarda silencio ante la imagen del pene erecto.

—¿Alguien a quien solo conoce superficialmente le ha sacado esta foto?

La reacción de Beltrán los sorprende a ambos. Podría haberse ofendido ante la grosería, negar que se tratara de él, pero esboza una media sonrisa y asiente, divertido.

—Así que estamos con esto. Fotografías que circulan de teléfono en teléfono. ¿Va a chantajearme? Supongo que es su método de trabajo.

—Esta fotografía se la hizo Mónica. Ahora, ella está muerta y, no sé si se ha dado cuenta, pero desde que empezamos a hablar hay una pregunta que no ha hecho en ningún momento: ¿por qué? ¿Por qué mataron de esa forma a Mónica? No le importa lo más mínimo, ¿verdad?

—Guarde eso, por favor. Somos personas educadas, no como Mónica.

Elena hace lo que le pide el juez. Guarda el móvil y se pone en pie. Ha ganado la primera batalla: la negativa de Beltrán a reconocer su relación.

—¿Desde cuándo conocía a Mónica Sousa?

—No mucho, unos ocho o nueve meses... Pero hace más de un mes que la vi por última vez. Y me alegro, era una persona nociva y perniciosa.

—¿Perniciosa?

—Dañina, interesada... Todo un compendio de virtudes, como ve. Dejé de verla y preferiría que no hubiera muerto de esa manera tan terrible, pero tampoco voy a fingir una pena que no siento.

—Sigue sin interesarse por las razones que la llevaron a morir así.

—Inspectora, ¿cree que no lo imagino? Hace unas semanas estuvieron aquí por el homicidio múltiple de Las Suertes Viejas. Supongo que han hallado alguna relación entre Mónica y esos asesinatos. ¿Me equivoco?

—Deme alguna razón para que yo comparta información cuando usted sigue sin decirnos todo lo que sabe de Mónica.

—Señor Beltrán, supongo que está usted al corriente de lo que sucedía en Las Suertes Viejas —se decide Zárate a intervenir—. Era una granja ilegal de vientres de alquiler. Hemos identificado a todos los padres que habían contratado sus servicios. Para la mayoría, hemos llegado tarde. Ahora están muertos. Pero sigue faltándonos un padre. Alguien cuyo semen llevó Mónica Sousa a la granja.

—¿Y están pensando en mí? ¿Qué clase de locura es esta?

—Nosotros no somos tan buenos como usted manteniendo los secretos —tercia ahora Elena—. Imagínese qué puede pasar si esta historia llega a la prensa. Un juez de la Audiencia Nacional, una transexual, una granja de vientres de alquiler...

Beltrán se levanta del sillón, no oculta su desagrado. Pasea por el despacho hasta sentarse tras su mesa. Se quita las gafas y se masajea los ojos. Zárate y Elena se mantienen en silencio, esperando que al fin el juez se deje de juegos y les cuente la verdad. Algo parecido a la felicidad recorre el cuerpo de Zárate; ese instante de compenetración en el interrogatorio con Elena le ha hecho recordar cuánto le gusta estar a su lado, cómo han llegado algunas veces a sentirse tan conectados que, ahora, le parece una pesadilla que se hayan transformado en dos islas incapaces de comunicarse. Le gustaría poder hablar con ella, contarle todo lo que ha descubierto de la muerte de su padre, lo que le ha dicho Reyes, la necesidad que siente de hacer justicia, y también de abrazarla y preguntarle qué ha pasado con la Nena... con Mihaela.

Elena vuelve a centrarse en el juez, que juguetea con una cruz cristiana labrada en oro que hay en la mesa.

—Una de las madres de Las Suertes Viejas sobrevivió, señor Beltrán. Poco a poco, ha ido vengándose de lo que pasó y, si usted está implicado, le encontrará...

—Yo no tengo ninguna relación con esa granja. O, por lo menos, no la que se imaginan. ¿Cómo iba a darle mi semen a Mónica? ¿De verdad me creen capaz?

—Entonces, ¿cuál es su parte en todo esto?

Una mirada de cansancio busca a Zárate y Elena.

—Les voy a contar una historia sobre la que tienen obligación de guardar secreto. ¿Están dispuestos a hacerlo? —El silencio de los policías anima a Beltrán a continuar su confesión—: No lo hago porque tema ese chantaje ridículo con el que me han amenazado, sino porque me da miedo que su falta de rigor acabe convirtiendo en papel mojado un trabajo de años. De toda una vida.

—¿Qué está investigando?

—Corrupción policial. Puede que les parezca una empresa quijotesca, pero me he propuesto limpiar el cuerpo y las altas instancias de las fuerzas de seguridad de esa lacra que tanto daño le hace a la sociedad.

—¿Qué tiene que ver esa investigación con la granja de vientres de alquiler?

Beltrán mira a Elena con una media sonrisa.

—Algo debería imaginar, inspectora. Esa granja contaba con el apoyo de una brigada de policías en Villaverde. La dirige un tal Ángel Cristo, ¿les suena? Creo que sí. No los tengo por malos policías, pero no se han dado cuenta de que no son ellos los encargados de impartir justicia. Después de la muerte de Guillermo Escartín, estoy convencido de que ustedes descubrieron que estaba infiltrado en esa brigada y la investigaron.

—¿Usted ordenó a Escartín entrar en la brigada de Villaverde?

—Se hace llamar la Sección —asiente Beltrán—. Hizo un gran trabajo. Vivía como un yonqui y poco a poco se ganó la confianza de Cristo. Me dijo que uno de los encargos que le habían hecho era llevar medicamentos a esa finca de Soria... Las Suertes Viejas. Quería que interviniera, pero no era el momento.

—Y no fue capaz de dar la cara cuando murió. —Zárate no disimula su desprecio. Escartín, como otros policías que se han dejado la vida haciendo de topos, están en manos de jueces que juegan con ellos como si fueran soldados de plomo—. Cuando intentamos saber quién le había matado, no recibimos más que portazos en la cara. De no ser por usted, habríamos evitado otras muertes...

—¿Cree que es el primer policía que cae en mitad de una investigación? Mi obligación era conservar el secreto. Si lo hubiera hecho público... ¿Se hacen una idea de cuántos años llevo detrás de esto?

—Habríamos podido colaborar —se desespera Elena—. Escartín no murió asesinado por esos policías, pero habríamos llegado antes a Las Suertes Viejas. Ramiro Beiro y Daniel Mérida quizá ahora estarían vivos. Ha sacrificado esas vidas por destapar a unos policías corruptos de barrio que se llevan mordidas, ¿de verdad ha merecido la pena?

—La Sección es solo un eslabón de la cadena, inspectora Blanco. No he dedicado toda mi carrera a luchar contra unos policías que se llevan mordidas, no se equivoque. Es el camino para llegar a las altas esferas y derribarlas: desde abajo, para que se vayan desmoronando como un castillo de naipes... Ese fue el error que cometí cuando empecé a trabajar aquí, en la Audiencia Nacional, hace tres décadas. Ir a por la cúpula.

—¿De qué cúpula está hablando?

—Eso es algo en lo que es mejor que no entremos.

—¿Qué parte tiene Mónica en todo este galimatías?

Beltrán reconoce que, durante un tiempo, se cegó con Mónica. Es un hombre casado, no está orgulloso de haber tenido esa aventura, pero había una pulsión sexual que lo empujaba hacia ella. La conoció una tarde en una cafetería cerca de la calle Galatea. Más tarde, supo que ella vivía allí. Zárate intenta concentrarse en el relato del juez, en la confesión de que esa atracción lo hizo ser descuidado y confiar en exceso en Mónica. En las escapadas al Petit Palace y en cómo una vez la descubrió registrando el maletín donde llevaba documentación de la investigación. Así debió de saber Sousa de la existencia de Las Suertes Viejas, de que la propiedad de esa granja era de un mexicano llamado Rigoberto que también tenía un prostíbulo en el Hotel Torrebuena. La asunción de errores del juez se va perdiendo en la distancia, como si Zárate se hubiera quedado sumergido en una burbuja, ajeno a todo.

Tres décadas, ha dicho. Tres décadas desde que intentó ir a por la cúpula y fracasó. Esa coincidencia en el tiempo le martillea la cabeza: ¿estaba el juez Beltrán detrás de la investigación en la que murió su padre? Lo oye hablar de que Mónica era ambiciosa, solo buscaba dinero, e intentó sacárselo con fotografías comprometedoras. La del pene es una broma, al juez no se le ve la cara, pero hay otras.

—Si le cuento esta historia, inspectora Blanco, es porque quiero que entienda una cosa importante: yo no soy el malo. Puede que haya cometido errores en la vida, como todos, pero, en realidad, soy el quijote al que muchos quieren quitar de en medio. No se equivoquen conmigo ni por un instante: yo soy el bueno.

—¿Investigó usted el caso Miramar?

Zárate no ha podido contenerse más y su pregunta retumba en la habitación. Elena lo mira sin saber de dónde viene esa curiosidad ni ese nombre. Al levantar la mirada, encuentra los ojos extrañados de Beltrán, como si le hubieran nombrado a un familiar con el que perdió el contacto hace muchísimos años.

—Así se llamaba mi primer caso.

—¿Por qué cerró la investigación sin conclusiones?

—Zárate, ¿a qué viene esto? ¿Qué es el caso Miramar?

—Yo no cerré la investigación —el juez hace caso omiso de las preguntas de Elena—, me apartaron de ella. Se lo dije antes: empecé por el lugar equivocado.

—Guillermo Escartín no es el único policía que ha muerto en una de sus investigaciones. En 1991, infiltró a otro policía. El informe oficial decía que había muerto en una redada contra unos narcotraficantes, pero no era verdad. Ni siquiera Vallés, el policía que hizo ese informe, lo creía, pero el caso pasó a Asuntos Internos... Se olvidó. Como ha intentado olvidar la muerte de Guillermo Escartín.

—A veces, uno debe asumir que ha perdido y prepararse para otras batallas.

—El policía que murió en el caso Miramar, ¿se acuerda de cómo se llamaba? ¿O ya ha olvidado usted también su nombre?

—Zárate, por favor... ¿Qué es lo que te está pasando?

Casi sin darse cuenta, como si hubiera dejado de ser dueño de sus actos, Ángel se ha plantado en dos zancadas frente a Beltrán. Lo ha levantado de la silla agarrándolo de la pechera.

—He avisado a seguridad, ¡suélteme!

—¡¿Cómo se llamaba ese policía?!

Elena coge del brazo a Zárate, intenta que suelte al juez, pero él la aparta de un empujón y, luego, tira sobre la mesa a Beltrán. Le ha roto los botones de la camisa.

—Se llamaba Eugenio Zárate. Era mi padre. ¡¿Quién lo mató?!

—Si quieres seguir vivo, deberías dejar de hacerte esa pregunta.

Está fuera de sí. No oye los gritos de Elena cuando le suplica que deje de pegar a Beltrán. Tampoco el ruido de los agentes de seguridad que irrumpen en el despacho y, a empellones, logran reducirle y arrastrarle fuera. En la mesa, la imagen borrosa del juez, con la camisa rota, unas gotas de sangre que puntean su camisa blanca, una brecha en el pómulo. Le arde el cerebro. La rabia que ha estado durmiendo en su interior ha tomado el control. No es capaz de hablar ni de pensar. Quiere volver a ese despacho y terminar lo que empezó. Seguir pegando a Beltrán hasta que le diga quién mató a su padre.

—¿Eres gilipollas o qué coño te pasa? —lo acusa Elena cuando están fuera del edificio—. Lo has jodido todo. ¡Beltrán estaba hablando! ¿En qué clase de animal te estás convirtiendo?

Zárate recorre de arriba abajo seis metros de acera como un león enjaulado: abre y cierra los puños, mirada fija en el suelo, respiración agitada. A su alrededor, el caos del tráfico. Un taxista insulta a un *rider* que lo ha adelantado por la derecha. Un niño patalea en la puerta de su casa a los pies de un padre hastiado. La música electrónica de una tienda de ropa cercana invade las aceras.

—He tenido que jurarle que enterraríamos toda su relación con Mónica para que no te mandara directo a prisión, ¿me estás oyendo, Ángel? Por tu ira de mierda hemos perdido a la única persona que nos podía ayudar a aclarar todo lo que ha pasado.

—Es un hijo de puta. A Beltrán le da igual lo que pase con los policías. Solo quiere la gloria de un caso de la hostia...

—No tienes ni idea de lo que dices. Ese hombre lleva más de treinta años luchando contra la corrupción policial...

—¿Te lo crees? —se ha detenido al fin delante de ella, la mira a la cara.

—Somos piezas, Zárate. Lo que pasó con Escartín es una putada. Y, si tu padre murió en una situación parecida, también es una putada. Igual que lo sería si a Reyes le pasa algo, pero ¿de qué coño nos estamos quejando? Los tres son policías que aceptaron un trabajo difícil sabiendo que se jugaban la vida.

—¿Y para qué sirvieron sus muertes?

—¿Todavía no has descubierto cómo funciona el sistema? Matar no es difícil. Lo difícil es demostrar que alguien ha matado.

—A mí me basta con saberlo.

Poco a poco, ha recuperado el ritmo normal de respiración. El mundo a su alrededor ha dejado de girar como un tiovivo. En los nudillos quedan restos de la sangre de Beltrán. Levanta la mano y se los muestra a Elena.

—Me da igual que me echen del cuerpo. Deberías haberme dejado que siguiera.

—Pero a mí no me da igual que tires tu vida a la basura. Ángel, vete a casa, duerme, olvídate de todo esto, por favor. Hablaré con Rentero e intentaré reconducir las cosas con Beltrán. Lo necesitamos. Deja que yo acabe este caso.

—¿Qué me estás pidiendo? ¿Que me olvide de cazar al asesino de mi padre? ¿Tú lo harías?

—Te estoy pidiendo que esperes un poco. Voy a ayudarte. Estaré a tu lado si me dejas y te prometo que llegaremos hasta el final.

—No quiero obligarte a nada.

—Soy yo quien quiere estar ahí. Ojalá nunca nos hubiéramos...

Ángel sabe que Elena no se atreverá a terminar la frase. Él tampoco sería capaz de decir en voz alta lo que siente, le suena como un verso de una canción hortera en la cabeza, qué sentido tiene la vida si ella no está a su lado. Se acerca a besarla, sus labios sorprenden a Elena, que se abraza a él.

Demasiadas conversaciones pendientes, ambos lo saben. Zárate le murmura una disculpa al oído y, después, una promesa: no hará nada hasta que Elena detenga a Violeta, hasta que encuentre a quien fuera que contrató a Blas Guerini. Ella descansa una mejilla en su pecho, ajenos a las miradas que los peatones les lanzan; tal vez piensan que es una pareja que se está despidiendo para siempre, tal vez que acaban de hacerse un juramento o de vivir una desgracia. Ni siquiera ellos mismos saben quiénes son de todas esas posibilidades.

Zárate detiene un taxi. Elena le da otro beso antes de subirse y le pide de nuevo que se vaya a casa. Ángel le promete que lo hará, aunque los dos saben que no cumplirá esa promesa.

Capítulo 58

—¿No nos pedimos algo?

—Después. Vamos dentro...

A Reyes le intrigan las prisas de Fabián, sospecha que puede tratarse de un arrebato sexual, que en cuanto entren en el almacén del Curro, el que solo usan los policías de la Sección, se le echará encima y querrá follar; no sería la primera vez.

—Tengo hambre, déjame por lo menos que me pida una tapa.

Quiere evitar la intimidad con Fabián como le gustaría evitar el paso de las horas. Es como si la vida la hubiera arrollado a toda velocidad, tan rápido, que no le permite tomar sus propias decisiones. No lo ha hecho en el caso Miramar, más allá de contarle a Zárate todo lo que ha descubierto, algo de lo que no sabe si se arrepentirá. Mucho menos ha elegido estar embarazada. Si pudiera encerrarse en su casa, darse un tiempo para tomar las decisiones que tiene pendientes... ¿Está convencida de abortar? ¿Está preparada para emprender una investigación que tal vez lleve a la cárcel a su tío?

—¿Hablaste con Rentero? —Fabián nota en la expresión de Reyes que ha olvidado esa oferta—. Me dijiste que intentarías enterarte de qué ha pasado con Escartín.

—No he tenido oportunidad.

—Mierda, Reyes. Te dije que me jugaba mucho.

—¿Qué está pasando, Fabián?

—No tengo ni puta idea, pero Cristo me ha dicho que teníamos que venir, que era urgente. Lo conozco, estaba de mala hostia y te aseguro que es mejor no darle disgustos a Cristo cuando está así.

Fabián la coge de la mano y la conduce hasta el almacén. Dentro, sentado tras la mesa, está Cristo. Está limpiando el cargador de su pistola. Su compañero rodea la mesa manteniendo las distancias como si se hubiera encontrado con un animal salvaje. A Reyes le da pena. Fabián no es más que un chaval de barrio que eligió mal a sus amigos. No está hecho de la misma pasta que su jefe. Con un leve gesto de su mano, Cristo la invita a que tome asiento.

—¿Hay algún problema? —pregunta recelosa.

No es a Fabián a quien quería ver Cristo, sino a ella. Su compañero también se ha dado cuenta y, más relajado, ocupa un sofá. Durante un instante, Reyes tiene miedo: ¿y si es una encerrona?, ¿y si la urgencia de Fabián era una mascarada para llevarla ahí dentro?

—Lo que te voy a contar es completamente confidencial. Si lo hago es porque confiamos en ti, espero no equivocarme.

—Ya te he demostrado que estoy con vosotros, Cristo —se defiende Reyes—. No creo que haga falta que reciba más disparos.

Cristo le sonríe y mira su arma. Cierra el tambor y se la guarda en el cinto.

—Una vez que lo sepas todo, no hay vuelta atrás —insiste él con la mirada clavada en sus ojos—. ¿Estás dispuesta?

—Sí.

—Ha aparecido el cuerpo de una transexual muerta...

—¿Una de las de la Colonia Marconi?

—No, no es una prostituta, es una transexual con la que tuvimos tratos hace unas semanas por otro asunto. Se estaba follando a un juez de la Audiencia Nacional.

Reyes se queda en silencio, a la espera de más datos. Todavía no entiende bien para qué la ha convocado Cristo, pero siente que por fin va a empezar a enterarse de cosas verdaderamente importantes, cosas que no está segura de querer saber.

—¿Has oído hablar de la BAC? Es un grupo de élite de la policía, van un poco por libre. Me ha llegado que están investigando la muerte de esa transexual y eso no nos conviene, ¿me sigues?

—¿Hemos sido nosotros? —se atreve a preguntar Reyes, que no sabe si esa mención a la BAC es un señuelo; si, en realidad, Cristo ha descubierto quién es.

—No es la primera vez que me lo preguntas y te contestaré lo mismo que las demás veces. Nosotros no matamos gente. No vuelvas a dudar.

—Entonces, ¿en qué nos afecta?

—La muerta era amante del juez Beltrán. La primera vez que hablamos con ella se llamaba Carlos Sousa, aunque después se cambió el nombre a Mónica. Contactamos con ella para pedirle un favor, a cambio de echarle una mano para pagar su operación de cambio de sexo. Parece ser que le corría prisa cortarse la polla.

—¿Qué favor le pedisteis?

—Ese juez es un dolor de huevos. Siempre ha estado detrás de nosotros y, ahora, estaba investigando algo que no nos interesaba. Nos podía salpicar. El negocio de un amigo: les conseguía hijos a gente que no podía tenerlos.

—¿Niños robados?

—No, madres de alquiler. Es legal en algunos países, aunque muy caro. Nuestro amigo los proporciona más baratos y nosotros lo protegemos a cambio de una comisión... Pensamos que, si el juez Beltrán dejaba embarazada a una de las mujeres, tendría que olvidarse de Las Suertes Viejas, que es como se llama la finca donde nuestro amigo tenía montado el negocio... Beltrán está casado, pero le van otro tipo de mujeres. Mónica era perfecta; guapa, educada... y con ganas de sacarse un dinero. Solo tenía que conseguirnos un poco de semen del juez para embarazar a una de las chicas.

—¿Lo consiguió?

—Lo consiguió. Esperábamos que la mujer diera a luz en unas semanas, pero entonces todo se torció. Un sicario se plantó en la finca y asesinó a todas las mujeres.

—¿Quién mandó a ese sicario?

—Ni lo sabemos, ni es asunto nuestro averiguarlo. El caso es que el negocio se desmanteló, pero... desde ahí estamos perdidos. No sabemos qué cojones está pasando. Solo que el yonqui que mandábamos a la finca, Gerardo se llamaba, desapareció y que, ahora, han encontrado muerta a Mónica Sousa. No me gusta una mierda ir por detrás. No saber por dónde nos pueden caer las hostias.

—Si Mónica ha muerto, no hay forma de que os relacionen.

—Yo no estaría tan seguro. Pueden tirar del hilo, llegar a Beltrán y a nosotros... Y, sin Mónica, no tenemos manera de defendernos de ese puto juez.

Reyes suelta aire, deja pasar unos segundos. Mira de frente a Cristo, tratando de mantener la calma en la voz.

—No sé qué quieres que haga yo. He oído hablar de la BAC, como todos, pero no puedo llegar hasta ellos.

—Sí que puedes, Reyes. Tu tío, Rentero. Tienes que ir a hablar con él. Necesitamos saber qué han descubierto.

—¿Te crees que le cuenta los pormenores de una investigación a su sobrina? Rentero nunca me habla de los casos...

—Pues tendrás que encontrar el modo de que lo haga. El puto Beltrán lleva una vida detrás de nosotros. A principios de los noventa inició una investigación, el caso Miramar, pero le paramos los pies. Entonces, fue fácil: acababa de llegar a la Audiencia Nacional y no sabía manejarse, pero ahora es distinto. Ese cabrón está armando un expediente contra nosotros y, si no sabemos qué tiene, vamos a caer. Todos. Incluso tú. No sé cómo se tomarán en tu familia que ayudaras a enterrar un cuerpo...

Reyes recuerda la noche lluviosa en la que tuvo que hacer desaparecer a Dely. En la penumbra del sofá, Fabián

398

la observa esperando su respuesta. A ella le repugna escuchar cómo Cristo ha pasado por encima de la ejecución de las madres de Las Suertes Viejas como si se tratara de un detalle accesorio. Solo les importa su supervivencia. Al mirar al jefe de la brigada, entiende que no cabe una negativa por respuesta.

—Lo intentaré —dice poniéndose en pie.

—Gracias, Reyes.

Cristo se enciende un cigarrillo mientras ella abandona el almacén. Calla hasta que el silencio se ha espesado en el cuarto. En el sofá, Fabián juguetea con su pulsera de España, incómodo.

—Ni ha pestañeado cuando he mencionado el caso Miramar.

—Ya me he dado cuenta.

—Tuvo que ser ella quien robó el móvil de mi casa. ¿Cómo iba a conocer si no el caso? Me cago en mi puta sombra. Es un topo.

—¿Qué vamos a hacer?

A través de la bocanada de humo que acaba de soltar, Cristo mira a Fabián. Él entiende lo que le está pidiendo.

—¿Tienes huevos para hacerlo?

—Sabes que me sobran, Cristo.

Capítulo 59

Manuela deja las llaves del coche sobre la mesa. Zárate ha escogido la que hay bajo la televisión en el Cisne Azul y ella no puede evitar una sonrisa un poco tonta, como si ese espacio se hubiera convertido en «el lugar especial» de ellos dos. No tiene el romanticismo de un puente o un mirador desde el que observar el *skyline* de Madrid y disfrutar de los atardeceres. Solo es una mesa en un rincón de un bar especializado en setas. En realidad, eso no es importante; lo único que cuenta es todo lo que han hablado en esa mesa.

—Lo he aparcado en la calle Almirante, en una plaza de minusválidos. Es el Volvo S60.

—Gracias, es que no tenía tiempo para rellenar el papeleo...

—Claro, lo que tú digas. Voy a hacer como si no me hubiera llegado el pollo que has montado esta tarde en la Audiencia Nacional, te pongo carita de enamorada, y tú vete sin remordimientos. No hace falta que me cuentes qué leches estás haciendo.

—Te prometo que no vas a tener problemas por mi culpa.

—¿Y tú? ¿Los vas a tener?

—Es mejor que te quedes al margen, Manuela.

—¿Te acuerdas de nuestra charla de ayer en esta mesa? —se decide a sentarse en una silla frente a Zárate, le roba el vaso de cerveza para darle un trago: la primera vez que él la ve beber algo distinto a su Aquarius—. Te pusiste a hablarme de Elena, de todo lo que habías pasado con ella... Yo pensaba que, al venir conmigo a cenar, había posibilidades de echar otro polvo, pero... no importa... Me gustó que confiaras en mí, aunque fuera para hablarme de otra. Me hizo sentirme tu amiga. No me quites eso también.

—Siento que pensaras que entre tú y yo...

—No pensé que nos fuéramos a casar ni nada por el estilo, pero anoche no me habría importado repetir... Ángel: esto no tiene nada que ver con el caso de Las Suertes Viejas, ¿verdad? No vas detrás de Violeta...

—Hay un caso... antiguo. Tú estás ordenando el archivo de Buendía, no sé si eso te dará también acceso a expedientes viejos, autopsias...

—¿Qué quieres que busque? Buendía tiene vía libre en toda la documentación de la policía.

—La autopsia de mi padre. Murió en 1991 en acto de servicio. Llamaron al caso Miramar, no sé por qué...

—Nadie sabe por qué se ponen los nombres de las investigaciones. —Manuela empuja las llaves sobre la mesa para que Ángel las coja—. A ver si cuando vas a por el coche, se lo ha llevado la grúa. Te llamo si encuentro algo.

—Gracias, Manuela. Eres una amiga.

Se despide con un beso en la mejilla. Manuela se queda unos segundos en silencio antes de llamar la atención del camarero.

—¿Me puedes traer un gin-tonic? Hoy estoy feliz.

El arroyo artificial del parque Aluche está construido siguiendo el trazado del antiguo arroyo Luche, el que dio nombre al barrio. Ahora es uno de los lugares de esparcimiento para los vecinos: paseos arbolados, zonas de juegos, instalaciones deportivas y hasta un auditorio... Allí, en un banco a la sombra de una acacia, es donde Zárate encuentra a Yolanda, la hermana de Blas Guerini, después de buscarla en el negocio de uñas que atiende su madre. La observa a unos metros de distancia: la chica parece haber envejecido varios años desde la última vez que la viera. La falta de su hermano le ha pasado factura, no cree que haya estado limpia desde que se enteró de la muerte de Blas.

Un joven con vaqueros de pitillo, zapatillas deportivas, camiseta a rayas y una cazadora vaquera muy gastada se sienta junto a ella. Zárate es testigo del negocio que hacen, la papelina que el camello deja en el banco, los billetes que Yolanda le entrega de manera disimulada para, después, tan pronto el chico se marcha, coger la droga con ansia.

—¿Cómo estás, Yolanda?

—No me jodas, es para consumo propio...

A pesar de que debe de llevar semanas fuera de la realidad por la heroína, Yolanda reconoce a Zárate cuando él se sienta a su lado en el banco. Sabe que, si la conversación con Beltrán hubiera terminado de otra manera, Elena estaría allí ahora mismo. Repasar la declaración de la hermana de Blas Guerini era el paso lógico para saber si existía alguna relación reciente entre Beltrán y el sicario que acabó con la vida de las madres. Sin embargo, ella tiene otros fuegos que aplacar. Debe de estar lidiando con Rentero, intentando que el juez no use lo que ha pasado hace unas horas en el despacho para acabar con la BAC. Eso es algo que a Zárate le da igual. Sabe que ha cruzado la línea y ya no podrá regresar a las oficinas de Barquillo.

—Te vas a matar si te sigues metiendo de eso.

—¿De verdad? Nunca me lo habían dicho. —La chica arrastra las palabras—. Deberían avisarlo, como en los paquetes de tabaco. Gilipollas... ¿Qué quieres?

—Hablar de tu hermano.

—Está muerto. Y él no se metía, ya ves... Tanto decir que me voy a morir y él la ha palmado antes que yo.

—La mala vida, que también mata. Y las malas compañías.

—Mi hermano era una mala compañía, no necesitaba a nadie más.

Zárate saca su móvil y busca el retrato del juez Beltrán. Una foto oficial que aparece en la página web de la Audiencia Nacional.

—¿Conoces a este hombre?

Yolanda lo mira con un gesto errante, pronto su atención regresa a la papelina, que empieza a abrir. Zárate se la quita de las manos.

—¡No me des por culo! ¡Eso es mío!

—Cuando mires bien la foto.

—Que sí lo conozco, que ya te lo dije, es el juez que le hizo un trato a mi hermano para sacarlo del talego. ¡Dame eso, coño!

—¿Quieres que te la devuelva? —Zárate juguetea con la papelina entre sus dedos—. Yolanda, es importante. ¿Viste a este hombre con tu hermano cuando salió de la cárcel?

—Que sí, coño, una vez estuvo por el barrio, con Blas... Ni puta idea de qué trabajo le ofreció, pero debía ser de pasta. Al día siguiente, mi hermano dejó el curro de la discoteca. Me dijo que iba a sacar billetes para que no tuviéramos que trabajar en un tiempo...

—Algo te soltaría de qué negocio le ofreció este hombre.

—¿Te crees que mi hermano me contaba sus asuntos? Pues no, no me decía nada.

—Yolanda, a tu hermano lo mataron por aceptar ese trabajo. A mí no me da ninguna pena, pero... tú sí le querías, ¿verdad? ¿No vas a ayudarme a llevar a la cárcel al hijoputa que lo metió en ese lío?

—Blas está muerto, coño. Nada de lo que haga le va a devolver la vida.

—¿Estás dispuesta a firmar una declaración que diga que el tipo de la foto se vio con tu hermano en el barrio cuando ya había salido de la cárcel?

—Yo firmo lo que me digas, pero ahora pasa de mi culo. ¿Vale? Por lo menos hasta que me meta.

—Tienes que venir conmigo.

—Antes me tengo que meter esto. ¿Tienes coche?

Zárate ha dejado el Volvo de la BAC aparcado en batería en la calle Camarena, a pocos metros del parque.

—No te irás a meter un pico en el coche.

—Sí. O me dejas o no te acompaño.

El policía no tiene más remedio, así que le abre la puerta a Yolanda y se queda fuera. Ve por el vidrio del parabrisas a la hermana de Guerini sacando del bolso lo necesario para su pico: una cuchara, una botella de agua, el encendedor, la jeringuilla... Se anuda una goma en el brazo que aprieta con los dientes y, después, se clava la aguja. Mientras se pierde en el sueño de la heroína, Zárate se da cuenta de que no va a llevar a ningún sitio a Yolanda. Tiene lo que ha ido a buscar y hacerle prestar declaración en la BAC solo complicaría las cosas. El triángulo que Elena definió parece cobrar forma. Beltrán, agobiado por el chantaje de Mónica Sousa, contrató a Blas Guerini para ir a Las Suertes Viejas y acabar con las madres. Pero él no busca hacer justicia por lo que sucedió en esa finca, eso es algo que Violeta ya está haciendo. Lo que ahora tiene en sus manos es el arma que necesitaba para obligar a Beltrán a contarle todo lo que sabe del caso Miramar. La llave para averiguar quién mató a su padre.

Capítulo 60

Elena no tiene paciencia para esperar el ascensor. Sube de dos en dos los escalones hasta el tercer piso del edificio en la calle Ibiza. La puerta está abierta cuando llega a la casa de Rentero. Lo buscó en su despacho, pero la secretaria le dijo que se había tenido que marchar. No le respondía al teléfono y era urgente hablar con él. Su esposa le dijo que estaba con ella, en casa. Cuando entra en el salón, ve la silueta del DAO recortada contra los ventanales que se abren a una panorámica del Retiro. Se sorprende al descubrir, en un sillón, a Reyes. Encogida sobre sí misma, parece una niña que ha sufrido una reprimenda.

—¿Estás bien, Reyes? ¿Qué estás haciendo aquí?

—Rentero te contará. En realidad, debería marcharme. No es seguro que pase mucho tiempo contigo...

—La Sección de Villaverde quiere saber qué está investigando la BAC, Elena. —Rentero camina como si fuera mucho más pesado de lo que es hasta derrumbarse en un sillón—. Le he dicho que no vuelva por allí, pero no quiere entrar en razón. A ver si tú le abres los ojos. Están poniéndola a prueba.

—No pasará nada si regreso con algo que darles. —La respuesta de Reyes suena como si la hubiera repetido un millón de veces. Luego busca la complicidad de Elena—: Cristo tiene miedo del juez Beltrán. Lo estáis investigando por la muerte de Mónica Sousa, ¿verdad?

—Esto se nos está yendo de las manos —protesta Rentero—. Se está desbordando por demasiados sitios y vamos a terminar mal.

—¿Qué sabe la Sección de Beltrán y Mónica? —pregunta la inspectora a su agente.

—Mónica trabajaba para Cristo. Le hizo robarle semen al juez para embarazar a una de las mujeres de Las Suertes Viejas.

Elena necesita sentarse. Termina de encajar las piezas del puzle en su cabeza mientras Rentero le cuenta que Beltrán estaba investigando a la Sección. Para quitárselo de en medio, Cristo y sus hombres urdieron ese plan para chantajearle y así tumbar el trabajo del juez.

—Beltrán está en el Opus. La Obra no le iba a permitir que apareciera con un hijo de otra —razona en voz alta la inspectora.

—Será del Opus, pero también parece el único que ha hecho algo contra la corrupción policial en los últimos años.

Elena nota la rabia de Reyes. ¿Cómo puede defender a Beltrán? Lo que ha hecho ese juez se dibuja ahora en su mente con absoluta claridad; sin embargo, Reyes insiste en proteger la figura de Beltrán y el caso que lleva años armando.

—Puedo contarles que la BAC no está siguiendo ninguna línea relacionada con Beltrán. Que todo es culpa de una de las madres que perdió la cabeza cuando Blas Guerini se plantó en la finca y las mató a todas. Es un caso criminal que no tiene por qué guardar ninguna relación con la Sección. Les diré que lo único que le interesa a la BAC es detener a Violeta.

—Es que eso debería ser así. —Rentero intenta imponer su autoridad.

—Pero ¿os dais cuenta de lo que va a pasar? —interviene Elena en la conversación entre Rentero y su sobrina—. Violeta ha podido descubrir que Beltrán es el verdadero padre de su hijo. Me apuesto lo que sea a que Mónica se lo dijo. Va a ir a por él. Va a matarlo. Lo que no sé ahora es si quiero impedirlo...

—¿Tú también has perdido la cabeza, Elena? ¡¿No es suficiente con Zárate?!

El móvil de Reyes suena. Le ha entrado un mensaje mientras su tío echaba en cara a Elena la trifulca que Ángel ha organizado en el despacho del juez. La historia no ha tardado en desbordar la Audiencia Nacional para llegar a la cúpula de la Policía. Elena supone que Beltrán caerá sobre Zárate con tanta fuerza como sea capaz.

—Tengo que marcharme —les anuncia Reyes.

—No conseguiré impedir que vayas a la Sección, ¿verdad? —se rinde Rentero—. Entonces, quiero que les cuentes una cosa: diles que Beltrán va a levantar el secreto de sumario, que los va a llevar a juicio. Cuéntales que ese yonqui en el que confiaban era en realidad un policía. Se pondrán nerviosos y querrán evitarlo a toda costa.

—Me da la impresión de que lo que quieres es cargarte a Cristo y a sus hombres, no sacar toda la mierda que está investigando Beltrán.

Elena se sorprende de que Reyes ponga en duda las órdenes de Rentero con tanta entereza.

—¿No te parece suficiente?

—Lo que tú digas.

El eco de la puerta al cerrarse cuando Reyes se ha ido recorre el salón de la casa de Rentero. En el silencio de Elena hay una lucha entre el deber y lo que le gustaría que sucediera.

—Tienes que poner a salvo a Beltrán —le ordena el comisario.

—Vengo de la BAC. Mariajo ha estado rastreando las cuentas del juez. Hay una retirada sospechosa de sesenta mil euros justo un par de días antes de que se produjera la matanza de Las Suertes Viejas. No estaba segura de que fuera suficiente, pero ahora... ¿qué más da? Es evidente lo que pasó. La Sección intentó chantajear a Beltrán y el juez contrató a Blas Guerini para que pusiera fin al problema. Les arrancó los fetos a las madres, para que la Científica no pudiera llegar hasta él a través del ADN. Por eso mató a todas las madres, porque no sabía cuál era la madre del hijo del juez. Esa es la persona que me estás pidiendo que ponga a salvo. Ese es Beltrán.

—En la policía, no siempre nos toca proteger a los buenos.

Elena se pone en pie. Tendrá que ir a Barquillo, organizar a sus hombres para montar un dispositivo de protección de Beltrán y, como la araña que espera su presa, aguardar a que haga acto de presencia Violeta. Por primera vez en su vida, desea llegar tarde. Que Violeta haya sido más lista que ella y, ahora, ya tenga en sus manos a Beltrán.

—Elena, respecto a Zárate... —murmura Rentero cuando ella ya ha iniciado el camino hacia la salida—. Beltrán lo va a denunciar y... esta vez no voy a poder pararlo. Por ahora tengo que apartarlo del servicio. Me temo que acabará expulsado del cuerpo.

—¿Aunque Beltrán haya ordenado el asesinato de cinco mujeres?

—Son las reglas del juego. Nosotros no podemos saltárnoslas. Tenemos que ser los buenos.

Capítulo 61

La Sala de lo Penal de la Audiencia Nacional, donde tiene su despacho el juez Beltrán, se encuentra en la plaza Villa de París, en el lugar en el que estaban los huertos y los jardines del convento de las Salesas Reales. En tiempos se llamó plaza de la Justicia por albergar también el Tribunal Supremo. La plaza está cerrada al tráfico —solo hay algunas zonas en las que pueden entrar los funcionarios de los distintos juzgados— y es un lugar tranquilo, con jardines, setos, castaños, estatuas y hasta una zona de columpios, casi siempre vacía. En alguno de los inmuebles que la circundan se han construido los pisos más caros de Madrid; es una zona elegante y segura, perfecta para acoger a los más ricos.

Violeta se ha sentado en uno de los bancos, con la nevera que guarda al pequeño Zenón a su lado. Aunque la policía vigila la plaza, nadie impide el acceso y a su alrededor pasean los vecinos, con sus mascotas, y algunos otros que acortan el camino desde Génova hasta la calle Bárbara de Braganza.

Dentro de uno de esos edificios está el juez Beltrán, el padre de Zenón. Se da cuenta de que llegar hasta él será más difícil que a los demás padres. Es un juez importante y, aunque no haya logrado verlos, quizá hay guardaespaldas que lo protegen veinticuatro horas al día, pero confía en tener un golpe de suerte. Iyami Oshoronga va a ayudarla, lo sabe, su silueta negra le enseñará el camino que debe tomar. En el cielo, una bandada de pájaros vuela en círculos, puede que sean los emisarios de la Madre Ancestral.

De vez en cuando cruzan con urgencia la plaza abogados enfundados en trajes que probablemente cuesten una fortuna. Van hablando entre ellos, nadie se fija en esa mujer de pelo corto y teñida de moreno que se ha sentado en el banco. Los observa con curiosidad, sin saber qué aspecto tiene la persona a la que busca y si ha pasado ya ante ella: no ha tenido oportunidad de entrar en un locutorio y buscar en internet al juez Beltrán. Solo sabe que conduce un BMW negro. Antes de morir, Mónica Sousa le dio la dirección de su casa y una descripción del coche, también los primeros números de la matrícula, 7 y 8.

Llegó al amanecer a la calle Valle de Tobalina, al número 23, una zona de chalets en Boadilla del Monte. En el Ibiza de Mónica, esperó aparcada a unos metros hasta que vio surgir ese BMW negro. No pudo ver a Beltrán, solo una sombra negra dentro del vehículo, y lo siguió hasta la Audiencia Nacional. Lleva todo el día dentro, cree que ni siquiera ha salido a comer, pero ya es tarde, casi las siete, no debe tardar en acabar su jornada laboral. Por eso abandona su puesto de vigilancia junto a los columpios, es hora de instalarse en la salida del garaje que hay bajo la plaza y esperar que la boca del subterráneo escupa el BMW negro.

Tal vez debería cambiar de vehículo, pero no le surge ninguna ocasión de robar unas llaves al descuido, así que vuelve al Ibiza que había dejado aparcado en la calle Zurbano. No se aclara con las calles prohibidas y en obras que le obligan a dar círculos alrededor de su objetivo, teme no llegar a tiempo a la calle del Marqués de la Ensenada, donde está la salida del garaje.

Tiene suerte, a las ocho menos diez, poco después de que ella llegara en el Ibiza, el BMW sale. Violeta arranca y lo sigue. Al llegar a la calle Génova, se pone a su altura aprovechando un semáforo. Ve por primera vez al padre de Zenón: un hombre mayor de lo que ella esperaba, calvo, con ojos saltones y papada, gesto de cansancio, un apósito en una mejilla, ha debido de tener algún accidente. ¿Serían estos los rasgos que algún día podría reconocer en Zenón?

Él conduce hasta el aparcamiento de la plaza de España. Violeta desciende también por la rampa y ocupa una plaza cercana. El juez saca una bolsa de deporte del maletero y sube las escaleras hacia la calle a un ritmo muy superior al que Violeta esperaba, está en forma pese a su edad. Ella, que carga con la nevera en la que va su hijo, tarda más de la cuenta en salir, pero llega a tiempo de ver al juez meterse por una de las callejuelas que bordean el Edificio España. Su destino es un gimnasio lujoso, con entrada por San Leonardo, pero con grandes ventanales que dan a la calle Princesa. Es allí donde Violeta se instala hasta que lo localiza, un cuarto de hora después de su entrada, en una de las cintas de andar que se atisban en la primera planta desde la calle.

Entra en el gimnasio. Teme que alguien pueda detenerla en la recepción, ya ha armado una excusa para poder pasar, pero no es necesaria, nadie le dice nada. Hay bastante gente en las máquinas, en las bicicletas, en la zona de las pesas. Se aproxima al juez sin una idea clara en la cabeza. Necesitaría algún modo de hacerle tomar las gotas de escopolamina que ha llevado, la misma droga con la que ha reducido a los demás padres. De pronto le surge la oportunidad: el juez cambia de aparato, pero deja atrás su botella de agua, roja, de aluminio, opaca, y su toalla. Violeta se acerca antes de que él se percate y deja caer dentro las gotas. Ahora solo debe esperar. Diez minutos después de pedalear con fuerza, Beltrán alcanza su botella y le da un largo trago... Luego inicia unos estiramientos. Violeta sale a la calle. No tiene prisa, sabe que el juez se dará una ducha antes de marcharse de allí. La escopolamina también necesita su tiempo para hacer efecto.

Lo ve salir del gimnasio antes de lo que esperaba y se felicita por su buena suerte al comprobar que regresa al aparcamiento. Eso quiere decir que estará solo, cabía la posibilidad de que hubiera quedado con alguien para tomar una copa por la zona, y en ese caso la indisposición que él va a sentir no le serviría para sus propósitos. El juez Beltrán camina despacio, debe de haber empezado a sentir un ligero malestar. Mientras está pagando, se ve obligado a apoyarse en la máquina. En su cara se nota que a cada segundo se encuentra peor. Coge el tique para abandonar el parking y, algo tambaleante, cruza el garaje en busca de su BMW. Violeta lo aborda cuando está buscando las llaves del coche.

—¿Se encuentra usted bien?

—No sé qué me pasa. Estoy algo mareado...

—Venga, siéntese aquí un momento...

El juez Beltrán agradece la intervención de esa joven de acento dulce que abre la puerta de su coche, un Ibiza, y lo ayuda a sentarse en el asiento del acompañante. Una extraña sensación de sopor, de estar fuera de la realidad, lo va invadiendo. Ni siquiera sabe si es cierto que ella esté poniéndole el cinturón de seguridad, puede que lo esté soñando. Escucha el ruido de la puerta al cerrarse con sordina. Las palabras que la chica le dice suenan distorsionadas, ininteligibles. Se le cierran los ojos. Siente el rumor del motor al ponerse en marcha y lo último que recuerda es la sonrisa de esa mujer que lo ha socorrido. Le resulta extrañamente feliz.

Capítulo 62

Pese a que son casi las diez de la noche, María Dolores, la mujer del juez Beltrán, luce un vestido negro y un collar de perlas. Está maquillada y envuelta en perfume. Un nerviosismo que a la inspectora le resulta excesivo resquebraja su elegancia, como si este pequeño retraso de su marido fuera la confirmación de algo terrible que tenía que suceder.

—No es normal que no esté en casa. Habíamos quedado para cenar, hoy es nuestro aniversario de boda. Lo he llamado cien veces y no responde.

Elena Blanco entra en el salón, en el que destaca una lámpara de sobremesa, de gran diámetro, y un lienzo que reproduce un paisaje de Seurat. Ya es inevitable: poco a poco, la mujer irá descubriendo la vida secreta de su esposo, la relación entre Mónica y Beltrán, el hijo que no quería tener y la decisión brutal que tomó para evitarlo contratando a Blas Guerini. No quiere que ese lodazal distraiga ahora a María Dolores.

—¿A qué hora se comunicó con él por última vez?

—Cuando salió del juzgado. Me dijo que se iba al gimnasio y que a las nueve y media estaría de vuelta. Desde entonces, nada. Y lo he llamado. Le ha pasado algo, seguro. Ignacio es muy puntual, siempre me avisa si se va a retrasar...

En una consola del comedor hay una foto familiar: dos matrimonios jóvenes posan junto a Beltrán y María Dolores. No sabe quién de esos matrimonios son sus hijos.

—¿A qué gimnasio va?

—A uno que hay en la plaza de España, en la calle San Leonardo.

—¿Podría decirme el modelo y matrícula de su coche?

Elena transmite los datos que le da María Dolores a Orduño para que revisen si el coche está en el parking del gimnasio; también las cámaras de seguridad del subterráneo por si alguna hubiera grabado a Violeta. La esposa de Beltrán se ha sentado en un sofá, juguetea con las perlas de su collar, nerviosa, mientras murmura sus miedos.

—Se lo dije tantas veces que ya me había dado por vencida. Él no quiere escolta, pero... en su posición, con su trabajo... ¿Sabe que hemos recibido amenazas telefónicas? ¿Se lo han dicho?

—¿Cuándo?

—El año pasado, pero... esa maldita manía. Decía que «perdía la libertad» si tenía que cargar con un guardaespaldas a todas partes...

Elena supone qué significaba esa libertad para Beltrán. Sus encuentros con Mónica. Con otras mujeres antes, está segura. Un cuadro de Escrivá de Balaguer la observa desde el recibidor. Una aureola envuelve la cabeza del fundador del Opus Dei. La inspectora sale del chalet en Valle de Tobalina. Se fija en las cámaras instaladas en la fachada y en la puerta de la parcela.

—Orduño, pídele las grabaciones de las cámaras de seguridad. Si tenemos suerte, puede que registraran a Violeta...

Él regresa al interior para consultárselo a la esposa de Beltrán. Un escalofrío recorre el cuerpo de Elena cuando se ve reflejada en una de las ventanas del chalet. La imagen de sí misma que le devuelve el cristal es la de una Elena mucho mayor. Envejecida, cansada y derrotada. Recuerda algo que Beltrán les ha dicho ese mismo día en su despacho: *No los tengo por malos policías, pero no se han dado cuenta de que no son ellos los encargados de impartir justicia. ¿Han cruzado esa línea?* Sería hipócrita negárselo: ella misma ha fantaseado con la posibilidad de no socorrer al juez, de dejar que Violeta cumpliera su venganza. Es solo un pequeño paso al otro lado del límite, pero una vez dado no parece tan difícil seguir alejándose. Convertirse, como probablemente le haya pasado a Beltrán, en alguien que se cree por encima de cualquier ley. Arrogado del derecho a decidir quién vive y quién no. Como si fueran dioses infalibles y su misión estuviera por encima de todos. ¿Se está transformando ella en alguien así?

—No tiene las imágenes de la cámara de seguridad.

Elena no entiende qué razón puede haber para que hayan desaparecido esas grabaciones. Orduño prefiere llevar a la inspectora a un lugar apartado del jardín, lejos de los agentes que los han acompañado hasta allí.

—Dice que otro compañero nuestro estuvo aquí antes que nosotros, apenas media hora. Por eso estaba tan nerviosa desde el principio. Ese policía le dijo que no había nada de lo que asustarse, pero que necesitaba revisar las grabaciones para cerciorarse de que unos delincuentes que están detrás de Beltrán no habían estado por el barrio.

—Hijo de puta.

Elena no es capaz de decir el nombre de Ángel en voz alta. Se siente estúpida por haber pensado que él se apartaría, que le dejaría finalizar la investigación sin interferencias. No le importa lo más mínimo Violeta, la inspectora es consciente de que Zárate va detrás de la información sobre su padre que Beltrán pueda darle. Ojalá no fuera así, pero Ángel ha decidido emprender su propia batalla. Ya no es un policía, es simplemente un hijo.

Los agentes de las oficinas de Barquillo, los pocos que quedan a esas horas, hunden las miradas en sus escritorios cuando Elena y Orduño irrumpen en el despacho de Mariajo. No es habitual que la inspectora Blanco pierda el control. Se pueden contar con los dedos de una mano los que la han oído gritar, por eso están clavados en sus puestos

417

como estatuas de sal; temen que, después de descargar su ira con la hacker, vaya a por alguno de ellos.

Manuela atraviesa desconcertada el silencio de la oficina. Ha estado en el archivo de Buendía, repasando los expedientes, cuando al ir a recoger sus cosas para marcharse a casa, se ha encontrado con esta extraña tensión. Un grito de «¿en qué cojones estabas pensando?» centra su atención en el despacho de Mariajo. La silueta de una agitada Elena bracea y vocifera al otro lado del cristal del habitáculo.

—¿Sabes qué está pasando? —pregunta a un hombre más o menos de su quinta.

—Ni puta idea, pero pinta mal.

El agente, al que contrataron por su carrera en Filología árabe, se levanta y huye hacia la cocina. No quiere que le salpique la rabia de la inspectora. Manuela se arma de valor y, al notar que el volumen de la discusión se ha apagado, llama al despacho de Mariajo y entra. Frente a sus monitores, la hacker tiene la mirada aguada y perdida en las imágenes de unas cámaras de tráfico. Coches y coches que circulan a toda velocidad por alguna autovía fuera de Madrid. Orduño, sentado cerca de Mariajo, parece tenderle una mano en señal de apoyo. Elena se gira a la forense como si de repente un niño hubiera entrado en la habitación de los padres en plena refriega.

—¿Qué coño quieres, Manuela?

—Ayudar, porque supongo que algo ha pasado... Y no parece bueno.

—Aparte de que cualquiera diría que Mariajo entró ayer en el cuerpo, nada más.

No hay humor en las palabras de Elena, solo un tono agrio. Seguramente se ha contenido para no decir nada más ofensivo.

—Ya basta, Elena —replica la hacker—. ¿Cómo querías que supiera que Zárate estaba suspendido? Pensaba que ibais juntos.

—Cierra la puerta —ordena Elena a Manuela, que obedece, para luego encararse de nuevo con Mariajo—. ¿Y no se te ocurrió avisarme cuando te pedimos que revisaras las imágenes del parking del gimnasio de plaza de España?

—Nos estamos desviando, Elena —Orduño ha decidido ejercer de mediador—. Nuestro objetivo no es Zárate. Es Violeta. Más aún ahora que sabemos que tiene a Beltrán.

—¿Y crees que vamos a encontrarla antes de que lo mate?

—La carretera de esas imágenes es la A1, ¿verdad? La carretera de Burgos. Viví un tiempo en San Sebastián de los Reyes y me la sé de memoria. —Agarrándose a ese retazo, Manuela intenta dar pie a que alguno de ellos la ponga al día.

Es Orduño quien lo hace, más por evitar que la discusión entre Elena y Mariajo vuelva a explotar que porque le parezca pertinente informar a la forense.

—Zárate fue a la casa del juez Beltrán antes que nosotros. Le pidió a su mujer las imágenes de las cámaras de seguridad y se las envió a Mariajo. Al revisarlas, vieron el Seat Ibiza de Mónica Sousa aparcado a primera hora cerca de la casa del juez. Es el coche en el que se mueve Violeta. Pudieron reconstruir cómo siguió a Beltrán hasta la Audiencia Nacional. Pasó allí el día y, alrededor de las ocho, fue detrás de él hasta un gimnasio en plaza de España. El coche de Beltrán, un BMW negro, ya no salió de allí. Sigue aparcado en el garaje. Sin embargo, el Ibiza de Violeta sí. Las imágenes de la cámara de seguridad del parking no son muy buenas, pero permiten adivinar que, en el asiento del copiloto, junto a Violeta, había alguien más. Suponemos que ya debía de haberlo drogado con escopolamina, como hizo con el resto. Esa grabación es de las ocho y cuarenta.

—Y ¿después? ¿Le has perdido el rastro, Mariajo?

—Volví a situarla en la salida de la A1, pero a partir de ahí... No sé dónde coño se ha metido. —Mariajo no oculta su incomodidad, todavía le molesta responder a Manuela como si fuera una más del equipo.

Elena sale del despacho como si fuera succionada por un desagüe. Sus pasos resuenan en la oficina, que sigue en silencio.

—¿Por qué se ha puesto así? —pregunta la forense—. Lo que has hecho siguiendo ese coche es un milagro. Debería ponerte una medalla...

—Le ha dado toda esa información a Zárate antes que a nosotros.

Manuela se acomoda las gafas mientras mira desconcertada a Orduño, sigue sin comprender cuál es el problema.

—Han apartado a Ángel del cuerpo. Esta tarde. Perdió el control con el juez Beltrán y se lio a darle de hostias... Y la cámara que grabó a Violeta en la A1... también registró a Ángel solo unos minutos después. Conduce uno de nuestros Volvos.

Un mensaje suena en el móvil de Orduño. Su gesto se tuerce cuando lo lee y, tras una disculpa, abandona el despacho de Mariajo. Manuela ensaya una expresión de sorpresa que cree que le queda convincente.

—Zárate está fuera de control —le dice Mariajo.

Orduño ha tenido que sentarse en una de las mesas de la oficina para releer el mensaje. Mira a su alrededor; Manuela y Mariajo siguen juntas, parece que la forense está ayudando ahora a la hacker a rastrear el coche en las cámaras de seguridad de la A1. Elena ha cerrado las persianas para que nadie pueda verla en su despacho. Imagina la confusión que debe de estar viviendo: Zárate, suspendido, sigue implicado en el caso y, si termina interviniendo, no hará más que empeorar su situación. Deberían dar con Violeta antes que él, pero ¿cómo? Las imágenes de seguridad de las carreteras, sucias por la poca calidad que ofrecen de noche, cargadas de ruido, muestran una riada intermitente de luces blancas y rojas alejándose de la ciudad, perdiéndose hacia el norte... pero él no puede centrarse en eso ahora.

Relee el mensaje que le ha enviado Reyes. «Ha aparecido el cadáver de Dely. Me citan donde la enterramos para controlar la investigación y que no nos salpique. Tengo miedo, no me fío, te mando mi ubicación en tiempo real».

Al pinchar en el enlace, la aplicación abre un mapa: un punto azul muestra la situación de Reyes. Se está moviendo, quizá en coche dada su velocidad, hacia una zona del sur de Madrid.

No contesta al teléfono. Ya lo ha intentado un millón de veces, Elena no sabe por qué sigue llamándolo. Zárate no es imbécil: lo más seguro es que se deshiciera del móvil por si intentaban dar con él. Puede que ya haya localizado a Violeta, ¿para qué iba a necesitar hablar con nadie de la BAC?

Se sienta frente a su mesa y abre el cajón de su escritorio. En tiempos, allí había siempre una botella de grappa. Ahora no hay nada. Necesita un trago. ¿Cómo hacía durante el último año para razonar con claridad sin la ayuda del alcohol? Sus pensamientos saltan de Zárate al juez Beltrán, dos caras de la misma moneda. En la pared, el dibujo pueril que le regaló Mihaela. ¿Será feliz allá donde esté, junto a su padre biológico?

El reloj del móvil marca las once. Le abruma la perspectiva de una noche encerrada en su despacho, viendo caer las horas, esperando el amanecer y alguna llamada que la avise del hallazgo de Beltrán y de Zárate. ¿Hasta dónde será capaz de llegar Ángel para que Beltrán le confiese hasta el último detalle del caso de su padre? Es una pregunta absurda, Elena lo sabe: si tiene que torturarlo, lo hará, y, entonces, ya no podrá hacer nada por Ángel. Sus actos lo convertirán en un delincuente, no será posible enterrar más informes.

No hace tanto que ambos soñaron con un futuro juntos, que creyeron que el amor sería suficiente para mantenerlos unidos, felices. No tuvo en cuenta las grietas que hay dentro de cada uno de ellos, los agujeros que han terminado absorbiéndolos. La culpa no es exclusiva de la rabia que anida en Zárate, ella también tiene su parte de responsabilidad: la necesidad de volver a ser una madre la empujó por un camino que los separaba. Es difícil transmitir el dolor que genera la pérdida de un hijo, el abismo de esa ausencia. Tal vez Violeta podría entenderla, piensa durante un instante Elena, y, al hacerlo, se da cuenta de lo poco que se ha esforzado por tratar de empatizar con esa mujer. Puede dibujar una inmigración desesperada que la llevó a la finca de Las Suertes Viejas, quién sabe si hubo un paso previo por la prostitución. Vejada, aislada, usada como un animal que solo sirve para parir. Pero ¿cómo sustraerse al vínculo que se crea entre una madre y el hijo que empieza a tomar vida dentro de ella? La matanza de las madres tuvo que ser como abrir las puertas del infierno. ¿En qué se convierte la realidad cuando descubres que una pesadilla así puede suceder? Elena recuerda cómo Dorita describía el discurso errático de Violeta cuando la tuvo escondida en el mesón. Busca entre los papeles la transcripción de aquella conversación.

«No decía más que tonterías; que si iba a llevarlos de excursión a no sé qué montaña... que si pronto sería el cumpleaños de uno de ellos... Como si estuvieran vivos. Benigno, mi marido, se enfadó: decía que teníamos que llamar a la Guardia Civil, Violeta necesitaba un médico... Nosotros no podíamos cuidarla...».

El pensamiento mágico permitió a Violeta seguir viviendo.

«Decía que era la venganza: Iyami Oshoronga tiene que restablecer el orden, el destino necesita que todo vuelva a su lugar...».

Teclea en el ordenador el nombre de Iyami Oshoronga: más de doce mil resultados que hablan sobre esta deidad emparentada con la religión de los orishas, un culto que se practica en Cuba, México, Brasil… aunque con diversas mutaciones dependiendo del lugar. Puede que Violeta entrara en contacto con ese mundo en su país natal y, como los ateos que se aferran al catolicismo cuando la vida los somete a una enfermedad terminal o alguna otra circunstancia en la que la ciencia resulta inservible, tal vez rescatara esas creencias la tarde en la que murieron las madres de Las Suertes Viejas.

«No iba a pasar página. Su única obsesión era esa de hacer justicia, de volver a poner orden a las cosas…».

Es una idea que se repite varias veces en el testimonio que dio Dorita. Violeta estaba obsesionada con restablecer el orden, como si la vida hubiera tomado un desvío equivocado tras la matanza.

«El destino necesita que todo vuelva a su lugar».

Ucero. La finca de Las Suertes Viejas, en Cubillos. Allí está el origen. Es a donde conduce la lógica alucinada de Violeta a la hora de cerrar el círculo. Por eso no mató a Beltrán al salir del gimnasio, por eso cogió la A1. La carretera que lleva hasta Soria. ¿Cuánto se tarda desde la plaza de España? El navegador le señala algo más de dos horas… Si Violeta abandonó Madrid alrededor de las nueve, debe de estar a punto de llegar.

Capítulo 63

A Violeta le cuesta bajar al juez del coche. Al hacerlo, aferrándolo por debajo de los brazos, se le resbala el cuerpo y la cabeza golpea contra el empedrado. Comprueba con alivio que el hombre sigue con vida. No quiere matarlo antes de cumplir con sus proyectos. Su hijo Zenón no se merece que las cosas no salgan como están previstas.

Ha dejado el motor del coche en marcha, los faros encendidos iluminan la fachada de Las Suertes Viejas. Es la primera vez que regresa desde que todo se rompió. Contemplar la casa es como observar una enorme calavera con el hueso pulido, una muerte limpia, aséptica. En el cielo, adivina una bandada de pájaros imposibles: es noche cerrada, esos pájaros solo pueden ser los emisarios de Iyami Oshoronga. Aquí trae al último padre. Sabe que no ha conseguido cumplir con todo el plan que la Madre Ancestral le pidió: debía devolver a cada uno de los niños a sus padres, pero dos de los pequeños se quedaron en el arcón de Dorita, la policía le impidió acceder a ellos. Aun así, espera que Iyami sea generosa, que sea suficiente lo que ha hecho y el destino vuelva a colocar cada pieza en su sitio. Que la vida retome el camino allí donde nunca debió perderlo.

Arrastra a Beltrán como un fardo hasta dentro de la casa. No hay muebles, no hay rastro de las que fueron sus habitantes, de las conversaciones que mantuvo con Rosaura o Serena. Es un escenario desnudo que no guarda memoria de las madres. El juez pesa demasiado y, al llegar a las escaleras que conducen al paritorio, no puede cargar con él. Lo empuja y, como un muñeco de trapo, Beltrán cae hasta abajo. Ha dejado una mancha de sangre en un peldaño. Violeta coge la nevera donde guarda a Zenón y desciende. Tampoco están allí las camas ni los monitores, han desaparecido las cunas del nido. Al intentar encender la luz, descubre que no hay corriente. No le importa; con la linterna del móvil bastará. Une las muñecas de Beltrán y se las ata con una brida de plástico por detrás de la cabeza. También le ata los tobillos. En esa postura, le recuerda a un San Sebastián que había en la iglesia de su pueblo. Un San Sebastián calvo y viejo, con algo de sobrepeso a pesar de las sesiones de gimnasio. Le abre la camisa e ilumina su pecho y su estómago desnudo con la luz del móvil.

—¿Qué es esto? ¿Qué hago aquí?

Con un tono narcótico, Beltrán entreabre los ojos. Intenta liberarse sin éxito de las bridas. Tumbado en el suelo, solo puede ver la silueta negra de Violeta tras la luz de móvil.

—Puedes hacer todo el ruido que quieras. El pueblo está abandonado, no hay nadie en muchísimos kilómetros a la redonda. Grita todo lo que quieras. Nosotras también gritamos alguna vez, hasta que nos dimos cuenta de que nadie vendría jamás.

Para ilustrar lo poco que le preocupa el ruido, Violeta se pone a dar aullidos.

—¿Lo ves? Nadie nos oye. Grita, si quieres, así te desahogas.

—¡Suéltame! ¿Quién eres?

—¿No me reconoces? Soy la mamá de tu niño. ¿Quieres que te lo presente?

Violeta abre la nevera y saca un bulto cubierto por un paño. Beltrán cree que lo que ve es consecuencia de su mal estado. Seguramente esa mujer de acento dulce le administró alguna droga; no es posible que, arrodillada a su lado, tenga un feto amoratado en sus brazos.

—Mira, Zenón, este es tu papá... ¿Tú crees que se parece un poco a ti?

—Estás loca. ¡Suéltame!

—Más bajito, que lo vas a despertar —lo amonesta con un mohín.

Violeta pone a Zenón sobre el pecho de Beltrán. Helado, ya no le quedan fuerzas ni para gritar. Luego, ella se pone en pie y sonríe. Una sonrisa beatífica que se pierde en las sombras del paritorio. Solo ella puede ver las alas negras de Iyami Oshoronga, su murmullo que la felicita por haber llegado hasta aquí, su permiso para que dé fin a esta locura y todo vuelva a su origen.

Capítulo 64

Reyes camina por el bosque sintiendo el eco de sus pasos, registrando cada chasquido de las ramas y de las hojas como una señal de alerta. La niebla envuelve el pinar en un halo vaporoso y se oye, lejano, el ulular de un búho. El día que Fabián y ella enterraron a Dely, se grabó un mapa en la cabeza para algún día volver a por el cuerpo, cuando todo hubiera acabado. Y, sin embargo, ahora le cuesta encontrar las referencias: los dos pinos torcidos, muy juntos, buscándose el uno al otro como un par de enamorados.

La lluvia de aquella noche ha ocultado el rastro de la tierra que removieron para cavar la fosa. Un chasquido rasga el silencio. ¿Es el eco de su última pisada? Trata de mantener la calma, pero un sudor frío le recorre el espinazo. Se fija en un montoncito de piedras y ramas que pusieron para camuflar la sepultura. Sí, cree que es ahí donde enterraron a la venezolana, pero ¿por qué todo está tal y como lo dejaron? ¿No se suponía que la habían encontrado? Mientras está apartando alguna de las ramas para verificar que fue allí, en ese punto, donde dejaron el cadáver, oye una voz a su espalda.

—Reyes...

Es Fabián quien se acerca a ella, amistoso, la sonrisa seductora en los labios un tanto azulados por el frío. La ilumina con una linterna.

—¿Qué pasa, Fabián? ¿Qué es eso de que han descubierto a Dely? Fue aquí y esto no lo ha tocado nadie...

—Es que te echaba de menos y quería asegurarme de que venías. Hace una noche preciosa... ¿No te apetece echar un polvo aquí, al aire libre?

—¿Sobre el cadáver de la chica? No, claro que no me apetece. ¿A qué vienen estas gilipolleces?

—Anda, no te mosquees. Ven aquí, dame un beso.

Reyes se acerca a él, todavía desconfiada, pero mira alrededor y no ve a nadie. ¿Será verdad que están solos? Fabián pone en los labios de ella tres besos cortos, muy seguidos.

—¿Quieres saber de verdad para qué te he pedido que vengas?

—Me estás asustando...

—No soy bueno en estas cosas, me da vergüenza, pero... Joder, es que... me he enamorado de ti como un imbécil. No me pongas esa cara, voy a dejar a mi mujer y todo por ti...

—No hace falta que dejes a tu mujer, estamos bien como estamos.

—Estoy harto de que lo nuestro sea así. No, no quiero que nos veamos en tu casa a salto de mata, vivir escondiéndonos... ¿Y si nos largamos de España? A Marruecos.

—¿Qué coño vamos a hacer tú y yo en Marruecos?

—Conozco a alguna gente... Amigos que he hecho de la Sección. Estoy hasta la polla de Villaverde y de Madrid. Nos vamos juntos y seguro que nos lo montamos bien.

—¿Has estado bebiendo, Fabián? No me puedo creer que me estés hablando en serio.

—Te quiero, Reyes. Nunca he querido así a nadie.

—Piensa en tu hijo. No puedes coger y desaparecer sin más.

De repente, Fabián la mira con tristeza.

—¿Qué sientes tú, Reyes?

Ella nota un escalofrío. Se abraza a sí misma. La verdad es que nunca se ha hecho esa pregunta. ¿Qué siente por Fabián? ¿Es algo más que un tío con el que se lo pasa bien y disfruta follando? ¿Y Orduño? ¿Qué siente hacia él? Por si fuera poco acertijo su vida, ahora Fabián la obliga a dar una respuesta que no tiene.

—¿Tenemos que hablar eso ahora? Vámonos a mi casa, te invito a un vino... Follamos y... no sé... ¿Por qué tenemos que definir lo nuestro tan pronto?

Él deja escapar una sonrisa triste. Se aparta unos pasos de ella, algo parece rondar por su cabeza. Reyes puede notarlo, aunque la oscuridad apenas le deja ver su rostro.

—Ojalá tuviéramos ese tiempo...

Un crujido a su espalda pone en alerta a Reyes. Lo extemporáneo de la cita en ese lugar, la extraña conversación que acaba de tener con Fabián, le hace temer de nuevo que todo esto sea una encerrona, uno de los juegos de la Sección. En la noche, huir entre la vegetación de esta zona próxima a la laguna del Soto de las Juntas no parece tarea fácil. Dejó su coche a más de diez minutos de paseo, pero no sabe si podría encontrarlo en el mismo tiempo.

—Es una pena que te hayas negado. Se lo pedí a Cristo, le pedí que me dejara desaparecer contigo, que nos iríamos juntos, que nunca le harías daño. Él no quería, pero estaba dispuesto a darte una oportunidad, por mí.

—¿Qué dices, Fabián? No te entiendo.

—Está convencido de que eres una traidora. ¿Eres una traidora, Reyes?

Reyes mira alrededor, segura de que de un momento a otro va a aparecer Cristo —tal vez la Sección al completo: Nombela, Richi y el Gregor—, pero no ve a nadie.

—Fabián, tranquilízate... Tú tienes un hijo, yo tengo también responsabilidades aquí, en Madrid. No podemos marcharnos, pero eso no quiere decir que yo vaya a traicionar a nadie. Estamos bien como estamos, trabajando juntos, viéndonos algunas tardes... Me gusta estar contigo y a ti conmigo.

Fabián coge el teléfono y hace una llamada.

—Te debo cincuenta euros. Has ganado la apuesta.

Tiene que huir. Es ahora o nunca. Quizá golpeando primero a Fabián para ganar algo de ventaja. Pero él parece haber leído sus pensamientos.

—No se te ocurra echar a correr. No saldrías viva.

A la vez que dice esto, gana presencia el crujido de unas hojas bajo unas pisadas y pocos segundos después, en la penumbra de la vegetación, aparece un hombre. Es Cristo.

—¿Llevas el móvil encima? Dámelo, Reyes.

—¿Qué móvil? —Reyes busca en su bolsillo el teléfono. Lo enciende—. ¿Para qué lo quieres?

—No quiero el tuyo, quiero el que robaste de mi despacho el día de la barbacoa.

—Yo no he robado ningún móvil.

Cristo sonríe y dedica a Fabián una mirada cómplice, de dos camaradas que se entienden con un solo gesto. Su compañero saca la pistola y encañona a Reyes.

—No, Fabián, no puedes matarme. Me quieres, me lo has dicho...

—Dale el teléfono y a lo mejor podemos llegar a un acuerdo.

—No lo tengo.

—Tu chica es cabezota, Fabián —se ríe Cristo—. ¿Te han enseñado tus amigos de la BAC a ser así?

La han descubierto. Reyes sabe que está perdida. Las sospechas deben de haber hecho que Cristo tire del hilo. Se supone que Gálvez está en contacto con ellos, aún recuerda esa estúpida conversación que tuvo con él en el Hotel Wellington. ¿Cómo no va a saber que ella formaba parte de la BAC? No tiene sentido ya la pantomima. Anticipa el alivio de la confesión postrera, en vivir sus últimos segundos sin el disfraz, sin el fingimiento que, ahora se da cuenta, tanta tensión le provocaba. Le sorprende notar hasta qué punto se siente relajada cuando ya no hay necesidad de ser quien no era.

—Puedes pegarme un tiro, pero estarás igual de jodido. Ya le enseñé lo que había en ese móvil a quien debía verlo. No solo van a ir a por ti, a por la Sección. También van a ir a por Aurelio Gálvez y toda la mierda que estáis tapando.

—¿Te crees que esa bravuconada me va a parar? Fabián...

Él, que había bajado el arma, vuelve a apuntar a la cabeza de Reyes.

—Eres idiota: te había dado una escapatoria, conmigo.

—De todas las mentiras que he oído, quizá esa locura de irnos a Marruecos juntos haya sido la única verdad, Fabián. Y quizá nos habría ido bien. —De repente, siente que ha encontrado respuesta a la pregunta que se hacía. Está enamorada de él, de su honestidad, de la mala suerte que lo llevó a quedar atrapado dentro de la Sección y que ahora va a obligarle a apretar el gatillo.

—Qué pena. —Puede notar el nudo en la garganta de Fabián—. Ya no lo sabremos nunca.

Reyes cierra los ojos. No va a suplicar clemencia, no serviría de nada. Solo espera que suene el disparo y que el dolor no sea muy intenso, que todo pase deprisa. Piensa tristemente en lo corta que ha sido su vida. En todo lo que deja a medias: ese embarazo que no quiere, la corrupción que sabe que salpica a su tío Rentero. El disparo retumba en el bosque y se oye el batir de las alas de un pájaro asustado.

No ha notado el impacto, no le duele, no siente el poder abrasador de la bala horadando su cerebro. Sigue en pie y puede abrir los ojos.

Cuando por fin comprende lo que ha pasado, no se lo puede creer: Fabián ha disparado a Cristo, que yace muerto en el suelo.

—¿Qué has hecho?

—Demostrarte que te quiero; que cuando te pido que nos vayamos juntos, hablo en serio. A Marruecos o a donde quieras.

Y antes de que pueda reaccionar, una sorpresa más en forma de grito.

—¡Baja el arma!

El que se acerca, también con la pistola en alto y apuntando a Fabián, es Orduño. Fabián reacciona con rapidez:

433

agarra a Reyes y se cubre con ella, le apoya el cañón del arma en la sien.

—La voy a matar. He matado a Cristo y haré lo mismo con ella.

Orduño duda. No dispone de un buen ángulo para un disparo limpio.

—Orduño, me va a matar de verdad.

—Solo quiero marcharme. Si me dejas ir, no le haré nada.

—Hazle caso, Rodrigo, por favor.

—Es un asesino. Está detrás de la muerte del periodista y quién sabe si no se encargó también de Dely...

—No vais a entenderlo —se revuelve Fabián—. En la Sección, nadie toma las decisiones, simplemente llegan las órdenes y se acatan. Da igual quién lo haga. Yo podría haber matado a ese periodista, y a Dely, sí... No me importa cargar con eso, pero cuando yo no esté, otros harán mi trabajo.

—Suéltala —ordena Orduño.

—Baja el arma y la suelto. No te voy a disparar, solo quiero irme. A partir de mañana, me podéis buscar.

—Hazle caso, Orduño, lo conozco. Cumplirá con su palabra —musita Reyes, segura de que esa es la única manera de que ninguno de los dos acabe muerto.

—Y una mierda. ¿Cómo sé que si bajo el arma no me va a disparar?

—Tendrás que fiarte —dice Fabián.

Tiembla la culata en las manos de Orduño. La rabia se agolpa en su interior y descubre con asombro que quiere apretar el gatillo. Quiere reventar la cabeza del hombre que tiene apresada a Reyes.

—O bajas el arma o la mato —insiste Fabián.

Orduño comprende que tiene las de perder. Está dispuesto a confiar, a arriesgar su vida para defender la de Reyes. Pero entonces ella interviene.

—¿Quieres arreglar esto? Confía tú también en mí, Fabián. Orduño no te va a disparar, va a dejar que te marches. Eres tú el que va a guardar la pistola y nadie te va a detener.

Fabián clava la mirada en su oponente. Trata de penetrar en ese cerebro de policía. Va a descifrar el mensaje, piensa Orduño. «Tengo que detenerlo, no lo puedo dejar marchar. No puedo hacer eso».

Sin soltar a Reyes, Fabián retrocede hacia una zona tupida de bosque.

—Te voy a echar de menos, Reyes —le dice antes de soltarla.

Acto seguido, apaga su linterna, guarda la pistola y corre entre los árboles.

Orduño apunta entre la vegetación. Puede situar por dónde avanza la carrera de Fabián por el movimiento de las ramas, el ruido. Sabe que podría acertarle. Pierde concentración cuando encuentra la mirada de Reyes, su suave vaivén de negación con la cabeza, que le ruega que no lo haga. Baja el arma y se limita a mirar a su compañera, mientras los pasos de Fabián van perdiéndose en la distancia hasta apagarse. Ella empieza a llorar, como si se hubieran derrumbado todos los diques de contención. En dos zancadas, Orduño se planta a su lado y la abraza con fuerza.

Capítulo 65

Apaga los faros del coche en la entrada de Las Suertes Viejas y aparca justo antes de la curva, para no delatar su presencia. Desde que Mariajo le dijo que había situado el coche de Violeta en la A1, se lanzó a una persecución tras ella. Conforme dejaba kilómetros atrás, perdía la esperanza de encontrarla; podía haber tomado cualquiera de las salidas que había superado. Poco antes de atravesar el túnel de Somosierra, la vio. No conducía demasiado rápido. En ese momento, supo cuál sería la última parada de su viaje. Un regreso a los orígenes, a Ucero. Le cruzó la idea de avisar a Elena, pero pronto la descartó. Bajó la ventanilla del coche y tiró su móvil. No quería que Elena ni nadie fuera tras él.

Necesita hablar con Beltrán. Necesita sacarle a ese juez todo lo que sabe de su padre. En las horas de carretera no ha dejado de recordar instantes de su infancia al lado de él. Su buen humor y esa autoridad que lo impresionaba. También después, cuando murió, la tristeza invencible que contrajo su madre y que acabó enfermándola hasta quitarle la vida. Solo sonreía al recordar alguna anécdota junto a su marido. Un viaje que hicieron de novios a Valencia, las sangrías que su padre bebió de más, los juegos en el agua del mar. Eran destellos de felicidad pasajera que, inmediatamente, se hundían bajo el peso de su ausencia. De una muerte inesperada, a todas luces prematura, que sacudió una mañana el teléfono de su casa y que cambió sus vidas para siempre. Una bala perdida de unos aluniceros atrapados en una persecución, le dijo Santos a su madre. Una mentira.

Teme llegar tarde. Al adentrarse en las carreteras de Ucero, prefirió dejar distancia entre su coche y el de Violeta para no descubrirse y evitar que, al verlo, los nervios la llevaran a matar a Beltrán antes de que él pudiera acercarse a ellos. Lo necesita con vida, se mueve en el dilema de la prudencia y la necesidad de irrumpir en la casa como un ciclón, poniendo en riesgo la vida del juez.

Acuna un feto en sus brazos. Tumbado en el suelo está Beltrán, la camisa abierta, los pantalones bajados hasta la rodilla. Con los pies y las manos atadas por detrás de la cabeza, su postura es ridícula. Tanto como la desesperación con la que intenta salvarse mientras, con una mano, Violeta rebusca algo en la mochila nevera donde supone que ha llevado al bebé.

—No me cuente chingadas, señor juez. Mónica me lo dijo...

—Mónica era una embustera. Una tramposa, ¿no ves qué edad tengo? Por Dios, soy casi un anciano, ¿por qué iba a buscar un hijo en un vientre de alquiler?

—Todos los hombres mienten. Todos. Y Mónica había sido un hombre, no me extraña... pero creo que en eso no me engañó. Sé que cuando alguien ya ve la sombra de la muerte, no se atreve a decir mentiras... Tú eres el padre de mi niño.

—Me chantajeó... No quería hacerlo. No puedes entenderlo, pero fue así... Hay mucha gente que quiere acabar conmigo. Y si no pueden verme muerto, van a por mi carrera. Son policías; llevo toda la vida investigándolos. Tienen miedo de que cuente a qué se dedican. Protegen prostíbulos, apuestas ilegales, hay hasta asesinatos por encargo y lugares como este donde estabais vosotras... ¿Me estás oyendo? ¡Lo que yo intento es acabar con ellos!

Violeta regresa junto a Beltrán, se arrodilla a su lado, todavía lleva al feto en sus brazos.

—Eso no explica cómo acabó tu semen dentro de mí...

—Soy débil. —La voz de Beltrán suena ahora ahogada por el llanto—. Nunca debería haberme acercado a Mónica, pero... No podía evitarlo. «Cada día renacer, cada día recomenzar. No os preocupen vuestros errores, si tenéis la buena voluntad de empezar de nuevo...». —Los ojos acuosos de Beltrán buscan a Violeta después de esa especie de oración—. Es lo que promulga San Josemaría... Y te juro que yo lo intentaba cada mañana. Me decía que no volvería a acercarme a Mónica, que eso no era cristiano. Tengo una esposa, tengo dos hijos casados, ellos son mi vida...

—A Iyami Oshoronga no le importan nada tus lágrimas... ¿verdad que no?

La mirada de Violeta se pierde en un lugar indeterminado de la oscuridad del paritorio, como si pudiera ver a alguien en esas sombras.

—¡¡Te estoy contando la verdad!! —Desesperado, Beltrán se revuelve en el suelo—. Usaron a Mónica para chantajearme. Se hizo con mi semen y lo trajo aquí solo para eso. Para acabar con mi carrera, con mi vida. ¿Te das cuenta de lo que me habría hecho la Obra si se conoce que yo...

—Él llegó preguntando por la madre del hijo de Sousa... La tarde de la matanza... —Violeta ha dejado el feto en el suelo, como si el recuerdo de aquel día estuviera ahora presente, justo a su alrededor, y pudiera verlo con total claridad—. El hombre que nos mató, que nos arrancó a nuestros hijos... llegó preguntando por la madre del hijo de Sousa y, como nadie sabía quién era, decidió acabar con todas.

Un brillo de pánico despunta en los ojos de Beltrán. Un velo de misticismo los recubre de pronto.

—«Este es también un modo de renovarse, es un modo de vencerse: cada día una resurrección, que sea la seguridad de que llegamos al fin de nuestro camino, que es el amor...».

—¿Sabes que rezas a un Dios que no existe?

El Ibiza de Violeta tiene el motor en marcha, las puertas abiertas; los faros iluminan el terreno yermo que rodea la casa. Zárate comprueba que no hay nadie en el coche y penetra con sigilo en el zaguán. El tenue resplandor de una luna menguante es toda la iluminación que se filtra por las ventanas. En la entrada, unas escaleras descienden a lo que fue el paritorio y una voz suave, con acento mexicano, llega desde abajo... La escalera dibuja una ele en su descenso. Zárate baja unos peldaños hasta instalarse en el recodo. La noche y las sombras le protegen. Desde esa posición puede ver a Violeta, la linterna del móvil en el suelo la ilumina.

—¡¡Dime que no es verdad!!

—No quería que fuera así, pero Guerini... Ese hombre era una bestia...

—¡¿Él era una bestia?! ¡¿Y tú qué eres?! ¡Tú fuiste quien lo envió!

—Lo siento, de verdad. Me arrepiento y cada noche rezo para que Dios me perdone...

Violeta se echa sobre Beltrán, que deja escapar un sonido gutural. En el caos de sombras, Zárate no adivina qué está pasando hasta que ella vuelve a incorporarse. Entonces sí, el filo de un cuchillo manchado de sangre destella en mitad de ese sótano. Le ha abierto una herida a Beltrán desde la ingle hasta la boca del estómago. Su carne se abre y brota sangre mientras el juez se retuerce de dolor en el suelo.

—¡¡Apártate de él!! —grita Zárate.

Violeta no muestra la sorpresa que cabría esperar. Su mirada se posa en el policía que la apunta con una pistola como si viera un holograma que no forma parte de su realidad.

—¡¡Tira al suelo el cuchillo!!

—Iyami Oshoronga terminará el ciclo. El destino necesita que todo vuelva a su lugar y ella pondrá las cosas en orden. Cada niño regresará al padre. Voy a volver al origen.

Lentamente, Zárate desciende el último tramo de la escalera. Mide sus pasos para que su avance no ponga nerviosa a Violeta. Le sorprende una letanía que emana de los labios exangües del juez.

—«Esos obstáculos que surgen en tu carrera, ponlos a los pies de Jesucristo, para que Él quede bien alto, para que triunfe: y tú, con Él. No te preocupes nunca, rectifica, vuelve a empezar, prueba una y otra vez, que al final, si tú no puedes, el Señor te ayudará a saltar el parapeto; el parapeto de la santidad».

La sangre de Beltrán ya mancha el suelo mientras él reza; se extiende como un charco pegajoso. Violeta se arrodilla junto al juez, abandona el cuchillo a su lado, y coge en brazos al feto.

—Mi pequeño Zenón. —Deposita un beso maternal en la frente del cadáver—. Tengo que dejarte con tu papá.

Hunde el cuerpo del bebé en el estómago sangrante de Beltrán. Luego, mira a Zárate, que sigue apuntándole con su arma.

—¿Por qué no me disparas? Yo ya he terminado.

—Vete. Solo me interesa él. — Zárate baja el arma—. Diré que cuando llegué tú ya no estabas.

Violeta lo mira sin entender nada. En su experiencia de la vida, un hombre te retiene, te fuerza, te somete... Un hombre no te deja ir así, sin más.

—¡Vamos, márchate!

Ella duda. No se decide a abandonar a su hijo con Beltrán. Le dedica al feto una última caricia y, sin prisa, como si se sintiera derrotada, se levanta, pasa por el lado del policía y sube las escaleras hasta perderse en la oscuridad.

Ángel corta las bridas que inmovilizan a Beltrán, retira el feto del vientre abierto y se quita la camiseta para intentar taponar la herida que no deja de sangrar.

—Te necesito despierto. Te juro que llamaré a una ambulancia cuando me digas lo que quiero oír...

—Soy un pecador. Me creí mejor, como tú te crees mejor... Pensé que todo lo que hacía estaba justificado, que yo no podía perder... Esta sociedad... me necesitaba pero... solo soy un pecador.

Zárate le abofetea, Beltrán está perdiendo tanta sangre que pronto se desmayará.

—¡¿Quién mató a mi padre?! ¡Dímelo! ¡¿Qué había detrás del caso Miramar?!

—Si te lo digo... es como... como si te entregara mi cruz...

—¡Habla!

—El Clan...

—¿Qué es el Clan?

Pero la única respuesta de Beltrán es un esputo de sangre.

—¡¿Qué es el Clan?!

Beltrán imagina que su muerte no es tan diferente a la de un mártir. La vista se le nubla, los oídos le pitan de forma atronadora. Ya no oye los gritos del policía. El último pensamiento del juez, antes de morir, es para su mujer. Una disculpa. Después de la oscuridad, espera que aparezca la luz del Altísimo para recibirlo, que sus pecados sean perdonados.

Capítulo 66

Ha dejado atrás las ruinas de Ucero. La carretera empeora a partir de ahí; los socavones del asfalto y la falta de visibilidad obligan a Elena a reducir la velocidad. Prefirió uno de los coches del garaje de la BAC en lugar de su Lada porque necesitaba cubrir en el menor tiempo posible la distancia que separa Madrid de este extremo deshabitado de Soria. Apenas le ha costado hora y media. Sabe que habría sido más rápido pedir la intervención de la Guardia Civil de la zona, pero temió que eso significara una sentencia de muerte para Ángel. No sabe qué planea hacer con Beltrán, aunque no duda que lo quiere con vida: necesita acceder a todo lo que sabe el juez.

Toma una curva cerrada rodeada por pinos y, al salir de ella, dos focos en dirección contraria la ciegan. Un coche avanza a su encuentro a toda velocidad, lleva las largas, y hasta que el vehículo está muy cerca Elena no puede reconocer el modelo, un Ibiza. Toca el claxon varias veces, advirtiendo del peligro. Circula por el centro de la calzada y los árboles del arcén le impiden maniobrar para esquivarlo. Lejos de apartarse, el Ibiza acelera. Elena sabe que es imposible un viraje, y reducir la marcha solo la haría más débil en el choque. Pisa a fondo el acelerador. Si quiere salir con vida, debe confiar en la carrocería y la fuerza de su coche. Atisba una silueta femenina en el interior durante un latido, como un fogonazo justo un segundo antes del impacto.

El cinturón de seguridad se clava en su pecho. Salta el airbag. Nota un crujido en el cuello. De repente, ha perdido por completo el equilibrio, como si la tierra hubiese desaparecido y fuera imposible saber si asciende o cae; si es su coche el que ha volado por encima del de Violeta o es al revés. Las luces del Ibiza atraviesan la luna delantera, pero también entran por los laterales, por detrás. Los cristales de su coche estallan, puede perder el conocimiento en cualquier instante, todo es un estruendo a su alrededor, pero logra reducir la velocidad y levantar el freno de mano cuando sufre un nuevo impacto.

Le va a reventar la cabeza. Un fuerte dolor la sacude por toda la espalda. El sabor metálico de la sangre le revela que tiene un labio partido, ha debido de golpearse con el volante en algún momento. Se suelta el cinturón y quita los seguros, pero la puerta se resiste y tiene que hacer un esfuerzo que le pasa factura. De nuevo, un tremendo latigazo en la espalda que se hunde hasta la nuca. Al fin, el mecanismo de la puerta funciona y logra salir. Al poner un pie en el suelo toma conciencia de su debilidad, apenas puede sostenerse. Le cuesta entender dónde está, cuáles han sido las consecuencias del accidente.

El equilibrio se va restableciendo. El mundo ha dejado de girar. Su coche está incrustado contra uno de los árboles del arcén. Los cristales laterales, convertidos en una telaraña, le devuelven un reflejo distorsionado de sí misma. Pálida, gotea sangre por la boca. No puede erguirse, cada vez que pone a prueba los músculos de su espalda, una corriente eléctrica se clava dentro de ella.

Unos metros atrás, está el Ibiza. Boca abajo, despide humo. Sus neumáticos todavía están rodando. Maltrecha, Elena avanza hasta el coche. Las puertas traseras han reventado, pero la del conductor se ha hundido como un acordeón. Se agacha a la altura de la ventanilla. Dentro, el cuerpo de la mujer está tumbado en el amasijo de hierros. No llevaba cinturón.

—¡Violeta! ¿Puedes oírme? ¡Violeta!

No hay respuesta. No sabe si vive, no llega a tocarla. Se mete en el coche por la puerta trasera. Los continuos dolores de su cuerpo no facilitan una tarea ya de por sí complicada; sacar a Violeta desde atrás. Con esfuerzo, consigue cogerla de un brazo. Tira de ella mientras busca en sus venas una señal de pulso. No es justo que acabe así. Si alguien en toda esta locura que empezó con el cadáver de Escartín merecía una segunda oportunidad, es ella. ¿Qué pesaría más para la sociedad a la hora de juzgarla: el sufrimiento de la víctima que ha sido o la demencia de sus asesinatos?

Logra arrastrar el cuerpo entre los dos asientos delanteros. Su cara es un borrón de sangre, una de sus piernas está doblada en un ángulo imposible, partida. Poco a poco consigue sacarla del coche. El olor a gasolina anticipa un incendio inminente del vehículo. Elena cae sobre el asfalto, rendida. Cierra los ojos. Le arde todo el cuerpo. Le cuesta respirar, es posible que se haya roto alguna costilla. Debería volver a su coche, buscar el móvil para avisar a las emergencias, pero se concede unos minutos para recuperarse del esfuerzo.

Le sorprende un golpe en el estómago, contiene una arcada. No sabe cómo ha llegado Violeta hasta ella, le ha clavado una rodilla en el vientre y se le ha puesto encima. Tiene la nariz rota, una herida divide su frente en dos. La sangre gotea sobre Elena, que de repente se descubre inmovilizada, Violeta la ha cogido de las muñecas. ¿De dónde saca las fuerzas? Debería estar muerta y, probablemente, lo esté. Quizá es uno de esos espíritus de los orishas quien da vida a ese cuerpo destrozado.

—¡¡Me ha mentido!! —grita Violeta y, al hacerlo, escupe sangre sobre Elena—. ¡¡Iyami me ha mentido!!...

La locura enciende sus ojos. Abre la boca en un grito desesperado, tiene los dientes sucios de coágulos.

—¡¡Me prometió que todo volvería al origen!! ¡¡Ella me lo prometió!! ¡¿Dónde están ahora sus pájaros?!

—Violeta, yo no quiero hacerte daño... Déjame ayudarte...

—¡Nadie puede ayudarme! Iyami es una mentirosa. Todos los dioses son unos mentirosos. Sirven a los hombres, se ríen de las mujeres... ...

Elena acumula la energía suficiente para golpear con una rodilla en el estómago de Violeta, que cae hacia un lado. A pesar del dolor, logra incorporarse y ahora es ella quien tiene el control; se busca en el cinturón la cartuchera. Desenfunda su arma y la encañona.

—Te juro que lo último que quiero hacer es disparar, Violeta. Déjame que llame a una ambulancia. Tiene que atenderte un médico.

Los faros del coche de Violeta están encendidos y, en sus haces de luz, flota el polvo que permanece en suspensión tras el accidente. La gasolina del Ibiza ha formado un charco alrededor de su carrocería. En cualquier momento, un chispazo la prenderá. Violeta busca con la mirada a Elena. Ha dejado de intentar moverse, como si hubiera gastado hasta la última de sus fuerzas al abalanzarse sobre la inspectora. Ahora está tendida en una postura imposible, como una muñeca rota que mantiene unidas sus partes de milagro.

—No quiero que nadie me atienda.

Su voz suena firme, serena, se ha desvanecido cualquier rastro de enajenación tanto de su habla como de su rostro. Está más allá de cualquier dolor y quizá eso le otorga por fin una clarividencia absoluta.

—No digas tonterías —ruega Elena.

—No hay un después para mí... Si vivo más años, no van a ser más que una repetición de todo este infierno, un castigo.

—Hay psicólogos y medicinas que te ayudarán a seguir adelante...

—Mataron a mis amigas en el cerro del Cristo Negro... Las convirtieron en una ofrenda a los orishas, me mandaron a España, me violaron tantas veces que dejé de contarlas... Me preñaron, me encerraron en la finca...

Me usaron como a un animal y, cuando me enamoré del niño que estaba creciendo dentro de mí, de Zenón..., me mataron por primera vez... Me lo arrancaron. A mí y a todas las madres.... Pero yo no tuve la suerte de ellas: me mataron y volví a la vida... Resucité para cumplir la venganza de Iyami Oshoronga... Eso pensaba... pero no hay venganza. No hay manera de volver atrás. Y si eso es imposible...

Elena nota cómo se le humedecen los ojos. Sabe qué le va a pedir Violeta a continuación.

—Márchate. Déjame morir.

—¿Cómo voy a hacer eso?

—Si de verdad quieres ayudarme, no me condenes a vivir.

—No puedo dejarte aquí. Lo siento.

—¿Quieres ser compasiva?

Su voz suena débil. Elena imagina cómo debe de dolerle el cráter que le fractura la frente y que no deja de sangrar, la nariz partida, la pierna quebrada. Como ella, también tendrá algunas costillas rotas, no sabe si alguna clavada en el pulmón, en cada inspiración suena un pitido agudo. Los ojos desesperados de Violeta se posan sobre el arma que Elena tiene en la mano. Ya no la apunta. Un cortocircuito del coche produce una chispa, la gasolina se incendia y envuelve en segundos el Ibiza.

—Déjame descansar por fin —le ruega Violeta.

Elena agarra con fuerza la culata de su pistola, el dedo índice avanza hasta el gatillo. Una sombra las envuelve a las dos, como las alas de un águila gigante. El cuerpo de la mexicana sufre una sacudida, y Elena no sabe si ha levitado por unos segundos, como izada por alguna de las diosas que ella invoca, o si ha sido por el impacto de un disparo.

Le ha costado casi una hora cubrir a pie la distancia hasta la finca de Las Suertes Viejas. Cuando cruza la verja, ve diferentes rodaduras de coches en la tierra. Sin embargo, ya no hay ningún vehículo. Entra en la casa. La linterna de su móvil ilumina el salón, pulcro y diáfano. Luchando contra los diferentes dolores que la martirizan, baja las escaleras al paritorio. Tirado en mitad de la sala, está el cuerpo del juez Beltrán. Una herida profunda le cruza el estómago. A su lado, el hijo de Violeta. Lleva demasiado tiempo fuera de la nevera. Ha empezado su proceso de descomposición.

En el suelo, arrugada y manchada de sangre, reconoce una camiseta de Zárate. ¿Qué ha pasado en ese sótano? ¿Por qué está muerto el juez? ¿Llegó a contarle algo a Ángel?

Ahora sí, va a tener que avisar a la Guardia Civil. No ha querido hacerlo antes, le abrumaba la cantidad de explicaciones que tenía que dar y su prioridad era ir al encuentro de su compañero.

Regresa sobre sus pasos. Sale de la casa. Mira a su alrededor: en plena noche, la oscuridad es tan densa que parece hecha de petróleo.

—¡¡Ángel!!

Solo el viento que mece la copa de unos pinos lejanos responde a su grito.

Capítulo 67

—¿Estáis seguros de que no os vais a acabar las setas con foie?

Ante la negativa de los demás, Manuela se acerca el plato. Buendía y Mariajo apenas las han probado. Come con hambre mientras ellos siguen deshilachando su conversación. Son las cuatro de la tarde y los clientes que habían ido a comer ya han terminado.

—¿Elena no te ha llamado?

Mariajo juguetea con una copa de vino blanco que no se decide a beber. El sonido del telediario —un reportero hace una conexión desde una plaza de Vigo donde las luces de Navidad brillan como si fuera Las Vegas— apaga la respuesta de Buendía. La sombra de sus ojeras se ha hecho más profunda en esta última semana, conforme veía que la meta de huir a Benidorm se alejaba. Vacía la botella en su copa.

—Le estoy dejando mensajes desde esta mañana. ¿Tú no tienes ni idea de dónde se ha metido?

—Hemos hablado poco estos días.

—Mariajo, van a por nosotros. Quieren cerrarnos.

La advertencia de Buendía no es una novedad para la hacker. No ha conseguido averiguar quién ha entrado en la intranet de la BAC ni cómo pudieron saltarse todas las barreras de seguridad. Ni siquiera puede asegurar cuántos archivos se copiaron. El hackeo le ha pasado por encima como una apisonadora, la ha hecho sentirse vieja e inútil, completamente desfasada.

—Todos los expedientes del caso estaban en la red, ¿verdad? Incluso la autopsia de Violeta.

—Son informes preliminares...

—Con eso, tendrían de sobra. ¿Sabes el daño que nos haría si se filtraran a la prensa?

El daño que le harían a Elena, es lo que Mariajo ha querido decir. Buendía y ella están en el ocaso de su carrera, qué más da cerrarla con un escándalo. Los más jóvenes —Manuela, Orduño o Reyes— están a tiempo de reconducir su vida en otros departamentos. Para Elena será imposible. Con más de cincuenta años, al mando de la BAC y en el ojo del huracán si la autopsia de Violeta sale a la luz, no tendrá ninguna opción en la policía. No sabe cuál será su respuesta cuando tenga que enfrentarse a los cargos.

Los datos de la autopsia alientan la sospecha de que ella disparó sobre una mujer desarmada y malherida que no suponía ninguna amenaza. Está por ver cuánto pesa la versión de Elena, que actuó en defensa propia, en una hipotética investigación. De momento, la jueza tiene bastante con armar el sumario contra Rigoberto, Dorita y su marido, Ramón, el ginecólogo, Hugo, el proxeneta del hotel Torrebuena, arrastrado por la ola de fango, y los dos matrimonios que también recurrieron a la granja de vientres de alquiler y que escaparon de la venganza de Violeta.

Los policías de la Sección de Villaverde han optado por cargar toda la responsabilidad en Ángel Cristo. Muerto el líder del grupo, hallado el cadáver de Dely, y también el del narcotraficante colombiano Wilson Cabello, los interrogatorios de la fiscalía se han encontrado siempre con las mismas respuestas. «No sé qué tratos podía tener Cristo con esa chica» y «Nunca recibimos ninguna compensación económica por lo que hacíamos; cumplíamos órdenes, como cualquier policía». Es lo que han repetido el Gregor, Nombela y Richi. Los tres han negado también saber cuál es el paradero de Fabián.

Orduño pierde los nervios cada vez que desde la fiscalía alguien le cuenta cómo se protegen los miembros de la Sección.

—Todo va a cambiar cuando tú declares.

Reyes asiente, aunque aún no tiene claro qué relato va a dar de su paso por la comisaría de Villaverde. Puede contar que, la noche en la que enterraron a Dely, todos estaban en la laguna del Soto de las Juntas, como estaba el grupo al completo en la nave donde Cristo le disparó. Sin embargo, si a la hora de describir ambos sucesos señala con el dedo a Cristo, si convierte a los agentes de la Sección en mera comparsa, si no desvela ninguna de las conversaciones privadas que tuvo con Fabián...

—¿Ha intentado ponerse en contacto contigo?

—Si lo hubiera hecho, te lo habría dicho.

Otra mentira. Lejos de sentirse liberada con la muerte de Cristo, con su regreso a la BAC, Reyes ha ido hundiéndose en una maraña de engaños y medias verdades, especialmente con Orduño. No sabe cómo explicarle por qué no responde a las llamadas de su tío Rentero, tampoco que no quiere ayudar en la persecución de Fabián ni hablar de las dos mujeres misteriosas que formaban parte de la Sección y a las que nunca conoció.

—Joder. —Orduño se derrumba en un sofá al leer un mensaje que acaba de entrarle—. Han pirateado la red de la BAC. La han cerrado, pero Mariajo no sabe cuántos archivos han podido copiar... Deberíamos ir a Barquillo.

—No me encuentro muy bien.

—¿Tienes fiebre?

—Solo necesito dormir un poco. En cuanto me despierte, voy a las oficinas.

Orduño asiente, no va a insistirle. La ha acompañado a casa después de la visita que Reyes ha hecho a la clínica. Sabe que ha interrumpido un embarazo, necesitaba compañía y él ha decidido no hacerle preguntas. Ha cambiado mucho desde que se infiltró en la brigada de Villaverde.

De alguna manera, la conexión, la confianza que había antes entre los dos, se ha derrumbado. La frivolidad, el desparpajo, incluso la temeridad que lo subyugaron en esa noche del hotel Wellington han desaparecido. Reyes necesita tiempo para recuperar su identidad, y él está dispuesto a dárselo. Un tiempo que él empleará en definir el lugar que le da a Marina en su vida..

—Llámame si no te encuentras bien. —La besa en la frente antes de marcharse.

Reyes le da las gracias. Se tumba en el sofá de su casa cuando Orduño se ha ido. Está cayendo la noche y sabe que le costará conciliar el sueño. En su cabeza empezarán a dar vueltas todas las decisiones que debe tomar: Fabián, Gálvez, su tío Rentero... Si al menos pudiera hablar con Zárate.

Capítulo 68

Cuando sonó el teléfono, estaba en su despacho. No tenía el número agendado, pero respondió de todas formas.

—Elena, tenemos que vernos.

—¿Dónde estás, Ángel?

—Te voy a mandar mi ubicación. ¿Puedes salir de Madrid ahora mismo?

—Es absurdo que te sigas escondiendo. Ven a casa. Cuéntamelo todo y estoy segura de que encontraremos la manera de solucionarlo.

—Ojalá fuera tan fácil.

Elena se quedó sin palabras. Al otro lado, oía también el silencio de Zárate. Cerró la puerta del despacho, bajó las persianas.

—Te quiero.

—Y yo a ti, Elena. Hemos sido dos imbéciles, ¿no te parece? Hemos perdido el tiempo en gilipolleces y... ahora no sé si ya es demasiado tarde. No creo que pueda tener una vida normal.

Hizo un esfuerzo por deshacer el nudo de la garganta. No quería que Ángel se diera cuenta de que estaba llorando.

—¿Qué te dijo Beltrán?

—No te lo puedo contar por teléfono. No es seguro.

—Dime dónde quieres que vaya.

Zárate colgó el teléfono. Poco después, por WhatsApp, le llegó su ubicación en tiempo real. Salió de las oficinas sin despedirse y, en cuanto subió a su Lada, puso el navegador. Le marcó una distancia de cuatro horas y cincuenta minutos. El destino estaba en un pequeño pueblo costero, San

Juan de los Terreros, en Almería, muy cerca de la frontera con Murcia.

En el trayecto, para mantener a raya sus miedos, puso el disco *Studio Uno* de Mina. Intentó cantar «L'ultima occasione» conforme salía de Madrid, pero no fue capaz. Al menos, la música le sirvió para no obsesionarse con lo que Zárate podía contarle. Estaba desaparecido desde la noche en que Beltrán murió en Las Suertes Viejas. Ella se deshizo de la camiseta ensangrentada que, en manos de la Científica, habría puesto a Zárate en apuros. Aun así, su enfrentamiento en la Audiencia Nacional con el juez no le daba ninguna opción de seguir en la policía. Elena sabe que su posición también es frágil. Ha sentido la incomodidad de Buendía y Mariajo; los dos deben haber sacado las conclusiones correctas de la muerte de Violeta. No los culpará si consideran que lo más justo es hacerlas públicas.

En algún momento del viaje, recordó lo que les dijo Beltrán: «No los tengo por malos policías, pero no se han dado cuenta de que no son ellos los encargados de impartir justicia».

Cuando toma la salida hacia San Juan de los Terreros, se está poniendo el sol. El navegador la conduce hacia una urbanización situada a unos kilómetros del mar. Entre montañas punteadas de arbustos, en mitad de un terreno desértico que parece haberse detenido a mitad de construcción, se levanta una especie de pirámide circular de apartamentos. Es como un enjambre o una torre de Babel erigida en medio de la nada. Solo una estrecha carretera invadida por matojos llega hasta ella. A los lados hay rotondas que no conducen a ningún lugar, grúas abandonadas, un cartel quemado por el sol donde un dibujo promete un maná de campos de golf y viviendas encaramadas a los montes. Nada de eso existirá. Es como si esas casas colmena fueran la promesa de un futuro ya extinguido.

Frena el coche frente a la entrada. Un mapa dibuja los apartamentos de la Urbanización Mar Tirreno. Mira su móvil: ubica la posición de Zárate en uno de ellos.

Todo está desierto. La luz vacilante de unas pocas farolas no mitiga las sombras que trae la noche. Hace frío. Elena asciende por unas escaleras sucias de tierra que, posiblemente, hace meses que nadie pisa. El aire decadente de los lugares vacacionales fuera de temporada parece aquí casi pegajoso. Se acerca la Navidad. ¿Quién querría venir a pasar unos días en un lugar así?

A pesar de que se orienta por el móvil, se pierde en el laberinto de apartamentos escalonados. Vuelve sobre sus pasos hasta dar con la planta correcta. Avanza por un pasillo que la acerca al punto intermitente donde se ubica Zárate. Dentro de la urbanización, apenas llega luz. En un acto reflejo, busca la pistola en su cintura cuando se encuentra con una puerta reventada. El marco se ha partido. Los materiales de baja calidad de la construcción no han resistido la patada. Con el arma en alto, entra silenciosa en el apartamento.

La puerta da acceso directamente al salón. Hay pocos muebles, todos parecen comprados en Ikea. Una mesa volcada hace pensar en una trifulca. Un pasillo conduce a dos habitaciones, una de ellas tiene las sábanas deshechas, camisetas arrugadas en el suelo. No las reconoce, jamás vio a Zárate usarlas, es probable que las comprara en estos días que ha estado desaparecido. En la cocina hay algunas latas de comida preparada. El baño parece un campo de batalla: la barra de la ducha se ha caído, hay ropa sobre la taza del váter y en el suelo. Una mancha de sangre en la porcelana del lavabo.

Ha llegado tarde.

Coge la ropa del suelo. Quien sea que buscaba a Zárate lo ha encontrado antes que ella. No le cuesta imaginar la situación. Él estaba dándose una ducha cuando irrumpieron en el apartamento. Quizá, el ruido del agua amortiguó los pasos. Entraron en el baño, lo sacaron a la fuerza, él se agarró a la cortina, lo golpearon contra el lavabo...

Se sienta sobre la taza del váter, derrotada. ¿Qué descubrió Ángel? ¿Por qué se escondió en este lugar perdido? Se mira en el espejo. La vejez que últimamente siente que la va cercando gana terreno. La sombra de sus ojeras, su mirada, cada vez más acuosa, las líneas de expresión hundiéndole el rostro... Se levanta de golpe. Hay algo en ese espejo. Una especie de dibujo... Llevada por la intuición, abre el agua caliente del baño, cierra la puerta. Espera que el vapor empañe el cristal.

Poco a poco, conforme el vaho se adensa en el espejo, unas palabras escritas van tomando presencia. No necesita que se formen del todo para entender lo que Zárate escribió allí.

El Clan.

Sale a la terraza a través del salón. Unas farolas iluminan abajo una piscina vacía. La noche solo permite ver la silueta de los montes que hay alrededor, las luces del pueblo unos kilómetros más abajo. ¿Qué es el Clan? Coge el móvil. Marca el número de Zárate. Puede escuchar el timbre: el teléfono está cerca, en el apartamento. Pasa a uno de los dormitorios y lo encuentra entre las sábanas de la cama. ¿Por qué no se llevaron el móvil? Piensa que quizá no se dieron cuenta de que estaba allí cuando, al dejarlo de nuevo sobre la cama, empieza a sonar. Es un número privado. Elena descuelga, pero no dice nada. Aguarda a que alguien hable al otro lado.

—Estaba esperando a que llegaras.

Le sorprende escuchar una voz femenina. Una voz que le resulta familiar, pero los nervios le impiden identificarla de inmediato.

—¿Dónde está Zárate?

—Está bien. Y seguirá estando bien si haces lo que te digo.

Le parece una broma de mal gusto. ¿Por qué no se esconde? ¿Por qué no disimula su voz? Tiene que saber que la va a reconocer. Solo ha necesitado dos frases para darse cuenta de quién se trata.

—¿Cómo sabes que iba a estar aquí, Manuela?

—Sé muchas cosas, pero eso no es importante ahora. Lo que cuenta es que las dos queremos que Ángel salga vivo de esta, ¿verdad?

—¿Lo tienes tú?

La risa infantil de Manuela la desconcierta. La imagina acomodándose las gafas en el puente de la nariz.

—No, yo no sé dónde está Zárate, pero sí sé qué quieren. En realidad, no es tan difícil. Solo tienes que hablar con Rentero para presentar tu renuncia y cerrar la BAC. Cuando la brigada se disuelva, volveremos a hablar.

No le da opción a responder. Cuelga.

Elena mira el móvil. Sabe que es absurdo intentar llamarla, no contestará. Recuerda la última conversación que tuvo con Zárate; tenía razón, qué imbéciles fueron al separarse. Ahora se da cuenta de que no sabe qué estaba investigando él, que «el Clan» no significa nada para ella, que no tiene ningún arma con la que defenderse, que resulta imposible encontrar la manera de rechazar el chantaje de Manuela.

Regresa a la terraza. Le pesan las piernas, le gustaría beberse una botella de grappa para que el licor le incendiara la garganta. Sabe que ha llegado a un final. Que el tiempo de la BAC ha terminado. Se siente agotada, pero debe encontrar las fuerzas para afrontar la última misión, la más importante de su vida: encontrar a Zárate. No sería capaz de superar su muerte.

«No te voy a dejar morir, Ángel», musita, y sus palabras se las traga la noche de diciembre que ha invadido el terreno yermo alrededor de la urbanización. Los escasos puntos de luz de las farolas iluminan lugares abandonados, caminos que no conducen a ninguna parte.

Este libro se terminó
de imprimir en
Móstoles, Madrid,
en el mes de
septiembre de 2022

«Para viajar lejos no hay mejor nave que un libro».
EMILY DICKINSON

Gracias por tu lectura de este libro.

En **penguinlibros.club** encontrarás las mejores
recomendaciones de lectura.

Únete a nuestra comunidad y viaja con nosotros.

penguinlibros.club